나일강의 죽음

나일강의 죽음

2007년 11월 20일 초판 1쇄 발행

지은이 애거서 크리스티
옮긴이 이가형
펴낸이 이경선
펴낸곳 해문출판사

등록 1978년 1월 28일 제3-82호
주소 서울시 강남구 논현로87길 41, 1010호(역삼동, 신일유토빌)
전화 325-4721
팩스 325-4725

값 10,000원

ISBN 978-89-382-0111-9 04800
ISBN 978-89-382-0100-3 (세트)

※잘못 만들어진 책은 구입하신 곳에서 바꾸어 드립니다.

AGATHA CHRISTIE
나일강의 죽음

애거서 크리스티/이가형 옮김

해문출판사

DEATH ON THE NILE

Copyright ⓒ 1934 Agatha Christie Ltd.

Korean translation edition is published by arrangement with
Agatha Christie Ltd., a Chorion group company.

이 책은 Agatha Christie Ltd., a Chorion group company와
적법한 계약을 통해 출간되었습니다.
저작권법에 의해 한국 내에서 보호를 받는 저작물이므로
무단 전재와 무단 복제를 금합니다.

Death on the Nile

· 등장인물 ·

리넷 리지웨이 엄청난 재산과 아름다움, 그리고 총명함까지 갖춘 20살의 여자. 사업 수완이 뛰어나고 침착하다.

시몬 도일 단순하고 낙천적인 성격을 가진 잘생긴 젊은이. 재클린과의 약혼을 파기하고 리넷과 결혼한다.

재클린 드벨포 다혈질의 성격을 가진 라틴계 처녀. 애인을 빼앗긴 그녀는 신혼 여행 중인 도일 부부를 끈질기게 쫓는다.

조안나 사우스우드 상류 계급의 사람과 친분 관계가 많은 27살의 처녀. 팀 앨러튼과 비밀스럽게 편지를 교환한다.

앨러튼 부인 아름답고 다정다감한 중년 부인으로, 포와로에게 호감을 가지고 있다.

팀 앨러튼 소설을 쓰는 젊은이로, 언제나 어머니와 함께 행동한다. 포와로에게 날카로운 반응을 나타낸다.

밴 슈일러 오만하고 독선적인 초로의 노처녀. 언제나 거만한 태도로 뜨개질을 하고 있다.

코닐리어 롭슨 밴 슈일러의 조카딸로, 못생기고 몸집이 큰 처녀. 밴 슈일러를 따라 여행하면서 그녀의 시중을 들어준다.

바워즈 밴 슈일러의 개인 간호사로, 차갑고 사무적인 여자.

오터번 부인 말이 많고 주위가 산만한 중년의 소설가.

로잘리 오터번 몸매가 늘씬하고 아름다운 처녀. 언제나 새침한 표정으로 어머니의 행동을 감시한다.

리체티 고고학자로 자칭하는 이탈리아인. 나일강 여행 도중 외딴 곳을 탐험하겠다며 슬그머니 빠져 나간다.

베스너 박사 유럽 전체에 명성이 자자한 내과 의사로, 코닐리어에게 자상하게 대해 준다.

짐 팬솝 말이 없고 똑똑한 청년 변호사로, 언제나 주위를 눈여겨 살핀다.

퍼거슨 공산주의 관계 서적을 많이 갖고 있는 과격한 반자본주의 젊은이.

앤드류 페닝튼 리넷의 미국인 재산 관리인. 우연을 가장해 도일 부부의 이집트 여행에 동행한다.

에르큘 포와로 이집트 여행 도중 우연히 사건을 만나, 그 특유의 방법으로 문제를 해결해 나간다.

레이스 대령 자기에게 맡겨진 사건을 포와로에게 떠맡기고 자기는 슬그머니 뒤로 물러나 그의 수사를 도와 준다.

제 1 부 영국

1

「리넷 리지웨이야!」
「맞아, 바로 저 여자야!」
스리 크라운스 술집 주인인 버나비가 외쳤다. 그는 옆사람을 팔꿈치로 슬쩍 찔렀다.
그 두 사람은 촌티나는 커다란 눈을 굴리면서, 입을 헤 벌린 채 그녀를 뚫어지게 바라보았다.
주홍색 대형 롤스로이스가 그 지방 우체국 정문에 와서 멈추더니 어떤 여자가 내렸다. 그녀는 모자를 쓰지 않고, 소박해 보이는(단지 그렇게 보일 뿐 사실은 그렇지 않은) 드레스를 입고 있었다. 그녀는 금발에 맬튼언더워스에서 가끔 볼 수 있는 여자들에게서 느껴지는 독선적인 분위기를 풍기고 있었다. 하지만, 아름다운 몸매를 가진 여자였다.
그녀는 빠른 걸음걸이로 우체국 안으로 들어갔다.
「바로 그 여자야!」
하고 버나비는 다시 중얼거렸다. 그리고는 위축된 듯한 낮은 목소리로 소곤거렸다.
「저 여자는 대단한 부자야…… 엄청난 돈을 이곳에 뿌리려고 왔다는군. 수영장도 만들고, 이탈리아식 정원도, 그리고 파티장도 들어서게 될 거야……! 아무튼 그 저택을 거의 다 헐고 다시 짓는다고 하니까 말일세…….」
「그렇다면, 마을에 돈을 끌어들이는 셈이로군!」 하고 그의 친구가 대답했다. 그는 야위고 초라해 보였으며, 그의 목소리는 시기심으로 가득 차 있었다.

버나비는 그 말에 맞장구 쳤다.
「그렇지, 그렇게 된다면 맬튼언더워스는 정말 훌륭해지는 거지. 그렇고말고.」
버나비는 매우 만족해하는 표정을 지었다.
「당연히 우리 모두 분발하게 되겠지.」 하고 그는 덧붙였다.
「조지 경과는 조금 다를 거야.」 하고 친구가 말했다.
「아, 덕분에 그는 엄청난 횡재를 했지.」
하고 버나비는 느긋한 어조로(별로 시기하지도 않는 듯이) 말했다.
「정말 횡재야.」
「거기에서 얼마나 벌어들였다더라?」
「정확히 6만 달러라고 들었어.」
이 말에 그 마른 남자는 휘파람을 불었다. 버나비는 의기양양해져서 말을 이었다.
「게다가, 그 일을 하는 데 그 여자가 6만 달러도 더 쓰게 될 거라는 말이 들리던데……」
「빌어먹을!」 하고 그 마른 남자가 내뱉었다. 「도대체 그 여자는 그 많은 돈이 어디에서 났을까?」
「미국이라는군…… 그 여자 어머니가 백만장자쯤 되는 사람의 외동딸이라든가 할 거야……. 마치 픽처 집안 놈들처럼 말이야.」
그 때, 그 여자가 우체국에서 나오더니 차에 다시 올라탔다.
차를 몰고 떠나는 뒷모습을 지켜보던 마른 남자가 중얼거렸다.
「내겐 모든 게 다 잘못된 것처럼 보이는군. 저렇게 아름답다니…… 돈도 아름다움도 모두 가지고 있어. 그건 너무한 거야! 그만큼 돈을 많이 가지고 있다면, 당연히 미인이 아니든가 해야지. 돈도 많고, 또 저렇게 미인이니…… 그녀가 모든 것을 다 소유하고 있다는 것은 왠지 불공평하게 보여…….」

2

데일리 블래그 지(紙)의 사회면에 다음과 같은 기사가 실렸다.

'셰마탕트 레스토랑에서 식사하고 있는 사람들 중에 미모의 리넷 리지웨이 양이 섞여 있었다. 그녀는 조안나 사우스우드 양과 윈들쉠 경, 그리고 토비 브라이스 씨 등과 함께 어울려 있었다. 리지웨이 양은 널리 알려진 것처럼 안나 하츠와 멜휘시 리지웨이 사이에서 태어났으며, 그녀의 외할아버지인 레오폴드 하츠에게서 막대한 유산을 상속받았다. 이 아름다운 리넷 양은 현재 사교계에서 최대 관심의 대상이 되고 있으며, 항간에는 곧 그녀의 약혼이 발표될 것이라는 소문이 나돌고 있다. 윈들쉠 경은 정말로 뜨거운 사랑의 열병을 앓고 있는 것처럼 보였다.'

3

조안나 사우스우드가 외쳤다.
「얘, 리넷, 정말 멋지게 될 것 같다!」
그녀는 워드 홀에 있는 리넷의 침실에 앉아서 창문 밖을 바라보고 있었다.
조안나는 정원에서 어슴푸레하게 그림자가 드리워진 숲이 있는 들판 저쪽으로 시선을 옮겼다.
「꽤 괜찮은 편이에요, 그렇지요?」
하고 리넷은 대답하면서 창턱 위에 팔을 올려 놓았다. 리넷의 얼굴엔 강렬하게 생동감 넘치는 빛이 감돌고 있었다. 그녀 옆에 있는 조안나 사우스우드는 뭐라고 할까, 조금 윤곽이 흐릿한 얼굴을 가진 27살 된 젊은 여자였다. 그녀는 똑똑해 보이는 긴 얼굴에, 야릇한 모양의 숱이 적은 눈썹을 가지고 있었다.
「그 동안 대단한 일을 해냈구나! 그런데, 일하는 데 건축가가 몇 명이나 필요했니? 그리고, 그 밖에 또 어려운 점이 많았을 텐데.」
「건축가는 3명을 썼어요.」
「일들은 잘 했니? 나는 한 사람도 보지 못했는데……」
「글쎄요, 괜찮은 편이었어요. 가끔 마음에 안 들 때도 있긴 했지만……」
「리넷, 너 또 그런 식으로 말하는구나! 아무튼 너만큼 실리 위주로만 생각하는 사람도 드물 거야!」
이렇게 말하면서 조안나는 화장대 위에 놓인 진주 목걸이를 집어들었다.
「이거, 진짜 진주일 것 같은데…… 그렇지, 리넷?」
「그럼, 물론이지요.」
「리넷, 너에게는 '물론'이겠지만, 대부분의 다른 사람들은 그렇지 못해. 상당히 높은 교육을 받은 인텔리나 심지어는 울워드(미국 최대의 일용 잡화품 연쇄점 창업자)조차도 그렇게 말하기는 힘들 거야! 정말 믿을 수 없어. 네게 아주 잘 어울리겠는데…… 이만한 목걸이라면 값은 엄청나게 비싸겠지!」
「너무 야한 것 같지 않아요?」
「아니야, 전혀 그렇지 않아. 정말 아름다워. 이 목걸이 얼마나 주고 샀니?」
「5만 달러 정도……」
「굉장히 비싸구나! 도둑맞을까 걱정되지 않니?」
「그렇지 않아요. 항상 목에 걸고 다니는데 뭐. 게다가, 잃어버린다고 해도 보험을 들어 두었으니까 걱정 없어요.」
「내가 저녁 식사 시간까지만 걸고 있으면 안 되겠니? 걸고만 있어도 황홀할 것 같아서 그래.」
리넷은 웃음을 터뜨렸다.
「좋아요, 그렇게 원한다면……」
「리넷, 정말로 나는 네가 부러워 죽겠어. 너는 무엇이든지 다 가지고 있잖아……. 생각해 봐! 너는 이제 20살의 청춘에다가 누구의 간섭도 없이 자유롭게 살 수 있고, 게다가 아름답고 건강하기까지 하잖아? 그리고 또, 머리도 좋고……! 참, 그런데 언제 21살이 되지?」

「내년 6월이에요. 그 때 런던에서 성년 기념 파티를 화려하게 열 생각이에요.」

「그러면, 그 때 찰스 윈들쉠과 결혼할 거니? 가십란 기자들이 그 문제에 열을 올리고 있는가 본데. 게다가, 찰스도 네게 푹 빠져 있잖아?」

리넷은 당치도 않다는 듯이 어깨를 한 번 으쓱하고는 말했다.

「나도 모르겠어요. 하지만, 아직까지는 아무하고도 결혼하고 싶은 마음이 없어요……」

「그렇게 말하면서, 나중에 다른 소리하는 거 아니니?」

그 때 전화벨이 울리는 바람에 리넷은 대답 대신 수화기를 들었다.

「여보세요?」

집사의 목소리가 흘러나왔다.

「드벨포 양의 전화입니다. 통화하시겠습니까?」

「드벨포라고요? 오, 물론이지요. 좋아요, 연결해 주세요.」

'찰카닥' 하고 전화 연결 소리가 나고, 이어서 활기차고 부드러우며 약간 숨이 찬 듯한 목소리가 들렸다.

「여보세요, 리지웨이? 오, 리넷?」

「오, 재키! 정말 몇 년 만이니!」

「그래, 정말 오랜만이구나, 리넷. 네가 보고 싶어 죽겠어.」

「재키, 당장 이 곳으로 오지 않겠니? 내가 새로 지은 집으로 말이야. 네게 이 곳을 보여 주고 싶어.」

「그래, 나도 그러고 싶어.」

「그러면, 기차나 자동차나 아무거나 빨리 타고 와.」

「그래, 그렇게 할게. 나는 끔찍하게 낡은 2인승 차를 타고 가야 해. 15파운드 주고 장만한 건데, 어떤 때는 신나게 달리지만 말썽을 일으킬 때가 더 많아. 어쨌든 내가 차 마실 시간까지 도착하지 못하면 내 차가 또 말썽을 부린 것으로 알고 있어. 아무튼 이따가 보자. 그럼 안녕, 리넷.」

리넷은 수화기를 내려놓고는 조안나를 바라보았다.

「옛날 친구예요. 재클린 드벨포라고 하지요. 우리는 파리에서 같은 기숙사에 있었는데, 재키는 굉장히 불행한 애예요. 그 애 아버지는 프랑스 백작이고, 엄마는 미국 남부 출신 여자였어요. 그런데, 그 애 아버지가 다른 여자와 함께 도망쳐 버렸고, 설상가상으로 엄마는 월 스트리트에 잘못 투자해서 돈을 다 날려 버렸어요. 재키는 이래저래 완전히 빈털터리가 된 셈이지요. 지난 2년 동안 그 애가 어떻게 생활을 꾸려왔는지 정말 모르겠어요…….」

조안나는 리넷의 손톱 줄칼로 새빨간 매니큐어가 칠해진 자신의 손톱을 다듬은 다음, 잘되었는지 보기 위해서 고개를 한쪽으로 기울이고 손톱을 들여다보고 있었다.

「리넷.」 하고 조안나는 점잖 빼는 듯한 느린 목소리로 그녀를 불렀다.

「재키 같은 애는 만나 봤자 피곤하기만 할 거야. 나는 친구들 중에 운이 나빠서 망해 버린 사람이 생기면, 항상 교제를 끊어 버렸어……! 이렇게 말하는 내가 피도 눈물도 없는 냉혈 인간처럼 보일지 모르겠지만, 그렇게 해 두어야 혹시 나중에라도 문제가 생길 염려가 없거든……!

빈털터리가 되면, 으레 돈을 빌려 달라고 귀찮게 굴거나, 아니면 의상실 따위를 만든 다음 엉터리 드레스를 몇 벌씩이나 맞추라고 애걸한단 말이야. 그렇지 않으면 램프갓 위에 그림을 그려서 팔려고 하고, 또는 날염한 스카프 따위를 사라고 부탁한단다.」

「그럼, 만일 내가 빈털터리가 된다면, 조안나는 내일 당장이라도 나와 절교하겠군요?」

「물론, 절교하고 말고. 나는 언제나 솔직하게 이야기하니까! 나는 성공한 사람들하고만 교제하고 싶어. 그리고, 너도 나뿐만이 아니라 거의 모든 사람들이 다 속으로는 이런 생각을 가지고 있다는 것을 알고 있어야 해. 다른 점이란, 나는 정직하고 대부분의 사람들은 그런 사실을 인정하지 않으려 한다는 것뿐이지. 그들은 말을 바꾸어서, 메리나 에밀리, 또는 파멜라 등을 더 이상 참아 낼 수 없다고 표현할 거야. 이렇게 말하면서 말이야. '그 부인의 불행이 그녀를 그렇게 괴상하게 변화시켜 버렸답니다. 아, 가엾은 사람!'」

「맙소사! 조안나, 어쩌면 그렇게 잔인할 수 있지요?」

「리넷, 나는 다른 사람과 똑같은 성격을 가지고 있을 뿐이야.」

「나는 달라요! 나는 절대로 그렇게 하지 않을 거예요!」

「너야 물론 그런 치사한 사람이 아니겠지! 어쨌든 네 재산을 관리하는 잘생긴 중년 미국인이 필요한 대로 돈을 척척 내주는 동안만큼은 치사하게 가엾은 친구를 박대할 필요는 없을 테니까……」

「조안나, 당신은 재키에 대해서 잘못 생각하고 있어요.」 하고 리넷이 말했다.

「그 애는 아무에게나 손을 벌리고 다니는 성격이 아니에요. 전에도 나는 그 애를 도와주려고 했지만, 그 애는 내 도움을 몇 번이나 거절했다고요. 아무튼 재키는 지독하게 자존심이 강한 애이니까요!」

「그렇다면, 도대체 무엇 때문에 그렇게 급히 너를 만나려고 하는 거지? 분명히 뭔가 바라는 게 있을 거야! 틀림없어! 기다려 보면 곧 알게 되겠지.」

「무엇 때문인지는 모르겠지만, 무척 흥분한 목소리였어요.」 하고 리넷은 시인했다.

「재키는 성격이 지나치게 과격한 편이었어요. 그래서, 언젠가 한번은 어떤 사람에게 칼을 들이댄 적도 있었지요!」

「오, 리넷, 정말로 끔찍하구나!」

「어떤 소년이 재키를 자꾸만 못살게 괴롭혔었는데, 재키는 처음엔 그러지 말라고 여러 번 말렸어요. 그런데도 계속 괴롭히니까 재키는 그 소년을 때렸고, 나중에는 힘이 부쳐서 칼을 뽑아 그 소년의 가슴을 찌른 거예요. 그 때 정말 굉장한 소동이 일어났었어요!」
「정말 굉장했겠구나. 너무 끔찍한 이야기야!」
그 때 리넷의 하녀가 들어왔다. 실례한다는 말을 중얼거리며 그녀는 옷장에서 드레스 한 벌을 꺼내서는 그것을 들고 방을 나갔다.
「메리에게 무슨 나쁜 일이 있나 보지?」 하고 조안나가 물었다.
「운 것 같은데.」
「가엾게도…… 언젠가 내가 메리가 이집트에서 일하고 있는 어떤 남자와 결혼하고 싶어한다는 말을 한 적이 있을 거예요. 그런데, 메리는 그 남자에 대해 아무것도 모르고 있는 것 같아서 내가 신원 조사를 좀 해 보았어요. 알고 보았더니 글쎄 그 남자는 이미 결혼해서 자식이 3명이나 있는 거예요!」
「리넷, 도대체 너는 얼마나 많은 적들을 만들려고 그러니?」
「적들이라니요?」
리넷은 깜짝 놀라서 물었다.
조안나는 고개를 끄덕이고 나서 담배 한 개비를 피워 물었다.
「그래, 적들 말이야. 리넷, 너는 너무 유능하고, 게다가 옳은 일만 찾아서 하는 애니까……」
그러자 리넷은 웃음을 터뜨렸다.
「나는 세상에 적이라고는 한 사람도 없어요!」

4

윈들쉠 경은 삼나무 아래에 앉아서 아름다운 워드 홀을 바라보았다. 거기에는 그 고색 창연한 아름다움을 해칠 만한 것들이 하나도 없었다. 왜냐하면 새로운 건물과 여러 부속 건물들은 모두 다 멀리 시야 밖으로 밀려나서 구석 쪽에 위치해 있었기 때문이다.

가을 햇빛 속에 녹아 내리는 듯한 그 풍경은 참으로 아름답고 평화로워 보였다. 그러나, 찰스 윈들쉠은 아름다운 워드 홀의 경치에서 시선을 떼었다. 워드 홀의 경치 대신에 그는 위풍당당한 엘리자베스식 대저택과 그 옆으로 길게 뻗은 주차장, 몹시 황폐해진 뒷정원 등등을 바라보았다. 그것은 바로 그의 집안의 영지인 찰튼베리였다. 그리고, 앞정원에는 한 사람의 모습이 보였는데, 그 모습은 바로 빛나는 금발과 활기에 넘치고 자신 만만한 얼굴을 가진 처녀였다. 찰튼베리의 여주인이 될 리넷!

그는 매우 희망적으로 생각하고 있었다. 그녀의 거절은 확정적인 것이 아니었기 때문이다. 그것은 단지 시간을—생각할 시간을 좀더 달라는 뜻이었던 것이다. 어쨌든 그는 얼마든지 기다릴 각오가 되어 있었다.

그녀와 결혼하기에 그의 조건은 아주 훌륭했다. 돈 있는 여자와 결혼하는 것이 그에게도 역시 바람직한 일이었다. 하지만, 그렇다고 해서 돈 때문에 사랑하지도 않는 여자와 결혼해야만 할 정도로 돈에 쪼들리고 있는 상황은 아니다. 무엇보다도 그는 리넷을 사랑하고 있었다. 만일, 리넷이 영국에서 최고 부유한 여자들 중의 하나가 아니라 빈털터리였다 해도 그녀와 결혼하고 싶어했을 것이다. 다만, 운좋게도 그녀는 영국 최고의 부자들 중의 하나일 뿐이다……

그의 마음은 미래에 대한 멋진 계획으로 한껏 부풀어 있었다. 록스데일의 주인이 되고, 서부파의 부흥이라든가, 그러면 스코틀랜드 놈들에게 우리 저택에서 영화를 찍게 할 필요도 없을 테고……

찰스 윈들쉠은 햇빛을 받으며 꿈을 꾸고 있었다.

5

4시 정각에 한 낡아빠진 2인승 자동차가 모래를 지끈지끈 밟는 소리를 내며 도착했다. 어떤 여자가 그 자동차에서 내려섰다. 그녀는 작고 마른 체구에 검은 더벅머리를 하고 있었다. 그녀는 계단을 황급히 뛰어 올라가서는 초인종을 눌렀다.

몇 분 뒤, 그녀는 위풍당당하고 널찍한 응접실로 들어갔다. 목사처럼 생긴 집사가 엄숙한 목소리로 「드벨포 양께서 오셨습니다.」 하고 알렸다.

「리넷!」

「재키!」

윈들쉠은 한쪽으로 비켜 서서는, 조그만 여자가 맹렬히 달려와서 리넷의 품 속에 뛰어드는 것을 바라보면서, 자신의 마음도 찌릿해지는 것을 느꼈다.

「윈들쉠 경이고, 이쪽은 드벨포 양이에요. 나의 가장 친한 친구죠.」

'예쁜 처녀로군.' 하고 그는 속으로 생각했다.

'정말 아름답다고는 할 수 없지만, 매력적인 면이 있어. 검은색의 고수머리와 커다란 눈이 매력적이군.'

그는 재빠르게 몇 마디 인사말을 건넸다. 그런 다음, 그는 두 친구들이 해후를 즐길 수 있도록 자리를 비켜 주었다.

재클린이 불쑥 한 마디 했다. 리넷은 그녀의 말투가 여전하다고 생각했다.

「윈들쉠? 윈들쉠이라고 했지? 아! 바로 저 사람이 신문에서 너와 결혼하게 될 거라고 떠들어대던 바로 그 남자로구나! 그래— 정말, 리넷, 너 저 남자와 결혼할 거니, 정말?」

리넷은 「어쩌면……」 하고 중얼거렸다.

「오, 리넷, 나는 정말 기뻐! 그 사람 정말 잘생겼더라.」

「아니야. 꼭 그렇게 생각하지는 마. 사실 아직까지 마음을 정하지 못했거든.」

「물론 쉽게 결정하지 않겠지! 여왕님께서 배우자를 선택하는데 어련하시겠니!」

「그만해, 재키.」

「하지만 너는 진짜 여왕이야, 리넷! 폐하, 여왕 폐하 리넷, 금발의 리넷! 그리고 이 몸은 여왕 폐하의 시녀이옵니다! 신임받는 시녀이지요.」

「너 무슨 말을 그렇게 하니? 재키, 그 동안 내내 어디에 있었어? 어느 날 갑자기 한 마디 말도 없이 훌쩍 떠나서는, 편지 한 통도 보내 주지 않다니 정말 너무했어.」

「편지쓰는 것이 죽기보다 싫어서 그랬어. 내가 그 동안 어디에 있었느냐고? 세 군데나 돌아다녔지. 너도 알겠지만, 직업 때문이야. 별볼일없는 여자에게는 언제나 그런 끔찍한 직업뿐이니까!」

「재키, 제발 너……」

「관대하신 여왕님의 자비를 구하라고? 그래, 사실은 그것 때문에 내가 여기에 온 거야. 솔직히 말해서…… 아니, 꼭 그런 건 아니야— 돈을 빌려 달라고 온 것이 아니고. 아직 그렇게까지는 되지 않았으니까. 하지만, 사실 네게 중요한 부탁이 있어서 온 거야!」

「뭔데? 말해 봐.」

「너도 윈들쉠이라는 남자와 결혼하고 싶은 생각이 있으니까, 아마 내 심정을 이해할 거야.」

리넷은 한동안 무슨 뜻인지 몰라서 당황한 표정을 지었다가 이내 알아듣고는 말했다. 「재키, 너 그렇다면……?」

「그래, 리넷. 나 약혼했어!」

「어머, 그랬었구나! 나도 네가 유난히 생기 있어 보인다고 생각했었지. 항상 그런 편이긴 했지만, 그래도 평상시보다 더 생기가 넘치니 말이야.」

「그래, 사실 지금 내가 바로 그런 상태야!」

「자, 어서 그 약혼자에 대해서 이야기해 봐.」

「이름이 시몬 도일이야. 키가 크고 넓쩍한 어깨를 가지고 있고, 믿을 수 없을 만큼 순진한 데다가 어린애 같은 얼굴을 하고 있는데, 아무튼 굉장히 매력적인 사람이야! 그렇지만, 그 사람은 무척 가난해. 돈 한푼 없는 빈털터리 신세야. 그 사람도 일종의 '영주'야. 하지만, 가난한 영주의 아들이라는 신분 외에는 아무것도 가진 것이 없단다. 그 사람은 데븐셔 출신이라서 그런지 전원 생활을 좋아해. 지난 5년 동안 시내에 있는 조그만 회사에서 근무했었는데, 얼마 전에 직장을 잃어서 이젠 실업자야. 오, 리넷, 만일 내가 그 사람과 결혼하지 못하게 된다면 죽어 버리고 말 거야! 죽어 버릴 테야! 정말 죽어 버릴 테야……」

「바보 같은 소리!」

「죽어 버리고 말 거야, 정말이야! 나는 그 사람이 너무너무 좋아. 그 사람도 내게 푹 빠져 있단다. 우리 두 사람은 어느 한쪽이 없으면 살지 못할 거야.」

「재키, 너 정말 굉장하구나!」

「나도 알고 있어. 굉장하지, 그렇지? 하지만, 너도 진정한 사랑을 하게 되면 별 수 없을걸.」

그녀는 잠깐 말을 멈추었다. 갑자기 그녀의 두 눈에는 쓸쓸한 빛이 감돌고 슬픈 표정으로 변했다. 그녀는 약간 몸서리를 치더니 말을 이었다.

「사실은 가끔 겁날 때도 있긴 해! 시몬과 나는 서로를 위해 태어난 것 같아. 나는 시몬 외에는 어느 누구도 사랑하지 않을 거야. 리넷, 네가 좀 우리를 도와 주어야겠어. 내가 듣기로는 네가 이 곳을 샀다던데! 그 소문을 듣고 내게 아주 좋은 생각이 떠오르더라. 자, 한번 들어 봐. 너는 여기를 관리할 토지 관리인이 필요할 거야. 아마 두 사람 정도는 있어야 하지 않겠니? 바로 그 관리인직을 시몬에게 맡겨 주면 어떻겠니?」

「오!」

리넷은 깜짝 놀랐다.

재클린은 그러한 반응을 무시하고 계속 말을 이었다.

「그 사람은 모든 일에 다 능숙해. 게다가, 그는 땅에 대해서는 전문가거든. 실제로 영지에서 자랐으니까. 그뿐만이 아니라, 거기에 필요한 전문 교육도 받았어. 오, 리넷, 제발 나를 봐서라도 그 사람에게 일자리를 좀 주지 않겠니? 만일, 그 사람이 일을 잘 못 해낸다면, 언제든지 쫓아내도 좋아. 하지만, 그는 잘 해낼 거야. 그렇게만 된다면, 우리는 작은 집에서 함께 살 수 있을 테고, 나도 너를 자주 만날 수 있지 않겠니? 그리고, 영지에 관한 일은 전혀 걱정하지 않아도 될 거야.」

그리고 나서 그녀는 일어섰다.

「자, 어떻게 하겠니? 리넷, 어서 빨리! 아름다운 리넷! 금발의 날씬한 리넷! 나의 소중한 친구 리넷! 어서 말해 줘!」

「재키―」

「그렇게 해 줄 거지?」

리넷은 웃음을 터뜨렸다.

「재키, 바보 같으니라고! 한번 네 약혼자를 데려와 봐. 내가 그 사람을 한번 봐야 하니까. 그리고 나서, 다시 이야기해 보자.」

재키는 그녀에게로 달려가서 열렬하게 키스를 퍼부었다.

「오, 리넷, 너야말로 진정한 친구야! 네가 그렇게 해 줄 것이라고 믿고 있었어. 예전에도 너는 나를 저버리지 않았었으니까. 결코 저버린 적이 없었지. 너는 정말 이 세상에서 가장 멋진 여자야. 그럼 이만 갈게.」

「잠깐, 재키. 좀더 있다 가.」

「아니야, 안 돼. 곧 런던으로 가야 해. 그래야만 내일 시몬을 데리고 올 수 있어. 한시라도 빨리 이 일을 매듭지어야 하잖니? 너도 그이에게 호감을 느낄 수 있을 거야. 그이는 정말로 매력적인 사람이란다.」

「아무리 그래도 잠깐 앉아서 차 마실 시간도 없니?」

「미안해. 잠시라도 지체할 수가 없어, 리넷. 나는 지금 너무 흥분해 있어. 이대로 당장 돌아가서 시몬에게 알려 주고 싶어. 나도 지금 내가 제정신이 아니라는 것을 알고 있어. 하지만, 나도 어쩔 수가 없는걸. 결혼하면 나아지겠지 뭐. 결혼하고 나면, 으레 제정신으로 돌아온다고 하더라.」

그녀는 문가로 다가갔다. 그러다가 잠시 멈춰 서는 듯하더니, 다시 쏜살같이 달려와서는 포옹을 했다.

「오, 사랑하는 리넷. 세상에 너 같은 친구는 다시 없을 거야.」

6

가스통 블롱댕은 자그마한 일류 레스토랑 셰마탕트의 주인인데, 그는 아무 손님이나 무턱대고 받아들이는 그런 사람은 아니었다. 부자나 미인, 저명 인사, 그리고 높은 신분의 사람들까지도 그의 특별한 주의를 끌지 못하거나, 환영을 받지 못하는 경우가 대부분이었다. 그가 아주 공손한 태도로 손님을 맞아 특별석까지 모셔서 함께 이야기를 한다는 것은 매우 드문 일이었다.

그가 이러한 환대를 해 준 것은 불과 세 번에 지나지 않았는데— 한 번은 공작 부인에게, 또 한 번은 유력한 상원 의원 후보에게, 그리고 다른 한 번은 특이한 경우로서—그 손님은 시커먼 콧수염을 기르고 있는 우스꽝스럽게 생긴 키 작은 남자였는데, 얼핏 보기에는 전혀 이 레스토랑에 어울리지 않을 것 같은 사람이었다.

블롱댕은 손님을 너무 차별 대우했다. 불과 30분 전에 빈 탁자가 없다며 손님을 돌려 보내 놓고서는, 지금 그 손님이 나타나자 가장 좋은 탁자로 안내해 준 것이었다. 블롱댕은 그 손님을 자리까지 안내해 준 뒤에 매우 부드러운 태도로 말했다.

「그렇지만, 포와로 씨, 당신을 위해서라면 언제든지 탁자가 준비되어 있습니다! 제발, 자주 들러 주십시오. 저희 레스토랑에 커다란 영광이 될 테니까요.」

에르큘 포와로는 미소를 지었다. 왜냐하면 시체 한 구와 웨이터 한 명, 블롱댕, 그리고 아름다운 여인 한 명이 관련된 옛 사건이 떠올랐기 때문이다.

「당신은 매우 친절하군요, 블롱댕 씨.」 하고 그가 말했다.

「포와로 씨, 혼자 오셨습니까?」

「그렇소, 혼자요.」

「예, 잘 알았습니다. 쥘에게 시(詩)와 같은 멋진 요리를 만들어 드리라고 하겠습니다―그야말로 시 같은 요리를 말입니다! 여자들이란 그저 아름답기는 하지만, 한 가지 약점이 있지요. 여자들은 음식을 제대로 즐길 줄 모르거든요. 포와로 씨, 당신은 음식맛을 제대로 즐길 줄 아는 분입니다. 그건 분명합니다. 자, 그럼, 포도주는―?」

계속 여러 주문이 잇따랐다. 지배인 쥘도 옆에서 거들어 주었다.

자리에서 물러나기 전에 블롱댕은 잠시 머뭇거리더니, 목소리를 잔뜩 낮추고 물었다.

「무슨 사건이라도 생겼습니까?」

포와로는 머리를 내저었다.

「불쌍하게도 할일없는 신세라오.」 하고 그는 섭섭하다는 듯이 대답했다.

「하지만, 경기가 한창 좋을 때 저축을 해 두었기 때문에 지금은 아무 일 하지 않고서도 그럭저럭 지낼 수가 있지요.」

「정말 부럽습니다.」

「천만에, 당신이 잘못 생각하는 거요. 분명히 장담하지만, 내 생활은 사람들이 생각하는 것처럼 그리 유쾌한 것이 아니라오.」 하고 포와로는 한숨을 길게 내쉬었다.

「옛말에 사람은 잡생각을 없애려면 일을 해야 한다는 말이 있지 않습니까? 그것은 참으로 옳은 말이지요.」

블롱댕은 손을 내저었다.

「하지만, 얼마든지 할 일은 있지 않습니까? 여행을 하시는 게 어떻겠습니까?」

「그렇지, 여행이 있었지. 그렇지 않아도 이미 나는 여행을 떠날 생각을 해 두었소. 올 겨울에는 이집트로 가 볼 생각이오. 사람들이 그곳 기후가 아주 좋다고 하더군요! 안개와 침울한 날씨, 그리고 이 지긋지긋하게 내리는 비에서 벗어날 수 있다고 하더군요.」

「아, 이집트!」 하고 블롱댕은 한숨을 내쉬었다.

「내 생각에는 도버해협만 빼놓고는, 배를 타지 않고 기차만으로 여행할 수 있을 것 같은데.」

「왜요? 배를 타는 것이 싫으십니까?」

에르퀼 포와로는 머리를 흔들면서 약간 몸서리를 쳤다.

「저도 그렇습니다.」 하고 블롱댕은 공감하면서 말했다.

「배만 타면 속이 울렁거리거든요.」

「하지만, 다 그렇게 느끼는 것은 아닙니다! 배가 요동을 쳐도 하나도 거북함을 느끼지 않고 거뜬하게 버티는 사람도 많지요. 그런 사람들에게는 배 여행이 아주 유쾌한 것이지요!」

「하느님도 참 불공평하시군요.」 하고 블롱댕이 대꾸했다. 그는 서글픈 듯이 머리를 흔들며, 잠시 하느님도 너무하다는 생각에 빠져 있다가는 이윽고 자리에서 물러 나왔다.

잠시 뒤, 웨이터들이 조용히 다가와서는 재빠른 솜씨로 탁자 위에 여러 음식들을 늘어놓았다. 멜버 토스트(바삭바삭하게 구운 얇은 토스트), 버터, 얼음통, 그 밖에 고급 요리에 따라 나오는 여러 가지 소스들이 놓아졌다.

갑자기 흑인들로 구성된 오케스트라가 시끄러운 불협 화음의 야릇한 곡조를 빠른 템포로 연주하기 시작했다. 그러자, 사람들이 일어나서 춤을 추기 시작했다.

에르퀼 포와로는 그 춤추는 사람들을 바라보았다. 그 때, 그의 가슴 속에서 막연한 생각들이 어지럽게 떠올랐다.

'사람들의 표정이 어쩌면 저렇게 따분하고 지겨워 보일까! 하지만, 저 뚱보들 중 몇은 신나게 즐기고 있군……. 그렇지만 그 파트너들은 지겹다는 표정이 역력해. 저 자줏빛 드레스를 입은 뚱뚱한 여자는 매우 행복해 보이는군그래……. 비록 뚱뚱하긴 하지만 그래도 확실히 뭔가가 있는 여자 같은데……. 뭐랄까, 날씬하고 몸매 좋은 처녀들에게서는 볼 수 없는 기품이라고 할까. 하여튼 품위 있는 여자야.'

젊은이들도 꽤 있었는데, 그들 중 몇 사람은 공허한 표정이었고, 어떤 이들은 지겨운 듯한 얼굴이었으며, 또 몇몇은 확실히 불행하게 보였다.

'청춘 시절이 행복한 때라고 말하는 것은 참으로 어리석은 소리이다—청춘 시절이란 일생에서 가장 상처받기 쉬운 때이기 때문이다!'

이런 잡다한 생각을 하던 중, 눈에 띄는 커플을 보게 되자 포와로의 시선은 부드러워졌다. 정말로 잘 어울리는 한 쌍이었다. 키가 크고 넓은 어깨를 가진 젊은이와 날씬하고 섬세하게 생긴 처녀였다. 그들 두 사람은 아주 행복한 듯한 표정으로 리듬에 맞춰 춤을 추고 있었다. 여기에서 춤추고 있는 것이—바로 이 시간에 둘이 춤추고 있다는 것이 행복해서 못 견디겠다는 듯한 표정이었다.

춤은 이내 끝났다. 그리고 나서 사람들이 박수를 치자 다시 연주가 시작되었다. 그 뒤에도 두 곡이나 더 거듭된 뒤에, 그 커플은 포와로의 자리에서 멀지 않은 그들의 탁자로 돌아와 앉았다. 그 여자는 상기된 표정으로 웃고 있었다.

그 여자가 자신의 파트너에게 미소를 지으며 앉을 때, 포와로는 그녀의 얼굴을 자세히 볼 수 있었다.

그녀의 눈에는 미소 외에 또 다른 어떤 것이 깃들어 있었다. 에르큘 포와로는 믿을 수 없다는 듯이 머리를 흔들면서 중얼거렸다.

「저 조그만 처녀는 너무 열렬한 사랑을 하고 있군.」

그는 혼잣말로 중얼거렸다.

「지나치게 뜨거운 사랑은 곤란하지. 아니야, 정말 위험할 정도야.」
다음 순간, '이집트'라고 하는 소리가 그의 귀에 들어왔다.
이제 그들의 목소리는 포와로에게 분명하게 들렸다―부드러운 외국식 발음으로 아르(R)라고 말하는 여자의 젊고 신선하며 다소 오만한 목소리와, 듣기 좋은 저음의 세련된 영어로 말하는 젊은이의 목소리.
「저는 부화하기도 전에 병아리가 몇 마리나 될지 계산하는 짓 따위는 안 해요, 시몬. 분명히 장담하지만, 리넷은 우리를 버리지 않을 거예요!」
「대신 내가 그 여자를 버리게 될지도 모르지.」
「당치도 않아요―. 당신은 잘 해낼 거예요.」
「사실은 나도 그렇게 생각해……나는 내 자신의 능력을 의심해 본 적은 한 번도 없으니까. 어쨌든 당신을 위해서라도 잘해 볼 생각이야!」
그녀는 넘치는 행복감에 젖어서 부드럽게 미소지었다.
「당신이 쫓겨나지 않는다는 걸 확인하려면 적어도 3달은 있어 봐야 할 거예요. 그리고 그 다음에는―」
「그리고 그 다음에는 내가 당신을 호강시켜 줄 거라는 말이지, 재키?」
「그럼 우리는 이집트로 신혼 여행을 갈 수 있을 거예요. 엄청난 돈이 들겠지만! 저는 언제 한번은 이집트에 가 보고 싶었어요. 나일강과 피라미드, 그리고 사막……」
그는 갑자기 목소리를 낮추고 소곤거렸다.
「재키, 함께 그것을 구경할 수 있게 될 거야. 우리 함께 말이야. 정말로 멋지지, 응?」
「글쎄, 제가 느끼는 것만큼 당신에게도 그렇게 멋질까요? 당신, 정말로 제가 당신을 사랑하는 것만큼 저를 사랑하고 있어요?」
그녀의 목소리는 갑자기 날카로워졌다. 그리고, 동시에 그녀의 눈은 두려움으로 크게 떠졌다.
 남자는 힘찬 목소리로 얼른 대답했다.
「바보 같은 소리는 그만해, 재키.」
 그러나, 그녀는 여전히 같은 말을 되풀이했다.
「글쎄, 정말로……」
 그러다가 그녀는 어깨를 한 번 으쓱해 보이더니 말했다.
「우리 춤이나 춰요.」
 이것을 보고 있던 에르퀼 포와로는 혼잣말로 중얼거렸다.
「사랑에 빠진 여자와, 자신을 그렇게 사랑하도록 내버려 두는 젊은이라…… 글쎄 어쩐지……」

7

 조안나 사우스우드 양이 말했다.
「그 남자는 조금 억센 사람일 것 같은데.」
 리넷은 고개를 저었다.
「아마 그렇지는 않을 거예요. 재클린의 눈은 그래도 믿을 만하거든요.」
 조안나는 대꾸했다.
「하지만, 사랑에 빠지게 되면 으레 사람들은 상대방을 과대 평가하게 되는 법이야.」
 리넷은 짜증스럽다는 듯이 고개를 저었다. 그런 다음, 그녀는 화제를 바꾸었다. 「피어스 씨를 만나서, 어떤 계획에 대해서 의논을 좀 해야겠어요.」
「계획이라니?」
「응, 지독하게 더러운 오두막 몇 채에 관한 문제예요. 그 오두막들을 헐고, 그 곳에 사는 사람들을 다른 곳으로 옮겨 보낼 생각이에요.」

「참 깨끗하고 관대한 계획이구나, 홍!」
「어쨌든 그 사람들은 다른 곳으로 옮겨 가야 해요. 그 오두막들은 새로 만든 수영장이 내려다보이는 곳에 있으니까요.」
「거기에 사는 사람들이 이사가겠다고 하니?」
「대부분은 대환영을 하는데, 한두 명이 속을 썩이고 있어요—정말 골치 아픈 일이에요. 그 두 사람들은 도대체 자신들의 생활 환경이 엄청나게 좋아질 거라는 사실을 깨닫지 못하는 모양이에요.」
「어쨌든 네 뜻대로 처리될 거야.」
「조안나, 이 일은 그 사람들에게 정말 이득이 되는 거예요.」
「물론 그렇겠지. 다만 강요된 이익이니까 그게 문제지. 리넷 리지웨이, 내 눈을 똑바로 쳐다보고 네가 원하는 대로 하지 못했던 경우가 한 번이라도 있었다면 말해 봐.」
「물론, 여러 번 그런 경우가 있었어요.」
「오, 그래? '여러 번'이라고—언제나 그런 식이지—하지만, 구체적으로 예를 들 수는 없을 거야. 아무리 네가 열심히 기억해 내려고 해도, 그런 일은 없었으니까 생각나지 않을 것이 당연하지! 황금 자동차를 탄 리넷 리지웨이에게 불가능이란 있을 수 없을 테니까.」
리넷은 날카롭게 소리쳤다.
「그렇다면, 내가 이기적인 사람이라는 거예요?」
「천만에. 단지 저항할 수 없다는 뜻이야. 재산과 미모를 함께 가지고 있는 사람에게 감히 누가 대항할 수 있겠니! 네 앞에서는 모든 것이 다 굴복하고 마니까. 돈으로 살 수 없는 것은, 너의 미소로써 손에 넣을 수 있지. 그러니까 당연히 결과는— 리넷 리지웨이는 모든 것을 소유한 여자가 되는 거 아니겠니?」
「당치도 않은 소리는 그만 둬요, 조안나!」
「그럼, 네가 모든 것을 소유하지 않았다는 말이야?」
「내 생각으로는, 나는 다만……어쨌든 그런 말은 역겹게 들려요!」

「물론 역겹겠지, 리넷! 너는 시간이 흐를수록 점점 더 따분해지고, 편안한 생활에 싫증을 느끼게 될 거야. 하지만, 그러는 동안에도 여전히 호화로운 차를 타고 위풍당당한 행진을 즐기겠지. 다만 내가 궁금한 것은, 정말로 궁금한 것인데, 네가 만일 '통행 금지'라고 쓰여 있는 길을 내려가야 할 때가 있다면, 그 때 무슨 일이 벌어지게 될까 하는 거야.」

「제발 그런 터무니없는 소리는 그만 둬요.」

그 때, 윈들쉠 경이 그들에게로 다가왔다. 리넷은 그에게로 몸을 돌리면서 말했다.

「조안나가 방금 제게 아주 심술궂은 말을 했어요.」

「그래, 모든 게 다 심술이야, 심술.」 하고 말하면서 조안나는 엉거주춤하게 의자에서 일어났다.

그녀는 실례한다는 말도 없이 방을 나갔다. 윈들쉠의 눈빛이 심상치 않음을 알아챘기 때문이었다.

윈들쉠은 잠시 동안 침묵을 지켰다. 그런 다음 그는 곧바로 본론으로 들어갔다.

「리넷, 마음을 결정했소?」

그녀는 느릿느릿하게 말했다.

「제가 뭐 짐승인가요? 제 생각은 이래요. 만일, 제가 확신이 서지 않았다면 '아니오'라고 말해야 한다고요―.」

그는 그녀의 말을 가로막았다.

「그렇게 말하지 마시오. 얼마든지 시간을 주겠소. 당신이 원하는 대로 얼마든지. 하지만 당신도 알다시피 나는 우리 둘이라면 행복하게 살 수 있으리라 확신하오..」

「당신도 아시겠지만―」 리넷은 변명하듯이 어린애 같은 목소리로 말했다.

「저는 지금의 제 생활에 아주 만족하고 있어요. 특히 여기 이 모든 것을요.」 그녀는 손으로 가리켰다. 「나는 오래 전부터 워드 홀을 이상적인 별장으로 만들 꿈을 꾸어 왔어요. 그리고, 지금 그 꿈을 멋지게 이루었어요. 그렇게 생각지 않으세요?」
　「아름답소. 참으로 멋진 계획이오. 모든 것이 다 완벽하오. 당신은 참으로 영리한 여자요, 리넷.」
　그는 잠시 말을 멈춘 뒤, 다시 계속했다.
　「하지만 당신은 찰튼베리도 좋아하지 않소? 물론 현대식으로 개조해야 할 곳이 몇 군데 있긴 하지만— 당신은 그런 일에는 뛰어난 여자이니까 싫어하지 않을 거요.」
　「물론이지요. 찰튼베리는 아주 훌륭한 곳이에요.」
　그녀는 짐짓 열렬한 표정으로 대답했지만, 갑자기 온몸에 차갑고 싸늘한 기운이 느껴졌다. 마음속에서 이상한 목소리 하나가 삶에 대한 그녀의 만족감을 마구 흔들면서 들려 왔다. 그녀는 당장 그 자리에서 그 야릇한 느낌을 분석해 보려고 하지 않았다. 잠시 뒤, 윈들쉠이 집안으로 들어가고 나서 그녀는 가슴 깊숙한 곳에 자리잡은 그 느낌이 무엇인지 더듬어 보았다.
　찰튼베리— 그래, 바로 그것이었어— 그녀는 찰튼베리라는 말이 나오자마자 분노가 치밀었다. 그렇지만, 도대체 왜 그랬을까?
　찰튼베리는 꽤 유명한 곳이다. 윈들쉠의 선조들이 엘리자베스 시대부터 소유하고 있었던 곳이다. 찰튼베리의 여주인이 된다는 것은, 곧 사교계에서 비할 데 없이 높은 지위를 얻게 된다는 말이나 마찬가지였다. 더군다나, 윈들쉠은 영국에서 가장 인기 많은 사람 중에 속하는 인물이다.
　그렇게 되면 당연히 윈들쉠은 워드를 중요하게 생각하지는 않을 것이다……
　이 곳은 어느 모로 보나 찰튼베리와는 비교가 되지 못할 테니까.
　아—그러나, 워드는 그녀의 것이다! 그녀는 이 곳을 계속 꿈꾸어 왔고, 지금은 이 곳을 소유했으며, 또 새롭게 개조하고 치장을 했으며 이 곳에 엄청난 돈을 들였다. 어쨌든 이 곳은 다름 아닌 바로 그녀의 소유지인 것이다─바로 그녀의 왕국.

그렇지만, 만일 그녀가 윈들쉠과 결혼하게 된다면, 이 곳은 결코 중요한 비중을 차지하지 못하게 될 것이다. 워드와 찰튼베리의 두 곳 중에서 그들은 어느 곳을 선택하게 될까? 워드 홀이 포기될 것은 너무도 명백한 일이다.

리넷 리지웨이, 그녀는 더 이상 존재하지도 않게 될 것이다. 그녀는 엄청난 지참금을 찰튼베리와 그 곳의 주인인 윈들쉠에게 바친 뒤, 윈들쉠 백작 부인이 되겠지. 그렇다면, 그녀는 왕비일 뿐 여왕은 될 수가 없다.

「나도 참 바보 같은 생각을 다하는군.」
하고 리넷은 혼잣말로 중얼거렸다. 그러나, 그녀가 워드를 포기한다는 것은 생각만 해도 끔찍한 일이었다…….

그리고, 또 하나 그녀를 끊임없이 자극하는 것이 있었다.

어렴풋이 들려 오는 재키의 흥분된 목소리가 바로 그것이었다.

「내가 그 사람과 결혼하지 못하게 된다면 죽어 버리고 말 거야! 죽어 버릴 테야! 정말……」

그렇게 열렬하고 진지하다니. 리넷, 자신은 윈들쉠에 대해서 그런 정도로 사랑을 느꼈을까? 확실히 그녀는 그 정도는 못되었다. 어쩌면, 앞으로도 그런 감정을 느낄 수 있는 기회가 없을지도 모른다. 그런 느낌은 정말 굉장할 거야…….

그 때, 열려진 창문 사이로 자동차가 멈추는 소리가 들려 왔다.

리넷은 침착하지 못한 태도로 머리를 흔들었다. 재키와 그녀의 약혼자가 도착한 것일 게다. 그녀는 나가서 그들을 맞이해야 했다.

그녀는 재키와 시몬 도일이 자동차에서 내릴 때, 이미 현관문에 나와 서 있었다.

「리넷!」 하고 외치며, 재키는 그녀에게로 달려왔다.

「이 분이 시몬이야. 시몬, 바로 리넷이에요. 정말 아름답고 훌륭한 애예요.」

리넷은 키가 크고 넓은 어깨를 가진 그 젊은이를 바라보았다. 그는 짙푸른 눈에 곱슬거리는 갈색 머리와 네모진 턱을 가지고 있었으며, 소년같이 순진하면서도 매력적인 미소를 띠고 있었다.

그녀는 손을 내밀었다. 그녀의 손을 잡은 그의 손은 힘차고도 따뜻했다. 그녀는 자신을 쳐다보는 그의 눈길이 마음에 들었다. 그 순수하고도 진심이 담긴 듯한 눈길이…….

재키는 그에게 리넷이 멋지다고 말했고, 실제로 그도 그녀가 멋있는 여자임을 확인했다.

온화하고도 감미로운 흥분이 그녀의 몸 속에 흐르기 시작했다.

「이 곳이 마음에 드실는지 모르겠어요.」하고 그녀가 말했다.

「자, 들어오세요, 시몬. 새로운 토지 관리인을 환영해요.」

그녀는 앞장서서 안내를 하면서 생각했다. '나는 지금 너무나 행복해—두려울 정도로 행복한 기분이야. 재키의 약혼자가 마음에 든단 말이야…… 그 사람이 너무나 마음에 들어…….'

그리고는 갑작스러운 고통이 그녀를 엄습했다. '재키는 정말 행운아야…….'

8

팀 앨러튼은 고리버들로 만든 의자에 기대어 앉아서 바다를 바라보고 있었다. 그러다가 자기 어머니를 곁눈질로 쳐다보았다.

앨러튼 부인은 백발의 아름다운 50세의 여인이었다. 그녀는 아들을 볼 때마다 혹독할 정도로 엄격하게 훈계를 해대면서 아들에 대한 뜨거운 애정을 숨기고 있었다. 하지만, 처음 이들을 보는 사람들일지라도 그녀의 그런 태도에 속아 넘어가는 경우는 거의 없었다. 팀도 역시 어머니의 그런 태도를 완전히 꿰뚫어 보고 있었다.

그는 말했다.

「어머니, 정말 마조르카가 좋으세요?」

「글쎄―」

앨러튼 부인은 잠시 생각해 보았다.

「경비가 조금밖에 들지 않잖니?」

「하지만 춥지요.」하고 말하면서 팀은 약간 몸을 떨었다.

그는 키가 크고 몸이 마른 젊은이였다. 검은색 머리에 가슴은 조금 좁은 듯했다. 그의 목소리는 아주 부드러웠으며, 눈은 슬픈 듯하고, 턱은 그다지 뚜렷한 모습은 아니었다. 그의 손은 길다랗고 섬세했다.

몇 해 전에 폐병에 걸린 적이 있었기 때문에 건강한 편은 아니었다. 그는 일반적으로 '글쓰는 사람'으로 알려져 있었다. 하지만, 그의 친구들은 그의 작품이 실제로 대단치 않다는 사실을 알고 있었다.

「팀, 지금 무얼 생각하고 있니?」

앨러튼 부인은 대단히 예민한 여자였다. 그녀의 짙은 갈색 눈동자는 미심쩍은 표정으로 반짝거렸다.

팀 앨러튼은 그녀를 보면서 싱긋 웃었다.

「이집트를 생각하고 있어요.」

「이집트?」

앨러튼 부인은 미심쩍어하는 목소리로 물었다.

「진짜 따뜻할 거예요, 어머니. 나른하게 펼쳐진 황금색 사막, 그리고 나일강. 저는 나일강을 거슬러 올라가 보고 싶어요. 어머니도 그러고 싶지 않으세요?」

「오, 나도 가고 싶다.」 그녀는 씁쓸한 기분으로 말했다.

「하지만, 이집트 여행은 너무 돈이 많이 들지 않겠니? 애야, 우리처럼 한푼이라도 아껴 써야 하는 사람들에게는 어울리지 않아.」

팀은 미소를 지었다. 그는 의자에서 일어선 다음 길게 기지개를 켰다. 갑자기, 그는 생기 있고 활기차게 보였다. 그의 목소리에는 어떤 흥분된 어조가 섞여 있었다.

「여행 비용은 제게 맡겨 두세요, 어머니. 증권 거래소에서 그러는

데, 증권 시세에 약간의 변동이 생겼다더군요. 그리고, 우리가 사 두었던 주식값이 상당히 올랐대요. 오늘 아침에 그 소식을 들었어요.」
「오늘 아침에 들었다고?」 하고 앨러튼 부인은 날카롭게 말했다.
「오늘 아침에는 편지 한 장 온 것밖에는 아무 기별이 없었는데. 그리고, 그 편지는 바로—」
그녀는 갑자기 말을 멈추고는 입술을 질근질근 깨물었다.
팀은 쾌활한 표정이었다가 다시 당황하는 표정으로 바뀌는 등 갈팡질팡하는 모습이었다. 그러나, 그 날 그는 매우 기분이 좋은 상태였기 때문에, 이내 쾌활한 목소리로 말했다.
「그 편지는 바로 조안나에게서 온 것이라고 말씀하시려는 거지요?」 그는 태연하게 말을 이었다. 「맞았어요, 어머니. 어머니는 정말 대단한 탐정이시군요! 그 유명한 에르큘 포와로마저도 어머니 앞에서는 무색할 거예요.」
앨러튼 부인은 궁지에 몰린 듯한 표정이었다.
「우연히 그 글씨를 보았을 뿐이다—」
「그리고, 그 글씨가 주식 중개인이 쓴 것이 아니라는 것을 깨달으셨다는 말이죠. 하기야, 조안나의 형편없는 글씨는 금방 알아볼 수 있을 테니까—글씨가 마치 술에 취한 것처럼 봉투에 엉망으로 씌어 있으니까요.」
「그래, 조안나가 무어라고 했니? 무슨 특별한 소식이라도 있니?」
앨러튼 부인은 가능한 한 무관심한 목소리로 말하려고 애썼다. 그녀는 아들과 육촌 남매인 조안나 사우스우드와의 친밀한 관계 때문에 언제나 초조한 기분이었다.
그들 사이에 '무엇인가'가 있다고 생각하기 때문은 아니었다. 그녀는 그들 사이에는 아무런 특별한 것이 없다고 확신하고 있었다. 팀은 한 번도 조안나에 대해서 특별한 로맨틱한 감정을 나타내 보인 적이 없었으며, 조안나 또한 마찬가지였다. 그들 두 사람이 친밀한 까닭은 둘 다 세상 돌아가는 이야기에 관심이 많고, 또 두 사람의 친구나 아는 사람이 서로 일치하기 때문이었다.

두 사람은 다른 이들과 어울리는 것을 즐겼으며, 또 토론하기를 좋아했다. 조안나는 가끔 빈정거리는 버릇만 뺀다면 그런 대로 유쾌한 여자였다.

앨러튼 부인은 행여 팀이 조안나를 사랑하게 되지나 않을까 하는 걱정 때문은 아니었지만, 조안나가 찾아오거나 또는 편지가 올 때마다 왠지 신경이 쓰이는 것이 사실이었다.

그것은 뭐라고 말하기 어려운 또 다른 감정이었다—어쩌면 그것은 팀이 조안나와 함께 어울릴 때면 역력히 드러나는 그의 기쁜 표정 때문에 느끼는 질투심일지도 모른다. 자기와 아들과는 완벽한 벗이었기 때문에 앨러튼 부인은 아들이 다른 여자에게 몰두하거나 흥미를 느끼는 것을 볼 때마다 늘 약간씩 충격을 받곤 했다. 그녀는 또한 이렇게 생각하기도 했다. 자신이 그런 데 끼여드는 것은 젊은 사람들이 즐기는 걸 방해하는 것에 불과하다고. 가끔 그녀가 어떤 주제에 대해서 열중하며 떠들고 있는 그들에게 다가가면, 그들의 열띤 분위기가 한풀 꺾이곤 했다. 그리고, 그들은 어쩔 수 없는 의무감으로 마지못해 하면서 그녀를 대화에 끼워 주었다. 솔직하게 말해서, 앨러튼 부인은 조안나 사우스우드를 좋아하지 않았다. 그녀는 조안나가 위선적이고, 가식이 많으며, 동시에 천박하다고 생각했다. 또한, 조안나가 억양 없는 목소리로 말하는 것이 무척 역겹게 느껴졌다.

그녀의 물음에 대답하는 대신, 팀은 호주머니에서 편지 한 장을 꺼내서는 죽 훑어보았다. 그녀는 「몹시도 긴 편지로군.」하고 한 마디 했다.

「별것 아닌데요.」하고 그는 말했다. 「디베니시 부부가 이혼할 거라고 쓰여 있군요. 올드 몬티는 음주 운전죄로 고발당했고, 윈들쉠은 캐나다로 돌아가 버렸다는군요. 윈들쉠은 리넷에게 딱지맞은 것에 충격을 받았을 거예요. 리넷은 정말 그 토지 관리인 청년과 결혼할 거라는군요.」

「정말 별일이로구나! 그 사람은 험상궂게 생겼니?」

「아니에요. 전혀 그렇지 않아요. 그 남자는 데븐셔 지방의 도일 가문 출신인데 빈털터리인 모양이에요—게다가, 그는 리넷의 친한 친구와 약혼한 사이였어요. 그것도 아주 친한 친구와.」

「그건 아주 좋지 않은 일인데.」 하고 상기된 얼굴로 앨러튼 부인이 말했다.

팀은 그녀를 잠깐 애정이 넘치는 눈길로 쳐다보았다.

「저도 알고 있어요, 어머니. 어머니께서는 다른 사람의 남편이나 애인을 가로채는 일을 용서 못 하시는 성격이니까요.」

「그래도 예전에는 도덕 관념이라는 것이 있었는데.」 하고 앨러튼 부인은 중얼거렸다.

「예전이 훨씬 좋았지! 요즘 젊은 애들은 뭐든지 자기 하고 싶은 대로 다 하려고 드니 말이야.」

팀은 미소를 지었다.

「생각을 하지 않기 때문이지요. 무조건 내키는 대로 행동해 버리거든요. 리넷 리지웨이도 돌대가리야.」

「어쨌든 정말 듣기만 해도 불쾌한 일이구나.」

팀은 그녀에게 눈을 깜박였다.

「자, 너무 신경쓰지 마세요, 어머니! 저는 어머니 생각과 같으니까요. 그리고, 저는 아직까지 한 번도 남의 아내나 약혼녀를 건드려 본 적이 없어요.」

「나는 너를 믿는다. 너는 그 따위 행동을 하지 말거라.」 하고 앨러튼 부인은 말하고 나서, 갑자기 힘찬 어조로 덧붙였다.

「나는 너를 훌륭히 키웠어.」

「그래요. 제가 잘나서가 아니라, 다 어머니의 엄격한 교육 덕분이지요.」

그는 어머니를 향해 짓궂게 웃으면서, 편지를 접어서 다시 호주머니에 집어넣었다.

그 순간 앨러튼 부인의 머릿속에는 이런 생각이 스쳤다.

'지금까지 이 애는 대부분 편지를 보여 주었었는데, 조안나의 편지는 언제나 읽어 주지 않았어. 내게 읽어 주지 못할 이야기라도 있는 모양이지……?'

그러나, 그녀는 곧 그 쓸데없는 생각을 떨쳐 버리고는 여느 때처럼 점잖게 행동하리라 마음먹었다.

「그래, 조안나는 재미있다니?」

「그저 그렇게 지내나 봐요. 조안나는 메이페어(런던 하이드파크 동쪽의 상류 주택지)에서 식품점을 낼 생각이라는군요.」

「그 애는 언제나 돈이 없어서 쩔쩔맨다고 하더니―」 하고 약간 못마땅한 듯한 목소리로 앨러튼 부인이 말했다.

「말로는 그러면서도 항상 비싼 옷이나 입고 다니지. 볼 때마다 언제나 값비싼 옷으로 한껏 치장하고 있더구나.」

「아, 그건 그렇지요.」 하고 팀이 대꾸했다.

「아마 그 돈은 조안나가 내는 것이 아닐 거예요. 어머니, 미리 앞질러서 이상하게 생각하지는 마세요. 다만 그녀가 계산서를 지불하지 않고 내버려 둔다는 뜻이에요.」

앨러튼 부인은 한숨을 쉬었다.

「사람들이 어떻게 그런 식으로 살아가는지 정말 이해할 수 없구나.」

「그것도 선천적으로 타고난 특별한 재능 같은 것이에요.」 하고 팀은 말했다.

「어머니도 돈을 마구 낭비하고 다니고, 돈에 대해서 전혀 개의치 않는다면, 얼마든지 외상 거래를 할 수 있게 될걸요..」

「그럴 수도 있겠지. 하지만, 결국에는 불쌍한 조지 워드 경처럼 완전히 파산해서 법정에 서는 꼴이 되고 말 거다.」

「그런데, 어머니는 그 늙은 말장수에게는 언제나 관대하신 것 같아요. 아마도 1879년의 무도회에서 그 사람이 어머니에게 장미꽃 봉오리처럼 아름답다고 말해 주었기 때문인 모양이지요?」
「나는 1879년에는 아직 태어나지도 않았었다.」 하고 앨러튼 부인은 힘주어 말했다.
「조지 경은 아주 예의바른 사람이다. 그리고, 나는 네가 그 분을 말장수라는 그런 식으로 부르는 것이 못마땅하구나.」
「그 사람에 대해 좀 우스운 이야기를 들었거든요.」
「도대체 너나 조안나는 다른 사람들에 대해 이러쿵저러쿵 마음내키는 대로 떠드는구나. 그렇게 계속 심술궂게 굴다간, 언젠간 한 번 큰 변을 당하게 될 게다.」
팀은 눈썹을 치켜 세웠다.
「어머니, 너무 흥분하지 마세요. 어머니가 워드 영감을 그 정도로 생각하고 있는 줄은 미처 몰랐어요.」
「너는 모른다. 그 분에게는 워드 홀을 파는 것이 얼마나 고통스러운 일이었는지 말이야. 그 곳을 무척이나 사랑하셨거든.」
팀은 뭐라고 반박하려다가 꾹 참고 말았다. 결국은 누구를 비판하게 되는 것이 아닐까 하는 생각이 들었기 때문이다. 그 대신 그는 생각이 깊은 대답을 했다.
「사실 어머니 말씀이 틀린 것은 아니에요. 얼마 전에 리넷이 조지 경에게 그 곳이 어떻게 변했는지를 한번 보러 오라고 초청했었는데, 그 분이 아주 퉁명스럽게 거절해 버렸다고 하더군요.」
「물론 그랬을 테지. 리넷이 좀더 분별이 있는 여자라면 그 따위 초청은 하지 않았을 텐데.」
「게다가, 그는 리넷에게 감정을 품고 있는 것 같아요. 리넷과 마주칠 때마다 작은 목소리로 욕을 해대곤 하거든요. 아마도 그 여자를 용서할 수 없나 보죠. 그 낡아빠진 영지를 엄청나게 비싼 가격으로 사 주었는데도 말이에요.」
「너는 그것을 이해하지 못할 일이라고 생각하니?」 하고 앨러튼 부인은 가시돋친 목소리로 외쳤다.

「솔직히 말해서, 저는 이해할 수 없어요.」 하고 팀은 태연하게 말했다.

「왜 과거 속에서 살려고만 하죠? 왜 그렇게 옛날에 대해서 집착하느냐 말이에요?」

「그렇다면, 도대체 네가 중요하다고 생각하는 것은 뭐지?」

그는 어깨를 으쓱했다.

「아마 흥분이라고 말할 수 있겠죠. 뭔가 새로운 것 말이에요. 매일매일 아주 새로운 것들이 나타나는 것이죠. 아무 데도 쓸모없는 땅 같은 것을 지키고 있느니보다는 차라리 자기 자신을 위해서―그것도 자신의 머리와 능력으로 돈을 버는 게 훨씬 즐거운 일이죠.」

「증권 매매 따위로 한몫 버는 것 말이냐?」

그는 웃음을 터뜨렸다.

「왜요, 그건 안 되나요?」

「그 반대로, 잘못해서 엄청난 손해를 보게 된다면 어떡하겠니?」

「어머니, 그건 또 다른 이야기죠. 하지만, 그 이야기는 이제 그만 끝내기로 해요……. 그건 그렇고, 이집트 여행에 대해서는 어떻게 생각하세요?」

「글쎄다―.」

팀은 어머니의 말 중간에 끼여들어서 미소를 띠고 이야기했다.

「이미 결정된 일이에요. 어머니도 이집트에 한번 가 보고 싶다고 늘상 말씀하셨잖아요.」

「그럼, 언제가 좋겠니?」

「다음 달이 좋을 것 같아요. 왜냐하면, 이집트는 1월이 날씨가 제일 좋거든요. 몇 주일 더 이 호텔에 묵으면서 사람들과 유쾌한 시간을 갖기로 해요.」

「팀.」 하고 앨러튼 부인은 책망하듯이 불러 놓고는, 다소 미안하다는 듯한 목소리로 덧붙였다.

「리치 부인이 경찰서에 갈 때 너를 보내 주겠다고 약속했는데 어떡하지? 그 부인은 스페인어를 전혀 못 하거든.」

팀은 이 말에 얼굴을 찡그렸다.

「그 반지 때문이지요? 그 고리 대금업 하는 부인의 새빨간 루비를 말씀하시는 거죠? 그 부인은 아직도 그 루비를 도둑맞았다고 우기나 보군요? 어머니가 가라고 하니까 가긴 하겠지만요, 그래 봤자 시간 낭비일 텐데요, 뭐. 공연히 불쌍한 하녀만 들볶이게 될 뿐이죠. 바다에서 수영하던 그 날, 그 부인이 반지를 끼고 있는 것을 제 눈으로 분명히 봤단 말이에요. 수영하다가 반지가 빠져 버린 것을 알아차리지 못한 거예요.」

「하지만, 리치 부인은 분명히 반지를 빼서는 화장대 위에다 올려 놓았다고 말하더구나.」

「아녜요. 그럴 리가 없어요. 제가 바로 이 두 눈으로 똑똑히 봤다니까 그러세요. 그 부인은 조금 이상한 사람이에요. 하기야, 어쩌다가 하루 잠깐 햇빛이 비쳤다고 해서, 물이 따뜻하다며 수영하러 나서는 여자들이야 알아볼 노릇이겠지만. 그나저나, 뚱뚱한 여자들한테는 제발 수영복을 못 입게 하는 무슨 법이라도 만들었으면 좋겠어요. 그 뚱뚱한 몸에 수영복을 입은 꼴이라니, 정말 역겨워요.」

앨러튼 부인은 투덜거리며 말했다.

「네 말대로 한다면, 나도 수영할 생각은 아예 그만두어야겠구나.」

앨러튼 부인의 이 말에 팀은 크게 소리내어 웃었다.

「어머니가요? 천만에요, 어머니는 웬만한 처녀들 못지않아요.」

앨러튼 부인은 한숨을 내쉬고 나서 말했다.

「이 곳에 너와 어울릴 만한 젊은 애들이 좀더 많이 있으면 좋을 텐데.」

이 말에 팀 앨러튼은 고개를 크게 흔들었다.

「아니에요. 저는 어머니와 이렇게 둘이 있는 편이 훨씬 편안하고 좋은걸요.」

「조안나가 여기 함께 있었으면 하는 생각은 안 드니?」

「천만에요.」

그의 목소리는 뜻밖에도 강했다.

「어머니는 무언가 착각하고 계시는군요. 물론 조안나와 어울리는 것은 재미있긴 해요. 하지만, 저는 그녀를 조금도 좋아하지는 않아요. 게다가, 그녀와 좀 오래 앉아 있었다 하는 생각이 들 때쯤이면, 조안나는 꼭 제 신경을 건드려 놓고 말거든요. 그녀가 이 곳에 없는 것이 얼마나 고마운지 모르겠어요. 저는 조안나를 다시는 만나지 않을 각오를 하고 있는 중이라고요.」

그리고 팀은 거의 들릴락말락한 목소리로 이렇게 말했다.

「이 세상에서 제가 정말 존경하고 흠모하는 여성은 오직 한 분뿐이랍니다. 앨러튼 부인, 그 분이 누구인지 아시겠지요?」

그의 어머니는 얼굴이 새빨개지며 몹시 당황하는 표정을 지었다.

팀은 엄숙하게 말을 이었다.

「세상에는 정말 멋있는 여자란 아주 드물지요. 어머니는 바로 그 드문 사람들 중의 한 분이십니다.」

9

센트럴 파크가 내려다보이는 뉴욕의 어떤 아파트에서 롭슨 부인의 감탄해 마지 않는 목소리가 들려 왔다.

「그야말로 멋진 일이로구나! 코닐리어, 너는 정말 행운아야.」

코닐리어 롭슨은 이 말에 얼굴을 붉혔다. 그녀는 못생긴 갈색 눈에 체구가 몹시도 큰 여자였다.

「아, 정말 멋질 거예요!」

그녀는 숨막히는 듯한 목소리로 말했다.

노처녀인 밴 슈일러는 흡족한 기분으로 이 가난한 친척들의 대화에 귀를 기울이고 있었다.

「저는 유럽 여행을 하는 것이 늘 꿈이었어요.」 하고 말하면서 코닐리어는 길게 한숨을 내쉬었다.

「하지만, 제가 정말 그 곳에 갈 수 있으리라고는 생각지 못했어요.」

「바워즈 양도 함께 가게 될 거다.」 하고 밴 슈일러가 말했다.

「하지만, 내 말동무가 되기에 그 여자는 너무 부족하지—너무나 부족해. 아마 코닐리어가 나를 위해서 몇 가지 간단한 일을 해 주어야 할 거다.」

「물론, 기꺼이 하고 말고요, 메리 아주머니.」 하고 코닐리어는 신이 나서 대답했다.

「좋아, 좋아. 그럼 이제 다 결정된 거야.」 하고 밴 슈일러는 말했다.

「코닐리어, 빨리 나가서 바워즈 양을 좀 찾아 줘. 에그노그(달걀을 설탕과 포도주를 섞은 우유에 넣어서 휘저은 것)를 마실 시간이야.」

코닐리어가 밖으로 나갔다. 그녀의 어머니인 롭슨 부인이 말을 꺼냈다.

「메리, 나는 정말 어떻게 고맙다는 말을 해야 할지 모르겠어요. 잘 알겠지만, 그 동안 코닐리어는 번번이 사람들과의 교제에 실패해서 무척 괴로워했거든요. 그 때문에 그 애는 굴욕감을 느끼고 있었답니다. 내가 그 애를 데리고 여러 곳으로 여행을 다닐 수 있었으면 좋으련만—하지만, 당신도 잘 알 거예요. 네드가 죽고 나서 우리 형편이 말이 아니거든요.」

「코닐리어를 데리고 갈 수 있어서 나도 아주 기뻐요.」 하고 밴 슈일러가 말했다.

「코닐리어는 아주 영리하고 재주있는 아이 같아요. 언제나 명랑하고 심부름도 잘하고, 게다가 요즘 젊은 애들처럼 이기적이지도 않지요.」

롭슨 부인은 자리에서 일어나서는, 자신의 부유한 친척인 밴 슈일러의 주름살지고 약간 누렇게 뜬 얼굴에 입을 맞추었다.
「그저 고맙다는 말밖에는 할 수 없군요.」 하고 그녀는 분명한 어투로 말했다.
계단을 내려가다가 롭슨 부인은 거품이 나는 노란색 액체를 컵에 담아 가지고 가는, 키 크고 똑똑해 보이는 여자와 마주쳤다.
「바워즈 양, 당신도 유럽으로 가는 건가요?」
「물론이지요, 롭슨 부인.」
「정말 훌륭한 여행이겠군요!」
「분명히 그럴 거예요. 내 생각에는 아주 즐거운 여행이 될 것 같아요.」
「당신은 전에도 외국 나들이를 해 봤잖아요?」
「아, 물론이죠, 롭슨 부인. 지난 가을에 밴 슈일러 양과 함께 파리에 간 적이 있었지요. 하지만, 이집트에는 이번이 처음이에요.」
롭슨 부인은 머뭇거리며 말했다. 「이번 여행에 아무런 말썽도 없어야 할 텐데.」
바워즈 양은 목소리를 한껏 낮추었다. 그리고는 여느 때처럼 태연한 어조로 대답했다.
「오, 걱정하실 필요 없어요, 롭슨 부인. 내가 잘 처리할 테니까요. 나는 언제나 정신을 똑바로 차리고 조심스럽게 일을 하거든요.」
그러나, 여전히 롭슨 부인의 얼굴에는 희미한 불안의 그림자가 떠나지 않았다. 그녀가 계단을 다 내려올 때까지도 그 그림자는 사라지지 않았다.

10

앤드류 페닝튼은 시내 중심가에 있는 그의 사무실에서 자신의 우편함을 열어 보고 있었다. 그러다가 갑자기 그는 주먹을 불끈 쥔 채 책상을 쾅 하고 내리쳤다. 그의 얼굴은 시뻘개졌으며, 이마에는 시퍼런 정맥이 두 줄기나 불끈 솟아 올랐다. 그가 책상 위의 벨을 누르자, 이내 예쁘장한 얼굴의 속기 타이피스트가 들어왔다.
「록포드 씨께 잠깐 오시라고 해!」
「알았습니다, 페닝튼 씨.」
몇 분 뒤에, 페닝튼의 동업자인 스턴데일 록포드가 사무실로 들어왔다. 그들 두 사람은 서로 매우 닮았다─두 사람 모두 키가 크고 홀쭉하게 마른 체구에 머리카락이 희끗희끗한 것까지도 똑같았다. 또한, 둘 다 깨끗하게 면도했으며, 두 사람 모두 다 똑똑해 보이는 얼굴이었다.
「무슨 일이 있나, 페닝튼?」
페닝튼은 몇 번이나 읽고 있던 편지에서 눈을 떼고는 그를 바라보았다. 그리고는 말했다.
「리넷이 결혼했어…….」
「뭐라고?」
「내 말 못 들었나? 리넷 리지웨이가 결혼했단 말일세!」
「어떻게? 언제? 왜 우리가 그 소식을 듣지 못했을까?」
페닝튼은 책상 위에 놓인 달력을 쳐다보면서 대답했다.
「이 편지를 보낼 때는 아직 결혼하지 않았지만, 지금쯤은 결혼했을 거네. 4일 아침에 결혼한다고 했으니까 바로 오늘이잖나.」
록포드는 의자에 털썩 주저앉으며 물었다.
「휴! 다른 특별한 이야기는— 달리 아무 이야기도 없나? 그런데, 도대체 상대가 누구지?」
페닝튼은 다시 한 번 편지를 보고 말했다.
「도일, 시몬 도일.」
「도일? 대체 어떤 인물인가? 그에 대해 좀 아는 게 있나?」
「전혀. 리넷은 그에 대해서 별로 쓰지 않았어…….」
그는 반듯하고 깨끗한 글씨를 살펴보면서 말을 계속해 나갔다.

「그런데, 그 결혼엔 뭔가 좀 이상한 점이 있는 것 같네……. 하지만, 그거야 내가 상관할 문제가 아니지. 다만, 중요한 것은 그녀가 결혼했다는 사실이야.」

두 사람의 눈이 허공에서 서로 마주쳤다. 록포드는 고개를 끄덕이면서 조용한 어조로 말했다.

「심사 숙고해야 할 문제로군.」

「이제 우리는 어떻게 해야 하는 거지?」

「그건 내가 묻고 싶은 말일세.」

두 사람은 잠시 침묵에 잠겼다. 얼마 뒤, 록포드가 먼저 입을 열었다.

「무슨 계획이라도 있나?」

페닝튼은 느릿느릿하게 대답했다.

「어쨌든 오늘 노르망디 호가 떠난다고 하니까 우리 두 사람 중 누가 그 일을 해결해야만 하네.」

「미쳤군! 그게 기발한 생각이란 말인가?」

페닝튼은 「그 영국 변호사 녀석들―」 하고 말하다가 입을 다물어 버렸다.

「그 녀석들이라니? 설마 그들과 맞붙어 싸워 보려는 것은 아니겠지? 그렇다면 미친 짓이야!」

「나는 지금 자네나 나 둘 중의 한 사람이 영국으로 건너가야 한다고 하는 게 아니야.」

「그렇다면, 도대체 기발한 생각이 뭔지 한번 들어 보세.」

페닝튼은 책상 위에 놓인 편지를 만지작거리면서 말을 시작했다.

「리넷은 이집트로 신혼 여행을 간다고 했네. 아마 거기에서 한 달, 어쩌면 더 오래 머물게 될지도 몰라……」

「이집트―?」

록포드는 잠시 생각에 잠겼다. 그런 다음, 그는 상대방의 얼굴을 쳐다보다가 두 사람의 눈이 서로 마주쳤다.

「이집트라—」 그는 말했다. 「이제 자네 생각을 알겠군!」
「맞아— 우연한 만남을 만드는 걸세. 여행중에 말이야. 리넷과 그녀의 남편—그들은 신혼 여행의 단꿈에 흠뻑 젖어 있을 테니까. 그 기회에 해치우는 거야.」
록포드는 다소 불안한 목소리로 말했다.
「그녀는 빈틈없는 여자인데, 리넷 말이야…… 하지만 뭐—」
페닝튼은 부드러운 목소리로 말을 이었다.
「그래도 뭔가 방법이 있을 거야—」
다시 한 번 그들의 시선이 얽혔다. 록포드는 고개를 끄덕였다.
「좋았어.」
페닝튼은 시계를 한 번 쳐다보았다.
「아무튼 우리는 서둘러야 하네—. 둘 중 누가 가더라도.」
「자네가 가도록 하지?」 하고 록포드가 말했다. 「리넷은 나보다 자네에게 호감을 가지고 있으니까. '앤드류 아저씨' 하고 부르면서 말이야. 바로 그 점을 노리는 거야!」
페닝튼은 갑자기 딱딱하게 굳은 표정을 지었다. 그리고는 「내가 잘 해내야 할 텐데.」 하고 말했다.
「할 텐데가 아니라 분명히 해내야 하네.」 하고 그의 동업자가 말을 받았다.
「상태가 매우 심각하니까……」

11

윌리엄 카미클은 의아한 표정으로 들어서는 마른 젊은이에게 말했다.
「짐을 좀 오라고 하시오.」
잠시 뒤 짐 팬숍이 들어와서는 무슨 일인가 하는 표정으로 숙부를 쳐다보았다.

카미클은 고개를 쳐들어 그를 본 다음 볼멘소리로 중얼거렸다.

「흠, 왔니?」

「저를 찾으셨습니까?」

「가까이 와서 이것을 보거라.」

그 젊은이는 자리에 앉아서 편지를 가까이 끌어당겼다. 중년의 숙부는 그런 그를 지켜 보았다.

「어떠니?」

짐은 얼른 대답했다. 「글씨가 흐릿해서 잘 보이지 않는데요.」

그러자 그랜트 카미클 회사의 중역인 카미클이 그의 독특한 볼멘소리로 투덜거렸다.

짐 팬숍은 이집트에서 항공 우편으로 방금 도착한 그 편지를 다시 한 번 차근차근히 읽어 내려갔다.

'……이런 날에 사업상 편지를 쓴다는 것은 너무나 따분한 일이에요. 우리는 메나 하우스에서 1주일 묵었고, 그 다음 페이윰으로 여행을 떠났어요. 모레는 증기선을 타고 나일강을 거슬러 올라가서 룩소르와 애스원까지 갈 예정이에요. 어쩌면 카타툼까지 가게 될지도 모르겠어요. 그런데, 오늘 아침에 표 사정을 알아보려고 쿡 회사 사무실에 갔었는데, 거기에서 제가 누굴 만났는지 아시겠어요?—바로 제 미국인 재산 관리인인 앤드류 페닝튼 씨였다고요. 2년 전에 그 사람이 영국에 건너왔었는데, 그 때 카미클 씨도 만난 적이 있을 거예요. 저는 그 분이 이집트에 와 있는지 미처 몰랐었고, 또 그 분도 제가 여기에 온지 몰랐었대요! 제가 결혼한 사실도 알지 못했다는군요. 제 결혼을 알리는 편지가 도착하기 전에 여행을 떠난 모양이에요. 그 분도 우리와 같은 배를 타고 나일강을 여행할 거래요. 정말 굉장한 우연이지요? 그건 그렇고, 이렇게 바쁜 때에 신경을 써 주셔서 정말 고마워요, 저는—'

그 젊은이가 막 다음 장으로 넘기려 할 때 카미클이 편지를 낚아채며 말했다.

「그 정도 읽었으면 됐다. 나머지 내용은 별로 중요하지 않아. 그래,

어떻게 생각하니?」

그의 조카는 잠깐 생각해 보고 나서 대답했다.

「글쎄요— 제 생각에는— 우연히 만난 게 아닌 것 같은데요…….」

상대방은 동의하듯이 고개를 끄덕이고는 소리치듯이 말했다.

「이집트에 가지 않겠니?」

「꼭 그렇게 해야 한다고 생각하시나요?」

「내 생각으로는, 지금 한시라도 지체해서는 안 될 거야.」

「그런데, 왜 하필이면 제가 가야 하나요?」

「짐, 머리를 좀 써, 머리를! 리넷 리지웨이는 아직 한 번도 너를 만난 적이 없으니까 네 얼굴을 모를 거야. 페닝튼도 역시 마찬가지이고. 비행기로 떠난다면 제시간에 거기에 도착할 수 있을 거야.」

「저는— 별로 내키지 않는데요. 그런데, 거기에서 도대체 제가 할 일이 뭐죠?」

「눈과 귀를 활용하도록. 그리고, 머리를 충분히 활용하도록—만일, 네게 쓸 만한 머리가 조금이라도 있다면 말이야. 그런 다음 만일 필요하다면—행동에 들어가도록.」

「하지만, 저는 싫은데요.」

「싫을지도 모르지—그래도 꼭 해야 해.」

「꼭 필요한 일인가요?」

「내 생각엔—」 하고 카미클이 말했다. 「이 일에 모든 승패가 달려 있어.」

12

오터번 부인은 머리에 두르고 있던 원산지 직물로 짠 터번을 고쳐 매면서 안달하는 목소리로 말했다.

「나는 정말 왜 우리가 이집트로 가면 안 되는지 모르겠단 말이야.

이제는 예루살렘이라면 신물이 날 정도인데.」
딸이 아무런 대꾸도 하지 않자 그녀는 다시 말했다.
「누가 말을 걸면, 최소한 대답 정도는 해야 하지 않니?」
로잘리 오터번은 신문에 난 어떤 사람의 사진을 들여다보고 있는 중이었다. 사진 밑에는 이런 글이 쓰여 있었다.

'시몬 도일 부인, 그녀는 결혼 전에 뛰어난 아름다움으로 사교계에서 이름을 날렸던 바로 그 리넷 리지웨이 양이다. 지금 도일 부부는 이집트에서 휴가를 즐기고 있다.'

로잘리가 말했다.
「어머니, 이집트에 가고 싶으세요?」
「그래, 나는 그러고 싶다.」
하고 오터번 부인은 재빨리 말을 받았다.
「생각해 보면, 여기 있는 사람들은 우리에게 너무 거만하게 대했어. 내가 여기 머무르는 것은 일종의 광고야—기한 내에 반드시 특별할인을 해야 하니까. 그런데, 내가 넌지시 이런 말을 비치면 그 사람들은 그렇게 무례해질 수가 없단다.」
로잘리는 한숨을 푹 쉬었다. 그리고 나서는 말했다.
「여기나 저기나 다 마찬가지예요. 저도 빨리 여기를 떠나 버렸으면 좋겠어요..」
「더군다나 오늘 아침엔 말이다—」 하고 오터번 부인은 말을 이었다. 「그 지배인이라는 사람이 와서는, 더할 나위 없이 무례한 태도로 글쎄 뭐라고 말했는지 아니? 예정보다 일찍 방들이 모두 예약되었으니까, 이틀 내로 우리 방을 비워 달라는구나. 원 세상에!」
「그렇다면, 빨리 다른 데를 찾아봐야겠군요.」
「천만에, 그럴 필요 없다. 이미 나는 비행기로 떠날 준비가 되어 있으니까.」

그러자 로잘리가 나지막하게 말했다.

「하기야 우리가 이집트로 가는 것도 나쁘지는 않을 거예요. 거기에 간다고 해서 크게 달라질 것도 없을 테지만.」

「그래. 어쨌든 사느냐 죽느냐 하는 문제가 아니니까.」 하고 오터번 부인은 맞장구 쳤다.

하지만, 그녀는 완전히 착각한 것이었다―그야말로 사느냐 죽느냐 하는 문제였으니까.

제2부 이집트

1

「저 사람이 바로 에르큘 포와로 탐정이야.」하고 앨러튼 부인이 말했다.

그녀와 그녀의 아들은 애스원에 있는 카타랙트 호텔 밖에 놓인 밝은 주홍색으로 칠해진 바스켓 의자(버들가지로 만든 의자)에 앉아 있었다. 그들은 멀어져 가는 어떤 두 사람을 바라보고 있었다—하얀 실크 양복을 입은 키 작은 남자가 키가 크고 날씬한 어떤 여자와 나란히 걸어가고 있었다.

팀 앨러튼은 유별나게 민첩한 동작으로 일어났다가 앉았다.

「저 우스꽝스럽게 작은 남자 말이에요?」

「그래, 땅딸막한 남자 말이다!」

「도대체 여기에 무슨 일로 온 걸까요?」하고 팀이 물었다.

그의 어머니가 웃음을 터뜨렸다.

「팀, 네가 몹시 흥분한 것 같구나. 남자들은 도대체 왜 그렇게 범죄에 흥미가 많은지 모르겠다. 나는 정말 탐정 소설이 싫어. 그리고, 그런 것들을 읽어 본 적도 없어. 그런데, 포와로 씨가 여기에 온 것은 무슨 사건 때문이 아닐 거다. 그 사람은 돈을 제법 많이 모아 두었기 때문에 이제는 느긋하게 즐길 수 있는 형편이라니까.」

「이 곳에서 제일 아름다운 여자를 뚫어지게 쳐다보면서 말이죠.」

앨러튼 부인은 약간 머리를 한쪽으로 기울이고는, 포와로와 걸어가는 여자의 뒷모습을 바라보았다.

포와로 옆에 있는 여자는 그보다 약 3인치 정도는 더 커 보였다. 그 여자는 맵시 있는 걸음걸이로 걷고 있었다. 너무 딱딱하지도, 너무 흐느적거리지도 않는 걸음걸이로—

「상당히 예쁜 여자로구나.」 하고 앨러튼 부인이 말했다.
 이렇게 말한 뒤, 그녀는 슬쩍 곁눈질로 팀을 바라보았다. 그러자, 팀이 즉시 대꾸를 했기 때문에 그녀는 흡족했다.
 「정말 아름다운 여자인데요. 그런데, 가엾게도 기분이 상한 듯이 샐쭉한 얼굴이로군요.」
 「표정만 그렇게 보이는 것인지도 모르지 않니, 애야.」
 「제 생각으로는 진짜 몹시 불쾌한 것 같은데요. 그렇지만, 확실히 예쁜 것은 사실이에요.」
 이들이 이렇게 말하는 그 인물은 바로 포와로 옆에서 천천히 걷고 있었다. 로잘리 오터번은 접은 양산을 빙빙 돌리고 있었는데, 방금 팀이 말한 그대로 그녀는 몹시도 따분한 표정이었다. 확실히 그 여자는 기분 나쁜 듯 샐쭉한 얼굴을 하고 있었다. 눈살은 있는 대로 잔뜩 찌푸리고 있었으며, 또한 입술은 한껏 아래로 축 쳐져 있었다.
 그들은 호텔 정문을 벗어나 왼쪽으로 구부러져서 시원한 그늘이 있는 공원 쪽으로 다가갔다.
 에르퀼 포와로는 다정한 말투로 여러 가지 잡다한 이야기들을 늘어놓고 있었다. 그는 행복에 넘치는 기쁜 표정이었다. 그는 하얀색 실크 양복을 말쑥하게 차려 입고 파나마 모자를 썼으며, 화려한 장식의 손잡이가 달린 파리채를 들고 있었다.
 「나는 이 곳에 완전히 매혹되어 버렸답니다.」 하고 그는 말했다.
 「엘러팬틴의 그 검은 바위들, 그리고 그 태양, 게다가 강 위에 떠다니는 작은 배들. 그래요, 살아 있는 게 기쁘게 느껴질 정도니까요.」
 그리고 나서 그는 잠깐 멈췄다가 이내 다시 말을 이었다.
 「마드모아젤, 그렇게 생각하지 않습니까?」
 로잘리 오터번은 짤막하게 대꾸했다. 「나쁠 건 없겠죠. 하지만, 애스원은 우울한 곳이에요. 호텔은 반도 안 찬데다가, 그나마 모두 늙은 사람들뿐이니—」

그러다가 갑자기 그녀는 말을 멈추고는 입술을 깨물었다.

에르퀼 포와로는 장난스럽게 눈을 깜박거렸다.

「맞는 말이죠. 그래요, 사실 나도 이미 죽을 때가 가까워졌으니까요.」

「저는— 선생님을 두고 한 말이 아니에요.」 하고 그녀는 말했다.

「죄송해요. 제가 너무 무례했어요.」

「천만에, 당신이 같은 또래의 젊은이들과 어울리고 싶어하는 건 너무나 당연한 일이니까요. 가만 있자— 아, 그래요, 그 곳에 젊은이가 한 명 있었는데.」

「자기 어머니와 항상 붙어다니는 그 사람 말인가요?—저는 그 어머니란 사람은 마음에 들어요— 하지만, 그 사람은 뭐랄까— 굉장히 뻐기는 것 같은 얼굴이던데요!」

포와로는 미소를 지었다.

「그렇다면— 나도 그렇게 거만하게 보이나요?」

「오, 선생님은 그렇지 않아요.」

그녀는 흥미 없다는 표정이 역력했다.—하지만, 그런 그녀의 반응에 포와로는 개의치 않는 듯했다. 그는 만족스러운 듯한 기분으로 덧붙여 말했다.

「내 친구들은 내가 몹시 거만하다고 하더군요.」

「어머, 그래요?」 하고 로잘리는 모호하게 대꾸했다.

「하지만, 선생님은 그렇게 행동해도 좋을 만한 분이라고 생각해요. 불행히도 저는 범죄 따위에 전혀 관심이 없긴 하지만요.」

포와로는 이 말에 근엄한 표정으로 대답했다.

「당신이 감추어야 할 아무런 비밀스러운 범죄도 갖고 있지 않아서 무척 기쁘군요.」

그 순간, 로잘리의 샐쭉한 표정이 재빨리 묻는 듯한 표정으로 바뀌었다. 그러나, 포와로는 이것을 무시하고 계속 말을 이었다.

「당신 어머니는 오늘 점심 식사 때 보이지 않더군요. 몸이 좋지 않으신가 보지요?」

「이 곳이 어머니와 맞지 않아서 그래요.」하고 로잘리는 짤막하게 대답했다.

「이 곳을 빨리 떠나고 싶어요.」

「우리는 행선지가 같은 걸로 아는데요? 왜디핼파와 제2폭포까지 갈 거지요?」

「예, 그래요..」

그들은 이제 공원의 그늘에서 빠져 나와 강에 접해 있는 먼지 나는 길로 접어들었다. 그러자, 손님을 기다리고 있었던 목걸이 장수 두 명, 그림 엽서를 파는 행상 세 명, 당나귀를 파는 소년 두 명, 게다가 약간 무관심한 듯하나 그래도 희망을 버리지 않는 가난뱅이 아이들이 그들 주위로 몰려들었다.

「선생님, 목걸이 좀 구경하시지요? 아주 훌륭한 것인뎁쇼. 값도 아주 싸고요…….」

「아가씨, 스캐럽(딱정벌레 모양으로 조각한 보석 ; 옛 이집트 사람의 부적)을 사시지 않겠습니까? 자, 한 번 보세요ㅡ. 진짜 여왕님 같으실 거예요ㅡ. 행운을 가져다 준답니다…….」

「이걸 보세요, 선생님ㅡ 진짜 유리랍니다. 아주 좋은 거예요. 값도 아주 싸고요…….」

「선생님, 당나귀 한번 타 보시지 않겠습니까? 이건 아주 훌륭한 당나귀랍니다. 이 당나귀는 위스키소다입죠, 선생님…….」

「화강암 채석장 구경을 가시겠습니까, 선생님? 이 당나귀는 아주 좋은 당나귀랍니다. 다른 당나귀는 아주 형편없어요. 당나귀가 굴러 떨어지면……」

「그림 엽서를 구경하세요. 값도 싸고, 아주 훌륭합니다.」

「아가씨, 호텔로 돌아가실 때 당나귀를 타고 가시지 않겠습니까? 이 최상품 당나귀는……」

에르퀼 포와로는 파리 떼처럼 몰려드는 사람들을 쫓아 버리기 위해서 손짓을 했다. 그 동안 로잘리는 마치 몽유병 환자처럼 멍청한 태도로 사람들 사이를 뚫고 지나갔다.

「이런 때는 그저 못 듣고 못 본 체하는 것이 최고예요.」 하고 그녀는 한 마디 했다.

그러는 사이에도 나이 어린 거지들은 여전히 슬픈 목소리로 구걸하며 쫓아왔다.

「한푼만 주세요, 예? 제발 한푼만. 자, 어서요. 제발―자비로우신 선생님, 아름다운 아가씨……」

아이들은 갖가지 색깔의 누더기 옷들을 질질 끌면서 집요하게 따라붙었다. 그리고, 그 아이들의 눈꺼풀 위엔 파리들이 떼를 지어 앉아 있었다. 그 아이들은 정말로 끈덕지게 매달렸다. 다른 장사꾼들은 이제 그만 포기하고, 새로운 관광객들이 나타나자 그들에게로 몰려들었다.

그러자 포와로와 로잘리만이 남게 되었으며, 그들은 이내 길게 늘어선 상점 쪽으로 향했다. 이 곳에서도 역시 권유하는 말들이 끊임없이 들려 왔다……

「선생님, 잠깐 여기 구경 좀 하시지요?」 「선생님, 저 상아색 악어 가죽은 어떻습니까?」 「선생님, 저희 가게에는 이번이 처음이신 것 같습니다! 굉장히 좋은 물건들이 많은데, 보여 드릴까요?」

다섯 번째 상점에 들어서서, 로잘리는 필름 몇 통을 맡겼다―필름을 현상하기 위해서 여기까지 나온 것이었다.

상점에서 나온 그 두 사람은 강 가장자리를 따라서 걷기 시작했다. 나일강의 증기선 한 척이 막 부두에 대는 중이었다. 포와로와 로잘리는 그 배에서 내리는 승객들을 흥미 있게 바라보았다.

「정말 사람들이 많군요, 그렇죠?」 하고 로잘리가 말했다.

그런데, 마침 팀 앨러튼이 다가와서 그들에게 끼여들었기 때문에 그녀는 고개를 돌려서 그를 쳐다보았다. 그는 약간 숨이 찬 듯이 헐떡거리고 있었는데, 아마도 몹시 빠르게 걸어온 모양이었다.

그들 세 사람은 잠깐 동안 말없이 그냥 서 있었다. 그러다가 팀이 불쑥 말했다.

「여느 때처럼 여전히 사람들이 많군요.」하고 그는 깔보는 듯한 투로 육지에 내리고 있는 승객들을 가리키며 말했다.

「언제나 저렇게 끔찍하다니까요.」하고 로잘리가 맞장구쳤다.

세 사람은 이제 새로운 장소에 도착하는 승객들보다 한 발 먼저 이 곳에 도착했다는 점에서 일종의 우월감 같은 것을 느끼고 있었다.

「잠깐!」하고 팀이 외쳤다. 그의 목소리는 갑자기 흥분되었다.

「저기 저 여자가 바로 리넷 리지웨이 아닙니까? 틀림없어요. 바로 그 여자예요. 내 말이 틀리다면 성을 갈겠어요.」

이러한 팀의 말이 포와로를 흥분시켰는지는 모르지만, 로잘리에게만큼은 흥미를 돋구었음이 틀림없었다. 그녀는 앞으로 목을 빼고 쳐다보았으며, 이내 그 뾰로통하던 표정이 완전히 사라져 버렸다. 그녀는 이렇게 물었다.

「어디, 누구 말이에요? 저기 저 하얀 옷 입은 여자 말인가요?」

「그래요. 저기에 키 큰 남자와 함께 서 있는 여자 말이오. 저 사람이 바로 남편인가 보군요. 그런데, 저 남자의 이름이 뭐였더라.」

「도일.」하고 로잘리가 대답했다.

「시몬 도일이에요. 신문에서 한참 떠들어댔잖아요. 그런데, 저 여자는 돈이 쓰고도 남아돌 정도로 많다면서요?」

「영국에서도 아마 최고로 부자일걸요.」하고 팀은 쾌활하게 말했다.

이 세 명의 구경꾼들은 배의 승객들이 육지에 내리는 것을 지켜보고 있었다. 포와로는 흥미 있는 눈길로 팀과 로잘리가 이야기하는 대상을 바라보다가 나지막이 중얼거렸다.

「정말 아름다운 여자로군.」

로잘리는 씁쓸한 어조로 이렇게 말했다. 「세상엔 모든 것을 다 소유한 사람들도 있으니까요.」

이렇게 말하면서 그녀는 야릇한 질투의 눈길로, 리넷이 배다리(배와 부두를 연결하는 다리) 위로 올라서는 것을 바라보았다.
　리넷 도일은 마치 리뷰(노래, 춤, 시사 풍자 따위를 호화 찬란하게 뒤섞은 것)를 공연하는 무대의 중앙에 선 것처럼 완전히 차려입은 모습이었다. 또한, 그녀의 태도는 유명한 여배우의 태도 바로 그것이었다. 그녀는 다른 사람들이 뚫어지게 바라보는 것에, 그리고 자신에게 감탄하는 것에, 게다가 자기가 어디를 가든지 항상 무대의 주인공이 되는 것에 너무나도 익숙해 있었다.
　그 여자는 자신을 바라보는 그 뚫어질 듯한 시선들을 쉽게 느꼈다. 그와 동시에 그녀는 그 시선들을 무시해 버렸다. 어쨌든 그러한 찬사들은 바로 그녀의 인생의 일부에 불과했다.
　그녀는 자신도 미처 의식하지 못하는 상태에서, 자기의 역할을 연기하면서 육지에 내렸다. 아름답고 부유한 상류 사회의 신부가 신혼 여행에서 으레 보여 줄 만한 역할을 하면서. 그녀는 약간 미소 띤 얼굴로 옆에 서 있는 키 큰 젊은이를 돌아보며 가볍게 몇 마디 던졌다. 그러자, 그 젊은이는 뭐라고 대답했다. 그런데, 그 젊은이의 목소리가 바로 포와로의 흥미를 자극한 것 같았다. 갑자기 포와로의 눈이 반짝하고 빛나더니 눈살이 찌푸려졌다.
　그 젊은 한 쌍은 포와로의 곁을 스쳐 지나갔다. 그리고, 그는 시몬 도일이 말하는 소리를 들었다.
　「한번 해 봅시다. 그러자면 우선 시간을 벌어야겠지. 만일, 리넷, 당신이 이 곳이 마음에 든다면 1~2주일 정도는 여기서 묵을 수 있을 거요.」
　이렇게 말하면서 그는 열렬하고도 존경하는 듯하며, 동시에 약간 겸손한 표정으로 그녀를 쳐다보았다.
　포와로의 눈은 주의 깊게 그를 살펴보고 있었다―넓은 어깨, 그을린 갈색 얼굴, 짙푸른 눈동자, 그리고 다소 어린애처럼 보이는 순진한 미소.

「지독히도 운이 좋은 사람이지요.」 하고 그들이 지나간 뒤에 팀이 말했다.

「뚱뚱보나 평발이 아닌 정상적인 여자를, 그것도 엄청난 재산과 함께 맞아들이다니 말이오!」

「저 사람들, 무척 행복해 보이는데요.」 하고 로잘리는 질투에 불타는 목소리로 말하고는 한 마디 덧붙였다.

「그건 공평하지 않은 일이에요.」

하지만, 너무나 조그만 목소리로 중얼거렸기 때문에 미처 팀은 그 말을 알아듣지 못했다.

그러나, 포와로는 그 말을 들었다. 한동안 그는 당혹한 표정으로 얼굴을 찌푸렸다가는 재빨리 로잘리를 쳐다보며 눈을 반짝였다.

그 때 팀이 말했다. 「나는 이제 그만 어머니에게 드릴 물건을 몇 가지 사러 가야겠습니다.」

그는 모자를 벗어 인사하고는 저 쪽으로 걸어갔다. 포와로와 로잘리는 이제까지 왔던 길을 되돌아서 호텔 쪽으로 걸음을 옮겼다. 또 당나귀 장수들의 끈질긴 권유를 뿌리치면서.

「정말 공평하지 않은 일이지요, 마드모아젤?」 하고 포와로는 부드러운 목소리로 물었다.

그러자, 그 여자는 발끈 화를 내면서 말했다. 「도대체 무슨 말씀을 하시는 건지 모르겠군요.」

「나는 다만 아가씨가 방금 중얼거렸던 말을 그대로 옮긴 것뿐입니다. 오, 그래요, 분명히 아가씨는 그렇게 말했었지요.」

로잘리 오터번은 어깨를 한 번 으쓱하고는 이렇게 말했다.

「한 사람이 갖기에는 너무 많은 것 같지 않아요? 돈, 아름다움, 날씬한 몸매, 게다가—」

그녀는 여기서 잠깐 말을 멈추었다. 그러자 포와로가 말했다.

「게다가 사랑까지 말이지요. 당신은 사랑을 말하려고 했지요? 하지만, 그녀가 정말 그런지는 모르잖아요. 그 남자가 그녀의 돈을 노리고 결혼했는지도!」

「선생님은 그 남자가 그녀를 쳐다보는 눈길을 못 보신 모양이군요?」

「오, 물론 봤습니다, 마드모아젤. 볼 만한 것은 모두 다 봤어요. 더군다나 나는 아가씨가 미처 못 본 것까지도 보았지요.」

「그게 뭔데요?」

포와로는 천천히 말했다.

「나는, 마드모아젤, 어떤 여자의 눈가에 드리워진 검은 그늘을 보았지요. 뿐만 아니라, 그녀의 손가락 마디가 하얗게 질릴 정도로 양산을 꼭 힘주어 잡은 것도 보았고요…….」

이런 말에 로잘리는 그를 빤히 쳐다보았다.

「무슨 뜻이에요?」

「내 말은 반짝인다고 해서 다 금은 아니라는 겁니다. 그녀가 부유하고 아름답고 사랑스러운 것은 사실이지만, 그 뒤에는 뭔가 잘 안 되는 일이 있을 거라는 뜻입니다. 게다가, 나는 또 다른 사실도 알고 있답니다.」

「어떤 건데요?」

포와로는 눈살을 찌푸리면서 말했다.

「나는 언젠가 어떤 장소에서 바로 그 똑같은 목소리를 들은 적이 있습니다―바로 도일 씨의 목소리와 똑같은 그 목소리를 말입니다. 그런데, 어디서였는지 도대체 생각이 나지 않는군요.」

그러나, 로잘리는 그 말에 귀를 기울이지 않고 있었다. 그 대신, 그녀는 갑자기 얼어붙은 듯이 멈춰 섰다. 그리고는 푸석푸석한 모래 위에 양산 끝으로 죽죽 줄무늬를 그었다. 그러다가는 갑자기 소리를 질렀다.

「저는 정말 그 여자가 미워요. 정말 미워 죽겠다고요. 저는 이제 완전히 야수가 되어 버린 것 같아요. 그 여자 옷을 갈기갈기 찢어 버리고, 그 예쁘장하고 자신 만만한 얼굴을 짓밟고 싶은 심정이에요.」

질투심에 불타는 심술궂은 여자라고 욕해도 좋아요. 바로 이게 제 솔직한 심정이에요. 그 여자는 너무나 엄청나게 출세한 데다가 오만하고, 자신만만하기까지 하더군요.」

에르큘 포와로는 그녀의 고함 소리에 다소 놀라는 표정으로 바라보았다. 그는 그녀의 팔을 잡고는 상냥하게 약간 흔들었다.

「그래요. 그렇게 말해 버리면 훨씬 기분이 나아질 거요!」

「저는 그 여자가 증오스러워요! 처음 보고 그렇게 증오해 본 사람은 지금까지 없었어요.」

「오, 정말 굉장하군요!」

로잘리는 미심쩍은 눈길로 그를 바라보았다. 그런 다음, 그녀는 입술을 씰룩씰룩하더니 웃음을 터뜨렸다.

「그래야죠.」 하고 포와로는 말하고 나서 역시 웃음을 터뜨렸다. 그리고 나서, 그들은 유쾌하게 호텔로 다시 걸음을 옮겼다.

「저는 어머니를 찾아봐야겠어요.」

그들이 서늘하고 어둑어둑한 홀에 들어섰을 때 로잘리가 말했다.

포와로는 맞은편에 있는 나일 강이 내려다보이는 테라스 쪽으로 걸어갔다. 그 곳에는 찻잔이 놓여진 작은 탁자들이 있었지만, 아직 시간이 일렀기 때문에 조용했다. 그는 나일강을 내려다보면서 잠시 동안 서 있다가는 정원 아래쪽으로 어슬렁거리며 내려갔다.

몇 사람이 뜨겁게 내리쬐는 햇빛 아래에서 테니스를 치고 있었다. 그는 잠깐 동안 서서 그 사람들을 바라보다가는, 구불구불한 길을 따라서 내려갔다. 그런데 바로 거기에, 셰마탕트에서 우연히 보았던 그 여자가 나일 강이 내려다보이는 벤치에 앉아 있었다. 포와로는 한눈에 그녀를 알아보았다. 그만큼 그녀의 얼굴—그가 그 날 밤에 보았던 바로 그 얼굴은 그의 뇌리에 깊이 새겨져 있었던 것이다. 그러나, 지금 그 얼굴에 나타난 표정은 예전과는 다른 것이었다. 그녀는 더 창백하고 수척해졌으며, 지치고 비참한 기분을 나타내 주는 듯이 축 늘어져 있었다.

그는 뒤로 약간 물러섰다. 그 여자는 마침 그가 다가오는 것을 보지 못했기 때문에, 그는 마음껏 그녀를 관찰할 수 있었다. 그녀는 조그만 발을 신경질적으로 구르고 있었다. 그녀의 두 눈은 이글거리는 불꽃처럼 검은색으로 타올랐으며, 거기에는 야릇하게도 번민하는 듯하면서도 동시에 의기양양한 기색이 엿보였다. 그녀는 하얀 배들이 오락가락하고 있는 나일강을 바라보고 있었다.

그 얼굴―그리고, 그 목소리. 그는 그 얼굴과 목소리를 기억해 냈다. 그 여자의 얼굴과 조금 전에 들었던 그 목소리, 새신랑의 바로 그 목소리를……

포와로가 자기를 의식하지 못하고 있는 그 여자를 바라보고 있는 사이에 드라마의 새로운 장이 펼쳐지고 있었다.

위쪽에서 사람들의 목소리가 들려 왔다. 그러자, 그 여자는 자리에서 벌떡 일어났다. 리넷 도일과 그녀의 남편이 그 길을 걸어 내려오고 있었다. 행복하고 자신만만한 리넷의 목소리가 들려 왔다. 딱딱하게 굳은 표정도, 긴장되어 있던 얼굴 근육도 이제는 다 사라지고 없었다. 리넷은 더할 수 없이 행복해 보였다.

그 순간, 거기에 서 있던 그 여자가 한두 발자국 앞으로 움직였다. 그러자, 다른 두 사람은 죽은 듯이 그 자리에 멈춰 섰다.

「안녕, 리넷.」 하고 재클린 드벨포가 말했다. 「바로 여기에 있었구나! 우리는 정말 우연히도 잘 만나는구나. 안녕, 시몬, 안녕하신가요?」

리넷 도일은 낮게 외마디 소리를 지르고는 주춤하며 바위 쪽으로 물러섰다. 동시에 시몬 도일의 말쑥한 얼굴이 갑자기 분노로 일그러졌다. 그는 마치 그 가냘픈 여자의 몸을 한 대 내리치려는 듯한 기세로 한 발자국 앞으로 다가갔다.

그 순간, 낯선 사람을 알아차린 그 여자가 새처럼 민첩하게 그를 향해 머리를 돌렸다. 시몬도 고개를 돌리고는 포와로를 바라보았다. 그러자, 그는 어색하게 말했다.

「안녕, 재클린, 여기서 다시 만나게 될 줄은 몰랐는데.」
그러나, 그의 말은 너무나도 공허하게 들렸다.
그 여자는 그들을 향해 하얀 이를 드러내면서 웃었다. 「굉장히 놀랐겠지요?」 하고 그녀는 말했다. 그리고는 고개를 약간 끄덕 하고는 길을 따라 걸어 올라갔다.
포와로는 맞은편 방향으로 조심스럽게 걸음을 옮겼다.
그는 걸어가면서 리넷 도일이 말하는 목소리를 들었다.
「시몬— 오, 하느님 맙소사!—이 일을 정말 어떻게 하면 좋아요?」

2

저녁 식사가 끝났다. 카타랙트 호텔 바깥쪽 테라스에는 은은한 불빛이 비치고 있었다. 그 호텔에 묵은 손님들 대부분이 그 테라스의 작은 탁자에 앉아 있었다.
시몬과 리넷 도일이 그 곳에 나타났는데, 그들 옆에는 키가 크고 유난히도 눈에 띄는 얼굴에 희끗희끗한 머리를 가진 남자가 함께 있었다. 그는 날카로운 표정에 깨끗이 면도한 얼굴로서 미국인처럼 보였다.
그 사람들이 문간에서 잠시 머뭇거리고 있을 때, 그들에게서 멀지 않은 자리에 앉아 있던 팀 앨러튼이 일어서더니 그들에게로 다가갔다.
「아마 당신은 나를 기억하지 못하시겠지만—」 하고 쾌활한 목소리로 리넷에게 말을 걸었다.
「나는 조안나 사우스우드의 육촌이랍니다.」
「어머나— 제가 깜빡 했어요! 당신이 바로 그 팀 앨러튼이로군요. 이 분은 제 남편이에요.」
이렇게 말하는 목소리에서 느껴지는 떨림은 자부심에서 비롯된 것일까, 아니면 수줍음에서 나온 것일까?

「그리고 이 분은 제 미국인 재산 관리인이신 페닝튼 씨고요.」

팀이 말했다.

「우리 어머니를 소개해 드리지요.」

몇 분 뒤, 그들은 모두 함께 한 탁자에 앉아 있었다―리넷은 구석자리에, 팀과 페닝튼은 그녀의 양 옆에 앉아서 두 사람 모두 앞을 다투듯이 그녀에게 말을 걸었다. 그리고, 앨러튼 부인은 시몬 도일과 이야기를 나누었다.

이 때 회전문이 돌아갔다. 그러자, 두 남자들 사이에서 똑바로 앉아 있던 아름다운 리넷의 얼굴에 갑작스러운 긴장감이 감돌았다. 그러나, 문에서 작달막한 남자가 나와 테라스를 지나가는 것을 보고는 이내 긴장감이 사라졌다.

앨러튼 부인이 말했다.

「여기서 당신만이 유명 인사는 아니랍니다. 저 우스꽝스럽게 생긴 조그만 사람이 바로 에르큘 포와로니까요.」

그녀는 단지 어색한 틈을 메우기 위해 본능적인 재치를 발휘하여 가볍게 말했다. 그러나, 리넷은 그녀의 말에 깊은 인상을 받은 듯 보였다.

「에르큘 포와로? 그 사람에 대해서는 저도 들은 적이 있어요…….」

포와로는 테라스의 가장자리로 어슬렁거리며 걸어갔다. 하지만, 곧 그의 주의를 끄는 말이 들려 왔다.

「앉으시지요, 포와로 씨. 정말로 멋진 밤이지요?」

그는 그 말에 따랐다.

「그렇고말고요, 부인. 정말로 아름다운 밤입니다.」

그는 오터번 부인을 향해 공손히 미소를 지었다. 검은색 얇은 비단 양복에, 그 우스꽝스러운 터번의 차림새라니! 오터번 부인은 높은 목소리로 투덜거렸다.

「이 곳에는 유명 인사가 꽤 많이 와 있군요, 그렇죠? 내 생각에는, 신문에 한 귀절 정도는 기사가 날 만한 일인 것 같아요. 사교계의 빼어난 미인들과 유명한 소설가들이라—」

그녀는 잠시 말을 멈추고 일부러 꾸민 듯한 점잖은 웃음을 지었다.

포와로는 이 때 느꼈다—보았다기보다는 차라리 느꼈다. 그의 맞은편에 앉아 있던 그 샐쭉한 표정의 여자가 예전보다 더 샐쭉한 얼굴로 눈살을 찌푸리는 것을.

「부인, 지금도 소설을 쓰고 있습니까?」 하고 그는 물었다.

오터번 부인은 다시 약간 의식적인 미소를 지었다.

「나는 지금 굉장히 나태해 있어요. 정말 이 버릇을 고쳐야 할텐데. 독자들이 몹시 내 작품을 기다리고 있거든요—게다가 출판업자까지도 말이에요, 가엾기도 하지! 매일 편지로 부탁한다니까요! 심지어 전보를 칠 때도 있어요!」

다시 한 번 그는 그 여자가 어두운 표정으로 변하는 것을 느꼈다.

「포와로 씨, 내가 이 곳에 온 것은 향토색을 찾기 위해서예요. 사막의 얼굴 위의 눈—이것이 바로 내 새로운 작품의 제목이랍니다. 강렬하고도 도발적인 작품이지요. 사막 위의 눈은 열정에서 나온 뜨거운 숨결에 금방 녹아 내린답니다.」

로잘리는 나지막하게 몇 마디 중얼거린 뒤, 어둠이 깔린 정원으로 내려가 버렸다.

「뭐니뭐니 해도 책이란 강렬해야 한답니다.」 하고 오터번 부인은 말을 계속해 나갔다. 그녀는 터번을 두른 머리를 크게 혼들면서 말했다.

「강렬한 내용—내 작품은 어느 것이나 물론 가지고 있지만요—이것이야말로 정말 중요한 것이랍니다. 판매 금지를 당하더라도—나는 그런 건 전혀 개의치 않아요! 나는 지금 진실을 이야기하고 있는 거랍니다. 섹스—아! 포와로 씨—도대체 세상 사람들은 왜 그렇게 섹스를 두려워할까요? 섹스는 우주 만물을 지탱시키는 기본 축인데 말이에요! 그런데, 참, 내 작품을 읽어 보신 적이 있으세요?」

「참으로 죄송합니다, 부인! 하지만, 나는 워낙 소설을 읽지 않는 편이라서요. 게다가 내 직업이—」

그러자, 오터번 부인은 딱딱한 목소리로 말했다.

「그렇다면 '무화과나무 밑에서'를 한 권 드려야겠군요. 그 책에는 매우 의미 심장한 내용이 들어 있어요. 좀 너무 노골적이긴 하지만 말예요. 하지만, 바로 그런 것이 진실이에요!」

「부인은 참으로 친절하시군요. 그러면, 기쁜 마음으로 그 책을 읽어 보겠습니다.」

오터번 부인은 잠깐 가만히 앉아서, 목에 두 줄로 두른 기다란 목걸이를 만지작거렸다. 그러더니, 갑자기 재빠른 시선으로 이쪽저쪽을 훑어보았다.

「원하신다면—지금 내가 가서 가져오겠어요.」

「오, 부인, 그렇게 수고하실 필요는 없습니다. 나중에—」

「아니, 아니에요. 수고랄 것도 없어요.」 하고 말한 뒤, 그녀는 자리에서 일어섰다.

「당신에게 보여 드리고 싶은 게 있어서 그래요—.」

「무슨 일이에요, 어머니?」

어느새 로잘리가 그녀 옆에 와 있었다.

「아무것도 아니란다, 애야. 방에 올라가서 포와로 씨에게 책을 가져다 드리려고 말이다.」

「그 무화과나무 말예요? 제가 가지고 올게요.」

「애야, 너는 그 책이 어디 있는지 몰라. 내가 가지.」

「아니에요. 제가 가져오겠어요.」

그리고 나서 그녀는 재빨리 테라스를 가로질러서 호텔로 들어갔다.

「정말 기쁘시겠습니다, 부인. 저렇게 사랑스러운 따님을 두셨으니 말입니다.」

나일강의 죽음 **65**

하고 포와로는 머리를 숙이며 인사했다.

「로잘리 말인가요? 그래요. 그 애가 예쁜 것은 사실이지요. 하지만, 성격이 너무 까다롭답니다, 포와로 씨. 저 애는 언제나 자신이 제일 똑똑하다고 생각하고 있어요. 심지어는 내 건강에 대해서도 나 자신보다 더 잘 알고 있는 듯이 행동하곤 한다니까요—.」

그 때, 포와로는 지나가는 웨이터를 불렀다.

「술 한 잔 드시겠습니까, 부인? 샤트러즈(프랑스에서 나는 달콤하고 향기로운 술)가 어떨까요? 아니면 박하술로?」

오터번 부인은 힘차게 고개를 흔들었다.

「아니, 아니에요. 나는 술을 마시지 않아요. 당신도 알아차리셨겠지만, 나는 물 외엔 아무것도 안 마셔요. 그 독한 술이 뭐가 맛있다는 건지 정말 이해가 안 가요.」

「그렇다면 레모네이드를 드시겠습니까, 부인?」

그는 주문을 했다—레모네이드 한 잔과 베네딕틴(프랑스산의 단맛이 도는 술) 한 잔을.

그 때 회전문이 돌아갔다. 로잘리가 한 손에 책을 들고는 그들에게로 다가왔다.

「여기 있어요.」 하고 그녀가 말했다. 그렇게 말하는 그녀의 목소리는 너무나도 무표정하게 들렸다—정말 무표정하다는 표현 그대로였다.

「포와로 씨가 지금 막 내게 레모네이드를 시켜 주셨단다.」 하고 그녀의 어머니가 말했다.

「오터번 양은 무엇을 들겠습니까?」

「아무것도—」 하고 말하다가 그녀는 갑자기 자신의 퉁명스런 말투를 깨닫고는 다시 말했다.

「고맙습니다만 별로 마시고 싶지 않아요.」

포와로는 오터번 부인이 건네 준 책을 보았다. 거기에는 아직도 원래 표지가 그대로 달려 있었는데, 표지에는 화려한 색깔로 어떤 여자의 그림이 그려져 있었다. 그 그림의 여자는 맵시 있게 치켜 깎은 머리 모양에, 손톱에다가는 진홍색 매니큐어를 바르고 이브의 전형적인 옷을 입고는 호랑이 가죽 위에 앉아 있었다. 그녀의 머리 위에는 커다랗고 지나치게 새빨간 열매들이 달린 잎이 무성한 떡갈나무가 한 그루 있었다.

책의 제목은 살롬 오버턴이 말한 대로 '무화과나무 밑에서'라고 인쇄되어 있었다. 그리고 안쪽에는 이 책을 출판한 사람의 추천사가 적혀 있었다. 그 추천사는—이 소설이 현대 여성의 애정 생활에 대해서 매우 용기 있고, 정확한 분석을 했다고 열렬한 찬사를 보내고 있었다. 거기에는 '두려움 없이 파격적이고도 사실적인'이라는 따위의 형용사들이 나열돼 있었다.

포와로는 고개를 숙여 인사하면서 조용히 말했다.

「참으로 영광입니다, 부인.」

그러나 그가 고개를 든 순간, 그의 시선은 그 작가의 딸과 마주치게 되었다. 순간 그는 거의 무의식적으로 움찔했다. 그는 그녀의 시선에 담긴 그 생생한 고통의 표정에 깜짝 놀랐고, 이내 가슴이 찌릿해졌다.

바로 그 때 웨이터가 마실 것을 가져왔으며, 그들에게 가벼운 인사말을 건넸다.

포와로는 정중하게 잔을 들었다.

「건강을 기원합니다, 부인—마드모아젤.」

오터번 부인은 레모네이드를 홀짝 한 모금 마시더니 말했다.

「아, 시원하기도 해라—맛있어!」

그런 다음 세 사람은 침묵을 지켰다. 그들은 나일강 속에서 번쩍거리고 있는 검은 바위들을 내려다보았다. 그 바위들은 마치 물 속에 웅크리고 있는 선사 시대의 괴물처럼 보였다. 갑자기 산들바람이 불어왔다가는 곧 사라져 버렸다. 그 침묵 속에는 어떤 느낌이—무슨 일인가 벌어질 것만 같은 예감이 숨어 있었다.

에르큘 포와로는 테라스 뒤쪽으로 시선을 돌려, 그 곳에 앉아 있는 사람들을 쳐다보았다. 그가 잘못 본 것일까, 아니면 정말 그 곳에도 똑같은 침묵이 숨어 있는 걸까? 그것은 마치 주인공 여배우가 등장하기를 기다리고 있는 무대의 한 순간 같았다.

바로 그 순간, 회전문이 다시 돌아가기 시작했다. 이번에는 뭔가 특별히 중대한 듯한 분위기로 움직였다. 그러자, 모든 사람들이 하던 이야기를 멈추고 그 문 쪽을 바라보았다.

검은 머리의 날씬한 여자가 포도주색 이브닝 드레스 차림으로 걸어왔다. 그녀는 잠깐 멈추었다가 테라스 쪽으로 유유히 걸음을 옮겼다. 그리고는 어떤 빈 탁자에 앉았다. 그녀의 태도에는 뽐내는 듯한 기색도, 상식에 어긋나는 점도 전혀 없었다. 하지만, 그럼에도 불구하고 마치 무대에 등장하는 듯한 분위기가 감돌았다.

「음―」 하고 오터번 부인이 말했다. 그녀는 터번을 두른 머리를 갑자기 뒤로 젖혔다.

「저 여자는 자신이 뭐라도 되는 것처럼 생각하는 모양이지요!」

포와로는 그 말에 아무 대답도 하지 않았다. 그는 그녀를 지켜보고 있는 중이었다. 여자는 리넷 도일을 마주 볼 수 있는 자리를 선택해서 앉았다. 곧이어 포와로는 리넷 도일이 고개를 숙이고 뭐라고 이야기하더니, 이내 일어나서 자리를 바꿔 앉는 것을 보았다. 이제 리넷은 완전히 반대 방향으로 앉아 있었다.

포와로는 생각에 잠긴 듯이 혼자 고개를 끄덕였다.

약 5분쯤 뒤에 상대방 여자도 테라스 반대쪽으로 바꿔앉았다. 그녀는 담배를 피우면서 조용하게 미소지었다. 아주 느긋한 표정을 지으면서. 그러나, 무의식적인 듯한 눈길로 그녀는 계속해서 시몬 도일의 아내를 바라보고 있었다.

약 15분 정도 뒤, 갑자기 리넷 도일이 자리에서 일어나더니 호텔로 들어가 버렸다. 그리고 거의 동시에 그녀의 남편도 뒤를 따라갔다.

재클린 드벨포는 미소를 지으면서 의자에 앉은 채로 몸을 빙글 돌렸다. 그녀는 담배에 불을 붙이면서 나일강을 바라보았다. 그녀는 계속 혼자 미소를 짓고 있었다.

3

「포와로 씨.」

포와로는 올려 놓았던 다리를 황급히 내렸다. 그는 다른 사람들이 모두 들어가 버리고 난 뒤에도 테라스에 혼자 앉아서 깊은 생각에 몰두한 채 매끈매끈하게 번쩍이는 검은 바위들을 바라보고 있었다. 바로 그 때 그의 이름을 부르는 목소리가 들려 와서 정신을 차리게 되었던 것이다.

그것은 교양이 넘치고 매력 있으며, 확신에 찬 목소리였다. 물론 약간 거만한 듯하기는 했지만.

에르큘 포와로는 재빨리 자리에서 벌떡 일어나서는, 명령조로 쳐다보고 있는 리넷 도일의 눈을 보았다. 그녀는 하얀색 공단 가운 위에 고급스러워 보이는 새빨간 목도리를 두르고 있었다. 그녀는 포와로가 상상했던 것보다 더욱 아름답고 당당하게 보였다.

「당신이 포와로 씨인가요?」 하고 리넷이 말했다.

그것은 몰라서 묻는 말이 아니었다.

「그렇습니다, 부인.」

「혹시 제가 누군지 아시겠어요?」

「물론이지요, 부인. 부인의 이름을 들은 적이 있습니다. 부인이 누구인지 분명히 알고 있지요.」

리넷은 이 말에 고개를 끄덕였다. 그녀가 예상했던 대답은 바로 이 말이었던 것이다. 그녀는 말을 계속했다. 매력적이고도 약간 독선적인 태도로—「포와로 씨, 잠깐 저와 함께 카드놀이하는 방으로 가시지 않겠어요? 긴히 드릴 말씀이 있는데요.」

「그러지요, 부인.」

그녀는 호텔 쪽으로 먼저 걸음을 옮겼다. 그는 묵묵히 그녀를 따라갔다. 그녀는 아무도 없는 썰렁한 카드놀이 방으로 포와로를 데리고 들어가더니, 그에게 문을 닫아 달라고 말했다. 그런 다음, 그녀는 탁자 옆의 의자에 털썩 주저앉았고, 포와로는 그 맞은편 의자에 앉았다.

그녀는 단도직입적으로 말을 꺼냈다. 그녀의 태도에는 한 치의 망설임도 없었다. 그녀는 유창하게 말을 이어나갔다.

「저는 당신에 대한 이야기를 참 많이 들었어요, 포와로 씨. 그리고 당신이 매우 현명한 분이라는 것도 잘 알고 있답니다. 그런데, 갑자기 제가 누군가의 도움이 필요하게 되었어요—그래서 생각해 보니 당신이라면 도와 줄 수 있을 것 같더군요.」

포와로는 머리를 앞으로 숙였다.

「참으로 고마운 말씀입니다, 부인. 하지만, 아시다시피 저는 지금 휴가중이라서 일을 맡을 수가 없습니다.」

「하지만, 그건 조절할 수 있지 않겠어요?」

그것은 무례한 말은 아니었다. 다만, 거기에는 자기 마음 내키는 대로 언제든지 조절할 수 있다는, 젊은 여자의 엄숙한 확신감이 있었다.

리넷 도일은 말을 계속 이었다.

「저는 지금 참기 어려운 정신적인 학대를 받고 있답니다, 포와로 씨. 이런 학대를 꼭 그만두게 해야 돼요! 제 생각대로라면 경찰에 도움을 청하고 싶지만, 그러나 제— 제 남편은 경찰도 그 일에는 아무 힘도 쓰지 못할 거라고 해요.」

「그랬군요—. 좀더 자세히 이야기해 주시겠습니까?」 하고 포와로는 정중하게 말했다.

「오, 물론이지요, 그렇게 하겠어요. 문제는 아주 간단해요.」

거기에는 전혀 주저하는 기색이 없었다. 전혀 머뭇거리지도 않았다. 리넷 도일은 명쾌하게 일을 처리하는 사무적인 머리를 가지고 있었다. 그녀는 말하는 중간중간 잠깐씩, 되도록 사실을 간결하게 전달하기 위해서 말을 멈추곤 했다.

「제가 남편을 만나기 전에 그 분은 드벨포 양과 약혼한 사이였어요. 그리고, 그녀는 제 친구였지요. 제 남편은 그 뒤 그녀와의 약혼을 파기했어요. 어쨌든 그 두 사람은 잘 맞지 않았거든요. 제 친구는(이렇게 말해서 미안하지만—) 그 일에 다소 충격을 받았어요……. 저도 그 일에 대해서는 굉장히 미안하게 생각하고 있지요. 하지만, 이런 일은 어쩔 수 없는 성질의 것이니까요. 그녀는 어떤 협박 같은 말을 하더군요. 물론, 저는 거기에는 전혀 신경을 쓰지 않았지만요. 그리고, 아직까지는 그 협박을 행동으로 옮기려고 한 적은 없었어요. 그러나, 대신에 그 여자는 뜻밖의 방법으로 우리를 괴롭히는 거예요. 즉, 우리가 어디를 가든지 언제나 우리를 따라다닌단 말예요.」

포와로는 눈썹을 치켜 세웠다.

「오—좀 유별난 복수로군요.」

「정말 우스꽝스러운 방법이지요! 그러나 동시에— 애먹이는 방법인 건 사실이에요.」

그녀는 입술을 깨물었다.

포와로는 고개를 끄덕였다.

「예, 그럴 것 같군요. 내가 알기로는 지금 신혼 여행중이시라던데요?」

「그래요. 그 일은 베니스에 있을 때 처음 일어났어요. 다니엘리 호텔에서 말예요. 그 때는 그저 우연히 만난 것이려니 하고 가볍게 생각했지요. 약간 당황했던 것은 사실이지만, 더 이상은 깊게 생각하지 않았어요. 그런데, 또다시 브린디시에서 항해중에 마주쳤어요. 그 때도 우리는— 우리는 그저 그 여자가 팔레스타인으로 가는 것이겠지 하고 생각했지요. 우리는 배에서 그녀와 헤어졌어요—단지 우리 생각에 불과했지만요. 그래요, 그게 아니었어요—그러나, 우리가 메나 하우스에 도착했을 때에도 그녀가 거기에 있었어요—우리를 기다리고 있었던 거예요.」

포와로는 고개를 끄덕였다.

「그리고 지금도요?」

「우리는 배로 나일강을 거슬러 올라가는 중이에요. 저는 사실 그 배에서 그녀와 마주칠지도 모른다고 어느 정도는 예감하고 있었지요. 그런데, 배에서 그녀가 보이지 않길래 그녀가 이제 포기한 모양이라고 생각했지요—그렇게 유치한 일을 말이에요. 하지만, 우리가 여기에 도착해 보니—그녀는 여기서 우리를 기다리고 있는 거예요.」

포와로는 한동안 날카로운 시선으로 그녀를 쳐다보았다. 그녀는 침착한 태도를 잃지 않으려고 애를 썼지만, 손가락 마디가 하얗게 질릴 정도로 탁자를 꽉 움켜쥐고 있었다.

그는 말했다. 「부인은 그런 상황이 반복되는 것이 두렵습니까?」

「예, 그래요.」 그녀는 잠시 말을 멈췄다. 「물론 그 모든 일이 다 우스꽝스럽기는 하지만요. 재클린은 정말로 자신을 우스꽝스럽게 만들고 있는 거예요. 저는 그녀가 좀더 자존심을—좀더 품위를 지키지 못하는 것이 무척 안타까워요.」

포와로는 손을 내저으면서 말했다.

「자존심이나 품위라는 것이, 부인—그런 것들이 모두 사라져 버리는 때가 있답니다! 좀더 강한 다른 감정이 있을 때는 말이에요.」

「예, 그럴 수도 있겠지요.」 리넷은 초조하게 말했다. 「하지만, 그런다고 해서 도대체 그녀가 무엇을 얻을 수 있겠어요?」

「그건 반드시 무엇을 얻느냐 하는 문제가 아니랍니다, 부인.」

이렇게 말하는 그의 어조에서 리넷은 뭔가 불쾌감을 느낀 모양이었다. 그녀는 낯을 붉히며 재빨리 말했다.

「당신 말이 옳아요. 하지만, 이야기가 너무 빗나간 것 같군요. 그녀가 왜 그런 일을 하게 되었는가 하는 동기 따위를 의논하고 싶은 것이 아니에요. 요점은 바로 그 일을 중지시켜야 한다는 거예요.」

「그렇다면, 부인은 어떤 방법으로 그 일을 막아야 한다고 생각합니까?」 하고 포와로가 물었다.

「글쎄요—분명한 것은—제 남편과 저는 더 이상 이런 괴로움을 당할 수 없다는 사실이에요. 거기에 대해서 뭔가 법에 의한 제재가 가해져야 한다고 생각해요.」

그녀는 침착성을 잃고 말했다. 포와로는 생각에 잠긴 얼굴로 바라보다가 이렇게 물었다.

「그녀가 공공연하게 부인을 협박한 적이 있습니까? 아니면, 모욕적인 언사나 폭력을 사용한 적이라도 있습니까?」

「없어요.」

「그렇다면 솔직히 말해서, 부인, 당신이 조치하실 수 있는 일은 없겠군요. 만일 그녀가 여행하고 있는 것이라면, 그리고 그 여행지가 우연히도 당신들과 같은 장소일 뿐이라고 가정한다면—오, 그렇고말고요—거기에 대해서 뭐라고 할 수 있을까요? 어디를 가든 그것은 자신의 마음대로이니까요! 그녀가 부인의 사생활을 침범했다고 하겠습니까? 하지만, 그러한 만남들이 언제나 공공연하게 이루어진 것이 아닙니까?」

「그렇다면, 당신의 말은 제가 그 일에 전혀 손을 쓸 수가 없단 뜻인가요?」 리넷은 믿을 수 없다는 듯이 말했다.

포와로는 침착하게 말을 이었다.

「내가 아는 한 전혀 불가능합니다. 드벨포 양은 나름대로의 권리를 가지고 있으니까요.」

「하지만— 하지만, 그건 미친 짓이에요! 이런 괴로움을 참고 지내야 하다니 정말 미치겠어요!」

포와로는 냉담하게 말했다.

「당신을 동정합니다, 부인—특히 부인이 어떤 일로 고통을 받아 본 적이 없었을 거라는 생각을 하면 더욱더 그렇습니다.」

리넷은 이 말에 얼굴을 찡그렸다.

나일강의 죽음 73

「그 일을 막을 만한 방법이 어딘가에 분명히 있을 거예요.」 하고 그녀는 나지막이 중얼거렸다.

포와로는 어깨를 으쓱했다. 「항상 옮겨 다니면 되죠— 다른 장소로 말입니다.」 하고 포와로가 제안을 했다.

「그럼 또 그녀가 따라올 텐데요!」

「그렇게 하겠지요— 물론.」

「바보 같은 짓이에요!」

「분명히 그렇지요.」

「제가 왜 도망을 다녀야 하지요! 마치— 마치—」

그녀는 말을 끊었다.

「그렇죠, 부인. 마치—처럼! 바로 그 말이죠?」

리넷은 고개를 번쩍 쳐들고는 그를 빤히 쳐다보았다.

「무슨 말을 하시는 거죠?」

포와로는 말투를 바꾸었다. 그는 몸을 앞으로 기울였다. 그리고는 은밀하고도 호소하는 듯한 목소리로 매우 정중하게 말했다.

「왜 그렇게 신경을 쓰는 겁니까, 부인?」

「왜라니요? 그것은 정말 미친 짓이에요! 끔찍할 정도란 말이에요! 당신에게 이미 그 이유를 말씀드렸잖아요!」

포와로는 고개를 저었다. 「전부 다 말한 것은 아니었죠.」

「무슨 뜻이에요?」 하고 리넷은 다시 물었다.

포와로는 등을 뒤로 기댄 채 팔짱을 끼고는 아무 감정도 섞이지 않은 목소리로 말했다.

「자, 들어 보십시오, 부인. 내가 부인에게 짧은 이야기 한 토막 들려 드리겠소. 한 달이나 두 달쯤 전 어느 날이었습니다. 나는 런던에 있는 어느 레스토랑에서 식사하고 있었지요. 그 때 내 옆 탁자에 두 사람, 즉 한 남자와 한 여자가 앉아 있었습니다. 그들은 대단히 행복했습니다. 열렬히 사랑하고 있는 것처럼 보였습니다. 그들은 장래에 대한 희망으로 들떠 있었지요. 일부러 엿듣고자 해서 들은 것은 아니었습니다. 그 사람들은 누가 듣건 말건 전혀 거기에 신경을 쓰지 않았으니까요. 남자는 내게 등을 돌리고 있었지만, 여자의 얼굴은 볼 수가 있었지요. 그 얼굴은 매우 진지한 표정이었어요. 그녀는 사랑에 빠져 있었지요―가슴과 영혼, 그리고 온몸으로 사랑하고 있었습니다―게다가, 그녀는 쉽게 아무렇게나 사랑을 하는 그런 종류의 여자가 아니었어요. 그녀에게 있어서 사랑이란 바로 삶이자 동시에 죽음이었죠. 그들은 약혼한 사이였습니다―그들 두 사람은 말이죠. 물론 내 추측이긴 합니다만, 그들은 신혼 여행을 어디로 갈까 하는 이야기를 하고 있었습니다. 그들은 이집트로 갈 계획을 세우더군요. 결국 그 남자는 신혼 여행을 이집트로 왔죠, 예― 하지만 다른 여자와 함께였습니다.」

리넷은 날카롭게 말했다. 「그래서, 그게 어쨌다는 건가요? 이미 다 말씀드린 이야기잖아요.」

「그 이야기― 그렇죠.」

「그런데요?」

포와로는 느릿느릿하게 말했다.

「그 레스토랑에 있었던 여자는 어떤 친구의 이름을 말했습니다―자신을 절대 버리지 않을 거라고 확신할 수 있는 친구의 이름을 말입니다. 그 친구가 바로 내 생각에는―부인 바로 당신이었습니다.」

리넷은 낯을 붉혔다.

「그래요! 우리는 친구 사이였다고 이미 말씀드렸잖아요.」

「그리고, 그녀는 부인을 믿었지요?」

「물론 그랬어요.」

그녀는 잠깐 머뭇거리다가는 초조한 듯이 입술을 깨물었다. 그런 다음, 포와로가 말하려는 기색이 안 보이자 그녀는 갑자기 소리쳤다.

「물론 이 모든 것이 다 유감스러운 일이에요. 하지만, 이미 엎질러진 물이잖아요, 포와로 씨.」

「아! 예, 이미 일어난 버린 일이지요, 부인.」 그는 잠깐 말을 멈추었다. 「부인은 영국 국교(성공회) 신자죠?」

「예.」 하고 대답한 리넷은 약간 당황한 모습이었다.

「그렇다면, 부인은 성경 구절을 읽어 보셨겠군요. 다윗 왕과, 수많은 양떼와 소들을 거느린 어느 부자와, 소중한 양 한 마리 외에는 아무것도 없는 어느 가난한 사람의 이야기를 잘 알 겁니다—그리고, 그 부자가 가난한 사람의 양 한 마리를 어떻게 빼앗아가 버렸는지도 아시겠지요. 그것도 이미 일어나 버린 이야기지요, 부인.」

리넷은 자리에서 벌떡 일어났다. 그녀의 눈은 노여움으로 불타고 있었다.

「이제 당신이 이야기를 어떻게 끌고 가려는지 분명히 알겠어요, 포와로 씨! 당신도 속된 말로 표현해서, 제가 친구의 약혼자를 빼앗았다고 생각하는 거지요? 문제를 감상적인 눈으로 바라보면서 말이에요—당신 나이 정도의 사람들이 으레 사물에 대해 생각하는 바로 그런 눈으로!—물론 그렇게 생각할 수도 있겠죠. 그렇지만 움직일 수 없는 분명한 사실이 있답니다. 재키가 열정적으로 시몬을 사랑했었다는 것은 저도 부인하지 않겠어요. 하지만, 당신은 시몬도 그 정도로 그녀를 사랑했었는가를 전혀 고려해 보지 않은 것 같군요. 물론, 그 분도 재키를 좋아했어요. 하지만, 저를 만나기 전부터 이미 그 분은 자신의 실수를 깨닫고 있었던 게 확실해요. 이 사실을 분명히 아셔야 해요, 포와로 씨. 시몬은 자신이 사랑하는 여자가 재키가 아니라, 바로 저라는 것을 알게 되었단 말이에요. 그럴 경우에 과연 그는 어떻게 행동해야 할까요? 영웅심에서 더 이상 사랑하지도 않는 여자와 결혼을 해서는—그래서 어쩌면 세 사람의 인생을 망쳐 놓을지도 모를 일을 해야만 할까요? 그런 상황에서 그들이 결혼했다고 하면 재키도 결코 행복하지 못했을 거예요. 그 분이 저와 만났을 때, 그 분과 재키가 이미 결혼한 몸이었다면 저도 그 사람에게 그녀에게 충실해야 한다고 말했을 테죠—정말로 확신하지는 못하더라도 말이에요. 어떤 사람이 불행하면 상대방도 역시 괴로워질 테니까요. 그러나, 약혼이란 완전한 결합은 아니에요. 만일, 뭔가 잘못된 것이 있다면 더 늦기 전에 사태를 직시하는 편이 나을 거예요. 물론, 저도 재키에게 그 일이 매우 힘들었을 거라는 사실을 인정해요. 그리고, 매우 미안하게 생각하고도 있어요—하지만, 이미 일어나 버린걸요. 이제는 어쩔 수 없는 일이잖아요.」

「글쎄요.」

그녀는 그를 빤히 쳐다보았다.

「무슨 뜻이죠?」

「대단히 분별 있고 논리 정연한 말이긴 합니다만—부인이 이야기한 말 모두가요! 하지만, 설명이 부족한 부분이 있군요.」

「그게 뭐죠?」

「당신 자신의 태도 말입니다, 부인. 자, 보세요—당신들에 대한 그녀의 집요한 추적을 부인은 두 가지 방식으로 받아들일 수 있습니다. 그 추적이 부인을 괴롭힐 수도—또는 부인의 동정심을 불러일으킬 수도 있었습니다—친구가 자존심을 모두 집어 던질 정도로 깊이 상처를 받았으니까요. 하지만, 정작 부인은 전혀 다른 반응을 보였습니다. 부인은 단지 정신적인 학대를 참을 수 없을 뿐이라고만 말했습니다—그러면 왜 그럴까요? 그것은 단지 이 한 가지 이유 때문입니다—부인은 죄책감을 느끼고 있는 겁니다.」

리넷은 자리에서 벌떡 일어났다.

「어떻게 그런 말을? 포와로 씨, 정말로 이야기가 이상하게 돌아가는군요.」

「분명히 말씀드리겠습니다, 부인! 솔직히 말하죠. 내 생각은 이렇습니다. 아무리 부인이 그럴 듯한 말을 둘러대서 자기 자신을 합리화시키려 해도, 부인이 친구에게서 시몬을 빼앗은 것은 분명한 사실입니다. 첫눈에 부인은 그에게 강렬하게 매혹되었겠지요. 그러나, 물론 부인은 망설였겠지요. 선택의 감정을 억제해야 하느냐, 아니면 그냥 진전시키느냐 하는 순간에 서게 되었을 때 말입니다. 처음 시작은 바로 부인이었을 겁니다―도일 씨가 아니라. 당신은 아름답습니다, 부인. 그리고, 부유하고 똑똑한 데다가 아는 것도 많지요. 게다가, 부인은 매력까지 겸비하고 있습니다. 부인은 그 매력을 활용할 수도, 또 반면에 억제할 수도 있었습니다. 부인은 모든 것을 다 소유하고 있었으니까요. 부인은 인간이 가질 수 있는 것이란 것은 모두 다 가졌지요. 반면에, 부인 친구의 인생은 오직 한 사람에게만 달려 있었습니다. 부인도 물론 그 사실을 알고 있었지요. 하지만, 그 망설임은 아주 잠시 동안이었습니다. 부인은 그 손을 멈추지 않고 그를 향해 죽 뻗었습니다. 그리고는 마치 성경 속에 나오는 그 부자처럼 가난한 사람의 단 한 마리의 소중한 양을 빼앗은 거죠.」

잠시 침묵이 흘렀다. 리넷은 자신을 억제하려고 안간힘을 썼다. 그리고는 이내 차가운 목소리로 냉담하게 말했다.

「이야기가 초점을 빗나가 버렸군요!」

「그렇지 않습니다. 초점에서 어긋난 것이 아닙니다. 나는 다만 드벨포 양의 등장에 부인이 왜 그렇게 신경을 쓰는지 그 이유를 설명드린 것뿐입니다. 그것은 비록 그녀가 여성답지 못한―품위 없는 행동을 하고 있긴 하지만, 부인 마음 속에서는 그녀가 옳다고 생각하기 때문이죠.」

「그건 사실이 아니에요!」

포와로는 어깨를 한 번 으쓱했다.

「부인은 자신에게 솔직하지 못하군요.」

「천만에요.」

포와로는 정중하게 말했다. 「부인, 당신은 행복한 생활을 해 왔으며, 다른 사람에게도 관대하고 친절했지요.」

「그렇게 하려고 노력해 왔어요.」 하고 리넷이 말했다. 그 성급한 노여움은 이제 그녀의 얼굴에서 사라져 버렸다. 그녀는 짤막하게 대답했다―쓸쓸한 목소리로.

「그렇기 때문에 고의적으로 남에게 상처를 입혔다는 사실에 이렇게 괴로워하는 겁니다. 그리고, 또한 그 사실을 인정하기 싫어하는 것도 바로 그것 때문이죠. 무례하다면 용서해 주십시오. 하지만, 심리학적으로 보자면 이것이야말로 가장 중요한 것이 아니겠습니까?」

리넷은 느린 말투로 말했다. 「비록 당신이 지금 말씀하신 게 모두 진실이라고 해도―저는 그것을 받아들일 수 없어요. 생각해 보세요. 설령 그렇다 해도 이제 와서 무엇을 어떻게 하겠다는 건가요? 과거는 돌이킬 수 없는 거예요. 사람은 언제나 현재의 상태에서 처리해야 해요.」

포와로는 고개를 끄덕였다.

「부인은 참으로 똑똑하군요. 그렇죠, 사람이 과거로 되돌아갈 수는 없는 일이지요. 다만 현재 그대로를 받아들여야 할 뿐이지요. 그런데 때로는, 부인, 자신의 지난 행동들이 빚어낸 결과들을 감수해야 할 경우도 있습니다.」

「당신은, 그렇다면―」 하고 리넷은 믿을 수 없다는 얼굴로 물었다. 「제가 아무 손도 쓸 수 없다는 건가요―아무것도?」

「용기를 가져야겠지요, 부인. 바로 그것뿐인 것 같습니다.」

리넷은 느릿느릿 말했다.

「당신이 좀―재키에게―드벨포 양에게 한 마디 해 주지 않겠어요? 제발 이성을 찾으라고 말이에요.」

「물론 그렇게 하지요. 부인이 원한다면 그렇게 해 드리죠. 하지만, 크게 기대하지는 마십시오. 내 생각에는 드벨포 양은 너무 한 가지 생각에만 집착하고 있어서, 그 생각을 돌려놓기란 거의 불가능할 것 같습니다.」

「그렇지만, 그녀를 뿌리칠 만한 어떤 방법이 분명히 있을 거예요.」

「물론 영국으로 돌아가서 집에 틀어박혀 있으면 되겠지요.」

「우리가 그렇게 한다면 아마 재클린은 같은 동네에 이사 와서 살 거예요. 그렇게 되면 제가 정원에 나갈 때마다 그녀를 보게 될 거고요.」

「그건 그렇겠군요.」

「게다가—」 하고 리넷은 천천히 말했다. 「시몬은 절대로 그녀를 피해서 도망갈 사람이 아니에요.」

「이 문제에 대한 그의 태도는 어떤가요?」

「그는 분노하고 있어요. 하지만 그저 화를 낼 뿐이에요.」

포와로는 생각에 잠긴 얼굴로 고개를 끄덕였다.

리넷은 간청하는 목소리로 말했다.

「분명히 그렇게 해 주실 거죠—그녀에게 말해 주실 거죠?」

「좋습니다, 그렇게 하지요. 하지만, 분명히 말하건데—어떤 효과를 기대하지는 마십시오.」

리넷은 날카롭게 소리쳤다. 「재클린은 보통 사람들하고는 달라요! 아무도 그 애가 앞으로 무슨 일을 저지를지 몰라요!」

「그것은 재클린이 한 어떤 협박을 두고 하는 말 같군요! 그것이 어떤 협박이었는지 이야기해 주시겠습니까?」

리넷은 어깨를 으쓱했다.

「그녀는 협박했어요—글쎄, 우리 두 사람 다 죽이겠다는 거예요. 재키는 어쩌면—가끔 라틴계통 사람들처럼 불끈하는 성질이 있어요.」

「잘 알겠습니다.」 포와로의 목소리는 엄숙하게 울렸다.

리넷은 간절한 목소리로 그를 돌아보며 말했다. 「저를 도와 주시지 않겠어요?」

「안 됩니다, 부인.」

그의 말은 단호했다.

「나는 지금 어떤 일도 맡을 수 없습니다. 하지만, 인간적인 입장에서 내가 할 수 있는 일은 모두 다 할 생각입니다. 그렇습니다, 지금 부인은 어려움과 위험으로 가득 찬 상황입니다. 내가 할 수 있는 한 그러한 상황을 없애도록 노력하지요—하지만, 그 노력이 성공할 수 있을지는 솔직히 의문이군요.」
 리넷 도일은 천천히 말했다.
「하지만, 그래도 저를 위해서 일을 해 주지 않겠어요?」
「아니오, 부인.」 하고 포와로는 대답했다.

4

 에르퀼 포와로는 나일강이 곧장 내려다보이는 바위 위에 앉아 있는 재클린 드벨포를 보았다. 순간 그는 그녀가 밤새 잠자러 들어가지 않고 호텔 정원 주변에서 밤을 보냈다는 것을 알아차렸다.
 그녀는 턱을 손바닥에 괴고 앉아 있었는데, 사람이 다가오는 인기척을 듣고도 고개를 돌리지 않았다.
「드벨포 양이죠?」 하고 포와로가 물었다. 「실례가 안 된다면, 잠깐 이야기 좀 할 수 있을까요?」
 재클린은 약간 고개를 돌렸다. 희미한 미소가 입가에 떠올라 있었다.
「좋아요.」 하고 그녀는 대답했다. 「당신, 에르퀼 포와로 씨, 맞죠? 제가 한번 추측해 볼까요? 당신은 도일 부인 일로 여기에 온 것 같은데요? 그래, 성공하면 엄청난 보수를 주겠다고 약속했겠죠?」
 포와로는 그녀 옆의 벤치에 걸터앉았다.
「당신의 추측은 일부분만 맞았습니다.」 하고 그는 미소 띤 얼굴로 말했다.
「방금 도일 부인과 이야기하고 나오는 길입니다만, 그녀에게서 아무런 보수도 받지 않을 생각입니다. 보다 정확히 말하자면, 나는 그녀를 위해 일하고 있는 게 아니니까요.」
「오!」
 재클린은 그를 유심히 관찰했다.

「그렇다면 왜 오셨죠?」 갑자기 그녀가 물었다.

에르큘 포와로는 대답 대신에 또 다른 질문을 던졌다.

「혹시, 전에 나를 본 적이 없습니까, 마드모아젤?」

그녀는 고개를 설레설레 저었다.

「아뇨, 그런 적이 없는데요.」

「하지만, 나는 당신을 본 적이 있답니다. 언젠가 셰마탕트에서 바로 당신 가까운 탁자에 앉아 있었지요. 그 때 당신은 시몬 도일 씨와 함께 앉아 있었습니다.」

야릇한 가면과 같은 표정이 그녀의 얼굴에 피어 올랐다. 그녀는 말했다. 「그 날 밤을 기억하고 있어요……..」

「그 때 이후로—」 하고 포와로가 말했다. 「많은 일들이 생겼지요.」

「그래요. 너무나 많은 일들이 일어났어요.」

그녀의 목소리는 쓸쓸한 절망감으로 경직되어 있었다.

「마드모아젤, 나는 당신의 친구로서 말하는 건데요. 시체는 이제 그만 묻어 버리는 게 어떻겠습니까?」

「무슨 말씀이세요?」

「과거 일은 다 잊어버리라는 겁니다! 미래로 생각을 돌리십시오! 이미 지난 일은 이제 어쩔 수 없는 것 아닙니까? 괴로워한다고 해서 과거를 돌이킬 수는 없지요.」

포와로는 손을 내저었다.

「나는 리넷을 생각해서 하는 말이 아닙니다. 이 순간만큼은요! 당신을 생각해서 하는 말이랍니다. 당신은 고통을 받아 왔습니다—그래요—하지만, 당신의 현재 행동은 그 고통을 연장시킬 뿐이지요.」

그녀는 머리를 저었다.

「그렇지 않아요. 저는 즐기고 있는 때도 있으니까요.」

「그렇다면, 마드모아젤, 바로 그것이 더욱 나쁜 겁니다.」

「그런 말씀 마세요.」 하고 그녀는 말했다. 그런 다음 천천히 한 마디 덧붙였다. 「당신 마음은 이해해요.」

「돌아가세요, 마드모아젤. 당신은 아직 젊습니다. 머리도 좋고요. 창창한 미래가 앞에 놓여 있잖습니까?」

재클린은 머리를 설레설레 저었다.

「당신은 이해하지 못해요—아니 하려고 들지도 않으실 거예요. 시몬은 저의 전부였어요.」

「사랑이 모두는 아니랍니다, 마드모아젤.」 하고 포와로는 상냥하게 말했다.

「그렇게 생각하는 건 오로지 젊은 시절 한때뿐입니다.」

그러나, 여전히 그녀는 고개를 흔들었다.

「당신은 정말 몰라요.」

그녀는 포와로를 쳐다보았다.

「물론 당신은 모든 과정을 다 알고 계시죠? 리넷이 이야기해 주었겠지요? 게다가, 당신은 그 날 밤 그 레스토랑에 계셨다니까…… 시몬과 저는 서로를 사랑했어요.」

「당신이 그를 사랑한 것은 알고 있습니다.」

그녀는 얼른 그 말 뜻을 알아차렸다. 그리고 나서는 그 말을 다시 강조했다.

「우리는 서로를 사랑했어요. 그리고, 저는 리넷을 좋아했어요……. 그녀를 믿었지요. 리넷은 가장 친한 친구였으니까요. 리넷은 원하는 것은 뭐든지 다 가질 수가 있었어요. 그녀는 무엇이든지 거절당해 본 적이 없는 애예요. 시몬을 본 순간, 그녀는 그를 원했던 거예요—. 그리고는 그를 소유해 버린 거지요.」

「그렇다면, 그는 자신이—팔려 가도록 내버려두었다는 겁니까?」

재클린은 검은 머리를 흔들었다.

「아니에요, 그렇지 않아요. 만일 그랬다면 제가 지금 여기에 있지도 않았을 거예요……. 당신은 마치 시몬을 줏대없는 나약한 남자로 생각하고 계시는군요……. 만일, 정말 그가 돈 때문에 리넷과 결혼한 것이라면, 그를 형편없게 생각하는 것도 당연한 일이죠……. 그렇지만, 그 사람은 돈 때문에 결혼한 게 아니에요. 거기에는 돈 외에 또 다른 문제가 있어요. 사람을 황홀하게 하는 매력 같은 것 말이에요, 포와로 씨. 그리고, 돈은 그 매력을 거들어 주는 역할을 한 것뿐이지요. 당신이 보시다시피 리넷은 어떤 '분위기'를 가지고 있어요. 그녀는 한 왕국의 여왕이랍니다—아름다운 공주지요—그건 마치 무대 장치와도 같은 거예요. 그녀는 온 세상을 자신의 발 밑에 굴복시켰어요. 영국에서 가장 부유한 층에 드는 데다가, 많은 귀족들이 그녀와 결혼하고 싶어 안달했으니까 말이에요. 그런데, 그런 그녀가 별 볼일 없는 시몬 도일에게 고개를 숙였어요……. 이러한 사실이 시몬 도일을 흥분시켰을 거라고 생각하지 않으세요?」

그녀는 갑작스럽게 손을 들어 올렸다.

「저기 하늘에 떠 있는 달을 보세요. 굉장히 밝지요? 지금은 매우 잘 보이지요. 하지만, 태양이 떠오르면 저 달은 사라지게 되지요. 바로 이와 똑같은 원리예요. 제가 바로 달이었답니다……. 태양이 솟아오르자, 시몬은 더 이상 저를 볼 수 없게 된 거죠……. 그는 눈부셔 그 태양밖에는 다른 어느것도 볼 수 없었어요. 그리고, 그 태양은—바로 리넷이었지요.」

그녀는 잠깐 말을 멈췄다가 다시 이었다.

「그러한 것이 바로—사람을 황홀하게 만드는 매력이랍니다. 점점 그는 리넷을 생각하게 되었지요. 게다가, 리넷의 태도가 그를 더욱 부추겼어요—그녀 특유의 명령적인 태도가 말이에요. 그녀는 자신감을 가지고 있기 때문에 다른 사람도 자신과 똑같은 확신을 가지도록 만드는 재주를 가지고 있지요. 어떤 면에서 시몬은 우유부단한 성격이에요. 하지만, 그에게는 무척 단순한 면도 있지요. 만일, 리넷이 그를 낚아채서는 그녀의 황금 전차에 태우지만 않았더라면, 그는 제 곁을 결코 떠나지 않았을 거예요. 저는 알고 있어요—분명히 알고 있어요—만일, 리넷이 그럴 마음을 먹지 않았다면, 그가 그녀와 사랑에 빠지는 따위의 일은 결코 생기지도 않았을 거예요.」

「당신을 그렇게 생각하고 있군요— 그렇군요.」

「그 사람은 저를 사랑했어요— 그리고, 영원히 저를 사랑했을 거예요.」

포와로는 말했다. 「과연 지금도 그럴까요?」

그 순간 그녀의 입에서 무슨 말인가 튀어나오려는 듯하다가 갑자기 그 말을 삼켜 버렸다. 그리고는 포와로를 쳐다보았는데, 얼굴이 온통 새빨갛게 물들어 있었다. 그녀는 잠시 뒤 눈길을 돌리고는 갑자기 머리를 떨구었다. 그녀는 억제된 듯한 낮은 목소리로 중얼거렸다.

「예, 저도 알아요. 그는 이제 저를 증오할 거예요. 그럼요, 미워하고말고요…… 그는 조심하고 있을 거예요!」

재빠른 손동작으로 그녀는 작은 비단 지갑을 집어 들었다. 그런 다음 그녀는 무엇인가를 꺼내어서 손을 펴 보였다. 진주 장식의 손잡이가 달린 조그만 권총이 놓여 있었다. 그것은 마치 정교하게 만들어진 장난감처럼 보였다.

「정말 귀엽지요?」 하고 그녀는 말했다.

「너무 작아서 진짜처럼 보이지 않지요. 하지만, 이건 진짜 총이에요! 여기서 발사되는 총알 하나가 어떤 남자나, 아니면 어떤 여자의 목숨을 빼앗아 갈지도 몰라요! 더군다나 저는 아주 총을 잘 쏘거든요.」

그녀는 회상에 젖어 꿈꾸는 듯한 미소를 지었다.

「제가 어렸을 적에 어머니와 함께 아버지의 고향인 사우스 캐롤라이나에 간 적이 있었지요. 그 때, 할아버지께서 총을 쏘는 법을 가르쳐 주셨어요. 할아버지는 결투를 신뢰하는 옛날 사고 방식을 가지고 계신 분이었지요—특히, 명예가 손상되었을 때는 반드시 결투를 해야 한다고 주장하는 분이셨어요. 저희 아버지도 젊은 시절에는 여러 번 결투를 하신 적이 있었어요. 아버지는 명사수였어요. 언젠가는 잘못해서 사람을 죽인 적도 있었지요. 여자 때문에 벌어진 결투에서요.

자, 보세요, 포와로 씨.」

그녀는 그를 똑바로 쳐다보았다.

「제 피 속에는 뜨거운 것이 흐르고 있어요! 그 일이 일어나자마자 곧바로 저는 이것을 샀어요. 그 두 사람 중에 누군가를 죽일 생각에 서였지요. 그런데 문제는 과연 누구를 죽이느냐 하는 것이랍니다. 분명히 남은 한 사람은 괴로워하겠지요. 리넷이 두려움에 떠는 것을 볼 수 있다면—하지만, 리넷은 물리적인 위협에 두려워할 여자가 아니에요. 그녀는 그러한 공격에 과감히 대항할 거예요. 그래서 저는 생각했어요—기다리자고요! 그러는 편이 훨씬 현명한 일이라고 생각했어요. 요컨대, 죽이는 것은 어느 때고 할 수 있는 일이니까요. 기다려 보는 것도—그리고, 그걸 상상해 보는 것도 재미있는 일이니까요. 그러자, 다음 순간 이런 생각이 갑자기 떠올랐어요—그들을 따라다니자! 그들이 서로 행복한 얼굴로 어느 곳에 도착할 때마다 그들은 저를 보게 되는 것이죠! 그리고, 그건 분명히 효과가 있었어요! 리넷은 몹시 괴로워했지요—아마 아무도 그녀를 그렇게 괴롭힐 수는 없을 거예요! 결국 그 방법은 그녀에게 적중한 셈이죠……. 저는 쾌감을 느꼈어요……. 더구나 그녀는 어떻게 손을 쓸 수가 없을 테니까요! 저는 언제나 명랑하고 예의바르게 행동했지요! 그들이 제 행동 어디에서도 꼬투리를 잡아 낼 수 없도록 말이에요! 지금쯤은 그들의 심장 전체에 독이 퍼져 나가고 있을 거예요— 전체에.」

그녀의 맑고 낭랑한 웃음소리가 울려 퍼졌다.

포와로는 그녀의 팔을 잡았다.

「쉿, 조용히 해요. 조용히 당신에게 말할 게 있어요.」

재클린은 그를 쳐다보았다.

「예?」 그녀가 물었다. 그녀의 미소는 분명히 도전적인 것이었다.

「마드모아젤, 부탁이니 제발 지금 하고 있는 일을 그만두세요.」

「친애하는 리넷을 가만히 내버려두라는 말인가요?」

「그런 뜻이 아닙니다. 당신의 가슴에 악마를 불러들이지 말라는 뜻입니다.」

그녀의 입이 벌어졌다. 그리고, 어리둥절한 표정이 눈에 어렸다.
포와로는 엄숙하게 말을 계속했다.
「왜냐하면—만일 당신이 그렇게 하면—악마가 찾아올지도 모르기 때문이죠…… 맞아요, 분명히 악마가 올 겁니다…… 일단 악마가 들어와서 당신 가슴 속에 자리잡게 되면, 그 땐 아무리 쫓아내려고 해도 쫓아 버릴 수가 없게 된답니다.」

재클린은 그를 빤히 쳐다보았다. 그녀의 시선은 불안하게 움직이고 있었다.

그녀가 말했다.
「저는— 모르겠어요—.」
그런 다음 그녀는 도전적인 투로 말했다.
「당신이 저를 말릴 수는 없어요.」
「물론 그렇지요.」 하고 에르큘 포와로가 말했다.
「나는 당신을 말릴 수가 없지요.」 그의 목소리는 서글프게 들렸다.
「제가 만일—그녀를 죽이려고 한다 해도 당신은 말릴 수 없어요.」
「그래요— 당신이 기꺼이 그것에 대한 대가를 치를 각오를 하고 있다면 말입니다.」

재클린 드벨포는 웃음을 터뜨렸다.
「오, 저는 죽음 같은 건 전혀 겁나지 않아요! 제가 도대체 무얼 바라고 살아나가겠어요? 당신은 누군가가 자신에게 해를 입혔다 해도, 그 사람을 죽이는 것은 나쁘다고 믿으시는가 보군요—설령 당신의 모든 것을 빼앗아 갔다고 해도 그렇게 믿으실 건가요?」

포와로는 확고하게 대답했다. 「물론입니다, 마드모아젤. 그것은 용서받지 못할 죄라고 생각합니다—사람을 죽인다는 것은요.」

재클린은 다시 웃음을 터뜨렸다.
「그런 생각이시라면 지금의 제 복수를 그만두라고 하지 마세요. 왜냐하면, 당신도 아시겠지만 그 방법이 계속되는 동안만큼은 권총을 사용하지 않을 테니까요……. 그러나, 저도 두려워요—예—정말 가끔 두려워져요—. 온통 피로 물들죠— 저는 그녀를 죽이고 싶어요—. 그 여자의 가슴에 칼을 꽂고, 내 귀여운 작은 권총을 그녀의 머리에 대고는—방아쇠를 당기기만 하면 되죠—. 오!」

그녀가 외치는 소리에 그는 깜짝 놀랐다.

「무슨 일입니까, 마드모아젤?」

그녀가 고개를 돌리고 어둠 속을 응시했다.

「누군가— 저 건너편에 서 있었어요. 지금은 가 버리고 없지만.」

에르퀼 포와로는 예리한 눈길로 주위를 둘러보았다. 그러나, 거기에는 아무도 없었다.

「우리 외엔 아무도 없는 것 같은데요, 마드모아젤.」

그는 그만 일어섰다.

「어쨌든 하고 싶은 말은 다 했으니 이제 그만 들어가겠습니다.」

재클린도 역시 자리에서 일어섰다. 그녀는 거의 애원하는 듯한 목소리로 말했다.

「이해해 주시겠죠—제가 당신이 말씀하신 대로 할 수 없다는 것을 말이에요.」

포와로는 고개를 저었다.

「그렇지 않아요—. 당신은 충분히 그렇게 할 수 있습니다! 언제든지 그렇게 할 수 있는 순간이 있어요! 당신의 친구인 리넷—그녀도 역시 자기의 손을 멈출 수 있는 순간이 있었겠지요……. 그런데도 그녀는 그 손을 멈추지 않았습니다. 하지만, 일단 일을 저지르고 나면 다시는 그런 기회가 주어지지 않습니다.」

「다시는 기회가 없다고요…….」 하고 재클린 드벨포는 중얼거렸다.

그녀는 한동안 생각에 잠긴 채로 서 있었다. 그러다가 반항적인 태도로 머리를 쳐들었다.

「안녕히 주무세요, 포와로 씨.」

그는 애처롭다는 듯이 머리를 흔들면서 그녀의 뒤를 따라 호텔 쪽으로 걸어갔다.

5

다음 날 아침, 시몬 도일은 막 호텔을 나서서 마을 쪽으로 걸어가려던 에르퀼 포와로를 불렀다.
「안녕하십니까, 포와로 씨.」
「안녕하시오, 도일 씨.」
「마을로 가시는 중인가요? 그렇다면, 함께 좀 걸어도 괜찮겠습니까?」
「물론이지요. 그렇게 해 주시면 기쁘겠습니다.」
그들 두 사람은 현관을 빠져 나와서 서늘한 정원의 그늘로 들어갔다. 잠시 뒤 시몬은 입에서 파이프를 빼고 말했다.
「포와로 씨, 어젯밤에 제 아내와 이야기를 하셨다고 하던데요?」
「그랬지요.」
시몬 도일은 잠깐 얼굴을 찡그렸다. 그는 대개 머리보다 행동이 앞서는 사람들과 마찬가지로, 생각을 잘 정리해서 그것을 요령 있게 표현하는 데 서툰 사람이었다.
「고맙게도—」 하고 그는 말했다. 「아내에게 우리가 그 문제에 관해서 아무 손도 쓸 수 없다는 사실을 깨닫게 해 주셨더군요.」
「사실 법적으로 제재할 방법이 아무것도 없습니다.」 하고 포와로는 그 말을 인정했다.
「분명히 그렇습니다. 그런데도 리넷은 그 사실을 이해하지 못하더군요.」
그는 희미하게 웃었다.
「리넷은 어렸을 때부터 모든 문제거리는 경찰에 의뢰하면 다 자동적으로 해결된다고 배워 온 모양입니다.」

「그것이 그렇게 해서 해결되는 문제라면 말이죠.」 하고 포와로는 말했다.

잠시 침묵이 흘렀다. 그런 다음 갑자기 시몬이 말을 꺼냈다. 한 마디 할 때마다 그의 얼굴은 점점 붉게 달아올랐다.

「아내가 이렇게 희생물이 되다니 정말 참을 수 없는 일입니다! 아내는 아무 잘못도 없어요! 악당이라고 욕하고 싶다면 얼마든지 나를 욕해도 좋습니다! 모든 게 내 잘못이니까요. 하지만, 리넷을 괴롭히는 것은 용서할 수 없습니다. 아내는 그 일에 아무 책임도 없으니까요.」

포와로는 정중히 고개를 숙였지만 아무 말도 하지 않았다.

「포와로 씨— 흠, 혹시— 재키와— 드벨포 양과 이야기를 해 보신 적이 있습니까?」

「예, 그녀와 이야기했었지요.」

「그녀가 당신 말에 정신을 차리던가요?」

「유감스럽게도 그렇지 않았습니다.」

시몬은 벌컥 화를 냈다. 「도대체 그 여자는 자신이 얼마나 어리석은 짓을 하고 있는지 모르는 모양입니다. 적어도 품위를 아는 여자라면 그런 행동이 얼마나 끔찍한 거라는 사실쯤은 알고 있을 텐데요. 그녀의 자존심이나, 아니면 그런 감정도 없는 걸까요?」

포와로는 어깨를 으쓱했다.

「그녀는 자기가 상처를 입었다고 하더군요.」 그는 대답했다.

「하지만, 그래도 그건 미친 짓입니다. 아무리 그렇다고 해도 품위를 아는 여자라면 그렇게 행동하지 않을 겁니다! 물론 나는 비난을 감수할 각오가 얼마든지 되어 있어요. 바로 내가 그녀에게 상처를 주었으니까요. 그러니, 그녀가 나에게서 완전히 등을 돌리고 다시는 나를 보지 않겠다고 하면 충분히 이해할 수 있어요. 하지만, 이렇게 나를 따라다니다니— 그건— 그건 정말 형편없는 짓이에요! 자기 자신을 놀림감으로 만들고 있는 거라고요! 그런다고 무슨 이득이 있겠습니까?」

「아마도 복수겠지요!」

「어리석은 짓이에요! 만일 그 여자가 드라마에서처럼 엉뚱한 행동—내게 총을 쏜다든가 하는 짓을 했다면 차라리 이해할 수 있었을 겁니다.」

「그렇다면, 당신은 그녀가 그렇게 행동하는 것이 옳다고 생각합니까, 그렇습니까?」

「솔직히 말하자면 그렇습니다. 그 여자는 성급한 사람이니까요—. 게다가, 다혈질의 성격을 가지고 있답니다. 그런 사람이 극도로 흥분했을 때 무슨 행동을 하든 나는 놀라지 않습니다. 하지만, 이런 염탐하는 듯한 행동이란 정말—」 그는 고개를 설레설레 저었다.

「좀더 교묘한 방법이죠—. 더 똑똑한 방법이고요.」

도일은 그를 빤히 쳐다보았다.

「당신은 이해 못 합니다. 그 때문에 리넷은 신경이 극도로 날카로운 상태랍니다.」

「당신은 어떻습니까?」

시몬은 놀란 시선으로 잠시 그를 쳐다보았다.

「나요? 나는 그 작은 악마의 목을 비틀어 버리고 싶은 심정입니다.」

「그렇다면, 당신은 옛날 감정은 전부 사라졌단 말이군요.」

「포와로 씨— 어떻게 설명을 해야 좋을지 모르겠군요. 그건 마치 태양이 솟아오른 뒤의 달과 같은 거랍니다. 더 이상 잘 비유할 수는 없지요. 아무튼, 내가 일단 리넷을 본 다음에— 재키는 더 이상 존재하지 않았습니다.」

「참 재미있는 일치로군.」 하고 포와로는 프랑스어로 중얼거렸다.

「뭐라고 하셨습니까?」

「당신들의 똑같은 표현이 재미있다고요—이 말이었습니다.」

시몬은 다시 얼굴을 붉히면서 말했다.

「재키는 내가 돈 때문에 리넷과 결혼한 것이라고 말했겠죠? 그건 사실이 아니에요! 나는 어떤 여자하고도 돈 때문에 결혼하지 않습니다! 남자란 재키처럼 자기를 사랑하는 여자는 오히려 부담스러워한다는 사실을 그녀가 이해하지 못한 거지요.」

「무슨 말입니까?」 포와로는 날카롭게 그를 쳐다보았다.

시몬은 머뭇거리며 말했다. 「이렇게— 이렇게 말하면 야비하게 들릴지도 모르겠지만, 재키는 너무 지나칠 정도로 나를 좋아했어요!」

「사랑을 하는 여자와, 자신을 사랑하도록 내버려 두는 남자라.」 하고 포와로는 프랑스어로 나지막이 중얼거렸다.

「방금 뭐라고 하셨죠? 남자란 자기 자신이 여자를 사랑하는 것보다 상대방 여자가 더 자신을 사랑하는 것을 좋아하지 않는다는 사실을 당신도 아실 겁니다.」

그가 이야기하는 동안 그의 목소리는 점차 흥분되어 갔다.

「남자는 소유당한 듯한—그것도 몸과 마음이 모두 소유당한 듯한 기분을 참을 수 없어 합니다. 그건 바로 그 강한 소유욕 때문이랍니다! 이 남자는 나의 것이다—그는 내게 속해 있어! 그런데, 바로 그런 것이야말로 내가 견딜 수 없어 하는 것이죠—어떤 남자도 그런 것을 참을 수 없을 겁니다! 그는 도망치고 싶어합니다—자유로워지기 위해서 말입니다. 대부분의 남자는 여자가 자기 자신을 소유하는 것보다 자신이 여자를 소유하고 싶어하지요.」

말을 끝낸 그는 약간 떨리는 손가락으로 담배에 불을 붙였다.

포와로가 말했다.

「바로 당신이 재클린에게 그런 식으로 느꼈단 말입니까?」

「예?」 시몬은 빤히 쳐다보다가는 그 말을 시인했다. 「아, 예—그렇습니다—. 예, 사실 그렇게 느꼈어요. 그녀는 물론 그 사실을 알아차리지 못했었지요. 왜냐하면, 그녀에게 말할 만한 성질의 이야기가 아니었으니까요. 그렇지만, 나는 참을 수 없었습니다—. 그럴 때 바로 리넷을 만난 거지요. 그리고, 나는 그녀에게 완전히 압도되어 버렸죠! 그렇게 사랑스러운 여자를 본 적이 없었으니까요. 그건 정말 놀라운 일이었습니다. 많은 사람들이 그녀를 원했습니다ー. 그런데, 놀랍게도 그녀는 나 같은 가난뱅이를 선택했어요.」

그의 목소리는 소년과 같은 흥분으로 가득찼다.

「이제 알겠습니다.」 하고 포와로가 말했다. 그는 사려 깊은 태도로 고개를 끄덕였다. 「예ー. 알겠습니다.」

「그런데, 도대체 왜 재키는 나처럼 그것을 받아들이지 못하는 걸까요?」 시몬은 분개한 목소리로 외쳤다.

포와로는 윗입술을 썰룩거리더니 희미한 미소를 지었다.

「글쎄요. 당신도 아시다시피, 도일 씨, 재클린은 남자가 아니잖습니까?」

「아니, 그게 아닙니다ー. 나는 다만 농담으로 한 번 해본 소리예요. 어쨌든 당신의 문제는 아니니까요. 모든 잘못은 나에게 있지요, 그 사실은 인정합니다. 그렇지만, 이 말만은 진실이에요! 어떤 여자를 더 이상 사랑하지 않는데도 결혼한다는 것은 정말 미친 짓입니다. 게다가 지금 재키가 정말 어떤 상황이며, 또한 그녀가 어떤 식으로 몰고가려는지를 알게 된 이상, 내가 일찍 헤어진 것이 오히려 다행스럽게 느껴집니다.」

「그녀가 어떤 식으로 몰고가려는지ー」 포와로는 생각에 잠긴 채 그 말을 되풀이해 보았다. 「당신은 혹시 알고 있습니까ー 도일 씨? 그녀가 어떤 식으로 몰고 갈지를 말입니다.」

시몬은 눈살을 찌푸리더니 고개를 저었다.

「모릅니다ー 전혀, 그런데 무슨 뜻으로 그렇게 말씀하시는 겁니까?」

「당신은 그녀가 언제나 권총을 가지고 다닌다는 것을 알고 있지요?」

시몬은 약간 놀라면서 그를 쳐다보았다.

「그녀가 그것을 사용할 것이라고는 생각하지 않습니다―이제는 말이에요. 쏘려고 했다면 이미 훨씬 전에 쏘았었겠지요. 하지만, 이제 그런 시기는 지나갔다고 생각합니다. 지금 그 여자는 단지 원한을 품고 있을 뿐입니다. 우리 두 사람을 괴롭히려고 하면서 말이에요.」

포와로는 고개를 끄덕였다.

「그럴지도 모르죠.」 그는 모호하게 말했다.

「재키가 설령 총을 쏜다고 해도 나는 전혀 두렵지 않습니다. 그러나, 이렇게 스파이처럼 쫓아다니는 것에 리넷은 몹시 괴로워하고 있어요. 포와로 씨, 내 계획을 말씀드릴까요? 한번 들어 보시고, 뭔가 도움이 될 말이 있다면 충고해 주십시오. 나는 우리가 이 곳에서 열흘 동안 머물 것이라고 소문을 내놓았습니다. 그런데, 내일 증기선 카나크가 쉘랄에서 출발하여 왜디헬파로 떠날 겁니다. 나는 가명으로 예약할 생각이에요. 내일 우리는 필래로 갈 예정입니다. 짐은 리넷의 하녀가 가져올 거고요. 쉘랄에서 카나크 호를 탈 겁니다. 재키가 우리 두 사람이 호텔에 돌아오지 않는다는 사실을 알아차렸을 때는 이미 때가 늦어 버린 거죠. 그 때쯤 우리는 이미 배에 타고 있을 테니까요. 그 여자는 우리가 자기를 따돌리기 위해서 카이로로 되돌아갔다고 생각할 겁니다. 짐꾼에게 돈을 주고 그렇게 말하도록 해놓을 테니까요. 또한, 여행사에 물어 보았자 아무 소용도 없을 겁니다. 여행사 기록에는 우리 이름이 올라 있지도 않을 테니까요. 내 생각이 어떻습니까?」

「훌륭한 계획이로군요. 그런데, 당신들이 돌아올 때까지 그녀가 아무 의심도 없이 기다리고 있을까요?」

「우리는 돌아오지 않을 겁니다. 우리는 카르툼까지 갈 수 있을 거예요. 그 다음에는 어쩌면 케냐로 가게 될지도 모릅니다. 설마, 지구 전체를 쫓아올 수는 없겠죠.」

「그렇겠죠. 경제적으로도 그렇게 할 수 없는 때가 올 테니까요. 그녀는 돈이 별로 많지 않다고 알고 있는데……」

시몬은 감탄한 듯이 그를 쳐다보았다.

「머리가 빨리 돌아가시는군요. 나도 그건 미처 생각하지 못했는데. 사실, 재키는 매우 쪼들리는 형편입니다.」

「그런데, 어떻게 여기까지 따라올 수 있었을까요?」

시몬은 자신 없는 목소리로 말했다.

「그녀의 수입은 보잘것 없지요. 1년에 200달러도 안 될 정도이니까요. 내 생각에는 아마— 그래요. 이 일을 위해서 가지고 있던 주식을 처분한 게 틀림없을 겁니다.」

「그렇다면, 곧 그녀는 빈털터리가 되겠군요?」

「예…….」

시몬은 거북한 듯이 우물쭈물 대답했다. 그러한 생각이 그를 편치 않게 만들었던 것이다. 포와로는 주의 깊게 그를 지켜보았다.

「안 됩니다.」 하고 그는 한 마디 했다.

「안 돼요, 그건 좋은 생각이 아닙니다…….」

시몬은 다소 화난 듯이 말했다.

「그렇지만, 어쩔 수가 없잖습니까!」

그리고 그는 덧붙여 말했다.

「내 계획에 대해 어떻게 생각하십니까?」

「잘될지도 모르죠. 그렇지만, 그건 도피 행위입니다.」

시몬은 얼굴을 붉혔다.

「당신 말은 우리가 도망간다는 뜻인가요? 예, 그건 사실입니다……. 하지만 리넷—」

포와로는 그를 바라보다가 잠깐 고개를 끄덕였다.

「당신 말대로 그게 가장 좋은 방법인지도 모르죠. 하지만, 드벨포 양에게도 머리가 있다는 사실을 명심해야 할 거요.」

시몬은 우울한 목소리로 말했다.

「언젠가는 맞부딪쳐서 결론을 내려야 한다고 나도 생각하고 있습니다. 어쨌든 그녀의 태도는 이성적이지 못해요.」

「이성적이라고요, 저런!」 포와로는 외쳤다.
「여자라고 해서 이성적으로 행동하지 못하라는 법은 없잖습니까?」 시몬은 무뚝뚝하게 말했다.
포와로는 냉담하게 비꼬았다.
「너무 지나치게 이성적으로 행동하지요. 그런데, 그게 더욱 화를 돋구지요!」
그는 한 마디 덧붙였다.
「나도 역시 카나크를 탈 겁니다. 내 여행 계획에 들어 있거든요.」
「오!」 시몬은 잠시 주저하다가 약간 당황해 하면서 말했다. 「그건 어쩌면— 혹시 우리 때문은 아니겠지요? 내 말은 그런 식으로 생각하고 싶지는 않다는 뜻입니다.」
포와로는 재빨리 그 생각이 어리석은 것임을 깨우쳐 주었다.
「천만에요. 그건 이미 내가 런던을 출발하기 전부터 계획된 것이오. 나는 늘 미리 계획을 세워서 행동하거든요.」
「마음 내키는 대로 그저 이곳 저곳 여행하는 것이 아니고요? 여행이란 그렇게 하는 것이 더 즐겁지 않을까요?」
「그럴지도 모르죠. 그렇지만, 인생에서 성공하려면 세세한 것까지도 미리 계획을 세워 두어야 한답니다.」
시몬은 웃음을 터뜨리고는 말했다.
「치밀한 살인자들도 그런 식으로 행동하겠죠.」
「그렇습니다—. 비록 가장 교묘하게 해결하기 어려웠던 범죄라고 기억되는 것이, 사전 계획 없이 순간적으로 이루어진 범죄이기는 하지만요.」
시몬은 수줍은 소년처럼 말했다.
「카나크 호에서 당신이 처리했었던 사건들에 대해서 이야기해 주셨으면 좋겠습니다.」
「아니, 아니에요. 그건 너무—소위 말하는—전문적인 이야기라서 들려 드리기에는 좀—」

「그렇겠지요. 하지만, 배 위에서 당신 이야기를 들으면 등이 오싹할 거예요. 앨러튼 부인도 그렇게 생각하더군요. 그리고, 그 부인은 당신에게 반대 심문을 해 보고 싶은 모양입니다.」

「앨러튼 부인? 그 헌신적인 아들을 둔, 머리가 희끗희끗하고 매력적인 노부인 말이죠?」

「예. 그 부인도 역시 카나크 호를 타게 될 겁니다.」

「그 부인도 당신의 계획을 알고 있습니까?」

「전혀 모릅니다.」 하고 시몬은 강조했다.

「아무도 모릅니다. 어느 누구도 믿지 않는 것이 안전하다는 게 내 신조이니까요..」

「감탄할 만한 신조로군요. 나도 늘 그렇게 하려고 마음먹긴 하지만…… 그건 그렇고, 당신들과 함께 다니는 사람 말이오, 그 키 크고 백발이 성성한—」

「페닝튼 씨 말이군요?」

「그 사람도 당신들과 함께 여행하는 중인가요?」

시몬은 지겹다는 듯이 말했다.

「좀 이상한 신혼 여행이라고 생각하셨겠군요? 페닝튼 씨는 리넷의 미국인 재산 관리인입니다. 우리는 카이로에서 그를 우연히 만났지요.」

「질문 한 가지 해도 되겠습니까? 부인께서는 나이가 어떻게 됩니까?」

시몬은 이제 기분이 풀어진 듯이 보였다.

「정확하게 21살이 채 안 되었습니다. 하지만, 나와 결혼하기 전에 누군가의 동의가 필요하지는 않았어요. 페닝튼 씨는 우리가 결혼했다는 사실에 굉장히 놀라더군요. 우리의 결혼을 알리는 리넷의 편지가 도착하기 이틀 전에 그 사람은 이미 카마닉 호를 타고 뉴욕을 떠났다는군요. 그래서, 그는 우리의 결혼에 대해서 알지 못했었죠.」

「카마닉 호라—」 포와로는 중얼거렸다.

「카이로에 있는 세퍼드 사무실에서 우리와 마주치자, 그 사람은 무척이나 깜짝 놀라더군요.」

「정말 굉장한 우연이로군요!」

「예. 게다가, 또다시 나일강을 항해하는 배에서 그를 만났지요. 그래서 함께 다니게 되었습니다! 예의에 어긋나지 않으려면 그밖에 달리 방법이 없었거든요. 그리고, 어떤 면에서는 오히려 편하게 되었지요.」

그는 다시 당황하는 표정을 보였다.

「당신도 보셨겠지만, 리넷은 극도로 신경이 날카로워져 있어요. 재키가 언제 어디서 불쑥 나타날지 모르기 때문이지요. 우리 둘만 있을 때는 자꾸 화제가 그쪽으로만 맴돌게 되곤 한답니다. 앤드류 페닝튼은 바로 그런 의미에서 큰 도움이 되고 있지요. 그가 있으면 다른 일에 대해서 이야기하게 되니까요.」

「당신 부인은 페닝튼 씨에게 무척 의존하고 싶어하나 보군요.」

「아닙니다.」

시몬은 싸움이라도 할 듯한 기세로 말했다.

「이제는 어떤 다른 사람도 필요치 않아요. 더군다나, 우리는 이 나일강 여행을 시작하면서 이미 그 일은 끝났다고 생각했었으니까요.」

포와로는 고개를 저었다.

「당신은 아직 그 일을 끝내지 않았습니다. 아니, 끝이 나려면 아직도 멀었지요. 나는 그 점에 대해 확신할 수 있습니다.」

「포와로 씨, 당신은 그다지 희망적인 편은 아니군요.」

포와로는 약간 초조한 기분으로 그를 쳐다보았다. 그는 속으로 생각했다. '이 영국인은 카드 게임밖에는 아무것도 진지하게 생각하지 않는군! 이 친구는 아직 미숙해.'

리넷 도일, 재클린 드벨포—이들 두 사람 모두 그 문제를 충분히 진지하게 받아들였다. 그렇지만, 시몬은 오직 한 남자로서의 성급함과 성가시다는 태도만을 나타냈다. 그는 말했다.

「무례한 질문 하나 해도 괜찮을까요? 이집트로 신혼 여행을 오자는 것은 당신이 제안한 것입니까?」

시몬은 얼굴을 붉혔다.

「아닙니다, 사실 나는 어디 다른 곳으로 가고 싶었습니다. 하지만, 리넷이 하도 주장하는 바람에— 그래서— 결국 이렇게—」 그는 희미하게 말을 끝맺었다.

「오, 그렇군요.」 하고 포와로는 진지하게 말했다.

일단 리넷 도일이 어떤 일을 하겠다고 마음먹으면 꼭 그렇게 하고야 만다는 사실을 그는 다시 한 번 되새겨 보았다.

그는 혼자서 생각했다. '흠, 그 일에 대해 각기 다른 세 의견을 들은 셈이군—. 리넷 도일의 의견, 재클린 드벨포, 그리고 시몬 도일의 것까지. 이 중에서 과연 누구의 말이 가장 진실에 가까운 것일까?'

6

시몬과 리넷 도일은 다음날 아침 8시경에 필래로 떠났다. 재클린 드벨포는 호텔의 발코니에 앉아서 그림처럼 아름다운 배를 타고 떠나는 그들의 모습을 지켜보고 있었다. 그러나, 그녀가 미처 보지 못한 것이 있었다. 그 때 짐을 가득 실은 차가 새침한 얼굴을 한 하녀를 태운 채 호텔 정문으로 빠져 나가고 있었던 것이다. 그 차는 호텔을 빠져 나와서 쉘랄 방향으로 달렸다.

에르퀼 포와로는 점심 식사 전까지 남아 있는 두 시간을 엘러팬틴 섬에서 보내기로 마음먹었다. 그 섬은 호텔의 바로 맞은편에 있었다.

그는 선착장으로 내려갔다. 마침, 두 남자가 호텔의 보트에 올라타고 있었기 때문에 포와로도 그 배에 동승했다. 그 두 사람은 서로 초면임에 틀림없었다. 그들 중 젊은 쪽은 바로 어제 기차로 도착한 사람이었다. 그는 키가 크고 검은색 머리를 가진 젊은이로서, 홀쭉한 얼굴에 반항적으로 보이는 턱을 가지고 있었다. 그는 굉장히 지저분한 회색 플란넬 바지에, 이런 날씨에 어울리지 않게 목이 높이 올라오는 폴라 점퍼를 입은 야릇한 차림새였다. 나머지 또 한 사람은 약간 땅딸막한 중년의 남자였는데, 그는 포와로를 보자마자 약간 엉터리 영어로 곧장 이야기를 걸었다. 그러나, 젊은 남자는 전혀 대화에 끼여들지 않았다. 그는 찌푸린 얼굴로 이야기하고 있는 그들 두 사람을 쳐다보고 있었다. 그리고 나서는 유유히 등을 돌려, 누비아인(아프리카 수단 북부 지방의 흑인)이 손으로 움직이면서, 동시에 발끝으로 민첩하게 조종하는 모습을 감탄한 듯이 바라보고 있었다.

수면은 잔잔했으며, 보트는 매끄럽게 빛나는 거대한 검은 바위들 사이로 빠져 나갔다. 부드러운 산들바람이 그들의 얼굴 위로 스쳐갔다. 얼마 안 지나서 배는 곧 엘러팬틴에 도착했다. 보트에서 내린 포와로와 그의 떠들썩한 동행자는 곧장 박물관으로 향했다. 그 사이에 그 수다스러운 남자는 고개를 약간 숙이고 인사하면서 명함을 건네 주었다. 그 명함에는 이렇게 씌어 있었다.

시뇨르(이탈리아어로 미스터(Mr.)에 해당됨) 기도 리체티, 아르첼로고.

포와로도 역시 인사를 하고는 자신의 명함을 건네 주었다. 이렇게 인사를 끝낸 뒤, 그 두 사람은 함께 박물관으로 들어갔다. 그 곳에서 그 이탈리아 사람은 여러 가지 박식한 설명들을 늘어놓았다. 그들은 프랑스어로 이야기했다.

그러는 동안 플란넬 바지를 입은 젊은이는 가끔 하품을 해대면서 박물관 내부를 할일없이 어슬렁거리다가 이내 바깥으로 나가 버렸다.

포와로와 리체티도 마침내 그를 뒤쫓아 나왔다. 그 이탈리아인은 폐허를 열심히 살펴보았으며, 그 사이에 포와로는 강가에 있는 바위들 위에서 초록색 줄무늬의 양산을 발견하고는 곧장 그쪽으로 걸어갔다.

앨러튼 부인은 커다란 바위 위에 앉아 있었는데, 그녀 옆에는 스케치북, 그리고 무릎 위에는 책 한 권이 놓여 있었다.

포와로가 정중하게 모자를 벗고 인사하자, 앨러튼 부인은 곧장 그에게 말을 걸었다.

「안녕하세요?」 하고 그녀는 인사했다.

「어떻게 이 지긋지긋하게 달라붙는 아이들을 쫓아 버릴 수가 없을까요?」

새까만 얼굴의 아이들 여러 명이 그녀의 주위를 에워싸고 있었다. 그 아이들은 모두 씩 웃으면서 가끔 「한푼만―」 하고 기대에 찬 목소리로 중얼거리면서 손을 벌렸다.

「정말 귀찮아 죽겠어요.」 하고 앨러튼 부인은 짜증난 목소리로 말했다.

「저 아이들은 지금까지 2시간 동안이나 저렇게 쳐다보고 있답니다―. 그러면서 조금씩 조금씩 내게로 다가오는 거예요. 내가 '이놈들!'하고 소리치면서 양산을 휘두르면 순식간에 도망가 버리죠. 하지만, 이내 다시 돌아와서는 빤히 쳐다보면서 한 발자국씩 다가오는 거예요. 게다가, 나를 쳐다보는 눈―정말 역겨워요. 그리고, 그 코―사실 나는 어린아이들을 좋아하는 편이 아니거든요―제법 깨끗하고 어느 정도 예의바른 아이들이라도 말이에요.」

그녀는 씁쓰레한 미소를 지었다.

포와로는 그녀를 위해서 용감하게 그 떼지어 있는 아이들을 쫓아 버리려고 했지만 아무 소용이 없었다. 일단 흩어졌다가는 다시, 그것도 전보다 더 가까이 다가오는 것이었다.

「이렇게 성가시게 하는 것들이 없다면 이집트 여행이 훨씬 즐거울 텐데요.」 하고 앨러튼 부인이 말했다.

「어디를 가든 도대체 마음놓고 다닐 수가 없어요. 돈 한 푼만 달라고 구걸하는 사람이 있는가 하면, 당나귀나 목걸이를 사라고 매달리는 데다가, 심지어는 원주민 부락이나 오리 사냥을 가지 않겠냐고 끊임없이 귀찮게 구는 데는 두손들겠어요.」

「그건 정말 괴로운 일이죠, 정말 그렇습니다.」하고 포와로가 그 말에 맞장구쳤다.

이렇게 말한 뒤, 그는 바위 위에 손수건을 깔고 그 위에 조심스럽게 앉았다.

「오늘 아침에는 아드님이 안 보이는군요?」하고 그는 말했다.

「이 곳을 떠나기 전에 부쳐야 할 편지가 몇 통 있어서요. 아실 지 모르지만, 우리는 제2폭포로 갈 예정이랍니다.」

「나도 그 곳으로 갈 겁니다.」

「어머, 정말 기뻐요. 또 당신과 함께 지내게 되다니 얼마나 기쁜지 모르겠어요. 우리는 마조르카에서 리치 부인과 함께 있었는데, 그 분이 당신에 대한 기막힌 이야기를 해 주었답니다. 그 부인은 수영하다가 루비 반지를 잃어버렸는데, 만일 그 때 당신이 있었다면 틀림없이 그것을 찾아 주셨을 거라며 무척 안타까워하더군요.」

「오, 저런! 하지만 나는 다이빙에는 자신이 없는데요!」

그들 두 사람은 웃음을 터뜨렸다.

앨러튼 부인은 계속해서 말했다.

「그런데, 오늘 아침에 창문을 내다보니까 당신이 시몬 도일과 함께 차도를 걸어 내려가고 계시더군요. 당신은 그 사람에 대해서 어떻게 생각하세요? 우리는 모두 그 사람에게 굉장히 흥미를 가지고 있거든요.」

「오, 그렇습니까?」

「물론이에요. 당신도 아시겠지만 그 사람과 리넷 리지웨이의 결혼은 굉장히 충격적이었거든요. 사람들은 모두 리넷이 윈들쉠 경과 결혼할 거라고 생각하고 있었는데, 어느 날 갑자기 생전 들어 본 적도 없는 그 남자와 결혼을 해 버렸으니까요.」

「당신은 그 여자를 잘 알고 있습니까, 부인?」

「아니에요. 하지만, 내 친척인 조안나 사우스우드가 그녀와 무척 친하게 지내고 있지요.」
「아, 그 이름을 신문에서 본 적이 있습니다.」
그는 잠깐 말을 멈추었다가는 다시 이었다.
「그녀는 신문에 자주 나오더군요, 마드모아젤 조안나 사우스우드 말입니다.」
「오, 그녀는 자신을 어떻게 선전해야 하는지를 잘 알고 있으니까요.」 하고 앨러튼 부인은 재빨리 대꾸했다.
「부인은 그녀를 좋아하지 않는 모양이군요?」
「내가 말을 너무 심술궂게 한 모양이지요?」
앨러튼 부인은 후회하는 듯한 기색으로 말했다.
「아시다시피 나는 좀 구식이랍니다. 사실 그녀를 별로 좋아하진 않아요. 팀과 굉장히 친하게 지내고 있긴 하지만요.」
「그렇군요.」 하고 포와로가 말했다.
상대방은 재빨리 그를 쳐다보았다. 그리고 나서, 그녀는 화제를 바꾸었다.
「여기에는 정말로 젊은 사람들이 드물어요! 그 밤색 머리의 예쁜 처녀하고, 터번을 쓰고 다니는 그 처녀의 어머니만이 그래도 이 곳에서 젊은 편이니까요. 그런데, 내가 보기에는 당신이 그 처녀와 무척 많은 이야기를 하시더군요. 사실 나도 그 처녀에게 관심이 많아요.」
「왜 그렇습니까, 부인?」
「그녀가 가엾어 보이거든요. 하기야, 젊고 예민할 때는 누구나 다 괴로워하긴 하지만요. 내가 보기에는, 그 처녀가 무척 괴로워하는 것 같더군요.」
「맞습니다. 그 처녀는 행복하지 못해요, 가엾게도ㅡ」
「팀과 나는 그녀를 '샐쭉한 처녀'라고 부른답니다. 언젠가 한두 번 그녀에게 말을 붙이려고 해 본 적이 있었죠. 하지만, 그 때마다 처녀는 냉담한 태도로 거절하더군요. 그렇지만, 그녀도 이 나일강 여행을 할 테니까, 이내 친해질 수 있을 거라고 기대하고 있어요. 그렇게 되겠죠, 포와로 씨?」
「아마 그렇게 될 겁니다, 부인.」
「나는 사람들을 아주 좋아해요. 사람들을 보고 있으면 굉장히 흥미를 느끼게 돼요. 많은 사람들이 모두 제각기 다르거든요.」
그녀는 잠깐 말을 끊었다가 다시 이었다.
「팀의 말로는 검은 머리 처녀—이름이 드벨포라고 하던데—그 처녀가 바로 시몬 도일과 약혼했던 여자라는군요. 그 사람들 굉장히 어색할 거예요. 이렇게 마주치게 되었으니 말이에요.」
「어색한 일이죠, 물론.」 하고 포와로가 맞장구쳤다.
앨러튼 부인은 힐끔 그를 쳐다보았다.
「그런데, 조금 어리석은 소리로 들릴지 모르지만, 그 여자를 보면 왠지 두렵다는 느낌이 들어요. 너무 격앙된 것처럼 보이지 않아요?」
포와로는 천천히 고개를 끄덕였다.
「그다지 틀린 말은 아닙니다, 부인. 너무 뜨거운 감정은 사람을 겁나게 만들지요.」
「당신도 역시 사람들에게 흥미를 느끼세요? 아니면, 사람들에게서 범죄의 가능성을 생각하면서 즐기시는 건가요?」
「부인, 거의 모든 사람들이 다 그런 가능성을 지니고 있답니다.」
앨러튼 부인은 약간 소스라친 듯이 보였다.
「정말로 그렇게 생각하세요?」
「말하자면, 특별한 동기가 주어질 때라면요.」 하고 포와로는 덧붙였다.
「동기는 서로 다르겠지요?」
「물론이지요.」
앨러튼 부인은 망설였다. 그녀의 입술에는 희미한 미소가 떠올랐다.
「나도 마찬가지겠지요?」
「어머니들은 자식들이 위험에 처할 경우 예상 외로 잔인해진답니다.」

그녀는 진지하게 말했다.

「맞는 말이라고 생각해요. 그건 당신 말이 정말 맞아요.」

그녀는 잠시 아무 말이 없다가 다시 계속했다.

「호텔에 있는 사람들이 만일 범죄를 저지르게 된다면, 그 동기가 무엇일까 상상해 보고 있어요. 그건 정말 재미있거든요. 예를 들어서, 시몬 도일은 어떤 식으로 저지를까요?」

포와로는 미소를 지으면서 말했다.

「굉장히 단순한 범죄가 되겠죠—목표물에다 바로 총을 들이대는 식으로 말입니다. 전혀 교묘하지 않은 수법으로요.」

「그렇다면 쉽게 발각되겠군요?」

「예, 그 사람은 교묘한 수법으로 하진 못 할 겁니다.」

「그러면 리넷은 어떨까요?」

「마치 '이상한 나라의 앨리스'에 나오는 여왕처럼 하겠죠. '그 여자의 목을 베어라' 하고 명령하는 식으로 말입니다.」

「그럴 거예요. 독재 군주의 신성한 권한을 가진 것처럼 말이에요! 자신은 손가락 하나 까딱하지 않아도 얼마든지 자기 뜻대로 할 수 있으니까요. 그리고, 그 위험한 처녀—재클린 드벨포—그 처녀가 과연 살인을 저지를 수 있을까요?」

포와로는 한동안 머뭇거리더니 미심쩍은 듯이 말했다.

「내 생각에는, 할 수 있을 겁니다.」

「그렇지만, 확신하는 것은 아니지요?」

「맞습니다. 그녀는 조금 까다롭습니다, 그 조그만 아가씨는요.」

「그런데, 페닝튼 씨가 살인을 할 경우는 없을 거예요. 그렇지 않아요? 그 사람은 굉장히 차갑고 냉정해 보이더군요. 전혀 흥분할 것 같지 않아요.」

「하지만, 그 대신 자기 보호 본능이 유달리 강할지도 모릅니다.」

「나도 그렇게 생각해요. 그리고 터번을 두른 그 가엾은 오터번 부인은 어때요?」 하고 앨러튼 부인은 미심쩍은 목소리로 물었다.

「살인의 동기란 뜻밖에 아주 사소한 경우도 있답니다, 부인.」
「가장 흔한 동기는 무엇일까요, 포와로 씨?」
「가장 빈번한 동기는— 돈입니다. 돈이란 여러 가지 다양한 결과들을 초래하는 것이기 때문이죠. 그 다음에 꼽을 수 있는 동기는 바로 복수심입니다. 그 외에 사랑, 그리고 공포심, 순수한 증오심, 선행심—」
「포와로 씨!」
「아, 부인, 내가 아는 경우를 이야기해 드리지요. A라는 사람이 있다고 가정해 봅시다. A는 B에 의해서 살해되었는데, 그 이유는 단지 C에게 이익이 되기 때문이라는 겁니다. 정치적인 살인이란 대개 그러한 이유 때문에 이루어지지요. 어느 누군가가 문명에 해가 된다고 간주되면 가차없이 제거당하는 것이죠. 그러한 사람들은 죽고 사는 문제가 훌륭한 하느님의 소관이라는 사실을 망각하고 있는 거죠.」
그는 엄숙한 어조로 말했다.
앨러튼 부인은 조용하게 말했다.
「당신이 그런 말씀을 하시니 정말 기뻐요. 그렇지만, 하느님의 일을 대신할 사람은 하느님께서 선택하시지요.」
「그것은 아주 위험한 생각입니다, 부인.」
그녀는 좀더 가벼운 기분으로 대꾸했다.
「이런 식으로 나간다면, 포와로 씨, 도대체 누가 살아남을 수 있을지 의문스럽군요!」
그녀는 일어섰다.
「그만 돌아가야겠어요. 곧 점심을 먹을 시간이니까요.」
그들이 선착장에 도착했을 때, 그 폴라 점퍼 차림의 젊은이가 막 보트에 자리를 잡고 앉으려던 참이었다. 그리고, 그 이탈리아인은 이미 앉아서 기다리고 있었다. 누비아인이 보트를 매 두었던 줄을 풀고 보트가 출발할 때, 포와로는 그 젊은이에게 정중한 태도로 말을 걸었다.

「이집트에는 정말 볼 만한 것들이 많지요?」

그 젊은이는 냄새가 약간 독한 담배를 피우고 있었다. 그는 입에서 담배를 빼고 뜻밖에도 세련된 말투로 짤막하면서도 딱딱하게 대답했다.

「그것들만 보면 울화가 치밉니다.」

앨러튼 부인은 코안경을 쓰고는 즐거운 호기심을 가지고 그를 살펴보았다.

「그래요? 왜 그런가요?」 포와로가 물었다.

「피라미드를 한번 생각해 보세요. 그 아무 쓸모도 없는 거대한 석조물은 바로 어떤 오만한 전제 군주의 한낱 이기심을 만족시키기 위한 것에 불과한 겁니다. 그 피라미드를 쌓느라고 땀을 흘리고, 죽기까지 한 수많은 사람들을 한번 생각해 보십시오. 그 사람들이 겪었던 고통을 생각하면 울화가 치민단 말입니다.」

앨러튼 부인은 쾌활하게 말했다.

「당신은 피라미드, 파르테논(아테네의 아크로폴리스 언덕 위에 있는 아테나 여신의 신전), 아름다운 무덤이나 사원이 차라리 없는 편이 낫다고 생각하시는군요—사람이란 그저 하루 세 끼씩 밥을 먹으며 살다가, 때가 되면 조용히 죽어야 한다는 실속있는 생각이로군요.」

이 말에 젊은이는 눈살을 찌푸리면서 그녀 쪽을 노려보았다.

「내 생각은 인간이 돌보다 중요하다는 겁니다.」

「하지만, 인간은 돌처럼 오래 가지는 못하죠.」 하고 포와로가 한마디 했다.

「나는 소위 예술 작품이라는 것들을 감상하는 것보다는 노동자들이 배를 곯지 않는 것이 훨씬 중요하다고 생각합니다. 중요한 것은 미래입니다. 이미 지나가 버린 과거 따위가 아니라.」

바로 그 말이 리체티에게 큰 자극을 주었는지, 그는 꽤 흥분한 나머지 도저히 이해하기 어려울 정도로 큰 소리로 떠들어댔다.

그 젊은이는 자신이 자본주의 제도에 대해서 어떻게 생각하고 있는지를 설명했다. 그런데, 그의 말에는 굉장한 독설이 들어 있었다.
　그의 일장 연설이 끝나갈 때쯤 해서 그들은 호텔 선착장에 도착했다.
　앨러튼 부인은 쾌활하게 중얼거렸다. 「자, 자─」 그리고는 땅으로 내려섰다. 그러는 동안 젊은이는 악의에 찬 눈길로 그녀의 모습을 바라보고 있었다.
　호텔의 홀에서 포와로는 재클린 드벨포와 마주치게 되었다. 그 여자는 승마복 차림이었다. 그녀는 포와로를 향해 비꼬는 듯이 살짝 고개를 숙여 인사했다.
　「저는 당나귀를 타러 가는 중이에요. 원주민 부락이 볼만하다던데요, 정말 그런가요, 포와로 씨?」
　「오, 오늘은 그 곳으로 가실 건가요, 마드모아젤? 그렇고말고요, 원주민 부락은 마치 그림처럼 아름답지요. 그렇지만, 골동품에는 너무 돈을 쓰지 마십시오.」
　「골동품이란 골동품은 모두 유럽에 가 있는데, 여기에 진짜가 있기나 하겠어요? 아니에요, 저는 그런 것에 속을 만큼 어리석지는 않아요.」
　그녀는 약간 고개를 끄덕거리면서 눈부시게 빛나는 햇빛 속으로 걸어 나갔다.
　포와로는 짐을 다 꾸렸다. 짐 꾸리는 일은 매우 간단했다. 왜냐하면, 그의 물건들은 언제나 매우 깨끗하게 정돈되어 있었기 때문이다. 짐을 꾸린 뒤, 포와로는 식당에 가서 조금 일찍 점심을 들었다.
　점심 식사가 끝나고 나서 제2폭포로 갈 승객들은 호텔 버스를 타고 역으로 갔다. 그 역에는 10분 간격으로 카이로에서 쉘랄로 가는 급행 열차가 있었다.
　승객이라고는 앨러튼 부인과 포와로, 그리고 그 지저분한 플란넬 바지를 입은 젊은이와 이탈리아인이 전부였다. 오터번 부인과 딸은 먼저 댐과 필래로 떠나서, 나중에 쉘랄에서 증기선을 탈 예정이었다.

카이로와 룩소르에서 오는 열차는 20분 정도 늦었다. 열차가 도착하자, 떠들썩하니 소란스러운 장면들이 벌어졌다. 이집트인 짐꾼들은 짐을 실으려는 다른 짐꾼들과 충돌하면서 열차에서 짐들을 꺼내어 날랐다.

마침내, 포와로는 숨을 헐떡거리면서 겨우 자신의 객실에 들어설 수 있었다. 칸막이 객실에는 자기의 짐과 앨러튼네의 짐, 그리고 전혀 낯선 짐들이 쌓여 있었다. 그러는 동안, 팀과 그의 어머니는 그들의 나머지 짐들을 가지고 다른 곳에 있었다.

포와로가 들어선 객실에는 이미 어떤 초로의 여인이 앉아 있었다. 그녀의 얼굴에는 주름살이 많았고, 하얀 목을 꼿꼿하게 세우고 있었으며, 많은 다이아몬드로 화려하게 치장한 모습이었다. 하지만, 그 얼굴은 대부분의 사람을 지독히도 경멸하는 오만한 표정이었다.

그 여자는 마치 귀족이나 되는 것처럼 매우 거만한 시선으로 포와로를 쳐다본 뒤에, 곧 미국 잡지로 시선을 돌려서 그것을 읽기 시작했다. 그녀의 맞은편 자리에는 덩치가 크고 약간 못생긴 얼굴의 30대 미만의 젊은 여자가 한 사람 앉아 있었다. 그녀는 개의 눈처럼 보이는 열정적인 갈색의 눈과 단정하지 않은 머리를 가지고 있었으며, 태도에는 누군가에게 호감을 몹시도 사고 싶어하는 듯한 기색이 역력했다. 가끔 나이 든 여자는 잡지에서 눈을 떼고는 딱딱거리는 말투로 젊은 여자에게 명령을 내렸다.

「코닐리어, 그 무릎 덮개들을 다 모아야지.」 「내릴 때 내 화장품 주머니를 잘 살펴야 한다. 무슨 일이 있어도 다른 사람이 손대게 해서는 안 돼.」 「내 종이 재단기도 잊어버리지 말고.」

열차는 이내 목적지에 도착했다. 10분도 안 되어 그들은 카나크 호가 기다리고 있는 부둣가에 도착했다. 오터번 모녀는 이미 배에 타고 있었다.

카나크 호는 제1폭포의 증기선인 파피루스 호나 로터스 호보다는 작은 증기선이었다. 그 이유는 파피루스처럼 커다란 배는 애스원 댐의 바위들 사이를 지나갈 수가 없기 때문이다. 배에 탄 승객들은 제각기 자기의 선실을 둘러보았다. 승객들이 그다지 많지 않았기 때문에 대부분 승객들은 유보 갑판 위에 있는 선실을 배정받았다. 이 갑판의 앞부분에는 전망실이 설치되어 있는데, 네 벽이 온통 유리로 되어 있어서 승객들은 앉아서 그들 눈 앞에 펼쳐지는 경치를 바라볼 수 있었다. 갑판 아래쪽에는 흡연실과 작은 응접실, 그리고 그 밑의 선실에는 식당이 있었다.

포와로는 자신의 짐이 모두 선실에 옮겨지는 것을 지켜보고 난 뒤에 배가 출발하는 모습을 구경하기 위해서 다시 갑판 위로 나왔다. 그는 비스듬히 기대어 서 있는 로잘리 오터번을 보고 그녀에게로 다가갔다.

「자, 이제는 누비아로 떠나는군요. 기쁘지요, 마드모아젤?」

그녀는 깊이 숨을 들이마셨다.

「예, 마침내 모든 것으로부터 벗어난 것 같은 기분이에요.」

그녀는 손짓을 했다. 그들 앞에 펼쳐져 있는 깊은 물에는 어쩐지 야만적인 분위기가 서려 있었다. 풀 한 포기 자라지 않은 바위들이 물 가장자리에 줄지어 있었다. 댐을 만드는 바람에 파괴된 집들의 흔적이 여기저기에 보였다. 그 모든 풍경이 울적하게 보였다. 왠지 사악한 매력을 지닌 채로—

「모든 사람들로부터 벗어나서—」 하고 로잘리 오터번이 말했다.

「이 배에 탄 사람들은 제외하고 말이죠, 마드모아젤?」

그녀는 어깨를 으쓱했다. 그런 다음 말했다.

「이 나라에는 저를 사악하게 느끼도록 만드는 그 어떤 것이 있는 것 같아요. 그게 무엇인지는 몰라도, 사람의 가슴 속에서 끓고 있는 모든 것들을 모두 표면으로 끌어내 버리고 있어요. 모든 것이 다 그렇게 불공평하고— 그렇게 부당하다니.」

「글쎄요. 그런 것은 단지 물질적으로만 판단할 수는 없는 거지요.」

로잘리는 나직한 목소리로 중얼거렸다.

「보세요—. 다른 사람들의 어머니를— 그리고 나서 우리 어머니를 한 번 보세요. 섹스 이외에는 신이 없답니다. 그리고, 살롬 오터번은 그 신의 예언자이고요.」

그녀는 말을 멈추었다.

「이런 말을 해서는 안 되는 건데.」

포와로는 손짓을 했다.

「왜—안 되나요? 나는 이미 산전수전 다 겪은 사람이랍니다. 만일, 당신 말대로 가슴 속에—마치 잼처럼—끓고 있는 것이 있다면— 흠, 그렇지요, 그 찌꺼기를 표면에 떠오르게 한 다음, 그런 다음 수저를 가지고 떠내는 거지요. 그래서는 이렇게—」

그러면서 포와로는 무엇인가를 나일강에 던져 버리는 흉내를 냈다.

「자, 이제는 모두 없어져 버렸어요.」

「정말 당신은 놀라운 분이세요!」 하고 로잘리가 말했다. 이렇게 말하는 그녀의 뾰로통한 얼굴에는 웃음이 번져 나왔다. 그러다가 그녀는 얼굴이 갑자기 굳어지면서 외쳤다.

「저기 도일 부인과 그녀의 남편이 있어요! 저 사람들이 이 배에 타리라고는 전혀 생각지 않았었는데.」

선실에서 나온 리넷은 갑판에 반쯤 몸을 기대고 있었다. 그리고, 그녀 뒤쪽에 시몬이 서 있었다. 그런데, 그녀의 그 표정을—너무나도 행복에 겨운 듯이 빛나는 그 자신감 넘치는 얼굴을 본 순간, 포와로는 거의 소스라칠 뻔했다. 그녀는 깊은 행복감에 젖어서 자신만만한 표정을 짓고 있었던 것이다. 시몬 도일 역시 표정이 훨씬 밝아졌다. 그는 계속 싱글벙글하고 있었는데, 그의 모습은 마치 즐거워 어쩔 줄 모르는 소년처럼 보였다.

「정말 멋져.」 그도 역시 난간에 몸을 기대면서 말했다.

「나는 이 여행을 고대하고 있었어. 리넷, 당신도 그랬지? 마치 우리가 이집트의 심장부로 들어가고 있는 듯한 기분이 드는군.」

그의 아내는 얼른 대답했다.
「그래요. 저도 마찬가지예요—. 어쨌든 어리둥절한 기분이에요.」
그러면서 그녀는 손을 내밀어 그의 팔에 꼈다. 그는 그녀의 손을 자기 겨드랑이 쪽에 끼고는 지그시 눌렀다.
「이제 떠나는군, 린.」 하고 그는 속삭였다.
그들을 태운 증기선이 부둣가에서 멀어지고 있었다. 그들은 제2폭포까지의 왕복 1주일 동안의 여행을 시작한 것이다.
그 때, 그들 뒤편에서 맑은 웃음소리가 울렸다. 리넷은 주위를 휙 둘러보았다. 재클린 드벨포가 바로 거기에 서 있었다. 그녀는 매우 유쾌한 듯이 보였다.
「안녕, 리넷! 여기서 너를 만나게 될 줄은 몰랐는데. 애스원에서 열흘 더 묵을 거라고 말했던 것으로 알고 있는데. 정말 놀랍구나, 이렇게 만나다니!」
「너는— 넌—」 리넷은 더듬거리며 말했다. 그녀는 가까스로 억지 웃음을 지어 보였다. 「나—나도 너를 만나게 될 줄은 몰랐어.」
「몰랐다고?」
재클린은 몸을 돌려서 배의 다른 쪽으로 가 버렸다. 리넷은 남편의 팔을 꽉 움켜잡았다.
「시몬— 시몬—」
도일의 즐거운 표정은 한 순간에 날아가 버리고 없었다. 그는 굉장히 화가 난 듯했다. 그는 자제하려고 노력했음에도 불구하고 주먹을 꽉 움켜쥐고 있었다.
그들 두 사람은 그 자리를 떠났다. 이 때, 포와로는 그들을 쳐다보지 않고서도 간간이 들리는 말을 주워들을 수 있었다.
「……돌아가…… 불가능한…… 우리는 할 수 있었을……」
그리고 나서 도일의 약간 커다란 목소리가 들려 왔다. 자포자기한 듯한, 하지만 동시에 몹시 단호한 목소리였다.
「우리는 영원히 도망쳐 다닐 수는 없어, 리넷. 이제는 맞부딪쳐서 어떻게든 헤쳐 나가야 할 때야…….」

 몇 시간이 지났다. 햇빛이 막 사라지고 있는 때였다. 포와로는 유리벽으로 된 전망실에 서서 똑바로 앞을 바라보고 있었다. 카나크 호는 협곡 사이를 지나고 있는 중이었다. 바위들은 몹시 광폭하게 보였으며, 그 바위들 사이로 강이 깊고도 세차게 흐르고 있었다. 그들은 지금 누비아에 있는 것이다.
 인기척이 들리는 듯하더니, 어느새 리넷 도일이 옆에 와 있었다. 그녀는 아주 초조한 듯 손가락을 오므렸다 폈다 하고 있었다. 그녀는 지금까지 한 번도 본 적이 없는 표정을 짓고 있었다. 그녀의 태도는 몹시 당황한 어린 아이 같았다. 그녀가 먼저 말을 꺼냈다.
 「포와로 씨, 저는 두려워요―. 저는 모든 것들이 다 두려워요. 전에는 한 번도 이런 감정을 느낀 적이 없었어요. 이 무시무시한 바위들, 그리고 그 소름끼치는 으스스함. 우리는 어디로 가고 있는 걸까요? 과연 무슨 일이 일어나게 될까요? 저는 몹시 두려워요. 모든 사람들이 저를 증오하고 있거든요. 이런 감정은 정말 처음이에요. 저는 언제나 사람들에게 친절하게 대해 왔지요. 사람들을 위해서 많은 일들을 했었어요. 그런데도 그들은 저를 미워해요―. 많은 사람들이 저를 미워한단 말이에요. 시몬만 빼고는 저는 온통 적들에게 둘러싸여 있어요……. 정말 무서운 일이에요―. 저를 미워하는 사람들이 그렇게 많다니……」
 「그렇지만, 그 모든 것이 그럴 만한 이유가 있기 때문이 아닐까요, 부인?」
 「오, 제가 생각하기로는― 그건 단지 육감이에요……. 단지 그렇게 느껴질 뿐이에요―. 저를 둘러싸고 있는 주위의 모든 것들이 다 위험하다는 느낌이 들어요.」
 그녀는 재빨리 어깨 너머로 불안한 눈길을 보냈다. 그러다가 갑자기 외쳤다.

「이 모든 것이 어떻게 끝날까요? 우리는 여기서 꼼짝할 수가 없어요. 덫에 걸린 거예요! 어디에도 탈출구는 없어요. 다만, 그저 앞으로 계속 가는 거죠. 전— 저는 도대체 제 자신이 어디에 있는 건지조차도 모르겠어요.」

그녀는 의자에 털썩 주저앉았다. 포와로는 침통하게 그녀를 내려다 보았다. 그의 시선에는 동정의 빛이 섞여 있었다.

「도대체 재키는 어떻게 우리가 이 배에 탄다는 사실을 알았을까요?」 하고 그녀가 말했다. 「어떻게 알 수 있었을까요?」

포와로는 고개를 저으면서 대답했다.

「그녀도 머리가 있으니까요.」

「저는 도저히 그녀에게서 빠져 나올 수 없을 것 같아요.」

포와로는 말했다.

「한 가지 방법은 있었는데요. 사실 솔직히 말해서, 부인이 그렇게 하지 않은 것이 나로서는 무척 의아했습니다. 부인, 당신에게는 돈이야 별로 대단한 문제가 아니잖습니까? 그렇다면, 다허비어(나일 강의 여객용 범선)를 단독으로 예약하지 그러셨습니까?」

리넷은 어쩔 수 없었다는 듯이 고개를 저었다.

「일이 이렇게까지 될 줄 알았으면 그랬겠지요. 하지만, 당신도 아시겠지만 그 때는 이럴 줄 몰랐잖아요. 게다가 또 한 가지 어려운 점은……」

그녀는 갑자기 안타까운 기색을 나타냈다.

「오, 당신은 제 어려움을 반도 이해하지 못하실 거예요. 저는 시몬의 신경을 건드리지 않도록 신경을 써야 해요……. 그이는— 그 사람은 굉장히 예민한 반응을 보이거든요. 돈에 대해서 말이에요. 제가 돈이 많다는 사실에 말이에요! 그이는 스페인의 어느 조그만 마을에서 살고 싶어해요. 게다가 그이는— 그이는 우리 신혼 여행에 드는 모든 경비를 자기가 부담하겠다고 해요. 그것이 마치 세상에서 가장 중대한 일인 것처럼 말이에요! 남자들이란 정말 어리석어요! 그이도 이제는 익숙해져야 할 거예요—안락한 생활에 말예요. 제가 다허비어 이야기만 꺼내도 그이는 벌컥 화를 냅답니다. 전혀 불필요한 낭비라고 말하면서요. 저는 그이를 훈련시킬 거예요—. 천천히 말이에요.」

그녀는 포와로를 올려다보면서, 마치 자신의 어려움을 지나치게 털어놓았다는 듯이 초조한 태도로 입술을 잘근잘근 깨물었다.

그녀는 의자에서 일어섰다.

「옷을 갈아입으러 가야겠어요. 죄송합니다, 포와로 씨. 제가 쓸데없는 소리를 너무 많이 한 것 같군요.」

7

앨러튼 부인은 검은색 레이스가 달린 평범한 이브닝 드레스를 입고 차분하고 기품 있는 모습으로 갑판 두 개를 거쳐서 식당으로 내려왔다. 문간에서 그녀의 아들이 부인의 팔을 잡았다.

「미안해요, 어머니. 제가 너무 늦은 것 같군요.」

「어디에 앉을까?」

그 식당에는 작은 식탁들이 드문드문 놓여 있었다. 앨러튼 부인은 잠시 그 자리에 서서, 한 일행을 자리에 안내하고 있는 지배인이 그들을 시중들어 줄 때까지 기다렸다.

「그런데 말이야—」 그녀는 한 마디 덧붙였다. 「그 에르퀼 포와로라고 하는 키 작은 양반에게 우리 식탁에서 함께 식사하자고 했단다.」

「어머니도 참!」

이렇게 외치는 팀의 목소리는 깜짝 놀란 듯하면서 동시에 불유쾌한 듯이 들렸다.

그의 어머니는 놀란 눈으로 그를 바라보았다. 팀은 그런 일을 불쾌하게 여기는 성격이 아니었기 때문이다.

「얘야, 네 마음에 안 드니?」
「예, 그래요. 그 사람은 정말 역겨워요!」
「오, 아니야, 팀! 그 사람은 그렇지 않단다.」
「도대체 왜 우리가 다른 사람하고 어울려야 하는 거죠? 이렇게 작은 배에 갇혀 있는 상태에서, 그런 일은 정말 따분해요. 그 사람은 아침이고 낮이고 밤이고 항상 우리와 함께 있으려고 할 텐데 말이에요..」
「미안하구나, 얘야.」
앨러튼 부인은 풀이 죽은 목소리로 말했다.
「나는 네가 좋아할 줄 알았다. 그 사람은 여러 가지 경험을 많이 했을 테니까 말이야. 게다가, 너는 추리 소설을 굉장히 좋아하잖니?」
팀은 투덜거렸다.
「어머니가 그런 생각을 하지 않으셨으면 차라리 좋았을 텐데요. 지금 그것을 취소할 수는 없을까요?」
「오, 글쎄, 이제는 어쩔 수 없을 것 같구나.」
그 때 지배인이 다가와서는 그들을 식탁으로 안내해 주었다. 지배인을 따라가는 앨러튼 부인의 얼굴에는 약간 당황한 기색이 엿보였다. 팀은 태평스럽고 성격이 좋은 편이었다. 그런데, 이러한 격한 반응은 정말 평소의 그답지 않은 것이었다. 그건 보통 영국인들이 으레 가지고 있는 외국인에 대한 혐오—그 불신감하고는 다른 성질의 것이었다. 팀은 세계주의자였으니까. '오, 참—' 하고 그녀는 한숨을 쉬었다. '남자들이란 도대체 이해할 수가 없어! 아무리 가까운 사람이라고 해도 전혀 뜻밖의 반응을 보일 때가 많단 말이야.'

그들이 자리에 앉았을 때, 에르큘 포와로가 조용하고도 재빠른 걸음으로 식당에 들어왔다. 그는 그들이 앉아 있는 식탁 앞으로 와서 빈 의자의 등에 손을 얹었다.

「부인, 정말로 내가 당신의 제의를 받아들여도 될까요?」

「물론이지요. 앉으세요, 포와로 씨.」

「고맙습니다, 부인.」

그녀는, 포와로가 자리에 앉으면서 팀을 힐끔 쳐다보는데도 여전히 팀이 무뚝뚝한 얼굴을 바꾸지 않는 것을 불편한 마음으로 의식하고 있었다. 앨러튼 부인은 유쾌한 분위기를 만들기 위해 무척 애를 썼다. 그들이 수프를 먹고 있을 때, 그녀는 자기 접시 옆에 놓여 있는 승객 명단을 집어 들었다.

「우리 한번 이름과, 그 이름의 인물을 맞춰 보기로 해요.」 하고 그녀는 쾌활한 목소리로 말했다.

「꽤 재미있을 것 같지 않으세요!」

그녀는 명단을 읽기 시작했다.

「앨러튼 부인과 팀 앨러튼. 이건 너무 쉬운데요! 드벨포 양. 오터번네 사람들과 같은 식탁에 앉아 있는 여자지요. 그런데, 그녀와 로잘리가 서로를 어떻게 생각할지 궁금하군요. 다음은 누구더라? 베스너 박사? 베스너 박사가 누군지 혹시 아세요?」

그녀는 네 사람의 남자가 함께 앉아 있는 식탁 쪽을 쳐다보았다.

「저 머리를 짧게 깎고, 콧수염이 있는 뚱뚱한 남자가 바로 그 사람일 거예요. 내 추측으로는 독일인 같아요. 열심히 수프를 먹고 있는데요.」

쩝쩝거리는 소리가 그들에게까지 들려 왔다.

앨러튼 부인은 계속했다.

「바워즈 양? 누가 바워즈 양인지 짐작할 수 있나요? 서너 명의 여자들이 있는데— 아니에요. 일단 그녀는 제쳐두기로 합시다. 도일 부부. 이 여행의 주인공들인 셈이지요. 그 여자는 참으로 아름답죠. 특히, 지금 입고 있는 원피스는 정말 멋있어요.」

팀은 의자에 앉은 채로 뒤돌아보았다. 리넷과 그녀의 남편, 그리고 앤드류 페닝튼이 구석 쪽 식탁에 앉아 있었다. 리넷은 하얀 옷에 진주 목걸이를 하고 있었다.

「제가 보기에는 굉장히 단순한 스타일인데요.」하고 팀이 말했다.

「그냥 기다란 자루에다 허리에 끈을 맨 거 아니에요?」

「그래, 얘야.」하고 어머니가 말했다. 「80기니(영국의 옛금화)나 되는 디자인에 대한 굉장히 멋지고 남자다운 평가로구나.」

「도대체 왜 여자들은 옷에다 그렇게 많은 돈을 쓰는지 이해할 수가 없어요.」하고 팀이 말했다.

「제가 보기에는 어리석은 짓이에요.」

앨러튼 부인은 승객들에 대한 연구를 계속해 나갔다.

「팬숍 씨는 저 식탁에 앉아 있는 네 사람 중의 한 명이 틀림없어요. 한 마디도 안 하는 남자일 거예요. 꽤 잘생기고, 신중해 보이면서도 똑똑하게 생긴 저 사람 말이에요.」

포와로도 맞장구쳤다.

「예, 아주 똑똑한 사람입니다. 저 사람은 말은 하지 않지만, 그 대신 매우 주의 깊게 듣지요. 뿐만 아니라, 주의 깊게 지켜보고 있답니다. 그래요, 그는 자기 눈을 아주 효과적으로 활용하고 있지요. 이런 곳으로 여행을 즐기러 올 사람은 결코 아닙니다. 도대체 저 사람이 이 곳에 뭐하러 왔는지 참 궁금하군요.」

「퍼거슨 씨—」하고 앨러튼 부인은 읽었다. 「퍼거슨 씨는 반자본주의 친구이죠. 오터번 부인과 오터번 양. 그들에 대해서는 모두들 잘 알고 있지요. 페닝튼 씨? 일명 앤드류 아저씨라고 불리는 사람이죠. 저기 잘생긴 사람 말이에요. 내가 생각하기론—」

「아니, 어머니.」하고 팀이 말했다.

「그 사람은 미남이기는 하지만, 인상이 좀 차가워요.」하고 앨러튼 부인이 말했다.

「좀 속된 말로, 신문에서 흔히 보는 월스트리트에 영향력을 행사하거나 아니면 그런 데에서 일하는 사람 같지 않아요? 그는 분명히 대단한 부자일 거예요. 다음은— 에르퀼 포와로 씨— 그의 재능이 정말로 썩고 있지요. 포와로 씨를 위해서 범죄 사건 한 가지를 준비해 보지 않겠니, 팀?」

그렇지만, 좋은 뜻으로 가볍게 한 그녀의 농담은 오히려 아들을 다시 화나게 만들 뿐이었다. 그는 얼굴을 찡그렸으며, 이를 알아챈 앨러튼 부인은 재빨리 화제를 바꾸었다.

「리체티 씨. 이탈리아인이고 고고학자로군요. 다음은 롭슨 양과 밴 슈일러 양. 밴 슈일러 양은 쉽게 알아맞힐 수 있어요.

꽤나 못생긴 늙은 미국 여자인데, 그 여자는 마치 자기 자신이 배의 여왕이나 되는 것처럼 생각하는 모양이에요. 그녀는 자신을 남과 다르게 보이려고 애쓰면서, 자기 수준에 못 미친다고 생각하는 사람들에게는 한 마디도 안 한다니까요! 그 여자는 정말 이상해요. 정말 우습지도 않은 여자예요. 그 여자와 함께 있는 두 여자는 틀림없이 바워즈 양과 롭슨 양일 거예요. 그리고, 아마 안경을 낀 깡마른 쪽이 하녀일 테고, 다른 쪽은 가난한 친척일 테지요. 약간 우울해 보이는 젊은 여자는 마치 흑인 노예처럼 혹사를 당하면서도 즐거워하는 것 같아요. 내 생각으로는 롭슨 양이 하녀이고, 바워즈 양이 가난한 친척인 듯해요.」

「아니에요, 어머니.」 하고 팀이 씩 웃으며 말했다. 갑자기 그는 다시 기분이 좋아진 것 같았다.

「네가 어떻게 아니?」

「제가 저녁 식사 시간 전에 라운지에 있을 때, 그 늙은 여자가 옆에 있던 여자에게 말하는 것을 들었거든요. '바워즈 양은 어디에 있지? 얼른 그녀를 데려오너라, 코닐리어.' 하고 말하는 소리를 말이에요. 그 말이 떨어지자마자 코닐리어라는 여자는 마치 충성스러운 개처럼 쏜살같이 달려가더군요.」

「밴 슈일러 양과 이야기 좀 해 보고 싶구나.」 하고 생각에 잠긴 목소리로 앨러튼 부인이 말했다.

팀은 다시 한 번 씩 웃었다.

「그 여자가 어머니를 무시할 텐데요.」

「천만에! 그렇게는 못 할걸. 나는 슬쩍 그 여자 가까이 다가앉아서 나직하고도(하지만 잘 들리도록) 세련된 목소리로, 내가 알고 있는 유명한 친척들과 친구들의 이름을 모두 들먹거릴 생각이다. 나는 특히 네 육촌인 조안나와 먼 친척인 글래스고 공작을 강조해서 말할 거야. 그런 이름이면 그녀에게 확실한 효과를 줄 수 있지 않겠니?」
「오, 어머니가 어떻게 그런 생각을 다하셨어요!」
저녁 식사 뒤에 벌어진 이러한 대화들은, 인간의 본성에 대해 관심을 가지고 있는 포와로에게 있어서는 매우 유쾌한 것이었다.
그 반자본주의적인 젊은이(추측대로 퍼거슨 씨라고 밝혀진 인물)는, 갑판의 가장 앞쪽에 있는 전망실에 승객들이 몰려 있는 것을 못마땅해 하면서 흡연실로 들어갔다.
밴 슈일러는 오터번 부인이 앉아 있는 식탁으로 곧장 다가가서는, 「실례합니다만, 내 뜨개질감이 여기에 있어서요!」 하고 말하면서 오터번 부인이 앉아 있었던, 찬바람이 덜 들어오는 제일 좋은 자리를 차지했다.
밴 슈일러가 노려보자, 터번을 쓴 오터번 부인은 마치 최면술에 걸린 듯이 엉거주춤 일어나서 자리를 비켜 주었다. 그래서, 밴 슈일러와 그녀의 일행이 거기에 앉게 되었다. 오터번 부인은 여전히 그 곳에 앉아서 말을 걸어 보려고 했지만, 상대방이 정중하면서도 냉담한 태도로 나오자 이내 포기하고 물러났다. 그래서, 밴 슈일러는 의기양양한 모습으로 아무하고도 대화하지 않고 앉아 있게 되었다. 도일 부부는 앨러튼 가족과 함께 앉아 있었다. 베스너 박사는 말없이 팬숍과 함께 있었다. 재클린 드벨포는 혼자서 책을 읽고 있었다. 로잘리 오터번은 침착하지 못한 태도였다. 앨러튼 부인은 한두 번 그녀에게 말을 걸면서 그들의 대화 속으로 그녀를 끌어들이려고 했지만, 그 처녀는 짧고 무뚝뚝하게 대꾸할 뿐이었다.
에르큘 포와로는 저녁 시간 내내 작가로서의 사명에 대한 오터번 부인의 설명을 들었다.

그리고 나서 그 날 밤, 자신의 선실로 들어가던 그는 우연히 재클린 드벨포와 마주치게 되었다. 그녀는 난간에 기대어 서 있다가 고개를 돌려 그를 쳐다보았다. 그 순간 그녀의 얼굴에 나타난 그 지독하게도 비참한 표정에 포와로는 커다란 충격을 받았다. 그 얼굴에는 이제 태평스러움도, 악의 있는 반항심도, 어둡게 불타던 승리감도 아무것도 남아 있지 않았다.

「안녕하세요, 마드모아젤.」

「안녕하세요, 포와로 씨.」 그녀는 잠시 주저하더니 말했다. 「제가 이 배에 탄 걸 보고 당신도 놀라셨나요?」

「그다지 놀라지는 않았지만, 대신 유감스럽게—그것도 몹시 유감스럽게—생각했답니다……」 하고 그는 침통하게 말했다.

「유감스럽다는 것이— 바로 저 때문인가요?」

「바로 그렇습니다. 당신은 이미 선택했습니다, 마드모아젤. 그 위험한 과정을 말입니다……. 이 배에 탄 우리가 여행을 시작한 것처럼, 당신도 마찬가지로 당신 혼자만의 여행을 시작한 것입니다. 위험한 바위들 사이를 빠르게 흘러가는 강 위의 여행을 시작한 것이지요. 언제 닥칠지도 모를 재난의 파도를 향해서.」

「왜 그런 말씀을 하시는 거죠?」

「그건 진실이기 때문입니다……. 당신은 이미 당신의 안전 벨트를 끊어 버렸습니다. 이제는 당신이 원한다고 해도 아마 돌아갈 수 없을 테지요.」

그녀는 매우 천천히 말했다.

「그 말은 맞아요…….」

이렇게 말한 뒤, 그녀는 고개를 뒤로 젖혔다.

「아, 뭐랄까— 어차피 사람은 자신의 별이 인도하는 대로 따라가야만 하니까요.」

「조심하세요, 마드모아젤. 그건 가짜 별일지도 모릅니다…….」

그녀는 웃음을 터뜨리더니 당나귀 파는 소년들의 앵무새 같은 소리를 흉내내어 말했다.
「저건 매우 나쁜 별이랍니다, 나리! 저 별은 떨어지거든요……」
그가 막 잠이 들려는 순간에 어떤 중얼거리는 목소리가 그를 깨웠다. 그가 들은 것은 시몬 도일의 목소리였는데, 그는 배가 쉘랄을 떠날 때 했던 것과 똑같은 말을 되풀이하고 있었다.
「이제는 맞부딪쳐서 어떻게든 헤쳐 나가야 할 때야……」
'그렇지—.' 하고 포와로는 속으로 생각했다.
'이제 우리는 어떻게든 헤치고 나가야지……'
그는 우울했다.

8

증기선은 다음날 아침 일찍 에즈세부아에 도착했다.
코닐리어 롭슨은 희색이 만면한 얼굴로 챙이 넓은 커다란 모자를 쓰고는 가장 먼저 육지에 내렸다. 그녀는 매우 상냥하고, 사람들을 좋아하는 성격이었다.
하얀색 양복에 분홍색 셔츠를 입고, 커다란 검은색 나비 넥타이에 하얀 모자까지 쓴 우스꽝스러운 모습의 에르큘 포와로를 보고도, 그녀는 거만한 밴 슈일러와는 달리 별로 역겨워하는 기색을 보이지 않았다. 그들이 모두 함께 스핑크스 길을 걸어 올라갈 때, 포와로가 상투적인 말로 그녀에게 말을 걸자 그녀는 스스럼없이 대답했다.
「아가씨 일행은 신전을 구경하기 위해 상륙하지 않은 모양이군요?」
「메리 아주머니는—밴 슈일러 양 말이에요—절대로 아침 일찍 일어나지 않거든요. 아주머니는 건강에 대단히 신경 쓰고 있어요. 그리고, 물론 아주머니는 바워즈 양이(그녀는 아주머니의 개인 간호사죠) 남아서 돌봐 주기를 원한답니다. 게다가, 아주머니는 이 곳이 그다지 훌륭한 신전이 아니라고 하더군요. 그렇지만, 아주머니는 친절하게도 제가 여기 가도 좋다고 허락해 주셨답니다.」

「굉장히 자비로우신 분이로군요.」 하고 포와로는 냉담하게 말했다.

재치 있는 코닐리어는 조금도 의심하지 않고 그 말을 받아들였다.

「오, 메리 아주머니는 정말로 친절한 분이에요. 이 여행에 저를 데리고 와 주시다니, 정말 저는 어리둥절할 지경이랍니다. 저는 제가 무척 행운아라고 생각해요. 아주머니가 우리 어머니에게 저를 데리고 가겠다고 말씀하셨을 때, 저는 그 사실이 믿어지지 않았답니다.」

「아가씨는 이 여행을 즐겁게 보내고 있나요—?」

「오, 정말로 멋있어요! 저는 이탈리아를 구경했답니다. 베니스와 파두아, 그리고 피사를 보았죠—. 그리고, 카이로에도 갔어요. 그런데, 그 곳에서는 메리 아주머니가 몸이 별로 좋지 않아서 많이 돌아다니지는 못했지요. 그리고, 지금은 이 멋진 왜디헬파까지의 왕복 여행을 하고 있잖아요!」

포와로는 미소를 지으면서 말했다.

「당신은 행복을 느낄 수 있는 천성을 가졌군요, 마드모아젤.」

그리고 나서 그는 시선을 돌려, 혼자 말없이 앞장서서 걸어가고 있는 로잘리의 찌푸린 얼굴을 생각에 잠긴 눈으로 바라보았다.

「굉장히 예쁘게 생겼어요, 그렇죠?」 하고 그의 시선을 따라 로잘리를 쳐다보면서 코닐리어가 말했다.

「비웃는 듯한 표정만 빼고는 말이에요. 그녀는 매우 영국인다워요. 하지만, 도일 부인만큼 예쁘지는 않은 것 같아요. 제가 지금까지 본 사람들 중에서 도일 부인이 가장 아름답고 우아한 것 같아요! 게다가, 그 남편은 그녀가 밟고 지나간 땅까지도 숭배하는 것처럼 보이던데요. 제 말이 맞죠? 그 머리가 희끗희끗한 부인도 상당히 아름다운 편이지요, 선생님은 그렇게 생각지 않으세요? 그 부인은 어떤 공작과 친척이라는 것 같아요. 어젯밤에 바로 우리 가까이에서 그 공작에 대해서 이야기하고 있는 것을 들었거든요. 하지만, 그녀 자신이 작위를 가지고 있는 것은 아니겠지요?」
 안내원이 그들에게 잠깐 멈추라고 하고 나서 다음과 같은 설명을 하기 시작할 때까지 그녀는 계속해서 떠들어댔다.
「이 신전은 이집트의 신 아몬과 태양신 라호라크트(매의 머리를 상징함)를 모셨던 곳으로서……」
 그 단조로운 저음의 목소리는 계속되었다. 베스너 박사는 여행 안내서를 펴 들고 독일어로 혼자서 중얼거리고 있었다. 그는 설명을 듣기보다는 안내서를 읽는 편을 더 좋아했다.
 팀 앨러튼은 일행과 함께 오지 않았다. 그의 어머니는 말없는 팬숍의 입을 열게 하려고 한참 노력중이었다. 리넷 도일과, 팔짱을 낀 앤드류 페닝튼은 안내인이 줄줄 읊는 수치들에 굉장히 흥미 있다는 듯이 주의 깊게 듣고 있었다.
「높이가 65피트(약 20m)라, 정말 그렇게 될까? 내게는 훨씬 작아 보이는데. 이 라메스는 대단한 이집트의 왕이었지.」
「대단한 상인이죠, 앤드류 아저씨.」
 앤드류 페닝튼은 따뜻한 눈길로 그녀를 쳐다보았다.
「리넷, 오늘 아침에는 기분이 좋아 보이는구나. 사실, 요 며칠 동안 무척 걱정하고 있었단다. 네가 갑자기 수척해진 것 같아서 말이야.」
 서로 떠들면서 일행은 배로 돌아왔다. 카나크 호는 또다시 강 위를 미끄러져 나아갔다. 이제는 경치가 한결 부드러워졌다. 저 멀리 야자나무들이 서 있는 것이 보였다.
 경치의 변화로 인해서 승객들 얼굴에 드리워져 있던 어떤 은밀한 중압감도 사라져 버린 것 같았다. 팀 앨러튼은 언짢았던 기분을 말끔히 씻어 버렸다. 로잘리의 뾰로통한 얼굴도 좀 환해진 듯했다. 그리고, 리넷도 마음이 한결 가벼워진 듯이 보였다.
 페닝튼이 그녀에게 말했다.
「신혼 여행을 즐기고 있는 신부에게 사업 이야기를 한다는 것이 분별 없는 짓이라는 것을 알고 있긴 하지만, 한두 가지 꼭 해결할 것들이 있어서—」
「괜찮아요, 앤드류 아저씨.」
리넷은 즉시 사업가적인 태도로 바뀌어 말했다.
「물론 제 결혼으로 인해서 달라지는 점이 있겠지요?」
「바로 그것 때문이야. 언제 틈이 나는 대로 서명을 해야 할 서류가 몇 가지 있어.」
「왜, 지금 당장 하지 그래요?」
앤드류 페닝튼은 주위를 휙 둘러보았다. 전망실은 텅 비어 있었다. 대부분의 사람들은 전망실과 선실 사이의 갑판으로 나가 있었다. 전망실에 남아 있는 사람은 오직 퍼거슨과 에르큘 포와로, 그리고 밴 슈일러뿐이었다. 퍼거슨은 방 한가운데에 놓여 있는 작은 탁자에 앉아서 지저분한 플란넬 바지를 걸친 두 다리를 올려 놓은 채 맥주를 마시고 있었다. 에르큘 포와로는 유리창 가까이 앉아서 눈앞에 펼쳐지는 장엄한 경치를 넋을 잃고 바라보고 있었다. 그리고, 밴 슈일러는 구석자리에 앉아서 이집트에 관한 책을 읽고 있었다.
「그럼, 그렇게 하지.」 하고 앤드류 페닝튼이 말했다. 그리고 나서 그는 밖으로 나갔다.
리넷과 시몬은 서로 마주 보면서 미소를 지었다. 그들의 미소는 서서히 번져 나가서, 나중에는 얼굴 전체에 가득했다.
「기분은 괜찮소, 당신?」 하고 그가 물었다.
「예, 괜찮아요……. 이제는 하나도 불안하지 않은 게 정말 우스워요.」
시몬은 확신에 찬 목소리로 말했다. 「당신은 참으로 놀라워.」
페닝튼이 돌아왔다. 그는 빽빽하게 적혀 있는 서류 한 묶음을 들고 왔다.
「세상에!」 하고 리넷이 외쳤다.
「여기에 모두 서명해야 하는 거예요?」
앤드류 페닝튼은 미안하다는 듯이 말했다.

「물론, 피곤한 일이라는 것은 알지만 일들을 잘 마무리지어 두려면 어쩔 수 없어. 무엇보다도 먼저 5번가에 있는 토지 임대 계약 문제를 처리해야 하고…… 그 다음에는 서부 지역 부동산 등록에 관한……」

그는 서류들을 뒤적이면서 계속 말을 이어 나갔다. 시몬은 연이어 하품을 해댔다.

그 때 회전문이 돌아가면서 팬숍이 들어왔다. 그는 휙 한 번 주위를 둘러본 다음 어슬렁어슬렁 걸어가서는, 창백한 푸른빛이 감도는 강물과 노랗게 쌓인 모래를 내다보고 있는 포와로 옆에 나란히 섰다.

「여기에다 서명하기만 하면 돼.」 하고 페닝튼은 말하면서 서류 하나를 리넷 앞에 펼쳐서는 비어 있는 칸을 가리켰다.

리넷은 그 서류를 집어 들고 죽 훑어보았다. 그리고는 다시 맨 앞쪽을 펼친 다음, 옆에 놓인 만년필을 집어 들어서 서명했다. 리넷도 일이라고…… 페닝튼은 그 서류를 치우고 또 다른 서류를 펼쳐 놓았다.

팬숍은 그들 쪽으로 다가가서 주위를 서성거렸다. 마치 스쳐 가는 제방 위에 뭔가 재미있는 것이라도 있는 듯, 그는 옆 창문으로 열심히 내다보고 있었다.

「그건 단순히 명의 변경을 위한 서류이니까─」 하고 페닝튼이 말했다.

「읽어 볼 필요는 없을 거야.」

그러나, 이 말에도 불구하고 리넷은 간단히 그 서류를 훑어보았다. 페닝튼이 세 번째 서류를 펼쳐 놓았다. 리넷은 역시 그 서류도 주의 깊은 시선으로 자세히 살펴보았다.

「모두 다 간단한 서류들이야.」 하고 앤드류는 말했다.

「무슨 이권이 관련된 것들이 아니라, 단순히 법률적으로 필요한 서류들뿐이니까.」

시몬은 또다시 하품을 했다.

「당신, 정말로 그 서류들을 전부 다 읽을 생각은 아니겠지? 그걸

다 끝내려면, 점심시간까지도 어렵없을 텐데.」

「저는 언제나 서류들은 모두 읽어 봐요.」 하고 리넷이 말했다.

「아버지가 항상 그렇게 하라고 가르쳐 주셨거든요. 제대로 읽어 보지 않고 서명을 하면 나중에 커다란 손해를 보게 될지도 모른다고 늘 말씀하셨지요.」

페닝튼은 이 말이 다소 귀에 거슬리는 듯한 표정을 지었다.

「리넷은 정말 대단한 사업가로군.」

「리넷은 나보다 훨씬 성실하답니다.」 하고 시몬이 웃으면서 말했다.

「나는 지금까지 한 번도 서류들을 읽어 본 적이 없다니까요. 그저 사람들이 점선 위의 서명할 곳을 가리키는 대로 서명해 버리죠. 그렇게 해도 뭐가 잘못되지 않던데요.」

「그건 너무나 조심성 없는 방법이에요.」 하고 리넷이 도저히 이해할 수 없다는 표정으로 말했다.

「나는 사업 쪽으로는 맹꽁이야.」 하고 시몬이 쾌활하게 말했다.

「그런 두뇌가 없어. 그냥 서명하라는 곳에 서명을 해 버리는거야. 그게 훨씬 간단하니까.」

앤드류 페닝튼은 생각에 잠긴 표정으로 그를 쳐다보았다. 그리고 윗입술만 약간 움직이면서 냉정한 어조로 말했다.

「그건 좀 위험하지 않을까요, 도일 씨?」

「천만에요—.」 하고 시몬이 대답했다.

「나는 이 세상 사람 모두가 다 타락해 버렸다고 생각지는 않습니다. 나는 사람들을 무조건 신뢰하는 편이지요. 그리고, 역시 믿을 만한 가치가 있어요. 지금까지 내가 가졌던 신뢰감을 배반당한 적이 거의 없었으니까요.」

그 때, 놀랍게도 그 말없는 팬숍이 몸을 돌려서 리넷에게 한 마디 던졌다.

「내가 참견할 일은 아닌 것 같습니다만, 당신의 사무적인 능력은 정말 대단합니다. 직업상 일하다 보면—음, 나는 변호사지요—실무적이지 못한 여자분들이 유감스럽게도 꽤 많이 있답니다. 그러므로 당신이 충분히 검토해 보지 않고서는 서류에 절대 서명을 하지 않는 태도야말로 높이 살 만한 겁니다—. 정말 높이 살 만합니다.」

이렇게 말하고 나서, 그는 약간 머리를 숙여 인사했다. 그런 다음, 그는 얼굴을 붉히고 몸을 돌려서 다시 나일강의 제방 경치를 감상했다. 리넷은 애매모호한 목소리로 대답했다. 「—고마워요…….」 하면서 그녀는 웃음이 터져 나오는 것을 참기 위해 입술을 꼭 깨물었다. 그 젊은이의 그러한 태도가 기묘할 정도로 지나치게 근엄했기 때문이다.

앤드류 페닝튼은 굉장히 당황한 표정이었다. 시몬 도일은 불쾌하게 느껴야 할지, 아니면 가볍게 웃어 버려야 할지 영 갈피를 못 잡고 있었다.

돌아서 있는 팬숍의 귓불이 빨갛게 물들어 있는 것이 보였다.

「자, 다음 서류를—」 하고 리넷이 미소를 지으면서 페닝튼에게 말했다.

그러자 페닝튼은 무척 화가 난 듯이 보였다.

「나중에 하는 것이 좋겠군.」 하고 페닝튼은 강경한 투로 말했다.

「도일 씨 말대로 여기 있는 서류들을 다 읽어 보려면 점심때까지도 끝낼 수 없을 거야. 그러자면, 경치 구경을 할 수 없을 테니 다음으로 미루는 편이 좋겠어. 그리고, 어쨌든 급한 서류 두 가지가 해결되었으니 나중에 계속하기로 하지.」

「여긴 끔찍하게 덥군요.」 하고 리넷이 말했다.

「우리 바깥으로 나가요.」

그들 세 사람은 회전문을 빠져 나갔다. 에르큘 포와로는 고개를 돌렸다. 그는 주의 깊은 시선으로 팬숍의 등을 바라보았다. 그리고 시선을 옮겨 의자에 반쯤 드러누운 자세로 고개를 잔뜩 뒤로 젖힌 채 혼자 휘파람을 불고 있는 퍼거슨을 쳐다보았다.

포와로는 다시 고개를 돌려 자리에 똑바로 앉아 있는 밴 슈일러를 훑어보았다. 마침 밴 슈일러는 퍼거슨을 뚫어질 듯이 쳐다보고 있는 중이었다.

이 때 왼쪽 회전문이 열리면서 코닐리어 롭슨이 황급히 들어왔다.
「오래도 걸렸군.」 하고 밴 슈일러가 딱딱거리는 투로 말했다.
「도대체 어디를 갔다 오는 거야?」
「정말 죄송해요, 메리 아주머니. 말씀하신 그곳에는 털실이 없던데요. 그 대신 다른 가방에 들어 있어서……」
「정말 너는 물건을 찾는 데는 형편없다니까! 네가 노력한다는 것은 나도 잘 알고 있다만, 좀더 똑똑하고 재빠르게 할 수 없니? 단지 정신 집중을 하면 해결될 텐데 그렇게도 안 돼?」
「정말 죄송해요, 메리 아주머니. 제가 너무 바보같이 굴어서.」
「노력한다면 그렇게 멍청하게 행동할 수는 없을 거야. 내가 너를 이 여행에 데리고 왔으니, 너도 조금은 신경을 써 주어야 하지 않겠니?」
코닐리어의 얼굴이 새빨개졌다.
「정말 죄송해요, 메리 아주머니.」
「그런데 바워즈 양은 어디를 갔지? 벌써 약 먹을 시간이 10분이나 지났는데. 나가서 빨리 찾아보렴. 의사 말에 의하면, 가장 중요한 것이 바로—」
바로 그 때, 바워즈가 조그만 약병을 들고 들어왔다.
「약을 가져왔어요, 밴 슈일러 양.」
「11시 정각에 먹었어야 하는 건데.」 하고 밴 슈일러가 투덜거렸다.
「내가 가장 싫어하는 게 바로 시간을 못 맞추는 것이란 말이야.」
「저도 마찬가지예요.」 하고 바워즈가 대꾸했다.
「정확히 11시 5분인걸요.」 하고 손목 시계를 들여다보면서 그녀가 말했다.
「하지만, 내 시계로는 이미 10분이나 됐는걸.」

「내 시계가 정확하다는 것을 당신도 알게 될 거예요. 정말 정확한 시계라니까요. 절대 1분도 틀리지 않아요.」

바워즈는 조금도 흐트러지지 않은 자세로 대꾸했다.

밴 슈일러는 그 약병 속에 들어 있는 내용물을 꿀꺽 삼켰다.

「분명히 몸이 더 약해졌어.」 하고 그녀는 내뱉듯이 말했다.

「그러시다니 유감이군요, 밴 슈일러 양.」

하지만, 그렇게 말하는 바워즈의 목소리에는 전혀 유감의 기색이 없었다. 그녀의 목소리는 냉담하게 들릴 뿐이었다. 그녀는 다만 예의에 맞는 대답을 기계적으로 하고 있는 것이었다.

「여기는 너무 더워.」 하고 밴 슈일러가 투덜거렸다.

「갑판 위에 자리를 하나 찾아봐요, 바워즈 양. 그리고, 코닐리어, 내 뜨개질감을 가져오거라. 함부로 다루거나 떨어뜨려서는 안 돼. 그리고 나서, 털실을 좀 감아 주어야겠다.」

명령이 떨어지자 그들은 곧 맡은 일을 시작했다.

퍼거슨은 자리에서 일어나면서 한숨을 내쉬었다. 그리고 나서는 혼잣말로 중얼거리듯이 말했다.

「빌어먹을, 저 여자 목을 졸라 죽여 버리고 싶어.」

포와로는 흥미 있다는 듯이 물었다.

「저 여자가 바로 당신이 혐오하는 유형의 인간인가요, 그렇습니까?」

「혐오? 예, 바로 그렇습니다. 저런 여자는 살아 있어 봤자, 세상에 아무런 도움을 주지 못해요. 저 여자는 일도 하지 않고, 심지어는 손가락 하나 까딱하지도 않으니까요. 단지 다른 사람들을 부려서 호화롭게 살고 있는 것이죠. 저런 여자는 기생충이에요—. 그것도 지독히 불쾌한 기생충이죠. 이 배에는 세상에 없어도 좋을 만한 인간들이 정말 많이 있어요.」

「오, 그게 정말입니까?」

「물론이지요. 방금 여기 앉아서 주식 양도 서류에 서명하면서 권력을 남용하던 그 여자도 바로 그러한 인간이죠. 수없이 많은 가엾은 노동자들이 그 쥐꼬리만한 임금을 받고 노예처럼 혹사당하고 있는 것이, 결국은 그 여자가 실크 스타킹이나 신고 불필요한 사치를 즐기게 해 주고 있을 뿐이니까요. 영국에서 가장 부유한 여자들 중의 하나라고 누군가가 말하더군요. 게다가, 그녀는 평생 동안 손가락 하나 까딱해 본 적도 없다면서요?」

「누가 당신에게 그녀가 영국에서 가장 부유한 여자들 중의 하나라고 말해 주던가요?」

퍼거슨은 싸울 듯한 눈초리로 그를 노려보았다.

「당신 같은 사람은 결코 말을 걸려고도 하지 않을 그런 사람이 말해 준 겁니다! 그는 자기 자신의 손으로 일해서 살아가면서도 그런 자신을 조금도 부끄럽게 생각하지 않는 사람입니다! 당신처럼 아무 짝에도 쓸모없는 옷이나 말쑥하게 차려 입고 다니는 사람과는 전혀 다르지요!」

그의 시선은 몹시 역겨운 듯이 포와로의 나비 넥타이와 분홍색 셔츠 위에 고정되었다.

「나도 역시 내 손과 머리로 일했으며, 또 그 사실에 조금도 부끄러움을 느끼지 않는 사람이오.」 하고 말하면서 포와로는 그 시선을 되받았다.

퍼거슨은 그의 말을 들은 체도 하지 않았다.

「모두 쏴 죽여 버려야 해—그런 인간들은!」 하고 그는 소리치듯이 말했다.

「이봐요, 젊은이.」 하고 포와로가 말했다.

「그렇게도 폭력을 휘두르고 싶소!」

「당신은 폭력 없이 이 세상의 정의가 성취될 수 있다고 생각합니까? 새로운 건설을 위해서는 먼저 무너뜨리고 부수는 작업이 이루어져야 하는 거예요.」

「그건 확실히 손쉽고, 시끄럽고, 또 극적인 방법이군.」

「당신은 도대체 먹고 살기 위해서 무슨 일을 하고 있죠? 전혀 아무 일도 하지 않지요? 분명해요! 자기 자신을 중산 계층이라고 부르면서 말입니다.」

「나는 중산 계층이 아니오. 나는 상류층에 속하오.」하고 약간 오만한 태도로 에르퀼 포와로가 또박또박 말했다.

「당신의 직업은 무엇입니까?」

「탐정이오.」

에르퀼 포와로는 마치 '나는 왕이오.' 라고 말하듯이 자신만만한 태도로 대답했다.

「하느님 맙소사!」그 젊은이는 깜짝 놀란 모양이었다.

「그렇다면, 그 여자가 정말 바보 같은 탐정을 고용한 겁니까? 그렇게도 자신의 귀하신 몸뚱아리가 걱정된 모양이지요?」

「나는 도일 씨나 그 부인과 아무 상관도 없소.」하고 엄숙하게 포와로가 말했다.

「나는 지금 휴가중이오.」

「휴가를 즐기시는 중이다, 이 말이군요?」

「당신은? 당신도 역시 휴가중인가요?」

「휴가라고요!」퍼거슨은 코웃음을 쳤다. 그런 다음 그는 은밀한 목소리로 덧붙였다.

「나는 노동 조건들을 연구하고 있는 중입니다.」

「대단히 재미있군.」하고 포와로가 대꾸했다. 그리고 나서 정중히 자리에서 물러 나와 갑판으로 나갔다.

밴 슈일러가 갑판에서 가장 좋은 자리를 차지하고 있었다. 그녀의 맞은편에는 코닐리어가 회색 털실을 잔뜩 팔에 감은 채 무릎을 꿇고 앉아 있었다. 바워즈는 아주 똑바른 자세로 앉아서 새터데이 이브닝 포스트지(誌)를 읽고 있었다.

포와로는 오른쪽 갑판 아래로 조용히 걸어갔다. 그가 막 선미(船尾)를 돌아서는 순간, 하마터면 어떤 여자와 부딪칠 뻔했다. 어두운 표정의 야무져 보이는 라틴계 얼굴의 그 여자는 깜짝 놀란 표정으로 그를 쳐다보았다. 그녀는 검은색 옷을 단정하게 차려 입었으며, 제복 차림을 한 어떤 건강한 체구의 남자―아마도 기관사인 듯한 사람과 이야기하며 서 있었다. 그런데, 그들 두 사람의 얼굴에는 야릇한 표정이 나타나 있었다―마치 나쁜 짓을 하다가 들켜서 깜짝 놀란 듯한 그런 표정이―포와로는 그 두 사람이 무슨 이야기를 하고 있었을까 하고 궁금해 했다.

그는 선미를 돌아서 왼쪽 갑판을 따라 걸어갔다. 그 때, 어떤 선실의 문이 열리더니 오터번 부인이 나타났는데, 그녀는 하마터면 그의 품으로 쓰러질 뻔했다. 그녀는 주홍색 공작 실내복을 입고 있었다.

「오, 이런, 미안하게 됐군요.」 하고 오터번 부인이 사과했다.

「포와로 씨―, 너무 죄송해요. 실수였어요. 누구라도 이렇게 요동치는 배 위에서는 제대로 걸을 수가 없을 거예요. 이 배가 조금만 살살 움직였어도……」

그녀는 그의 팔을 움켜잡았다.

「정말 지긋지긋해요. 이렇게 몸조차 제대로 가눌 수도 없을 정도이니…… 배를 타면 몹시 불쾌해져서…… 게다가, 선실에 몇 시간이고 혼자 틀어박혀 있어야 한답니다. 내 딸애는―동정심이라고는 눈곱만큼도 없는 애예요―이제까지 자기를 위해서 살아온 불쌍한 이 어미를 전혀 이해하려는 마음이 없어요…….」

오터번 부인은 훌쩍 거리기 시작했다.

「그 애를 위해서 나는 지금까지 노예처럼―한시도 편히 쉬어 본 적이―정말 한시도―없었는데 말이에요. 헌신적인 사랑으로―정말 나는 지금까지 그렇게 해 왔지요―헌신적인 사랑으로 그 애를 위해서 모든 것을 다 희생했어요. 모든 것을 다 희생하면서…… 그런데도, 어느 누구도 이 사실을 알아주지 않아요! 하지만, 이제는 모두에게 말해 버리겠어요. 이젠 말할 거예요. 그 애가 얼마나 나를 무시하는지를― 얼마나 그 애가 내게 못되게 굴었는지를 말이에요―. 나를 이 여행에까지 끌고 와서는— 너무 따분해서 미칠 지경인 이 여행에까지 말이에요……. 어서 가서 사람들에게 모두 말해야겠어요, 지금 당장—」

이렇게 말하면서 그녀는 앞으로 달려가려고 했다. 포와로는 정중한 태도로 그녀를 가로막았다.

「내가 따님을 보내 드리겠습니다, 부인. 선실로 다시 들어가 계시지요. 그게 좋겠습니다—.」

「아니에요. 모두에게 말하겠어요— 이 배에 있는 사람들 모두에게—」

「그건 너무 위험합니다, 부인. 파도가 너무 거칠어서요. 파도에 휩쓸리게 될지도 몰라요.」

오터번 부인은 미심쩍은 눈길로 그를 쳐다보았다.

「정말 그렇게 생각하세요? 정말로요?」

「예, 그렇습니다.」

그의 말은 효과가 있었다. 오터번 부인은 멈칫하더니 망설이면서 선실로 다시 들어갔던 것이다.

포와로는 코를 한두 번 씰룩거리고는 고개를 끄덕거리더니 앨러튼 부인과 팀 사이에 끼어 앉아 있는 로잘리 오터번에게로 걸어갔다.

「어머니가 당신을 부르시더군요, 마드모아젤.」

밝게 웃고 있던 로잘리의 표정이 갑자기 사라지고 얼굴이 어둡게 변했다. 그녀는 미심쩍은 듯이 흘끔 그를 쳐다보고 나서, 갑판을 따라 황급히 걸음을 옮겼다.

「나는 도대체 저 처녀의 마음을 알 수가 없어.」 하고 앨러튼 부인이 말했다.

「굉장히 잘 변하거든. 어느 날은 다정하게 대하다가도, 갑자기 다음 날은 무례하게 변하곤 한다니까.」

「굉장히 버릇없고 괴팍한 성격을 가졌어요.」 하고 팀이 말했다. 이 말에 앨러튼 부인은 고개를 저었다.

「아니야, 나는 괴팍한 성격 때문이라고는 생각지 않는다. 아마 불행하기 때문일 거야.」
팀은 이 말을 듣자 어깨를 한 번 으쓱했다.
「오, 글쎄요. 누구에게나 다 문제는 있는 게 아니겠어요?」
이렇게 말하는 그의 목소리는 퉁명스럽게 들렸다.
그 때, 식사 시간을 알리는 소리가 들려 왔다.
「점심 식사 시간이로군.」 하고 앨러튼 부인이 쾌활하게 외쳤다.
「몹시 시장하던 참이었는데……」
그 날 저녁, 포와로는 앨러튼 부인이 밴 슈일러에게 말을 걸며 앉아 있는 장면을 보았다. 그가 그들을 스쳐 지나갈 때, 앨러튼 부인은 그에게 한쪽 눈을 찡긋해 보였다. 그녀는 이렇게 말하고 있는 중이었다. 「물론 카프리 성에서―그 공작 양반께서는―」
시중 드는 일에서 벗어난 코닐리어는 갑판 위에 나와 있었다. 그녀는 베스너 박사의 말에 귀를 기울이고 있었다. 베스너 박사는 여행 안내서에서 읽은 이집트학에 대해서 다소 지루하게 늘어놓았다. 코닐리어는 몹시 열중해서 그의 말을 듣고 있었다.
팀 앨러튼은 난간에 몸을 기대면서, 「온통 썩어 빠진 세상이야…….」 하고 중얼거렸다.
로잘리 오터번이 그의 말에 대꾸했다.
「불공평해요. 어떤 사람들은 모든 것을 다 소유하고 있고―」
포와로는 깊은 한숨을 내쉬었다. 그는 자신이 젊지 않다는 사실이 오히려 다행이라고 여겼다.

9

월요일 아침, 카나크 호 갑판 위 여기저기에서 요란한 함성과 감탄의 소리가 들려 왔다. 증기선은 제방에 정박하고 있는 중이었다. 그리고, 불과 몇백 야드 떨어진 곳에 바위 틈 사이로 삐죽 드러나 보이는 거대한 신전 하나가 막 떠오르는 아침 햇빛을 받아 반짝이고 있었다. 절벽을 깎아 만든 거대한 네 개의 조각들이 영원히 그 나일강을 굽어보며 떠오르는 태양을 향해 있었다.

코닐리어 롭슨이 두서없이 떠들었다.

「오, 포와로 씨, 정말 멋져요! 저것들은 너무나도 크고 평화로운 모습이에요! 저것들을 쳐다보고 있으니, 제 자신이 너무나 작게 느껴지는군요. 마치 벌레 같다고나 할까요―. 그리고, 모든 고민거리도 다 하찮게 생각이 되는 거예요.」

팬숍이 가까이에 서 있다가 한 마디 했다.

「흠― 대단히 인상적이로군요.」

「정말 굉장하죠?」 하고 시몬 도일이 어슬렁거리며 다가왔다. 그는 포와로에게 은밀한 목소리로 말했다.

「나는 신전들이나 관광 따위에는 별로 관심이 없는 사람이지만, 내가 이제부터 이야기하는 것을 들어 보시면 왜 내가 이 곳만은 마음에 들어하게 되었는지 이해하실 겁니다. 확실히 저 늙은 파라오들은 굉장한 친구들입니다.」

다른 사람들이 그들 옆을 스쳐 지나가고 있었다. 그는 한층 더 목소리를 낮춰서 이야기했다.

「이 곳을 여행하게 되어서 얼마나 기쁜지 모르겠습니다. 이 여행이― 모든 문제들을 말끔히 해결해 주었으니까요. 어떻게 해서 그렇게 되었는지는 모르겠지만― 어쨌든 이제 모든 게 해결되었습니다. 리넷이 다시 안정을 되찾았으니까요. 그녀는 자신이 마침내 그 일을 직시하게 되었기 때문이라고 하더군요.」

「그 말은 그럴 듯하군요.」 하고 포와로가 말했다.

「리넷은 배 위에서 재키를 보았을 때 정말 너무나 끔찍했었는데― 그 다음부터는 갑자기 그 일에 전혀 신경이 안 쓰이더라고 하더군요. 그래서, 우리 두 사람은 더 이상 재키를 피해 다니지 않기로 했습니다. 우리는 그녀가 쫓아오면 정면으로 대결할 생각이에요. 그래서, 그녀에게 그 우스꽝스러운 방법을 써 보았자 전혀 효력이 없다는 것을 보여 주고 말겠습니다. 그건 정말 지독히도 지저분한 방법이에요ㅡ. 하지만, 그 점밖에는 다른 아무것도 느껴지지 않습니다. 그 여자는 자신이 우리를 굉장히 불안하게 만들었다고 의기양양해 하고 있겠지요? 하지만, 이제 우리는 더 이상 그 여자 때문에 겁을 내거나 하는 일은 결코 없을 겁니다.」

「잘 되었군요.」 하고 포와로가 생각에 잠긴 채 대답했다.

「정말 멋지지 않습니까?」

「아, 예ㅡ 그렇군요.」

그 때, 리넷이 갑판을 따라 걸어오고 있었다. 그녀는 엷은 살구색의 아마(亞麻)로 된 옷을 입고 있었다. 그녀는 미소를 띠고 있었다. 그녀는 포와로에게 별달리 아는 체하지 않고, 단지 싸늘한 태도로 고개만 까닥하고는 자기 남편을 끌고 가 버렸다.

포와로는 자신의 비판적인 태도 때문에 리넷이 그렇게 쌀쌀하게 대하는 것이라는 생각이 들자, 순간적으로 말할 수 없는 통쾌함을 느꼈다. 왜냐하면, 지금까지 리넷이라는 여자는 무슨 일을 하든지간에 무조건적인 찬사를 받는 데에만 익숙해 왔기 때문이었다. 에르큘 포와로는 그러한 여자에게 정면으로 도전한 셈이었다.

앨러튼 부인이 그에게 다가와서 중얼거렸다.

「정말 놀라워요! 애스원에서는 그렇게 근심어린 표정으로 불행하게 보이더니, 오늘은 더할 수 없이 행복해 보이니 말이에요. 너무 행복해 보여서 사람들이 그녀가 죽을 때가 가까워져서 그런 게 아닌가 하고 의아해 할 정도예요.」

포와로가 이 말에 미처 대꾸하기도 전에, 상륙할 분들은 집합해 달라는 소리가 들려 왔다. 일행은 안내원을 따라서, 아부심벨을 방문하기 위해 상륙했다.

포와로는 앤드류 페닝튼과 나란히 걸었다.

「이집트 여행은 이번이 처음이신가요?」 하고 그는 물었다.
「천만에요, 아닙니다. 1923년에 한 번 왔었지요. 정확히 말하자면 카이로에 왔었어요. 하지만, 이렇게 나일강을 거슬러 와 보긴 이번이 처음이랍니다.」
「당신은 카마닉 호를 타고 오신 걸로 알고 있는데요. 도일 부인이 그렇게 말했지요.」
페닝튼은 그를 힐끔 쳐다보았다.
「예, 그랬지요.」
「혹시 그 배에서 내 친구를 보지 못했나요―. 러싱튼 스미스라는 이름을 가진 사람인데요.」
「그런 이름을 가진 사람은 모르겠군요. 그 배는 만원이었는데다가 날씨조차 나빴으니까요. 대부분의 승객들이 선실에서 전혀 나오지 않았지요. 게다가, 항해 시간이 너무 짧아서 승객들과 친해질 여유가 없었습니다.」
「흠, 정말 그렇겠군요. 그런데, 당신이 도일 부인과 그 남편을 우연히 만나다니 정말 놀랍고도 반가우셨겠습니다! 그 두 사람이 결혼한 사실을 모르고 계셨었다고요?」
「몰랐습니다. 도일 부인이 내게 편지를 보냈지만, 나는 그 편지가 도착하기 전에 이미 여행을 떠났거든요. 그들을 카이로에서 우연히 만나고 나서도 며칠 뒤에야 겨우 그 편지를 받아 보았습니다.」
「내가 들은 바에 의하면, 당신은 도일 부인과 오래 전부터 알고 지내셨다고 하던데요?」
「물론, 그렇다고 말할 수 있죠, 포와로 씨. 나는 리넷 리지웨이가 요만한 꼬마였을 때부터 알고 지내 왔으니까요.」
그러면서 그는 손짓을 해 보였다.
「리넷의 아버지와 나는 평생을 사귀어 온 친구였지요. 그는 매우 남다른 사람이었습니다. 멜휘시 리지웨이 말이오―. 그리고, 대단히 성공한 사람이었지요.」

「그 사람의 딸이 막대한 유산을 상속받게 되었다더군요. 내가 들은 바에 의하면…… 아, 죄송합니다. 내가 엉뚱한 말을 해 버렸군요.」

앤드류 페닝튼은 약간 유쾌한 듯이 보였다.

「오, 그건 누구나 다 알고 있는 사실인데요, 뭐. 사실 리넷은 돈이 많은 여자지요.」

「이건 내 생각입니다만, 이번 결혼으로 인해서 주식 같은 데에 어떤 변화가 있지 않겠습니까?」

페닝튼은 한동안 대답하지 않았다. 그리고 나서 그는 이렇게 말했다.

「물론, 어느 정도까지는 그렇습니다. 게다가, 요즈음 매우 어려운 상태거든요.」

포와로는 재빨리 말을 받았다.

「하지만, 내가 보기에는 도일 부인의 사업 수완이 대단히 뛰어난 것 같더군요.」

「맞는 말입니다. 리넷은 그 쪽으로는 머리가 아주 잘 돌아가는 편이죠.」

그들은 잠시 걸음을 멈추었다. 안내원이 위대한 라메스에 의해 세워진 신전에 대해서 여러 가지 설명들을 늘어놓았다. 입구의 양쪽에는 자연 그대로의 바위를 깎아서 만든 네 개의 거대한 라메스 상(象)들이 두 개씩 서 있었다. 그 상들은 여기저기 흩어져서 걷고 있는 일행을 마치 개미 떼처럼 경멸하는 듯이 내려다보고 있었다.

리체티는 안내원의 설명을 아예 듣지도 않고, 입구 양쪽에 서 있는 상들의 기부(基部)에 새겨져 있는 흑인 시리아인 노예들의 부조(浮彫)를 자세히 관찰하고 있었다.

일행이 신전으로 들어섰을 때, 어두컴컴하고 정적이 감도는 분위기가 그들을 엄습했다. 여전히 생생한 색감을 유지한 채 안쪽 벽 군데군데에 있는 부조들을 가리키면서 안내인이 열심히 설명을 했지만, 일행은 뿔뿔이 흩어지기 시작했다.

베스너 박사는 안내서에 쓰여진 독일어를 낭랑한 목소리로 읽고 나서는, 잠깐씩 생각에 잠기면서 그의 옆에서 유순한 태도로 걷고 있는 코닐리어에게 통역을 해 주었다. 그렇지만, 이것은 오래 계속되지 못했다. 밴 슈일러가 그 냉담한 바워즈의 부축을 받으며 다가와서는, 「코닐리어, 이리로 와.」하고 명령했기 때문이다. 그래서, 부득이 베스너 박사의 설명은 끝나게 될 수밖에 없었다. 베스너 박사는 그의 도수 높은 안경을 통해서 그녀의 뒷모습을 바라보고 있었다.

「아주 멋진 여자죠?」하고 그는 포와로에게 말했다.

「저 처녀는 요즘 젊은 여자들처럼 그렇게 허약해 보이지 않아요. 아니, 오히려 멋진 몸매를 가지고 있지요. 게다가, 그녀는 열심히 귀를 기울여서 듣는답니다. 대단히 이해력이 빨라요. 그래서, 그녀에게 설명해 주는 것이 무척 즐겁답니다.」

그 순간 포와로는 끊임없이 누군가에게 들볶이거나 가르침을 받아야 하는 것이 어쩔 수 없는 코닐리어의 운명일지도 모른다고 마음 속으로 생각했다. 어쨌든 그녀는 언제나 듣는 쪽이지, 결코 말을 하는 쪽은 아니었던 것이다.

바워즈는 코닐리어의 강제 소환 덕분으로 잠시 자유로워져서 그 신전의 중앙에 서 있었다. 그녀는 냉정하고 관심 없는 시선으로 주위를 둘러보았다. 과거의 경이에 대한 그녀의 반응이란 극히 간명한 것이었다.

「안내원은 이 신이나 여신들의 이름을 무트라고 말하던데, 그게 사실인가요?」

안쪽 깊숙한 곳에 성소(聖所)가 자리잡고 있었는데, 그 곳에는 네 개의 상들이 초연한 자세로 야릇한 신비감을 풍기며 영원한 모습으로 앉아 있었다.

바로 그 상들 앞에 리넷과 그녀의 남편이 서 있었다. 그녀는 남편의 팔짱을 낀 채 얼굴을 쳐들고 있었는데, 그 얼굴은 새로운 문명의 전형적인 표정으로서 매우 똑똑하고 호기심으로 가득했지만, 과거에 대한 어떠한 감동은 없었다.
　시몬은 갑자기 말을 꺼냈다.
　「나갑시다—. 나는 이 네 친구들이 왠지 마음에 들지 않아. 특히 저 뾰족한 모자를 쓰고 있는 친구는 더욱 마음에 안 들어.」
　「그건 아몬인 것 같아요. 그리고, 저건 라메스고요. 당신은 왜 저것들이 마음에 안 든다는 거지요? 제가 보기에는 매우 인상적인데요.」
　「너무 지나치게 인상적이기 때문에 기분이 나빠. 왜냐하면, 저것들에게는 뭔가 괴기스러운 분위기가 감돌고 있기 때문이야. 자, 이제 햇빛 있는 곳으로 나갑시다.」
　그의 말에 리넷은 어처구니없다는 듯이 웃음을 터뜨렸지만, 곧 순순히 그의 말에 따랐다.
　그들 두 사람은 신전에서 나와 노랗게 반짝이는 따뜻한 모래를 밟으면서 햇빛 속으로 걸어갔다. 그 때, 리넷이 갑자기 웃기 시작했다. 마치 몸을 톱으로 잘라내어 버린 듯이—너무나 끔찍한 광경이 바로 그들의 발 밑에서 벌어지고 있었던 것이다. 6명의 누비아 소년들의 머리가 그들 발 밑에 한 줄로 늘어서 있었다. 그들은 눈동자를 굴리며 리듬에 맞춰 머리를 양쪽으로 움직이면서 동시에 입으로는 이상한 주문을 외고 있었다.
　「힙, 힙, 후라! 힙, 힙, 후라! 매우 좋고, 매우 멋져요. 대단히 감사합니다.」
　「어쩜 저렇게 엉뚱할 수가! 어떻게 저 애들이 저렇게 했을까요? 정말로 깊이 파묻힌 걸까요?」
　시몬은 몇 푼의 동전을 던져 주었다.
　「매우 좋고, 매우 멋지고, 매우 비싸요.」
하고 그는 흉내내었다.
　그 쇼를 맡고 있는 듯한 두 소년이 재빨리 그 동전을 집어들었다.
　리넷과 시몬은 계속 걸어갔다. 그들은 구경하는 데 이미 지쳐 버린 상태였지만, 배에 돌아가고 싶은 마음은 없었다. 그래서, 그들은 절벽에 등을 기댄 채 따뜻한 햇빛을 받으며 그대로 서 있었다.
 '저 태양은 정말로 아름다워.' 하고 리넷은 생각했다.
 '너무나 따뜻하고— 안전하고…… 행복감을 느낀다는 것은 정말 멋진 거야……. 정말 내게는 멋진 거야— 내게는…… 나…… 리넷에게……'
 그녀는 눈을 감았다. 그녀는 마치 모래가 휘날려 쌓였다가 바람에 날아가듯이 생각에 빠져 정처 없이 헤매면서 비몽 사몽의 상태에 있었다.
 시몬은 눈을 뜨고 있었다. 그의 눈에도 역시 만족감이 가득했다. 첫날밤에 그가 가슴이 덜컥 내려앉는 기분을 느낀 것은 얼마나 바보스러웠던가……. 아무것도 겁낼 것이 없었는데도 말이다……. 모든 것이 다 잘되고 있어……. 어쨌든, 재키를 믿을 수 있을 테니—
 그 때, 고함 소리가 들려 왔다. 사람들이 팔을 흔들면서 그에게로 달려오고 있었다. 마구 소리치면서……
 시몬은 잠깐 멍하니 그들을 쳐다보았다. 다음 순간, 그는 벌떡 일어나서 리넷을 끌어당겼다.
 아차 하는 순간이었다. 커다란 바위가 절벽에서 굴러 내려와 그들 바로 옆에 떨어졌다. 만일, 리넷이 계속 그 자리에 서 있었더라면 그녀는 산산조각이 나고 말았을 것이다.
 그들 두 사람은 하얗게 질린 얼굴로 서로 꼭 껴안고 있었다. 에르큘 포와로와 팀 앨러튼이 그들에게 달려왔다.
 「부인, 정말 큰일날 뻔했습니다.」
 네 사람 모두 반사적으로 그 절벽 위를 올려다보았다. 아무것도 보이지 않았다. 하지만, 그 꼭대기까지 길이 나 있었다. 그리고, 포와로는 그들이 처음 상륙했을 때 몇 명의 원주민이 그 길로 걸어갔다는 사실을 기억해 냈다.
 그는 시몬과 리넷을 쳐다보았다. 리넷은 아직도 얼떨떨하고 당황한 표정이었다. 하지만, 시몬은 너무 흥분해서 말조차 제대로 잇지 못했다.

「빌어먹을 년 같으니라고!」 하고 그는 갑자기 소리질렀다. 그리고 나서, 그는 팀 앨러튼을 힐끔 쳐다보고는 자신을 억제했다.

팀이 말했다.

「휴, 정말 아슬아슬했어요! 어떤 녀석이 바위를 밀어서 굴러 떨어지게 한 걸까요, 아니면 그냥 저절로 굴러 떨어진 걸까요?」

리넷의 얼굴은 몹시 창백했다. 그녀는 가까스로 입을 열었다.

「제 생각으로는— 어떤 바보가 그렇게 한 것 같아요.」

「당신을 달걀 껍질처럼 부숴 버리려고 그랬는지도 모릅니다. 하지만, 리넷, 당신에게는 적이 없을 텐데요?」

리넷은 침을 꿀꺽 삼켰다. 팀의 말 속에서 가벼운 야유를 느꼈기 때문이다.

「배로 돌아가시죠, 부인.」 하고 포와로가 재빨리 말했다.

「정신을 가다듬을 만한 약을 좀 드시는 게 좋겠습니다.」

그들은 배가 있는 쪽을 향해서 황급히 걸었다. 시몬의 얼굴에는 여전히 분노가 이글거리고 있었다. 팀은 방금 겪었던 위험했던 일로부터 리넷의 마음을 돌이키려고 일부러 쾌활한 목소리로 떠들어댔다. 포와로는 침통한 얼굴이었다.

그들이 배다리에 도착했을 때, 시몬은 마치 얼어붙은 듯이 그 자리에 멈춰 섰다. 그의 얼굴에는 놀라운 표정이 가득했다.

재클린 드벨포가 막 배에서 내려오고 있었던 것이다. 그녀는 파란색 깅엄(줄무늬 또는 바둑판 무늬가 있는 무명)을 입고 있었는데, 마치 소녀처럼 앳된 모습이었다.

「하느님 맙소사!」 하고 시몬이 나지막하게 중얼거렸다.

「그렇다면, 그건 우연이었단 말인가!」

그러자, 그의 얼굴에서 모든 분노가 한꺼번에 사라져 버렸다. 그의 일그러진 얼굴이 너무 갑자기, 그리고 분명하게 안도하는 표정으로 바뀌자 재클린은 뭔가 일이 있었다는 것을 알아차렸다.

나일강의 죽음 143

「안녕하세요?」하고 그녀가 말했다.
「제가 조금 늦은 것 같군요.」
그녀는 모두에게 고개를 숙여서 인사하고는 신전이 있는 쪽으로 걸어갔다.
시몬은 포와로의 팔을 움켜잡았다. 그리고, 다른 두 사람은 계속 걸어가고 있었다.
「오, 하느님— 참으로 다행입니다. 나는 잘못 생각하고 있었지요—.」
포와로는 고개를 끄덕였다.
「예, 당신이 어떻게 생각하고 있었는지 알고 있었소.」
그렇지만, 포와로는 여전히 침통한 표정이었고, 또한 어떤 생각에 골몰하고 있는 듯이 보였다. 그는 고개를 돌려서 신전 구경을 하고 돌아오는 나머지 일행들의 모습을 예리한 시선으로 주의 깊게 살펴보았다.
밴 슈일러가 바워즈의 팔에 기대어 느린 걸음으로 돌아오고 있었다.
좀더 멀리 떨어진 곳에서 앨러튼 부인이 그 누비아 소년들의 머리가 줄지어 있는 것을 보고 웃으면서 서 있었다. 오터번 부인도 그녀와 함께 있었다. 다른 사람들은 보이지 않았다.
포와로는 시몬의 뒤를 따라 배 위로 천천히 올라가면서 고개를 저었다.

10

「부인, '페이(fay: 스코틀랜드어로 죽음이 가까워졌다는 뜻)'라는 말의 뜻을 설명해 주지 않겠습니까?」
앨러튼 부인은 이 말에 다소 놀란 듯했다. 그녀와 포와로는 제2폭포가 내려다보이는 바위로 천천히 올라가고 있었다. 다른 사람들은 대부분 낙타를 타러 갔다. 하지만, 포와로는 낙타가 움직이는 것이 배를 탔을 때의 그 느낌과 똑같다는 것을 경험했기 때문에 거기에 끼지 않았다. 그리고, 앨러튼 부인은 인간적인 품위를 들먹이면서 역시 끼지 않았다.

그들은 어젯밤에 왜디핼파에 도착했다. 오늘 아침 두 대의 작은 증기선이 리체티를 제외한 나머지 모든 승객들을 제2폭포에 실어다 주었다. 그전부터 리체티는 셈나라는 외딴 곳에 혼자 탐험을 하러 가겠다고 했었다. 그는 그 곳이 바로 아메넴트 3세 시대에 누비아의 통로 역할을 했던 곳이며, 그 곳에는 흑인들이 이집트로 돌아가기 위해서는 공물을 바쳐야 한다는 내용이 적힌 돌기둥이 서 있는 매우 흥미로운 곳이라고 설명해 주었다. 그 날 저녁, 사람들이 그를 설득했지만 아무 소용이 없었다. 리체티는 단호한 자세로 다음과 같은 반대 주장들을 무시해 버렸다. (1) 그 탐험은 할 만한 가치가 없다는 사실. (2) 그 곳에서는 차를 빌릴 수 없으므로 결코 탐험을 하지 못할 것이라는 사실. (3) 그 탐험을 하기 위한 차를 구할 수 없다는 사실. (4) 차 값이 엄청나게 비싸다는 사실. 즉, 그는 (1)의 항목에는 코웃음 쳤으며, (2)의 항목에는 믿을 수 없다고 말했으며, (3)의 항목에 대해서는 자기 자신이 차를 구해 보겠다고 했고, (4)의 항목에 대해서는 아랍어를 능숙하게 구사하니까 흥정을 하면 된다고 주장했던 것이다. 그리고는 마침내 그는 떠났다—. 그는 아무도 모르게 슬그머니 출발했는데, 그것은 그 사실을 알면 다른 승객들도 정해진 관광 코스 대신에 옆길로 새어 나갈 우려가 있기 때문이었다.

「페이?」

앨러튼 부인은 한쪽으로 고개를 갸우뚱하면서 대답을 생각했다.

「글쎄요, 그건 스코틀랜드어가 분명해요. 그 의미는 재난이 닥치기 전의 어떤 흥분된 행복감 같은 거죠. 하지만, 한 마디로 설명하기는 힘들군요.」

그녀는 거기에 대해 아주 자세히 설명해 주었다. 포와로는 주의 깊게 귀를 기울였다.

「감사합니다, 부인. 이제는 알겠습니다. 어제 부인이 그 말을 하신 뒤로―도일 부인이 아슬아슬하게 죽음을 모면하다니 참 야릇한 일이죠.」

앨러튼 부인은 조금 오싹했다.

「정말 아슬아슬했지요. 당신은 저 새카만 아이들이 장난으로 돌을 굴려 떨어뜨린 거라고 생각하시나요? 어느 곳에서나 아이들이란 으레 그런 짓을 하곤 하지요―. 정말로 아무런 악의 없이 그저 장난으로 말이에요.」

포와로는 어깨를 으쓱했다. 「그럴지도 모르죠, 부인.」

그는 화제를 바꾸어서 마조르카에 대해서 이야기했으며, 앞으로 그 곳에 가게 될지도 모른다고 하면서 거기에 대해 여러 질문을 했다.

앨러튼 부인은 이 땅딸막한 남자가 점점 좋아졌다. 물론 그러한 감정에는 부분적으로 반발하는 듯한 기분이 섞여 있었다. 팀은, 그녀가 느끼는 바에 의하면 에르큘 포와로를 '갑자기 신수가 좋아진 형편없는 인간'으로 확신하고 있었으며, 어머니가 포와로와 가까워지는 것을 말리고 있었다. 그렇지만 그녀는 포와로를 결코 형편없는 인간으로 여기지 않았다. 왜냐하면, 그녀는 아들의 편견은 단지 포와로의 색다르고 이국적인 옷차림 때문에 비롯된 것이라고 굳게 믿고 있었기 때문이다. 그녀는 그가 매우 지성적이며 낙천적인 사람이라는 것을 알게 되었다. 뿐만 아니라, 그는 마음이 잘 통하는 사람이기도 했다. 언젠가는 그에 대한 신뢰감으로 조안나 사우스우드에 대한 자신의 혐오감을 털어놓았다. 그녀는 그러한 감정을 털어놓으면서도 왠지 무척 편안한 기분이 들었다. 아니, 사실 털어놓아서는 안 될 이유도 없었다. 그는 조안나를 모르고 있다. 그리고 앞으로도 그녀와 만나게 될 일이 결코 없을 테니까. 그러니, 그녀가 끊임없이 자신을 괴롭히고 시샘하는 무거운 생각의 짐을 풀어놓는다고 해서 무슨 큰 허물이야 되랴.

한편, 바로 그 때 팀과 로잘리 오터번은 그녀에 대해서 이야기하고 있었다. 팀은 자신의 불운함을 반쯤 농담조로 저주하듯이 말했다. 정말 감상적이 될 만큼 허약하지는 않지만, 자기가 원하는 대로 인생을 이끌어 나가기에는 약해 빠진 그의 건강, 너무 돈이 없다는 사실, 적성에 맞는 직업이 없다는 것 등이 그 내용이었다.

「철저하게 열의가 없는 사람, 무기력한 존재죠.」 하고 그는 불만스럽다는 듯이 말을 맺었다.

로잘리가 대꾸했다.

「하지만, 당신은 많은 사람들이 부러워할 만한 굉장한 것을 가지고 있어요.」

「그게 뭐죠?」

「당신 어머니.」

팀은 깜짝 놀라면서도 동시에 즐거운 기분이었다.

「어머니? 예, 물론 우리 어머니는 아주 특별한 분이시죠. 그렇게 생각해 주니 무척 고맙습니다.」

「저는 그 분이 무척 놀라운 분이라고 생각해요. 그렇게 아름다운 데다가 침착하신 모습이라니—그 어느 것도 결코 그 모습을 흔들어 놓지 못할 거예요. 게다가, 유머러스한 성격까지 가지고 계시니 ……」

로잘리는 진지한 표정으로 약간 더듬거리며 말했다.

팀은 갑자기 이 처녀에 대해서 따뜻한 마음이 생기는 것을 느꼈다. 그래서, 그는 그와 똑같은 칭찬의 말을 그녀의 어머니에게도 해 주고 싶은 심정이었다. 하지만, 유감스럽게도 오터번 부인은 그가 아는 한, 세상에서 가장 귀찮은 존재였다. 그래서, 똑같은 칭찬을 해 줄 수 없다는 사실에 팀은 무척 당황했다.

밴 슈일러는 작은 증기선에 남아 있었다. 그녀는 낙타를 타거나, 또는 걸어서 어디를 올라간다던가 하는 모험을 할 수 없었다. 그녀는 기운찬 목소리로 말했다.

「바우즈 양, 함께 있자고 해서 미안해요. 원래 당신을 보내고 코닐리어를 여기 남게 하려고 생각했었지만, 젊은 애들이란 이기적이라서요. 그 애는 글쎄 내게 한 마디도 없이 쏜살같이 달아나 버리지 않겠어요. 그리고, 나는 그 애가 불쾌하고 못된 젊은 남자—퍼거슨이라는 사람 말예요—그 남자에게 말을 거는 것을 보았지요. 그 애에게 무척 실망했어요. 그 애는 도대체 사교적인 감각이 전혀 없다니까요.」

바워즈는 언제나와 마찬가지로 무감각하게 대답했다.

「그건 아무래도 괜찮아요, 밴 슈일러 양. 저기 걸어 올라가려면 무척 더울 테니까요. 그리고, 낙타를 타고 간다는 것도 별로 내키지 않아요. 게다가, 혹시 벼룩이라도 있을지 누가 알아요?」

이렇게 말하면서 그녀는 안경을 다시 고쳐 쓰고는, 언덕을 내려가고 있는 일행을 쳐다보면서 한 마디했다.

「롭슨 양은 이제 그 젊은이와는 이야기하지 않는군요. 그 대신 베스너 박사와 함께 있어요.」

이 말에 밴 슈일러는 투덜투덜 불평하였다. 그녀는 베스너 박사가 체코슬로바키아에 커다란 병원을 가지고 있으며, 또한 내과 의사로서 명성이 온 유럽에 자자하다는 사실을 알게 된 뒤로 그에 대한 태도가 갑자기 관대해졌다. 어쩌면 이 여행이 끝나기 전에 그의 치료를 받아야 할 일이 생길지도 모른다고 생각했기 때문일까?

일행이 카나크 호로 돌아왔을 때, 리넷은 놀란 소리로 외쳤다.

「내게 전보가 왔네!」

그녀는 재빨리 그것을 꺼내어 겉봉을 뜯고 열어 보았다.

「아니— 이해할 수가 없어—. 감자, 근대의 뿌리— 이게 무슨 뜻이죠, 시몬?」

시몬이 그녀의 어깨 너머로 들여다보려고 할 때 격분한 목소리가 들려 왔다.

「실례합니다, 그 전보는 내게 온 겁니다.」 하고 말하면서 리체티는 그녀의 손에서 전보를 거칠게 낚아챘다. 그러면서, 그는 몹시 화가 나서 그녀를 노려보았다.

리넷은 깜짝 놀라서 멍하니 그를 바라보고 있다가 겉봉을 다시 뒤집어 보았다.

「오, 시몬, 저는 정말 멍청이예요! 리체티라고 쓰여 있는데―리지웨이가 아니라―그리고, 물론 지금 제 이름은 리지웨이도 아닌데 말이에요. 사과해야겠어요.」

그녀는 그 작달막한 고고학자의 뒤를 좇아 선미까지 따라갔다.

「정말 죄송해요, 리체티 씨. 당신도 아시겠지만, 결혼 전의 제 이름이 바로 리지웨이였거든요. 더구나, 제가 결혼한 지가 얼마 되지 않아서요. 그래서―」

그녀는 말을 멈췄다. 그녀의 얼굴에는 미소가 가득했으며, 그 미소는 젊은 신부의 실수를 가볍게 웃어 넘겨 달라고 말하는 듯했다.

그렇지만, 리체티는 절대 유쾌하지 못했다. 빅토리아 여왕일지라도 그녀에게 그처럼 모질게 비난할 수는 없었을 것이다.

「먼저 이름을 주의 깊게 읽어야지요. 이런 일에 실수했다는 것은 전혀 변명이 되지 않습니다!」

리넷은 입술을 꼭 깨물었다. 그리고, 그녀의 얼굴은 새빨갛게 달아올랐다. 그녀는 자신의 사과가 이런 식으로 받아들여지는 것에 익숙하지 않았던 것이다. 그녀는 홱 등을 돌려 시몬에게 가서 몹시 화가 난 목소리로 말했다.

「이탈리아 사람들은 다 저렇게 심통이 사납다니까요!」

「신경쓰지 말아요, 여보. 자, 당신 마음에 든다는 그 상아색 악어 가죽이나 보러 갑시다.」

그들은 함께 육지로 내려갔다.

도일 부부가 선착장으로 걸어 올라가는 것을 바라보고 있던 포와로는 누군가가 깊이 숨을 들이마시는 소리를 들었다. 고개를 급히 돌리자, 그의 옆에 재클린 드벨포가 서 있었다. 그녀는 두 손으로 난간을 꼭 움켜쥐고 있었다. 그런데 그녀가 얼굴을 그에게 돌린 순간, 그는 거의 소스라칠 뻔했다. 그 표정은 쾌활하지도, 악의가 깃들지도 않았기 때문이다. 그녀는 내부에서 타오르고 있는 불꽃에 의해서 제정신이 아닌 듯이 보였다.

「저 사람들은 저에게 더 이상 신경을 쓰지 않아요.」

그녀의 말은 나직하고도 빨랐다.

「이제 그들은 제가 닿을 수 없는 곳에 있어요. 더 이상 그들에게 다가갈 수가 없어요. 그들은 이제 제가 여기에 있건 말건 아무 상관도 안 하는 눈치예요……. 저는 더 이상— 더 이상 그들을 괴롭힐 수가 없어요…….」

난간을 잡은 그녀의 두 손이 부들부들 떨렸다.

「마드모아젤—」

그녀는 말을 가로막았다.

「오, 이제는 너무 늦었어요—. 경고를 하기에는 너무 늦어 버렸다고요……. 당신 말이 옳았어요. 저는 여기에 오지 말았어야 했어요. 이 여행에 와서는 안 되는 거였어요. 뭐라고 할까요? 영혼의 여행이라고나 할까요? 하지만, 저는 돌아갈 수가 없어요. 그저 계속해서 앞으로 나아갈 뿐이죠. 그래요, 저는 계속 나아갈 거예요. 그 두 사람이 행복을 누리면서 지낼 수 없도록 하겠어요. 절대로 그럴 수는 없을 거예요! 언제고 저는 그를 죽여 버릴 거예요…….」

그리고 나서, 그녀는 갑자기 돌아서서 가 버렸다. 포와로가 그녀의 뒷모습을 바라보고 있는데 어깨 위에 손 하나가 놓여지는 것을 느꼈다.

「당신 여자 친구가 약간 화가 난 모양이로군요, 포와로 씨.」

포와로는 고개를 돌렸다. 그는 깜짝 놀라 옛 친구를 쳐다보았다.

「레이스 대령!」

햇빛에 그을린 얼굴의 키 큰 남자가 미소를 지었다.

「좀 놀랐습니까?」

에르큘 포와로는 1년 전에 우연히 런던에서 레이스 대령을 알게 되었다. 그들 두 사람은 어떤 기묘한 저녁 파티에 초대받았었다. 그런데, 그 저녁 파티는 집 주인인 그 이상한 남자의 죽음으로 끝났었다.

포와로는 레이스 대령이 여기저기 아무 예고 없이 불쑥 나타나는 사람이라는 것을 알고 있었다. 그는 문제가 끊임없이 발생하는 대영제국의 식민지에는 으레 모습을 드러내곤 했다.

「여기 왜디핼퍼에도 나타나셨군요.」 하고 그는 정중하게 말했다.

「나는 이 배에 타고 있습니다.」

「무슨 뜻입니까?」

「함께 쉘랄로 돌아갈 거란 뜻입니다.」

에르큘 포와로는 눈썹을 치켜 세웠다.

「거참, 대단히 재미있겠군. 자, 우리 한 잔 하지 않겠습니까?」

그들은 전망실로 들어갔는데, 그 곳은 텅 비어 있었다. 포와로는 대령을 위해서 위스키 한 잔과 오렌지에이드를 더블로 주문했다.

「우리와 함께 돌아간다는 겁니까?」 하고 포와로가 말했다.

「정부에서 내주는 증기선을 타고 가면 더 빨리 갈 수 있지 않습니까? 그건 쉬지 않고 계속해서 달릴 텐데 말이오.」

그의 말에 레이스 대령의 얼굴은 감탄하는 기색이 넘실거렸다.

「당신은 정말 늘 핵심을 정확히 찌르는군요……, 포와로 씨.」 하고 그는 유쾌하게 말했다.

「그렇다면, 승객들 때문입니까?」

「승객들 중 어느 한 사람 때문이지요.」

「그게 누군지 궁금한데요?」 하고 에르큘 포와로는 슬쩍 물어 보았다.

「불행하게도 나는 모릅니다.」 레이스 대령이 씁쓸하게 말했다.

포와로는 흥미 진진한 듯한 표정이었다.

레이스 대령은 계속 말을 이어나갔다.

「오, 당신에게까지 숨길 필요는 없겠지요. 사실 굉장히 골치 아픈 일이 있었습니다. 정말 골치를 무척 썩였지요. 그런데, 우리가 추적하는 것은 앞에 나서서 폭도를 선도하는 녀석들이 아니라, 뒤에 교묘히 몸을 숨기고 사건을 조종하는 녀석들입니다. 그 녀석들은 모두 3명인데, 그 중에서 한 명은 이미 사살되었고, 또 한 녀석은 감옥에 들어가 있습니다. 우리는 그 나머지 한 명을 찾고 있는 중이지요. 그 녀석은 5~6차례의 살인을 눈도 깜빡하지 않고 해치운 무서운 놈이랍니다. 게다가, 어떤 선동가보다도 교묘한 놈입니다……. 바로 그 녀석이 이 배에 타고 있지요. 우리에게 입수된 어떤 편지 내용으로 그 사실을 알아냈지요. 암호를 해독해 본 결과 'X가 2월 7일에서 13일에 걸쳐 카나크 호로 여행할 것'이라는 사실이 밝혀졌습니다. 하지만, X가 과연 어떤 가명을 쓸 것인지에 대해서는 전혀 알 수가 없습니다.」

「그의 인상 착의는 알고 있습니까?」

「전혀 모릅니다. 미국인과 아일랜드인과 프랑스인의 피가 섞였다고 하는데…… 굉장한 혼혈입니다. 그렇지만, 이런 사실이 전혀 도움이 되지 않는군요. 혹시 무슨 좋은 생각이 없겠습니까?」

「좋은 생각이라— 한번 생각해 보도록 하지요.」

포와로는 생각에 잠긴 채 말했다. 서로 너무나 상대를 잘 알고 있는 처지였기 때문에 레이스 대령은 더 이상 그를 들볶지 않았다. 에르퀼 포와로는 분명히 확신이 서지 않는 한 결코 말하지 않는다는 사실을 너무나도 잘 알고 있었기 때문이다. 포와로는 콧잔등을 비비고 나서 기분 나쁜 듯이 말했다.

「이 배에는 나를 몹시 심란하게 만드는 것이 있긴 하지요.」

레이스 대령은 의아하다는 눈길로 그를 쳐다보았다.

「자, 한번 생각해 보십시오. B라는 사람에게 몹시 잘못한 A라는 사람이 있습니다. 그리고 B라는 사람은 그 보복을 하려고 합니다. B는 협박을 하고 있지요.」

「그럼, A와 B가 모두 이 배에 타고 있다는 말입니까?」
「그렇습니다.」
「B는 여자겠지요?」
「맞습니다.」
레이스 대령은 담배에 불을 붙였다.
「나 같으면 그런 일에 더 이상 걱정하지 않겠습니다. 무슨 일을 하겠다고 떠들고 다니는 사람들은 대부분 그 일을 실천에 옮기지 않으니까요.」
「그리고, 여자는 특히 더 그렇다고 말하려는 거겠지요? 하긴 틀린 말은 아닙니다.」 그렇지만, 포와로의 얼굴에는 여전히 침통한 표정이 드리워져 있었다.
「무슨 다른 일이라도 있습니까?」 레이스 대령이 물었다.
「흠, 어제 하마터면 A가 죽을 뻔했습니다. 그야말로 아슬아슬한 순간에 목숨을 건졌지요. 상황으로 보아, 우연한 사고라고 할 수도 있겠지만—」
「B가 한 짓이라고 생각합니까?」
「아니, 문제는 바로 그 점인데—B는 그 일과는 아무 관계도 없는 것 같아서 말이오..」
「그럼, 틀림없이 우연이겠군요.」
「그렇게 생각할 수밖에 없겠지요······. 지만, 그 우연이 왠지 마음에 걸립니다.」
「당신은 그 일에 B가 전혀 개입되지 않았다고 확신할 수 있습니까?」
「확신합니다.」
「그래요? 물론 우연의 일치라는 것이 생길 수도 있겠지요. 그런데, A는 어떤 사람입니까? 유별나게 불쾌한 사람인가 보지요?」
「아니, 그와 정반대입니다. A는 매력적이고 돈도 많은 데다가 아름다운 젊은 여자라오..」

레이스 대령은 빙그레 웃었다.

「마치 단편 소설 같군요.」

「그렇기도 하겠군요. 하지만, 당신에게 분명히 말해 두지만— 나는 왠지 기분이 좋지 않습니다. 만일, 내 육감이 맞는다면— 하긴 언제나 내 육감이 들어맞긴 했지만 말이오…….」

이런 판에 박힌 듯한 말에 레이스 대령은 빙그레 미소를 지었다.

「보통 복잡한 일이 아닙니다. 그런데, 당신이 또 골치 아픈 문제를 들고 왔으니, 그래, 당신 말은 이 배에 그 선동가가 타고 있다는 겁니까?」

「그렇지만, 그 녀석은 아름다운 여자를 죽인 적은 없으니 걱정 마십시오.」

하지만, 포와로는 불만스러운 태도로 고개를 흔들었다.

「정말 걱정입니다. 오늘 나는 그 부인, 즉 도일 부인에게 남편과 함께 카르툼으로 가라고 충고했습니다. 이 배로 돌아가지 말고 말입니다. 그런데, 그들은 도무지 내 말을 따르려고 하지 않아요. 지금 나는 제발 쉘랄까지 아무 사고 없이 도착하게 해 달라고 빌고 싶은 심정이랍니다.」

「너무 비관적으로 생각하는 것 같군요.」

포와로는 머리를 흔들었다.

「나는 두렵습니다.」 하고 그는 솔직하게 말했다.

「그래— 나, 이 에르큘 포와로는 정말 두렵단 말이오…….」

11

코닐리어 롭슨은 아부심벨 신전 안에 서 있었다. 다음 날 저녁때의 일이다— 무덥고 정적에 싸인 저녁이었다. 카나크 호는 승객들이 한 번 더 신전을 구경할 수 있도록 아부심벨에 정박했다. 그런데, 이번에는 불이 켜져 있었기 때문에 저번과는 경치가 현저히 다르게 보였다. 코닐리어는 감탄해 마지않는 말투로 옆에 서 있는 퍼거슨에게 외치듯이 말했다.

「어쩜, 이번에는 정말 훨씬 잘 보이는군요! 그 왕에 의해서 목이 잘렸다는 적병들의 모습이— 바로 저기에 뚜렷하게 보이는군요. 베스너 박사님이 여기 계셨더라면 좋았을 텐데…… 그럼 아주 잘 설명해 주셨을 텐데……」

「당신은 어떻게 그런 역겨운 영감을 좋아하지요?」 퍼거슨은 침울하게 말했다.

「어머나, 그 분은 제가 만난 분들 중에서 가장 친절하신 분이에요.」

「흥, 따분하기 짝이 없는 노인이지요.」

「그런 식으로 말씀하시는 게 아니에요.」

그러자, 갑자기 그 젊은이는 코닐리어의 팔을 움켜잡았다. 그들 두 사람은 신전에서 나와 달빛이 비치는 곳으로 걸어 나갔다.

「당신은 어째서 그 뚱뚱한 노인과 따분하게 상대를 하고, 또 그 심통스러운 여자에게 들볶이면서 지내야 하는 거죠?」

「어쩌면 그렇게— 퍼거슨 씨!」

「당신에게는 생각도 없단 말이오? 당신도 그 늙은 여자와 똑같은 사람이오..」

「하지만, 저는 그렇지 않아요.」

코닐리어는 진심으로 그런 생각을 하는 듯했다.

「그만큼 부자는 아니라는 거군요. 바로 그 뜻이겠지요?」

「아니에요. 그런 것이 아니에요. 메리 아주머니는 대단히, 정말 대단히 교양 있는 분인걸요. 게다가……」

「교양 있다고……!」

퍼거슨은 그 때까지 잡고 있던 코닐리어의 팔을 갑자기 놓아 버렸다. 「그런 말은 정말 역겨워.」

코닐리어는 깜짝 놀라서 그를 쳐다보았다.

「그 여자는 당신이 나하고 이야기하는 것을 싫어하지요?」

코닐리어는 얼굴을 붉히면서 다소 당황한 모습이었다.

「왜 그럴까요? 그건 바로 내가 자기보다 사회적인 신분이 낮다는 것 때문이지요. 당신은 이런 사실에 화도 나지 않는단 말이오?」

코닐리어는 더듬거리며 말했다.

「모든 것에 대해서 너무 화내지 않았으면 좋겠어요.」

「당신은 이 사실을 모른다는 말이오? 당신은 분명히 미국인이고— 사람은 누구나 자유롭고 평등하게 태어난 것이라는 그 사실을 말이오?」

「그렇지 않아요.」 하고 코닐리어는 침착하면서도 확신하는 투로 말했다.

「이봐요, 당신 나라의 헌법에 그렇게 쓰여 있단 말입니다!」

「메리 아주머니는 정치가는 신사답지 못하다고 했어요.」 하고 코닐리어가 말했다.

「사람은 평등하지 않아요. 이것은 분명한 사실이에요. 평등이라니, 전혀 말도 안 돼요. 저는 제가 못생겼다는 것을 잘 알고 있어요. 전에는 그 사실 때문에 무척 속이 상했지만, 이제는 더 이상 신경쓰지 않기로 했어요. 저도 도일 부인처럼 우아하고 아름답게 태어났다면 하고 부러워하는 마음이야 있지요. 하지만, 그렇게 태어나지 못했으니 지금 와서 한탄해 보았자 소용 없는 일 아니겠어요?」

「도일 부인이라고요!」

퍼거슨은 깊은 경멸감이 담긴 목소리로 외쳤다.

「그 여자야말로 본보기로 총살당해야 할 여자요!」

코닐리어는 걱정스러운 표정으로 그를 쳐다보았다.

「당신, 속이 불편하신 모양이로군요.」 하고 그녀는 상냥하게 말했다.

「메리 아주머니가 한 번 써 본 적이 있는 특수한 펩신이 있는데

들어 보지 않겠어요?」
「당신은 참 어쩔 수가 없는 사람이군!」
이렇게 말한 뒤 퍼거슨은 휙 돌아서 어슬렁어슬렁 걸어갔다. 코닐리어는 배 쪽으로 걸어갔다. 그녀가 막 선내 통로로 올라가려고 할 때 그가 다시 쫓아와서 그녀를 붙잡았다.
「당신이야말로 이 배에서 가장 멋진 사람이오. 이건 진심이오.」
코닐리어는 기쁨으로 얼굴이 새빨개져서 전망실로 들어갔다. 밴 슈일러는 베스너 박사와 이야기하고 있었다. 그들은 베스너 박사의 훌륭한 신분의 환자들에 대해서 유쾌한 대화를 나누고 있는 중이었다.
코닐리어는 무슨 나쁜 일이라도 저지른 것처럼 머뭇거리며 말했다.
「제가 너무 오래 나가 있었나 보죠, 메리 아주머니?」
그러자, 그 나이 든 여자는 시계를 들여다보고 나서 마치 물어뜯을 듯이 말했다.
「정확히 제시간에 맞춰서 돌아올 수는 없는 거니? 그리고, 내 벨벳 목도리는 어떻게 했지?」
코닐리어는 주위를 휘둘러보았다.
「제가 선실에 가서 찾아보고 올까요, 아주머니?」
「거기에 있을 리가 없어! 저녁 식사 직후에 바로 여기에서 가지고 있었단 말이야. 그리고, 그 뒤로는 여기서 한 발자국도 나가지 않았어. 바로 저 의자 위에 있었단 말이야.」
코닐리어는 여기저기 분주히 찾아보았다.
「아무데도 없는데요, 아주머니.」
「그럴 리가 없어!」 하고 밴 슈일러가 말했다.
「다시 한 번 찾아봐!」
그건 마치 개에게 명령하는 듯한 말투였다. 그리고 코닐리어는 개처럼 순종했다. 바로 가까운 탁자에 앉아 있던 말 없는 팬솝까지 일어나서 찾는 것을 거들어 주었다. 하지만, 그 목도리는 어디에서도 발견되지 않았다.

그 날은 유별나게 무더웠기 때문에, 대부분 승객들은 신전에서 돌아오자마자 일찌감치 각자의 방으로 들어가 버렸다. 도일 부부는 페닝튼과 레이스 대령과 함께 구석 쪽 탁자에 앉아서 브리지 게임을 하고 있었다. 포와로는 문가에 있는 조그만 탁자에 앉아서 입이 찢어질 정도로 크게 하품을 하고 있었다.

밴 슈일러가 코닐리어와 바워즈를 거느리고 마치 여왕 같은 태도로 침실로 향하다가, 잠시 그의 탁자 옆에서 발을 멈추었다. 포와로는 예의바르게 벌떡 자리에서 일어나서는 터져 나오는 하품을 꾹 참았다.

밴 슈일러가 말했다.

「당신이 어떤 분이라는 것을 방금 전에 알았답니다. 제 오랜 친구인 루퍼스 밴 올딘에게서 당신에 대한 이야기를 들었지요. 언제 한번 당신의 사건 이야기를 들려 주세요.」

포와로는 졸려서 눈을 껌벅거리면서도 다소 과장된 태도로 고개를 숙여 인사했다. 밴 슈일러는 상냥하게, 하지만 동시에 거들먹거리는 태도로 고개를 끄덕이고는 지나갔다.

포와로는 다시 하품하기 시작했다. 그는 너무 졸려서 정신이 없었고, 눈도 뜨고 있지 못할 정도였다. 그는 눈을 부릅뜨고 브리지 게임을 하고 있는 사람들과, 책에 몰두하고 있는 젊은 팬숍을 바라보았다. 그들밖에는 아무도 다른 사람이 없었다.

포와로는 회전식 문을 빠져 나가서 갑판으로 나갔다. 재클린 드벨포가 황급히 갑판을 따라 걸어오다가 하마터면 그와 부딪칠 뻔했다.

「오, 죄송합니다, 마드모아젤.」

「무척 졸려 보이시는군요, 포와로 씨.」 하고 그녀가 말했다.

그는 그렇다고 솔직히 대답했다.

「그렇습니다. 너무 졸려서 몸도 제대로 가누지 못할 지경이랍니다. 눈조차 못 뜨겠어요. 몹시 답답하고 숨막힐 듯한 날씨입니다.」

「예, 그래요.」 그녀는 무엇인가를 곰곰이 생각하는 듯이 보였다.

「이대로는 도저히 견딜 수 없는— 마치 무슨 일인가 일어날 것 같은 날이에요…….」

이렇게 말하는 목소리는 나지막했지만 힘이 들어가 있었다. 재키는 포와로를 쳐다보지 않고 모래가 깔린 강가를 바라보았다. 그녀는 두 손을 꽉 단단하게 맞붙잡고 있었다……

그리고 갑자기 긴장이 풀린 듯한 목소리로 그녀가 말했다.
「안녕히 주무세요, 포와로 씨.」
「안녕히 주무십시오, 마드모아젤.」

아주 짧은 순간이었지만, 재키의 눈이 그와 마주쳤다. 다음 날 이 순간을 기억해 낸 포와로는 그 눈이 뭔가를 호소하고 있었다는 사실을 알아차리게 되었다. 그는 그 뒤로 이 순간을 자주 떠올리지 않을 수 없었던 것이다…….

그런 다음 그는 자기 선실로, 그리고 재클린 드벨포는 전망실로 각기 걸어갔다.

밴 슈일러의 심부름을 끝마친 코닐리어는 수놓는 재료들을 들고서 다시 전망실로 돌아갔다. 그녀는 전혀 졸립지 않았고, 오히려 더욱 정신이 맑아지면서 약간 흥분된 것 같았다.

브리지를 하고 있던 네 사람은 여전히 게임을 계속하고 있었다. 다른 의자에는 팬솝이 말없이 앉아서 책을 읽고 있었다. 자리에 앉은 코닐리어는 수를 놓기 시작했다.

그 때, 갑자기 문이 열리고 재클린 드벨포가 들어왔다. 그녀는 잠시 고개를 뒤로 젖힌 채 문가에 서 있었다. 그런 다음 곧 벨을 누르고서 코닐리어 쪽으로 천천히 다가와서는 자리에 앉았다.
「육지에 내렸었나요?」
재클린이 코닐리어에게 물었다.
「예, 달빛이 비추고 있어서 얼마나 환상적이었는지 몰라요.」
재클린은 그 말에 고개를 끄덕였다.

「그래요, 아름다운 밤이죠……. 정말 신혼 여행에 알맞은 밤이죠.」
 재클린의 시선은 브리지 게임에 열중하고 있는 사람들에게로 옮겨 갔다. 그리고는, 한동안 리넷 도일에게 그 시선이 고정되었다.
 이 때, 재클린의 벨 소리를 듣고 웨이터가 나타났다. 재클린은 진을 더블로 한 잔 주문했다.
 그 순간 시몬 도일이 그녀를 힐끔 쳐다보았는데, 그의 시선에는 뭔가 불안한 듯한 기색이 서려 있었다. 리넷이 시몬에게 빨리 하라고 재촉했다.
「시몬, 어서 하세요. 당신 차례예요.」
 재클린이 나지막이 콧노래를 흥얼거리고 있었다. 주문한 진이 도착하자 그녀는 잔을 들어 올려 「자, 범죄를 위해서.」 하고 말하고는 한꺼번에 다 들이킨 다음, 다시 한 잔을 주문했다.
 브리지 게임을 하던 시몬이 또다시 재클린을 흘끔 쳐다보았다. 그는 게임이 아니라, 다른 곳에 정신을 쏟고 있는 것 같았다. 그러자, 페닝튼이 그를 나무랐다.
 재클린은 다시 콧노래를 시작했다. 처음 시작할 때는 나지막한 목소리였지만, 점차 그녀의 목소리는 커져 갔다.
「그는 그녀의 애인이었지. 그런데, 그 남자는 그녀를 배신했어요.」
「아, 죄송합니다.」 하고 시몬이 페닝튼에게 사과했다.
「카드를 잘못 내다니, 내가 정말 정신이 없군요. 어쨌든 이렇게 되었으니 이제는 마지막 3회전까지 계속해야겠군요.」
 리넷이 자리에서 일어섰다.
「이젠 졸려요. 저는 자러 가야겠어요.」
「흠, 정말 잘 시간이로군.」 하고 레이스 대령이 말했다.
「오, 벌써 그렇게 되었군요.」 하고 페닝튼이 맞장구쳤다.
「시몬, 당신은 안 가요?」
 시몬은 느릿느릿한 말투로 대답했다.
「조금만 더 있다가 가지. 그리고, 그 전에 한 잔 해야겠어.」

리넷은 그 말에 고개를 끄덕이고는 밖으로 나갔다. 곧이어 레이스 대령이 나갔으며, 페닝튼도 한 잔 든 다음 역시 방을 나갔다. 그리고, 코닐리어도 수놓고 있던 것들을 걷으면서 나갈 준비를 하고 있었다. 그러자, 재클린이 그녀에게 말했다.

「가지 말아요. 제발 나와 함께 있어 주세요. 오늘 밤만큼은 밤새도록 술을 마시고 싶어요. 제발 나를 혼자 내버려 두지 마세요.」

코닐리어는 다시 자리에 앉았다.

「우리 같은 여자들끼리는 서로 함께 있어야 해요.」 하고 재클린이 말했다.

그녀는 고개를 뒤로 젖히면서 웃음을 터뜨렸지만, 그 웃음소리는 결코 즐거운 것이 아니라 날카롭고 섬뜩한 것이었다. 곧 다시 주문했던 술이 도착했다.

「한 잔 드세요.」 하고 재클린이 코닐리어에게 권했다. 하지만, 코닐리어는 사양하면서 말했다.

「아니, 고맙습니다만 생각이 없어요.」

재클린은 의자에 기대어 앉은 자세로 다시 콧노래를 흥얼거렸다. 이번 목소리는 한층 더 높았다.

「그는 그녀의 애인이었지. 그런데, 그 남자는 그녀를 배신했어요…….」

팬숍은 '내부에서 바라본 유럽'이라는 책을 넘기고 있었다. 시몬 도일은 잡지 한 권을 집어 들었다.

「정말, 이제는 자러 가야겠어요.」 하고 코닐리어가 말했다.

「시간이 너무 늦었어요.」

「당신은 아직 자러 갈 수 없어요.」 재클린이 험악하게 말했다.

「이건 명령이에요. 당신 자신에 대한 이야기를 좀 들려 줘요.」

「글쎄요— 나는 모르겠어요. 별로 이야기할 만한 것도 없고요.」 하고 코닐리어가 머뭇거리면서 말했다.

「나는 그저 집 안에만 처박혀서 지내 왔거든요. 게다가, 별로 돌아다녀 본 데도 없고요. 이게 첫번째 유럽 나들이예요. 나는 정말 순간 순간이 즐겁답니다.」
　그러자 재클린이 웃었다.
「당신은 정말 행복을 느끼며 살 줄 아는 사람이로군요. 나도 당신처럼 살고 싶어요.」
「어머, 정말이에요? 그렇지만, 내가 생각하기에는―」 하고 코닐리어는 머뭇거리며 말했다.
　확실히 재클린 드벨포는 너무 술을 많이 마셨다. 하지만 코닐리어가 이상하게 느낀 것은 단지 술 때문만이 아니었다. 재클린은 코닐리어에게 말을 걸면서 그녀를 쳐다보고 있었지만, 어쩐지 그녀 아닌 다른 사람에게 말하는 듯한 느낌이었다. 그러나, 그 곳에는 팬숍과 도일 두 사람밖엔 아무도 없었다. 팬숍은 책에 무척 열중해 있었으며, 도일은 뭔가 이상하리만큼 심각한 표정을 하고 있었다…….
　재클린이 다시 말했다.
「당신에 대한 이야기를 들려 주세요.」
　코닐리어는 부탁을 거절하지 못하는 성격이라서 자기의 이야기를 하기 시작했다. 그녀는 일상적인 하찮은 이야기까지 들려 주었다. 하지만, 코닐리어는 언제나 듣는 입장이었기 때문에 말하는 데는 결코 익숙하지 못했다. 그런데도, 재클린은 여전히 듣고 싶어하는 표정이었다. 코닐리어가 잠시 주춤하는 듯하면, 그녀는 계속해 달라고 재촉했다.
「어서 계속해요.」
　그러한 재클린의 말에 코닐리어는 어쩔 수 없이 이야기를 이어 나갔다.
「물론 아주머니는 무척 까다로운 점이 있지요―. 어떤 날에는 곡식 밖에는 아무것도 입에 대지 않으실 때도 있으니까요.」
　하지만, 갑자기 그녀는 자신의 이야기가 몹시 따분한 것이라서 상대방이 그저 재미있는 체하고 있는지도 모른다는 사실을 느끼기 시작했다. 정말 내 이야기에 재미있어하는 것일까? 혹시 어떤 다른 것에 귀를 기울이고 있는 것은 아닐까— 하는 생각들이 코닐리어의 머릿속을 스쳤다. 물론 그녀는 코닐리어를 쳐다보고 있었다. 하지만, 그 방에는 다른 사람이 없었다.

「그리고, 우리는 물론 좋은 미술 강좌에도 참석해요. 게다가, 지난 겨울에는—」

'지금 몇 시쯤 되었을까? 분명히 시간이 꽤 되었을 텐데. 제법 오랫동안 이야기를 했으니 말이야. 차라리 무슨 일이라도 일어났으면 좋겠어.' 하고 그녀는 생각했다.

그런데 너무나도 금방, 마치 코닐리어의 소망에 화답이라도 하듯이 일이 터지고 말았다. 그 일은 너무 자연스럽게 벌어졌다.

재클린이 고개를 돌리고 시몬 도일에게 말을 건넸다.

「벨을 울려요, 시몬. 한 잔 더 마셔야겠어요.」

시몬 도일은 읽고 있던 잡지 너머로 그녀를 쳐다보면서 조용한 어조로 말했다.

「재키, 당신은 너무 많이 마셨어.」

그녀는 그에게로 홱 몸을 돌렸다.

「당신이 상관할 바가 아니잖아요?」

그는 이 말에 어깨를 한 번 으쓱하면서 말했다.

「물론 내가 상관할 일이 아니지.」

그녀는 그를 잠깐 지켜보았다. 그리고 나서는 이렇게 말했다.

「왜요, 시몬? 겁이 나나요?」

시몬은 대답하지 않았다. 다소 힘겨운 태도로 그는 다시 잡지를 집어 들었다.

코닐리어가 중얼거렸다.

「오, 내 정신 좀 봐— 이렇게 늦게까지 있었다니— 이젠 정말 가야겠어요—.」

그런 다음 그녀는 주섬주섬 수놓던 것들을 치우다가 그만 골무를 떨어뜨렸다……

재클린이 말했다.

「제발 가지 말아요. 누군가 여자분이 여기에 계셔야 해요—. 나를 위로해 줄 사람 말예요. 그런데, 당신은 혹시 저기 앉아 있는 시몬이 도대체 왜 겁을 먹고 있는지 아세요? 저 사람은 내가 행여나 당신에게 내 이야기를 하지나 않을까 해서 저렇게 두려워하고 있는 거랍니다.」 하고 말하면서 그녀는 다시 웃음을 터뜨렸다.

「어머—그래요?」 하고 코닐리어는 짤막하게 대꾸했다.

「당신, 혹시 아세요? 저 남자와 나는 약혼한 사이였답니다.」 하고 재클린이 도전적으로 말했다.

「어머, 그게 정말이에요?」

그 순간 코닐리어의 가슴 속에는 모순되는 두 가지 감정이 강렬하게 일어났다. 몹시 당황하면서도, 동시에 짜릿한 통쾌함을 느낀 것이다. 시몬 도일의 얼굴이 어쩜 저렇게도 뻔뻔스러워 보일까!

「그래요, 무척 슬픈 이야기랍니다.」 하고 재클린이 말했다. 그녀의 부드러운 목소리는 나지막하면서도 조롱하는 듯이 들렸다.

「저 사람은 몹쓸 짓을 했다고요. 안 그래요, 시몬?」

시몬 도일이 거칠게 대꾸했다.

「가서 자, 재키. 당신은 지금 취해서 정신이 없군.」

「흠, 거북하다면 당신이나 나가시라고요.」

시몬 도일은 재클린을 빤히 쳐다보았다. 잡지를 쥐고 있는 그의 손이 부들부들 떨렸지만, 그는 그저 퉁명스럽게 한마디 내뱉고 말았다.

「나는 여기 그대로 있을 거요.」

코닐리어는 다시 나직한 목소리로 중얼거렸다. 이번에는 세 번씩이나 되풀이했다.

「나는 이제 정말 가야…… 시간이 너무 늦어서요…….」

「가면 안 돼요, 제발.」 재클린은 이렇게 말하면서 코닐리어의 의자를 붙잡았다.

「자, 제발 이 의자에 앉아서 내 이야기를 좀 들어 줘요.」
「재키, 도대체 그게 무슨 흉한 꼴이야. 제발 가서 자도록 해요.」
 이 말에 재클린은 갑자기 의자에서 벌떡 일어나더니, 격분하여 마구 떨면서 성난 파도처럼 말들을 쏟아 놓는 것이었다.
「그래요, 당신은 쇼가 벌어질까 봐 겁이 나는 거지요? 그 빌어먹을 영국인 근성 때문이겠지요. 나에게 바보처럼 굴지 말라고요? 그렇지만, 나는 꼴이 사납든 말든 전혀 상관이 없어요. 거북하다면, 어서 당신이나 여기서 나가 버리시지 그래요? 나는 여기 남아서 마음이 후련해질 때까지 계속 떠들어 댈 테니까.」
 짐 팬숍은 조용히 책을 덮고는 하품을 했다. 그리고 나서 시계를 흘끔 쳐다본 다음, 자리에서 일어나 밖으로 나갔다. 그러한 그의 태도는 대단히 영국인답기는 했지만, 동시에 몹시 어색해 보였다. 재클린은 의자에서 몸을 홱 돌려서 시몬을 뚫어지게 쏘아보았다.
「당신은 정말 어처구니없는 사람이에요. 그래, 내게 그토록 몹쓸 짓을 해 놓고 나서도 편안할 거라고 생각하셨나요?」 하고 말하는 재클린의 말은 분명하게 들리지는 않았다.
 시몬 도일은 곧 입을 벌리고는 무슨 말인가 할 듯했지만, 이내 다시 침묵을 지켰다. 시몬은 차라리 아무 말도 하지 않는 편이 재클린을 덜 화나게 할 것이라고 생각했는지, 아무 대꾸도 하지 않은 채 조용히 앉아만 있었다.
 재클린의 목소리는 흥분으로 인해서 분명하게 들리지 않았다. 언제나 자신의 감정을 안으로만 삭이고 있던 코닐리어는 재클린의 이런 격렬한 태도에 충격을 받은 듯했다.
「언젠가 내가 분명히 말했지요. 당신을 다른 여자에게 보낼 바에는 차라리 죽여 버리고 말겠다고 하지 않았던가요? 그 때는 그 말이 설마 진심이 아닐 거라고 생각했겠지요? 만일, 그렇게 생각하고 있다면 대단한 착각이에요. 다만 나는 때를 기다리고 있을 뿐이랍니다. 당신은 어쨌든 내 남자예요. 자, 아시겠어요? 당신은 내게서 벗어날 수 없단 말이에요.」

여전히 시몬은 침묵을 지키고 있었다. 다음 순간 재클린의 손이 한두 번 자기 무릎 위를 더듬는 듯하더니, 이내 몸을 앞으로 숙였다.

「당신을 죽이겠다고 한 것은 정말 진심이었단 말이에요…….」

다음 순간 갑자기 치켜올린 재클린의 손에는 뭔가가 번쩍이고 있었다.

「당신을 마치 개처럼 쏘아 버리고 말겠어요—. 더러운 개처럼 말이에요…….」

순간 시몬은 움찔했다. 그는 재빨리 자리에서 일어났지만, 이미 방아쇠는 당겨진 뒤였다.

시몬은 반쯤 몸을 꺾은 채 의자 위로 쓰러지고 말았다. 코닐리어는 비명을 지르면서 문 쪽으로 달려갔다. 짐 팬숍이 마침 난간에 기대어 서 있었다.

「팬숍 씨! 팬숍 씨!」

그가 코닐리어에게로 뛰어오자, 그녀는 그를 움켜잡고서 숨을 헐떡거리며 외쳤다.

「그녀가 그를 쏘았어요— 오! 하느님 맙소사! 그녀가 그를 쏘았다고요……!」

시몬 도일은 의자 위에 쓰러진 채로 꼼짝도 하지 않았다. 재클린은 마치 굳어 버린 것처럼 그대로 서 있었다. 그녀는 부들부들 떨면서 눈을 동그랗게 뜨고는 시몬의 바지에 번져 가는 새빨간 피를 뚫어지게 보았다. 총알은 무릎 바로 밑을 뚫은 듯했다. 시몬은 손수건으로 상처를 꽉 누르고 있었다…….

재클린은 더듬더듬 말했다.

「나는 정말 쏘려고 했던 게 아니었는데…… 오, 하느님! 정말 그럴 생각이……」

권총이 부들부들 떨고 있는 재클린의 손가락에서 소리를 내면서 바닥으로 굴러 떨어졌다. 그런데, 재클린이 그것을 발로 건드리는 바람에 권총은 소파 밑으로 굴러 들어가 버리고 말았다. 시몬은 기어들어가는 목소리로 중얼거렸다.

「팬숍 씨, 죄송하지만 제발— 누군가 여기로 오고 있는 것 같은데, 아무 일도 없다고 좀 말해 주세요. 다른 말로 적당히 둘러대 주십시오. 이 일 때문에 소란을 피우고 싶지 않습니다.」

팬숍은 알았다는 듯이 고개를 끄덕이고는 문 쪽으로 다가갔다. 문 앞에는 깜짝 놀란 표정을 짓고 있는 어떤 누비아인이 서 있었다. 그는 그 누비아인에게 말했다.

「괜찮아요—. 아무 일도 아니오! 그냥 장난으로 해본 거요!」

그 새카만 얼굴은 다소 미심쩍고 당황한 표정이었으나, 이내 안심하는 표정으로 바뀌었다. 그는 이를 드러내면서 싱긋 웃었다. 그리고는, 고개를 끄덕이면서 돌아갔다.

팬숍은 다시 시몬에게 돌아왔다.

「다 잘 되었습니다. 어떤 사람도 못 들었을 거요. 그냥 콜라마개 따는 듯한 소리가 났을 뿐이니까. 자, 이제 할 일은—」

이렇게 말하는 순간, 그는 깜짝 놀라고 말았다. 갑자기 재클린이 발작적으로 울음을 터뜨렸던 것이다.

「오, 하느님 맙소사! 당장 죽어 버리고 싶어요……. 나는 죽어 버리고 말겠어요. 나 같은 건 차라리 죽어 버리는 편이 나아요……. 오, 도대체 내가 이 무슨 짓이람— 도대체 이게 뭐지?」

코닐리어가 재빨리 그녀에게 다가갔다.

「쉿, 이봐요, 자, 조용히 하세요.」

시몬은 얼굴이 식은땀에 젖어 고통으로 일그러져 있으면서도 다급하게 외쳤다.

「그녀를 데리고 나가 줘요. 제발, 여기서 데리고 나가요! 그녀의 방으로 데리고 가세요, 팬숍 씨. 자, 롭슨 양은 간호사를 좀 데려다 주고요.」

시몬은 그들 두 사람에게 번갈아 가면서 부탁했다.

「그 여자를 혼자 내버려두지 말아요! 간호사에게 재키의 곁에 꼭 붙어 있으라고 하세요. 그리고 나서, 베스너 박사를 깨워서 이리로 데려다 주세요. 그리고, 제발 부탁이니 아내에게는 이 소식을 알리지 마십시오.」

짐 팬숍은 알아들었다는 듯이 고개를 끄덕였다. 그 말없는 젊은이는 이런 위급한 상황에서도 침착하게 많은 일을 잘 해내고 있었다.

재키는 팬숍과 코닐리어에게 이끌려 마구 몸부림치면서 전망실을 나와서는 그녀의 선실로 옮겨졌다. 거기서 그들은 그녀를 안정시키기 위해서 더 큰 고역을 치러야 했다. 그녀는 밖으로 뛰쳐 나가려고 몸부림을 쳤다. 게다가, 그녀의 울음소리는 더욱 거칠어졌다.

「나는 물에 뛰어들 거예요…… 물에 빠져 죽고 말겠어요……. 나는 살아 있을 만한 가치가 없는 사람이에요……! 시몬— 시몬!」

팬숍이 코닐리어에게 말했다.

「당신이 가서 바워즈 양을 데리고 오는 편이 낫겠습니다. 나는 그동안 이 여자를 지키고 있겠습니다.」

코닐리어는 고개를 끄덕이고 급히 뛰어나갔다.

그녀가 나가자 재클린은 팬숍을 꽉 움켜쥐고 외쳤다.

「그의 다리—거기서 피가 흐르고 있었어요. 뼈가 부러졌을 거예요……! 그는 피를 너무 많이 흘려서 죽을지도 몰라요. 그에게 가 봐야겠어요…… 오, 시몬— 시몬— 어떻게 내가 그이에게 그런 짓을 했을까?」

재키의 목소리가 더욱 커지자 팬숍은 그녀를 달래기 시작했다.

「자, 조용— 조용히…… 그 사람은 괜찮을 겁니다.」

그녀는 또다시 발버둥치기 시작했다.

「놔 주세요! 물에 뛰어들도록 내버려 두세요……. 죽도록 해 달란 말이에요!」

팬숍은 그녀의 어깨를 잡아서 침대에 강제로 눕혔다.

「여기 가만히 있어요. 소란 피우지 말고. 자, 좀 기운을 내요. 모두 괜찮아질 겁니다.」

　이러한 위로의 말에 그녀는 가까스로 자신을 조금이나마 억제할 수 있게 되었다. 그리고, 곧 커튼이 열리면서 그 유능한 바워즈가 코닐리어와 함께 단정한 옷차림으로 들어섰다. 비로소 그때서야 팬숍은 안도의 한숨을 쉴 수가 있었다.

　「아니, 도대체 무슨 일이지요?」 하고 그녀는 짤막하게 물었다. 그리고는 별로 놀라는 기색도 없이 일에 착수했다.

　팬숍은 흥분한 재클린을 유능한 바워즈의 손에 떠맡기고는 베스너 박사의 선실로 황급히 달려갔다. 그는 문을 노크하고 안으로 들어갔다.

　「베스너 박사님?」

　시끄럽게 울리던 코 고는 소리가 뚝 그치고 베스너 박사가 깜짝 놀란 목소리로 물었다.

　「아니, 무슨 일이오?」

　그 순간 팬숍이 불을 켰기 때문에 베스너 박사는 커다란 올빼미 같은 눈으로 그를 쳐다보면서 눈을 껌벅거렸다.

　「도일 씨 말이에요. 그가 총에 맞았습니다. 드벨포 양이 그를 쏘았답니다. 지금 전망실에 있어요. 빨리 그리로 가 주셔야겠는데요.」

　그 뚱뚱한 의사는 즉시 행동을 개시했다. 그는 몇 가지 간단한 질문을 한 다음, 실내용 슬리퍼를 신고 실내복을 입은 차림으로 필요한 도구가 들어 있는 작은 가방을 들고서 팬숍과 함께 전망실로 달려갔다.

　시몬은 가까스로 옆 창문을 열고서 머리를 기댄 채 바깥 공기를 마시고 있었다. 그의 얼굴은 마치 죽은 사람처럼 창백했다.

　베스너 박사가 그에게로 달려갔다.

　「허, 이럴 수가? 이게 어떻게 된 일이죠?」

　바닥에는 피로 범벅이 된 손수건 한 장이 뒹굴고 있었고, 카펫 위까지도 검붉은 핏자국이 얼룩져 있었다.

의사는 독일어로 불만과 놀라움을 표현하면서 그를 진찰했다.
「이것 참, 상태가 몹시 나쁘군…… 뼈가 부러졌어요. 출혈도 심하고. 팬솝 씨, 내 선실로 옮겨 가야겠소. 자— 이렇게 말이오. 도일 씨는 걸을 수가 없을 테니, 우리 둘이서 이렇게 옮깁시다.」
그들이 시몬을 들어 올리려고 할 때에 코닐리어가 문 쪽에 나타났다. 그녀를 보자 의사는 반가운 목소리로 소리쳤다.
「오, 당신이군요? 잘됐어요. 자, 어서 우리를 따라와요. 당신의 도움이 필요합니다. 당신은 아마 여기 있는 젊은 친구보다 더 잘 해낼 수 있을 거요. 팬솝 씨는 벌써 새파랗게 질린 상태이니까.」
팬솝은 이 말에 약간 어색한 듯이 미소를 지었다.
「내가 가서 바워즈 양을 데려올까요?」 하고 그가 물었다.
베스너 박사는 코닐리어를 쳐다보며 곰곰이 생각해 보다가 말했다.
「아가씨, 정말 잘 해낼 수 있겠소? 설마 기절한다든가 그러지는 않겠지?」
「선생님이 시키시는 대로 잘 할 자신이 있어요.」 하고 코닐리어는 진지하게 대답했다.
베스너 박사는 그녀의 말에 만족스럽다는 듯이 고개를 끄덕였다. 그리고, 그들 세 사람은 갑판을 따라 걸음을 옮겼다.
그 다음 10분 동안 응급 치료가 행해졌는데, 팬솝은 정말 견디기가 어려웠다. 그는 코닐리어의 용기 있는 태도에 자신의 나약함이 더욱 부끄러웠다.
「자, 이제 내가 할 수 있는 것은 다 한 셈입니다.」 하고 마침내 베스너 박사가 말했다. 「당신, 정말 잘 참았소.」 하고 그는 흐뭇한 표정으로 시몬의 어깨를 가볍게 두드려 주었다. 그리고 나서 소매를 걷어 올리고는 주사기를 꺼냈다.
「자, 이젠 잠을 좀 자도록 해 주겠소. 그런데, 부인은 어떻게 할까요?」
시몬은 가냘프게 말을 이었다.

「아내에게는 내일 아침까지 알릴 필요가 없습니다……」
 그는 계속 말했다.
「나는— 여러분은 재키를 조금이라도 비난해서는 안 됩니다……. 모든 것이 다 내 잘못이었습니다. 나는 그 여자에게 몹쓸 짓을 했거든요…… 가엾은 여자— 그녀는 자기가 도대체 무슨 행동을 하고 있는지도 몰랐을 겁니다.」
 베스너 박사는 이해가 간다는 듯이 고개를 끄덕였다.
「나도 이해합니다…….」
「내 잘못이오—.」 시몬이 되풀이했다. 그는 코닐리어를 바라보았다.
「누군가가 그녀 옆에 있어 주어야만 해요. 그녀는 어쩌면 자신을 해칠지도—」
 베스너 박사는 주사를 놓았다. 코닐리어가 침착하게 말했다.
「걱정하지 마세요, 도일 씨. 바워즈 양이 밤새 지키고 있을 테니까요…….」
 그 말을 듣자 시몬의 얼굴에 고맙다는 표정이 떠올랐다. 그리고 안도하는 빛이 나타났다. 그는 잠깐 눈을 감았다. 그랬다가는 갑자기 눈을 다시 번쩍 떴다.
「팬숍 씨?」
「예, 도일 씨.」
「그 권총…… 거기 그대로 내버려 둬서는 안 돼요……. 아무렇게나 굴러다니게 해서는 안 됩니다. 아침에 웨이터들이 혹시 보기라도 하면…….」
 팬숍은 고개를 끄덕였다.
「알겠어요. 내가 가서 가져오지요.」
 그는 선실을 나와서 갑판을 따라 걸어갔다. 바워즈가 재클린의 선실 문에서 모습을 나타냈다.
「드벨포 양은 지금쯤 잠이 들었을 거예요.」 하고 그녀가 말했다.
「모르핀 주사를 한 대 놓았거든요.」

「하지만, 오늘 밤 계속 옆에 계실 거죠?」
「물론 그래야지요. 모르핀 주사에 흥분할 수도 있으니까요. 밤새 옆에 있을 거예요.」
팬숍은 전망실 쪽으로 갔다. 그리고, 약 3분이 지난 뒤 베스너 박사의 선실 문을 두드리는 소리가 들렸다.
「베스너 박사님?」
「무슨 일이오?」 하고 말하며 뚱뚱한 의사가 문을 열었다.
팬숍은 그를 갑판 쪽으로 불러냈다.
「글쎄 말입니다— 그 권총이 없어졌어요…….」
「뭐라고?」
「그 권총 말입니다. 재클린의 손에서 떨어졌었는데, 그녀가 발로 차는 바람에 소파 밑으로 들어가 버렸었거든요. 그런데, 지금 찾아보니 그 곳에 없어요.」
그들은 서로의 얼굴을 마주 바라보았다.
「그렇다면, 누가 가져갔단 말이오?」
팬숍은 그저 어깨만 으쓱할 뿐이었다.
「참 이상한 일이로군. 하지만, 어쩔 수 없지.」
두 사람은 어렴풋이 불안감을 느끼며 헤어졌다.

12

에르큘 포와로가 수염을 깎고 난 뒤, 얼굴에 남아 있는 거품을 닦아 내려 할 때 다급한 노크 소리가 났다. 그리고는 레이스 대령이 성큼성큼 들어왔다. 그는 문을 닫으면서 말했다.
「당신의 육감이 맞았습니다. 결국 일이 터지고 말았소.」
포와로는 구부렸던 몸을 일으키며 날카롭게 물었다.
「무슨 일이 터졌단 말입니까?」

「리넷 도일이 죽었습니다—. 지난 밤에 머리에 총을 맞고서.」

포와로는 잠시 침묵하지 않을 수 없었다. 두 가지 기억들이 그의 뇌리에 생생하게 떠올랐기 때문이었다. 그 중 하나는 애스원의 어떤 정원에서 헐떡이는 목소리로 '내 귀여운 작은 권총을 그녀의 머리에 대고는— 방아쇠를 당기기만 하면 되지요.' 하고 말했던 젊은 여자의 말이었고, 또 하나는 최근의 일로서 똑같은 목소리가 '이대로는 도저히 견딜 수 없는— 마치 무슨 일인가 일어날 것 같은 날이에요.' 하던 말이었다—. 그 때 그녀의 눈은 뭔가를 호소하는 듯했었지. 왜 그 호소를 받아들여 주지 못했을까? 그는 그 때 너무나 졸려서 눈도 귀도 생각까지도 다 멈춰 있었다…….

레이스 대령이 다시 말했다.

「내가 공적인 신분이라는 이유 때문에 그들은 내게 이 사건을 떠맡겼습니다. 원래 계획에 의하면, 이 배는 30분 이내에 출항하기로 되어 있었습니다. 하지만, 내가 별도의 지시를 내리지 않는 한 출발은 연기될 거요. 범인은 이 배에 있는 게 아니라, 육지에서 왔을 가능성도 있을 테니까 말입니다.」

포와로는 그 말에 고개를 저었다.

그러자, 레이스 대령도 동감의 뜻을 표했다.

「나도 같은 생각입니다. 그럼, 그 가능성은 배제하기로 하지요. 자, 이제 문제는 당신 손에 달려 있습니다. 당신의 그 멋진 솜씨를 한번 보여 주시오.」

포와로는 급하게 옷을 갈아입으면서 레이스 대령의 이 말에 대답했다.

「좋습니다.」

두 사람은 갑판 쪽으로 나갔다.

레이스 대령이 말했다.

「지금쯤이면 베스너 박사가 와 있겠군. 아까 웨이터를 시켜서 그를 불러오라고 했거든요.」

이 배에는 목욕실이 갖춰진 특등실이 네 개 있었다. 그 중에서 왼쪽의 두 방은 각기 베스너 박사와 앤드류 페닝튼이 차지하고 있었으며, 오른쪽의 한 방에는 밴 슈일러가, 또 나머지 방에는 리넷 도일이 묵고 있었다. 그리고, 바로 그 옆 방은 그녀의 남편이 옷을 갈아입는 곳으로 쓰고 있었다.

 리넷 도일의 선실 앞에 얼굴이 창백해진 웨이터가 서 있었다. 그가 두 사람에게 문을 열어 주어서 그들은 방 안으로 들어섰다. 베스너 박사는 침대 위로 몸을 굽히고 살펴보고 있었다. 그는 두 사람이 들어오자 힐끔 쳐다보면서 투덜거리기 시작했다.

 「이 일에 대해 어떻게 생각하고 있습니까, 의사 선생?」 하고 레이스 대령이 물었다.

 베스너 박사는 생각에 골몰한 표정으로 수염이 텁수룩한 턱을 어루만졌다.

 「흠! 그녀는 총에 맞았습니다―. 그것도 아주 가까운 거리에서요. 자, 여기를 보세요. 귀 바로 윗부분 말입니다―. 바로 이게 총알이 관통한 자리지요. 굉장히 작은 총알입니다―. 22구경인 것 같은데. 자, 또 여기를 보세요. 권총을 바싹 갖다 대고 쏘았기 때문에 여기 이 곳 피부가 새까맣게 타 버린 겁니다.」

 포와로의 뇌리에 다시 한 번 애스원에서의 그 목소리가 떠올랐다.

 베스너 박사는 말을 계속해 나갔다.

 「그녀는 잠든 상태에서 당했습니다. 전혀 저항한 흔적이 없거든요. 살인범은 어둠 속에서 살짝 다가와서 누워 있는 여자를 쏜 거지요.」

 「아닙니다!」 하고 포와로가 외쳤다. 그는 너무 흥분해서 견딜 수가 없었던 것이다. 재클린 드벨포가 권총을 쥐고 어둠에 잠겨 있는 선실 안으로 가만히 다가가는 장면은 도저히 상상할 수가 없었다.

 베스너 박사는 도수 높은 안경 너머로 그를 빤히 쳐다보았다.

 「하지만, 여기 이렇게 사건이 일어나지 않았습니까?」

 「물론 그렇지요. 나는 당신 생각에 반대한다는 뜻이 아닙니다.」

이 말을 듣자 베스너 박사는 흡족한 듯이 보였다.

포와로는 다가가서 그 옆에 섰다. 리넷 도일은 옆으로 비스듬히 누워 있었다. 누워 있는 그녀의 모습은 매우 자연스럽고 평화로워 보였다. 그렇지만, 귀 위에는 조그만 구멍이 하나 나 있었고, 그 주위에는 피가 말라붙어 있었다.

포와로는 그 모습을 바라보다가 슬픈 듯이 고개를 저었다. 그런 다음, 그의 시선은 정면에 있는 하얀 벽에 머물렀다. 그것을 본 순간 그는 깊이 숨을 들이마셨다. 그 하얗고 깨끗한 벽에 적갈색으로 크게 J라는 글자가 쓰여 있었기 때문이다.

포와로는 한동안 그 글자를 멍청하게 쳐다보고 있다가, 리넷의 시체 위로 몸을 숙여서 그녀의 오른손을 조용히 들어 올렸다. 손가락 하나에 적갈색 피가 묻어 있었다.

「빌어먹을!」 하고 에르큘 포와로는 자기도 모르게 소리치고 말았다.

「뭐라고요?」 베스너 박사가 놀란 얼굴로 그를 쳐다보았다.

「아! 이건……?」

레이스 대령이 말했다.

「빌어먹을! 당신은 이걸 어떻게 생각합니까?」

「이것을 어떻게 생각하느냐고요……? 그건 물론 굉장히 간단한 일 아니오? 도일 부인은 죽는 순간에 자신을 죽인 범인을 알리기 위해서 손가락에 피를 묻힌 다음 범인의 이름을 쓴 것이겠지요. 아주 단순한 일 아닙니까?」

「아니, 아무리 그렇지만—」

베스너 박사가 말을 꺼내려는 순간, 레이스 대령이 그를 가로막았다.

「정말 그렇게 생각된단 말이지요?」 하고 그는 느릿느릿한 말투로 물어 보았다.

포와로는 그 말에 그를 쳐다보면서 고개를 끄덕였다.

「그렇습니다. 그건 내가 말한 대로 놀랄 만큼 단순한 거지요! 흔히 쓰는 낡은 방법이 아닙니까? 범죄 소설 같은 데서 자주 등장하는 수법 말입니다. 참으로 낡은 수법이지요! 범인은 그런 수법으로 우리를 유도하고 있는 겁니다.」

레이스 대령은 깊이 숨을 들이마셨다.

「오, 그렇습니다.」 하고 그가 말했다. 「나는 처음에—」 하고 말하려다가 멈췄다.

포와로는 희미한 미소를 지은 채 말했다. 「내가 드라마의 상투적인 방법을 모두 받아들이고 있다는 말을 하려고 그랬습니까? 잠깐, 베스너 박사, 조금 전에 무슨 말을 하시려고 했습니까—?」

그러자, 베스너 박사는 마치 막혔던 봇물이 터지듯이 줄줄 말하기 시작했다.

「내가 하려고 했던 말은— 당신 생각은 전혀 이치에 맞지 않아요, 터무니없는 말이오! 이 가엾은 부인은 즉사했습니다. 그런데, 어떻게 자신의 손가락에 피를(당신도 보시다시피, 피도 거의 흐르지 않았는데) 묻혀서, 벽 위에 J라는 글자를 썼단 말입니까? 그건 말도 안 되는 소리요—. 멜로 드라마에서나 볼 수 있는 터무니없는 생각입니다!」

「그야 물론 그렇지요.」 하고 포와로가 맞장구쳤다.

「그렇다면, 그건 고의적인 계산으로 쓴 것이로군요?」

「그렇지—맞아요.」 하고 동의하면서 포와로의 표정은 침통하게 변했다.

「J는 누구를 말하는 걸까요?」

「아마 재클린 드벨포를 말하는 걸 겁니다. 그 처녀는 바로 며칠 전에 내게—」

포와로는 잠시 말을 멈추었다가 그녀가 한 말을 되풀이했다.

「'내 귀여운 작은 권총을 그녀의 머리에 대고는— 방아쇠를 당기기만 하면 되지요.' 하고 말했거든요.」

「하느님 맙소사!」 하고 베스너 박사가 외쳤다.

잠시 침묵이 흘렀다. 레이스 대령이 숨을 깊이 들이마시고 나서 한마디 했다.

「바로 그녀가 말한 것과 똑같은 일이 여기서 일어났군요.」

베스너 박사가 고개를 끄덕였다.

「그렇습니다. 굉장히 조그만 총알입니다—. 22구경 정도일걸요. 물론 총알을 꺼내 보기 전에는 단언할 수 없겠지만—」

레이스 대령은 그 말에 재빨리 알았다는 듯이 고개를 끄덕였다. 그리고 나서 그가 물었다.

「사망 시간은 언제라고 추정합니까?」

베스너 박사는 턱을 어루만졌다. 그의 손가락이 텁수룩한 수염에 스치는 소리가 났다.

「정확하게 말씀드릴 수는 없습니다. 지금이 8시이니까, 어젯밤의 기온을 고려한다면 아마 죽은 지 6시간은 된 것 같군요. 6~8시간 사이라고 말할 수 있겠습니다.」

「그렇다면, 사건은 자정부터 새벽 2시 사이에 일어났다는 말이 되는군요.」

「그렇게 되는 거죠.」

그리고 잠시 침묵이 흘렀다. 레이스 대령이 주위를 둘러보았다.

「남편은요? 저 옆방에서 자고 있었을 텐데요?」

「지금 그 사람은 내 선실에서 잠들어 있습니다.」 하고 베스너 박사가 대답했다.

그 말에 나머지 두 사람은 깜짝 놀라는 듯했다.

베스너 박사는 여러 번 고개를 끄덕이며 말했다.

「아, 그렇지요. 아직 내가 그 이야기를 하지 않았군요. 도일 씨는 어젯밤에 전망실에서 총을 맞았습니다.」

「총에 맞았다니요? 도대체 누구에게 맞았다는 말입니까?」

「바로 그 처녀, 재클린 드벨포가 쏘았습니다.」

레이스 대령이 날카롭게 물었다.

「많이 다쳤습니까?」

「예, 뼈가 부러졌습니다. 이 곳에서 내가 할 수 있는 방법은 다 동원해서 치료했습니다만, 그래도 빨리 X 레이 검사를 받아 보아야 할 겁니다.」

포와로가 중얼거렸다. 「재클린 드벨포라―」

그리고 나서, 그의 눈길은 다시 한 번 벽에 쓰여 있는 그 J라는 글자에 가서 머물렀다.

그 때, 레이스 대령이 불쑥 말을 꺼냈다.

「여기서 당장 할 일이 없으면 아래로 내려갑시다. 흡연실을 우리가 이용하겠다고 했으니까, 거기에 내려가서 어젯밤의 사건을 세밀히 검토해 봅시다.」

그래서 세 사람은 선실에서 나왔다. 레이스 대령이 문을 잠그고는 열쇠를 호주머니에 집어넣었다.

「나중에 다시 들어올 수 있소.」 하고 그는 말했다.

「우리가 맨 먼저 해야 할 일은 모든 진상을 밝히는 겁니다.」

그들이 아래로 내려가자, 흡연실 입구에서 카나크 호의 지배인이 근심스러운 표정으로 그들을 맞았다.

그 가엾은 남자는 너무도 충격을 받았는지, 몹시 근심스러워하면서 모든 일을 다 레이스 대령에게 일임하겠다고 열심히 말했다.

「대령님은 공적인 신분이시니까, 제 생각으로는 이 모든 일을 맡아 주셨으면 합니다. 그리고, 다른 필요한 것이 있으면, 제가 명령을 해서 조치를 내려 드리겠습니다. 만일, 이 사건을 맡아만 주신다면 뭐든지 대령님 뜻대로 다 조처하겠습니다.」

「좋습니다! 우선은 조사가 계속되는 동안 포와로 씨와 나 이외에는 어느 누구도 이 곳에 들어오지 못하게 해 주시오.」

「알겠습니다.」

「지금 당장은 그것밖에 달리 필요한 일이 없습니다. 가서 일을 보십시오. 필요하면 내가 부르겠소.」

지배인은 다소 안심이 되는 듯한 표정으로 선실을 나갔다.

레이스 대령이 베스너 박사를 보면서 말했다.

「앉으시지요, 베스너 박사. 어젯밤에 일어났던 일을 모두 설명해 주십시오.」

레이스 대령과 포와로는 그 의사의 장황한 상황 설명에 귀를 기울였다.

「무슨 이야기인지 이제 알겠소. 그 처녀는 술을 마신 뒤에, 그 술기운에 가까운 거리에서 22구경 권총을 쏘았다는 말이로군. 그런 다음 그녀는 리넷 도일의 선실로 달려가서, 그녀도 역시 쏜 거고요.」

그러나, 이 말에 베스너 박사가 고개를 저었다.

「아니, 아닙니다. 나는 그렇게 생각하지 않아요. 그런 일은 전혀 불가능합니다. 왜냐하면, 그녀가 벽에다 자기 이름의 머리글자를 쓸 리가 없기 때문이죠. 그렇게 할 리가 없잖습니까?」

「쓸 수도 있습니다.」 하고 레이스 대령이 단호하게 말했다.

「그녀가 정말 소문대로 그 정도로 질투심이 끓어올라 보이는 게 없는 상태였다면…… 글쎄요, 충분히 자기 머리글자를 써 놓아 자신의 짓이라고 알리고 싶은 마음이 생겼을 수도 있지 않겠습니까?」

포와로는 그의 말에 고개를 저었다.

「아니, 아닙니다. 나는 그녀가 그 정도로 유치하지는 않다고 생각합니다.」

「그렇다면, J에 대한 설명은 한 가지밖에 없겠군요. 어느 누군가가 그녀에게 혐의를 뒤집어씌우기 위해서 고의적으로 쓴 것이라고 말입니다.」

베스너 박사가 고개를 끄덕였다.

「맞습니다. 하지만, 결국 범인은 운이 나빴던 셈이죠. 왜냐하면, 그 처녀는 살인할 사람도 아니며, 또한 하려고 마음먹었다고 해도 상황으로 보아 전혀 불가능했으니까요.」

「왜 불가능했다는 겁니까?」

베스너 박사는 재클린의 발작적인 반응과, 그녀를 바워즈에게 돌보게 한 상황 따위를 설명했다.

「그래서 내가— 분명하게 말하는데— 바워즈 양이 재클린 옆에 밤새 붙어 있었거든요.」

레이스 대령이 대꾸했다.

「만일, 정말 그렇다면 문제가 의외로 복잡해지겠는걸.」

그러자 포와로가 물었다.

「그런데, 시체를 맨 처음 발견한 사람은 누구였습니까?」

「루이스 버젯이라는 도일 부인의 하녀였습니다. 그녀는 여느 때처럼 부인을 깨우러 갔다가, 리넷이 죽어 있는 것을 발견하고는 깜짝 놀라 뛰쳐 나와서 웨이터에게 알렸답니다. 그리고, 웨이터는 곧장 지배인에게 이 사실을 알렸고, 지배인은 다시 내게 전한 것이지요. 나는 베스너 박사를 불러오라고 한 다음, 곧바로 당신에게 간 거요.」

포와로는 고개를 끄덕였다.

레이스 대령이 말했다.

「도일 씨도 이 소식을 알아야 할 텐데…… 그는 아직도 자고 있나요?」

그 말에 베스너 박사가 고개를 끄덕였다.

「그 사람은 아직 내 선실에서 자고 있습니다. 어젯밤에 강력한 수면 주사를 놓아주었거든요.」

레이스 대령이 포와로 쪽으로 고개를 돌리고 말했다.

「이제 뭐 더 이상 여기에 베스너 박사를 붙잡아 둘 필요는 없을 것 같군요. 더 물어 볼 말은 없겠지요? 베스너 박사, 정말로 고맙습니다.」

베스너 박사는 자리에서 일어났다. 그가 방에서 나가자 레이스 대령과 포와로는 서로 얼굴을 마주 보았다.

「포와로 씨, 이 일을 어떻게 했으면 좋겠습니까? 당신이 맡아서 해결해 주시오. 나는 그저 당신이 시키는 대로 옆에서 도와 줄 테니까요. 자, 먼저 무엇을 해야 하는 겁니까?」

포와로는 그의 부탁을 거절하지 않았다.

「좋습니다.」 하고 그는 말했다.

「우리는 조사를 해야 합니다. 무엇보다도 먼저, 어젯밤 그 사건의 진상을 명백히 알아야 하니까요. 우선 어제의 사건을 목격한 팬숍과 롭슨 양에게 자세한 경위를 들어 보도록 합시다. 더구나, 권총이 없어졌다는 것은 매우 중요한 의미가 있는 일입니다.」

레이스 대령은 벨을 울려서 웨이터를 부른 다음, 그에게 팬숍과 롭슨을 불러오라고 했다.

포와로는 한숨을 푹푹 쉬면서 고개를 흔들었다.

「참으로 골치 아픈 사건이오, 참으로 골치 아파……」

「무슨 좋은 생각이라도 있습니까?」 하고 레이스 대령이 물었다.

「너무 머리가 혼란스러워서 도대체 생각을 정리해 나갈 수가 없습니다. 하지만, 한 가지 분명한 사실은 재클린이 리넷 도일을 증오하고 그녀를 죽이고 싶어했다는 것이오.」

「그럼, 당신은 그녀가 살인을 저지를 수도 있었다고 생각하는 겁니까?」

「할 수도 있지요.」

하지만, 이렇게 대답하는 포와로의 목소리는 그다지 확신적이지 못했다.

「하지만, 그런 방법으로는 안 했을 거란 말이지요? 바로 그것이 당신을 복잡하게 만드는 것 아닙니까? 어두운 방에 몰래 들어가서 잠자고 있는 여자를 쏘지는 않았을 거란 말이지요? 그건 너무 잔인한 짓이기 때문에 도저히 믿을 수 없다는 겁니까?」

「어떤 점에서는 그렇습니다.」

「당신 생각으로는, 재클린 드벨포라는 처녀가 그렇게 계획적이고 잔인한 살인을 할 사람이 아니라는 겁니까?」

나일강의 죽음 **181**

포와로는 천천히 말을 이었다.
「글쎄, 확신할 수는 없습니다. 물론, 그녀도 어떤 생각을 가지고 있었겠지요. 하지만, 심리학적인 면으로 생각할 때 정말 그 여자가 그런 일을 할 수 있을까에 대해서는…… 영 자신이 없습니다.」
레이스 대령은 포와로의 말에 고개를 끄덕였다.
「알겠소……. 하지만, 어쨌든 베스너 박사의 말에 따르면 불가능한 상황이었잖습니까?」
「베스너 박사의 말이 사실이라면, 그녀에게 두었던 혐의를 다시 재고해 봐야겠지요. 그리고, 그게 사실이었으면 좋겠습니다.」
포와로는 잠시 말을 멈추고 나서 간단하게 한 마디 덧붙였다.
「정말 그게 사실이었으면 좋겠습니다. 나는 왠지 그 처녀가 가엾다는 생각이 듭니다.」
그 때 문이 열리면서 팬숍과 코닐리어가 들어왔다. 베스너 박사도 그들 뒤에 따라왔다.
코닐리어가 숨찬 목소리로 말했다.
「정말 너무 무서워요! 가엾은 도일 부인! 그렇게 아름다운 부인을 죽이다니, 범인이 누구인지간에 미친 사람이 분명해요! 그리고, 도일 씨도 정말 가엾어요. 이 사실을 알게 되면 그는 반쯤 미쳐 버리고 말 거예요! 그 사람은 어젯밤에 자기 사고를 알리지 말아 달라고 애원했어요. 아내가 충격받을까 봐 걱정할 정도로 부인을 사랑했는데 말이에요.」
「바로 그 사고 경위를 듣고 싶습니다, 롭슨 양.」 하고 레이스 대령이 말했다.
「어젯밤에 일어났던 그 사건에 관해서 모든 것을 알고 싶소.」
코닐리어는 약간 혼란스러운 표정이었지만, 포와로가 한두 가지 질문을 던지자 그녀는 생각을 정리해서 대답하게 되었다.
「아— 예, 무슨 말씀인지 알겠어요. 브리지 게임을 그만두고 도일 부인은 선실로 돌아갔어요. 그런데, 그녀가 정말로 선실까지 갔는지는 모르겠어요.」

「분명히 갔습니다.」 하고 레이스 대령이 말했다. 「내가 그녀를 봤거든요. 문앞에서 그녀와 잘 자라는 인사까지 나누었지요.」

「그 때가 몇 시였나요?」

「잘 모르겠어요.」 하고 코닐리어가 대답했다.

「11시 20분이었소.」 하고 레이스 대령이 대신 대답해 주었다.

「그럼, 11시 20분에는 도일 부인이 살아 있었다는 결론이 나오는군요. 그렇다면, 그 때 전망실에는 누구누구가 있었습니까?」

이번에는 팬솝이 대답했다.

「도일 씨가 있었습니다. 그리고 드벨포 양과 나, 그리고 롭슨 양이 있었습니다.」

「예, 맞아요.」 하고 코닐리어가 맞장구쳤다. 「페닝튼 씨는 술을 한 잔 하신 다음에 잠자러 갔지요.」

「그 때는 시간이 얼마나 지난 뒤였나요?」

「오, 약 3~4분 뒤였을 거예요.」

「그렇다면, 11시 30분이 채 못 된 시간이었겠군요?」

「예, 그래요.」

「그러면 전망실에 남아 있었던 것은 아가씨와 드벨포 양, 도일 씨, 그리고 팬솝 씨였겠군요. 그런데, 당신들은 거기서 무얼 하고 있었습니까?」

「팬솝 씨는 책을 읽고 있었어요. 저는 수를 좀 놓고 있었고요. 그리고, 드벨포 양은 저—그녀는—」

팬솝이 옆에서 거들어 주었다.

「그녀는 술을 마시고 있었습니다.」

「맞아요.」 하고 코닐리어가 맞장구쳤다.

「그리고는 저에 대해서 많은 것을 물어 보았어요. 그녀는 끊임없이 말을 했는데—대부분 제게 하는 말이었지만—지금 생각해 보니, 제가 아니라 사실은 도일 씨를 의식하고 한 것 같아요. 도일 씨는 그녀 때문에 무척 화가 난 것 같았지만, 아무 말도 하지 않았어요. 제가 보기에, 그 사람은 차라리 가만히 있는 편이 그녀의 화를 누그러뜨릴 거라고 생각한 모양이에요.」

「그렇지만, 그녀의 화가 누그러지지 않았다는 말이군요?」

코닐리어는 고개를 저었다.

「저는 몇 번이나 그 자리를 뜨려고 했어요. 하지만, 그녀가 가지 말라고 붙잡더군요. 저는 마음이 몹시 불편했어요. 그리고, 조금 있다가 팬솝 씨가 자리에서 일어나서 나갔고—」

「나도 사실 조금 당황했었습니다.」 하고 팬솝이 말했다. 「내가 그 자리에 앉아 있다는 사실이 그들의 이야기에 방해가 되는 것 같아서요. 사실, 드벨포 양이 한바탕 소동을 부릴 거라고 짐작은 했었지만요.」

「그리고, 다음 순간 그녀가 권총을 빼들었어요.」 하고 코닐리어는 말을 계속했다.

「도일 씨가 벌떡 일어나서 그 권총을 뺏으려고 했는데, 그 때 권총이 발사되고 그는 다리에 총을 맞았던 거예요. 그러자, 그녀는 마구 울부짖기 시작했어요— 그리고, 저는 너무 겁이 나서 팬솝 씨에게 뛰어갔어요. 그래서, 그와 함께 다시 전망실로 돌아왔는데, 도일 씨는 시끄럽게 하지 말아 달라고 당부하더군요. 그 때 총소리를 들은 웨이터가 무슨 일인가 해서 왔지만, 팬솝 씨가 적당히 둘러대서 그냥 돌려 보냈어요. 그런 다음에 재클린을 방에다 데려다 주었고, 제가 바워즈 양을 부르러 간 사이에 팬솝 씨가 그녀 옆에 있었어요.」

코닐리어는 여기까지 말하고는 숨이 찬지 말을 멈추었다.

「그게 몇 시쯤 일인가요?」 하고 레이스 대령이 물었다.

「글쎄, 잘 모르겠는데요.」 하고 코닐리어가 말했다. 그 대신 재빨리 팬솝이 대답했다.

「12시 20분경이었습니다. 내가 맨 나중에 선실로 돌아갔는데, 그 때가 정각 12시 반이었거든요.」

「자, 이제 한두 가지 분명하게 해 두어야 할 문제가 있습니다.」 하고 포와로가 말했다.

「도일 부인이 전망실을 떠난 뒤, 당신들 중 어느 누구라도 밖에 나갔다 온 적이 없나요?」

「없어요.」

「드벨포 양도 전망실을 떠나지 않았습니까?」

「예, 그건 분명합니다. 도일 씨도, 드벨포 양도, 롭슨 양도, 그리고 나도 그 곳을 떠나지 않았습니다.」 하고 팬숍이 얼른 대답했다.

「좋습니다. 그렇다면, 드벨포 양은 최소한 12시 20분까지는 도일 부인을 쏘지 못했다는 결론이 나오는군요. 그런데, 당신이 바워즈 양을 부르러 간 동안 드벨포 양은 혼자 선실에 남아 있었나요?」

「아니에요. 팬숍 씨가 그녀와 함께 있었어요.」

「좋습니다! 이제까지의 이야기를 종합해 보면, 드벨포 양은 알리바이가 완벽한 것 같군요. 자, 이번에는 바워즈 양과 이야기할 차례인데, 그녀를 부르기 전에 한두 가지 문제에 대해서 당신의 의견을 들어 보고 싶습니다. 도일 씨는 드벨포 양을 혼자 두어서는 안 된다고 신신당부했다지요? 그는 그녀가 무모한 행동을 할지도 모른다고 생각했던 것일까요?」

「내 생각엔 그렇습니다.」 하고 팬숍이 말했다.

「그 말은 그녀가 도일 부인을 해칠지도 모른다고 그가 두려워했다는 뜻인가요?」

「아니오.」 하고 팬숍이 고개를 저었다.

「도일 씨가 그런 생각 때문에 그렇게 부탁한 것이라고는 생각하지 않습니다. 내 생각에는, 그녀가 아마도 자기 자신을 해치지나 않을까 걱정했던 것 같습니다.」

「이를테면 자살 같은 것 말입니까?」

「맞습니다. 드벨포 양은 자신이 저지른 행동을 알아차리고는 몹시 괴로워했거든요. 그녀는 커다란 죄책감에 빠져 있었습니다. 자기 같은 사람은 차라리 죽어 버리는 편이 낫다고까지 넋두리해 댔으니까요.」
코닐리어가 조심스럽게 말했다.
「제 생각에도 도일 씨가 그녀를 걱정하고 있었던 것 같아요. 그는 이렇게 말했어요—. 굉장히 훌륭한 태도로요. 모두 다 자신이 잘못한 것이라고요. 자기가 그녀에게 모질게 했기 때문이라고 말했어요. 그는— 그 사람은 정말 훌륭했어요.」
에르큘 포와로는 그 말에 사려 깊게 고개를 끄덕였다.
「권총에 대해서 물어 보겠습니다.」 하고 그는 질문을 계속했다.
「권총은 어떻게 된 겁니까?」
「재클린이 바닥에 떨어뜨렸지요.」 하고 코닐리어가 말했다.
「그래서 어떻게 했습니까?」
팬숍이 나중에 그것을 찾으러 갔을 때의 상황과, 하지만 결국은 찾아내지 못했다는 이야기를 했다.
「흠!」 하고 포와로는 말했다. 「이제 드디어 결론을 내릴 수 있을 것 같군요. 그 때의 상황을 좀더 정확하게 설명해 주십시오.」
「드벨포 양이 그걸 떨어뜨렸어요. 그리고는 이내 발로 걷어찼지요. 그녀는 그 권총이 끔찍하게 느껴졌던 모양이에요.」 하고 코닐리어가 설명했다. 「저는 그녀의 심정을 이해할 수 있을 것 같아요.」
「그래서 소파 밑으로 굴러 들어갔다는 말이군요? 자, 이 부분에 주의해서 대답해야 합니다. 드벨포 양은 전망실을 나가기 전에 혹시 권총을 다시 줍지는 않았습니까?」
팬숍과 코닐리어는 그 점에 대해서 자신 있게 대답했다.
「신중을 기하기 위한 것이니까, 두 분께서는 이해해 주기 바랍니다. 이제 이 문제에 대해 이야기해 봅시다. 드벨포 양이 그 전망실을 나갈 때, 권총이 그 소파 밑에 있었다고 했습니다. 그 뒤로 팬숍 씨나 롭슨 양, 그리고 바워즈 양이 그녀 옆에 계속 붙어 있어서 그녀를 혼자 내버려 두지 않았으니까—그녀는 권총을 가지러 전망실에 갈 기회가 없었겠군요. 그럼, 팬숍 씨, 당신이 그 권총을 찾으러 간 때가 언제였나요?」

「12시 반이 채 못 되었을 때입니다.」

「베스너 박사와 함께 도일 씨를 선실로 옮기고 나서, 당신이 권총을 찾으러 전망실로 갈 때까지 시간이 얼마나 걸렸죠?」

「아마 5분 정도— 아니면, 좀더 걸렸을지도 모르겠습니다.」

「그렇다면 그 5분 사이에 누군가가 살짝 전망실에 들어가서 소파 밑의 권총을 집어 갔다는 이야기가 되겠군요. 그게 드벨포 양이 아니었다면, 도대체 누구일까요? 권총을 집어 간 사람이 도일 부인의 살해범일 겁니다. 그리고, 그 살해범은 어젯밤의 그 사건을 우연히 목격했다고 생각되는군요.」

「왜 그렇게 생각하시는 겁니까?」 하고 팬숍이 물었다.

「당신은 그 권총이 소파 밑으로 굴러 들어갔다고 했습니다. 그렇다면, 우연히 그 권총이 눈에 띌 리는 없지 않겠습니까? 결국 소파 밑에 권총이 들어가 있다는 사실을 알고 있는 누군가가 그걸 집어 간 겁니다. 그러니까, 당연히 그 누군가는 사건 현장을 목격한 사람이 틀림없어요.」

이 말에 팬숍은 고개를 저었다.

「나는 그 사건이 일어나기 바로 전에 갑판에 있었는데, 그 때는 분명히 아무도 없었습니다.」

「그건—」 하고 에르퀼 포와로가 말했다. 「당신이 오른쪽 문으로 나갔기 때문이지요.」

「내 선실이 있는 쪽으로 나갔지요.」

「그러니까, 만일 누군가 왼쪽 문 유리창 너머로 들여다보고 있었다고 한다면, 당신은 그것을 눈치채지 못했을 거 아닙니까?」

「그렇긴 하겠군요.」 하고 팬숍이 시인했다.

「그 흑인 웨이터 말고 총소리를 들은 사람은 없습니까?」

「내가 아는 한은 아무도 없습니다. 아시다시피, 창문들은 모두 다

카나크 호의 유보 갑판

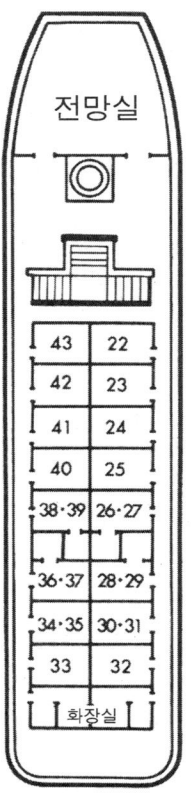

● 평면도   ● 선실 배치도

꼭 닫혀 있었으니까요. 더군다나, 밴 슈일러 양이 바람이 들어온다고 하면서 회전문까지 닫아 버렸거든요. 그러니까, 총소리는 아주 가까운 곳에서도 들리지 않았을 겁니다. 혹시 들렸다 하더라도 그저 병마개를 따는 소리처럼 들렸을 겁니다.」

이 때, 레이스 대령이 끼여들었다.

「내가 아는 한, 어느 누구도 그 총소리— 도일 부인을 쏠 때 난 그 소리를 듣지 못한 것 같습니다.」

「그 문제에 대해서는 나중에 조사해 보기로 하고, 지금은 우선 드벨포 양의 일을 처리하기로 합시다. 자, 이제 바워즈 양을 만나서 이야기해 봐야겠군요. 하지만, 돌아가기 전에 각기 자신들에 대해서 좀 이야기해 주시기 바랍니다. 우선 팬숍 씨부터 시작하지요. 당신의 완전한 이름은요?」

「제임스 리치데일 팬숍입니다.」

「주소는?」

「영국 노샘프턴셔 군 마케트 터닝튼 시 글래스모어 하우스.」

「직업은?」

「변호사입니다.」

「그리고, 이 곳을 방문한 이유는?」

잠시 그는 대답이 없었다. 처음으로 그 침착한 팬숍이 주춤하며 당황하는 모습을 보였다. 그는 마침내 대답했다—. 하지만, 분명하지 않게 들렸다.

「흠— 놀러 온 거죠.」

「아하!」 하고 포와로가 말했다.

「휴가를 받으셨군요, 그렇습니까?」

「아— 예.」

「좋습니다, 팬숍 씨. 방금 우리가 이야기했던 어젯밤 그 사건이 있은 뒤, 당신은 무얼 했습니까?」

「곧장 잠자리에 들었습니다.」

「그 때가 몇 시였죠?」

「12시 반이 막 지났을 때였습니다.」

「당신 방은 오른쪽에 있는 22호실이죠? 전망실에서 가장 가까운 곳이라고 생각되는데요?」

「그렇습니다.」

「마지막으로 한 가지만 더 묻겠습니다. 방으로 돌아간 뒤에 무슨 소리 같은 것을 듣지 못했나요?」

팬숍은 곰곰이 생각해 보고 나서 말했다.

「곧 잠에 곯아 떨어져 버린 것 같습니다. 하지만, 막 잠이 들려는 순간에 물이 첨벙 하는 듯한 소리를 들은 것 같기도 합니다. 그 소리 말고는 아무것도 못 들었습니다.」

「물이 첨벙 하는 듯한 소리라고요? 가까이서 나는 소리였습니까?」

팬숍은 고개를 저었다.

「글쎄요, 사실 그 때는 이미 반쯤 잠이 든 상태라서요.」

「그럼, 그건 몇 시쯤이었던 것으로 생각합니까?」

「1시경이었던 것 같습니다. 정확한지는 모르겠지만.」

「고맙소, 팬숍 씨. 다 끝났습니다.」

포와로는 시선을 코닐리어에게로 돌렸다.

「그리고 이제, 롭슨 양, 아가씨의 완전한 이름은요?」

「코닐리어 루스예요. 그리고, 제 주소는 미국 코네티컷 주 벨필드 시 레드 하우스예요.」

「이집트에 온 목적은 무엇입니까?」

「메리 아주머니인 밴 슈일러 양을 따라서 여행온 거예요.」

「이번 여행을 하기 전에 혹시 도일 부인을 만나 본 적이 있습니까?」

「아니오, 전혀 없어요.」

「어젯밤엔 무얼 했나요?」

「베스너 박사님이 도일 씨의 상처를 치료하는 것을 도와드리고 나서, 곧장 잠자리에 들었어요.」

「당신 선실은—?」

「왼쪽 41호실이에요. 드벨포 양의 바로 옆 방이지요.」

「무슨 소리를 못 들었습니까?」

코닐리어는 고개를 저었다.

「아무것도 못 들었어요.」

「물이 첨벙 하는 소리를 못 들었습니까?」

「아뇨, 못 들었어요. 게다가, 제 선실은 육지 쪽이기 때문에 소리가 났어도 듣지 못했을 거예요.」

포와로는 고개를 끄덕였다.

「감사합니다. 자, 바워즈 양에게 이리로 오라고 전해 주시겠습니까?」

팬숍과 코닐리어 두 사람은 밖으로 나갔다.

「이제 좀더 명확해진 것 같군요.」 하고 레이스 대령이 말했다.

「만일, 이 3명의 증인들이 거짓말을 한 게 아니라면, 분명 재클린 드벨포는 권총을 다시 집을 수가 없었겠지요? 그렇다면, 다른 누군가가 한 짓이 분명합니다. 누군가 그 장면을 엿보고 나서는 바보스럽게도 벽에다 J라고 쓴 겁니다.」

그 때, 문을 두드리는 소리가 나고 바워즈가 들어왔다. 이 간호사는 여느 때와 마찬가지로 침착하고 유능해 보이는 태도를 잃지 않고 있었다. 그녀는 포와로의 질문에 이름과 주소, 그리고 자격 등을 대답했다. 그리고는 덧붙여서 말했다.

「저는 지금까지 2년 이상 밴 슈일러 양을 보살피고 있어요.」

「밴 슈일러 양의 건강이 심각한 상태인가요?」

「아니오, 그렇지 않아요. 건강이 나쁘다고 말할 수는 없지요.」 하고 바워즈가 대답했다.

「밴 슈일러 양은 젊지도 않고, 더구나 자신에 대해 신경을 많이 쓰는 분이라서 항상 간호사를 가까이 두고 싶어하지요. 다시 말해서 특별히 건강이 나빠서가 아니라, 단지 누군가 자신에게 신경을 써 주기를 바라시는 것이죠. 그리고는 그 대가로 돈을 치르는 거고요.」

포와로는 수긍이 간다는 듯이 고개를 끄덕였다. 그리고 나서 그는 말했다.

「내가 듣기로는, 어젯밤에 롭슨 양이 당신을 부르러 갔었다고요?」

「예, 그랬었죠.」

「그 때 일어난 일을 정확히 말해 주시겠습니까?」

「글쎄요, 롭슨 양은 제게 간략하게 무슨 일이 일어났는지를 설명해 주더군요. 그래서, 그녀를 따라가 보니까 드벨포 양이 몹시 흥분한 상태이더군요.」

「그녀가 혹시 도일 부인을 협박하는 따위의 말은 하지 않던가요?」

「아네요, 그런 말은 전혀 없었어요. 그녀는 다만 몹시 자책하고 있었어요. 술을 너무 마셨더군요. 그래서, 그 부작용으로 몹시 괴로워하고 있었어요. 저는 그녀를 혼자 내버려 두어서는 안 되겠다고 생각했지요. 그래서, 모르핀 주사를 한 대 놓아 주고 그 옆에 앉아 있었어요.」

「이 질문에 확실히 대답해 주셔야 합니다, 바워즈 양. 혹시 드벨포 양이 선실에서 나간 적은 없었습니까?」

「아니오, 전혀 없어요.」

「그리고 당신은?」

「저는 오늘 새벽까지 줄곧 그녀 곁에 있었습니다.」

「틀림없겠지요?」

「예, 그래요.」

「감사합니다, 바워즈 양.」

그 간호사가 나가자 두 사람은 서로 얼굴을 마주 보았다.

재클린 드벨포는 완전히 혐의가 풀렸다. 그렇다면, 도대체 누가 리넷 도일을 쏘았단 말인가?

13

 레이스 대령이 말했다.
「누군가가 그 권총을 집어 간 겁니다. 그리고, 그건 재클린 드벨포가 아니고요. 누군가가 재클린에게 혐의가 가도록 계산하고 한 것이 분명합니다. 하지만, 범인은 간호사가 재클린에게 마취 주사를 놓고서 밤새도록 옆에 붙어 있으리라고는 생각지 못한 것이지요. 한 마디 더한다면, 범인은 언젠가 절벽에서 바위를 굴려 떨어뜨려서 리넷 도일을 죽이려고 했습니다. 그것도 역시 재클린이 아니었습니다. 그렇다면, 범인은 누구일까요―?」
 포와로가 말을 꺼냈다.
「먼저 불가능한 사람부터 생각해 보는 편이 더 간단하겠습니다. 도일 씨, 앨러튼 부인, 팀 앨러튼, 밴 슈일러 양, 바워즈 양은 이 사건과 아무 관계가 없소. 그 때 그 사람들은 모두 내가 볼 수 있는 곳에 있었으니까요.」
「그렇다면, 혐의를 둘 만한 사람들이 꽤 여러 명 있군요. 그런데, 도대체 동기가 무엇일까요?」
「그 점에 대해서는 도일 씨에게 물어 보기로 합시다. 지금까지도 몇 가지 사고가 있었으니……」
 그 때, 재클린 드벨포가 들어왔다. 그녀의 얼굴은 마치 백지장처럼 창백했으며, 쓰러질 듯이 비틀거렸다.
「오, 제가 한 게 아니에요. 정말이에요.」
 그녀의 목소리는 겁에 질린 아이같았다.
「모두들 다 제가 한 짓이라고 믿고 계시겠지요? 그렇지만, 정말 제가 하지 않았어요. 제발 저를 믿어 주세요. 그건―그건 정말 끔찍한 일이에요. 저는 그런 일이 일어나는 것을 원하지 않았어요. 어젯밤, 하마터면 시몬을 죽일 뻔했지요. 제가 정신이 나갔었나 봐요. 하지만,

다른 짓은 하지 않았어요…….」
 그녀는 의자에 털썩 주저앉아서 마구 울음을 터뜨렸다.
 포와로가 그녀의 어깨를 가볍게 두드려 주었다.
「자, 자— 이제 그만 그쳐요. 우리는 당신이 도일 부인을 죽이지 않았다는 사실을 알고 있습니다. 그건 이미 입증되었으니까요—. 그래요, 입증 됐고말고요. 당신이 한 짓이 아니에요.」
 재키는 갑자기 벌떡 몸을 일으켰다. 그녀의 손에는 눈물로 흠뻑 젖은 손수건이 쥐어져 있었다.
「그럼 누가 그런 짓을 했을까요?」
「바로 그게—」 하고 포와로가 말했다. 「지금 우리가 생각하고 있는 문제이지요. 당신이 우리를 좀 도와 주지 않겠소?」
 재클린이 고개를 저었다.
「저는 모르겠어요…… 상상할 수도 없어요…… 아니에요, 저는 정말 아무 생각도 나지 않아요.」
 그녀는 얼굴을 잔뜩 찌푸리면서 말했다.
「아니에요.」 하고 마침내 그녀가 말했다. 「저는 그녀를 죽이고 싶어하는 사람이 있다고는 생각하지 않아요.」
 그녀는 약간 머뭇거렸다.
「저를 제외하고는……」
 이 때 레이스 대령이 말했다.
「잠깐 실례하겠습니다— 갑자기 뭔가 떠올라서요.」 그는 황급히 방을 빠져 나갔다.
 재클린 드벨포는 초조한 듯이 손을 비비면서 바닥을 내려다보고 있었다. 그러다가 갑자기 소리쳤다.
「죽음이란 끔찍해요— 정말 끔찍해요! 저는— 생각만 해도 두려워요.」
 포와로가 말했다.
「죽음을 생각하는 건 즐겁지 못한 일이죠, 물론. 더군다나, 누군가가 자신의 계획이 성공한 것을 유유히 즐기고 있을 바로 이런 순간에는 더욱 말입니다.」

「제발 그만— 그만하세요!」 하고 재클린이 외쳤다.

「그런 말만 들어도 소름이 끼쳐요.」

포와로가 어깨를 한 번 으쓱했다.

「오, 물론이지요.」

재키가 갑자기 낮은 목소리로 말했다.

「저는— 저는 사실 그녀가 죽기를 바랐어요— 그리고 정말 그녀가 죽었어요…… 게다가…… 바로 제가 말한 것과 똑같은 방법으로 말이에요.」

「예, 마드모아젤. 머리에 총을 맞았으니까요.」

그녀가 외쳤다.

「그 날 밤 카타랙트 호텔에서 제가 말했던 바로 그대로예요. 그 때, 누군가가 제 이야기를 엿듣고 있었던 게 분명해요!」

포와로는 고개를 끄덕였다. 「나는 당신이 그 일을 기억하고 있는지 궁금했어요. 그 일은 너무나 굉장한 우연의 일치입니다— 도일 부인이 바로 당신이 묘사한 그대로 살해당했으니 말이오.」

재키는 몸을 떨었다.

「그 날 밤 제 말을 엿듣고 있었던 남자가 누구였을까요?」

포와로는 한동안 입을 다물고 있다가 약간 다른 목소리로 말했다.

「당신은 그 사람이 남자였을 거라고 생각합니까?」

「예, 물론. 적어도—」 재키는 그의 말에 깜짝 놀란 표정을 지었다.

「말씀하십시오..」

그녀는 그 때의 일을 기억해 내려는 듯이 눈을 반쯤 감고 눈살을 찌푸렸다. 그리고는 느릿느릿하게 말했다.

「그 때 저는 남자라고 생각했어요…….」

「하지만, 지금은 확신할 수 없다는 겁니까?」

재키는 천천히 말을 이었다.

「확신하지는 못하겠어요. 저는 그 때 그저 남자라고 추측했을 뿐이에요— 하지만, 정확히 말하자면, 누군가의 형체가 어른거렸을 뿐이지요. 사람의 그림자 같은 것이……」

그녀는 잠깐 말을 멈추고 나서, 포와로가 아무 말도 하지 않자 다시 계속했다.

「그러면, 당신은 여자였을 거라고 생각하시나요? 하지만, 이 배에 탄 여자들 중에 그 누구도 리넷을 죽이고 싶어하지 않았을 텐데요?」

포와로는 머리를 양쪽으로 흔들고 있었다.

그 때 문이 열리고 베스너 박사가 나타났다.

「잠깐 오셔서 도일 씨와 이야기를 좀 나누시지요, 포와로 씨. 그가 당신을 만나고 싶다는군요.」

재키는 이 말에 벌떡 일어났다. 그녀는 베스너 박사의 팔에 매달렸다.

「그이는 어때요? 괜찮은가요?」

「당연히 괜찮지 못하죠.」하고 베스너 박사가 퉁명스럽게 말했다. 「뼈가 부러졌습니다. 당신도 잘 알고 있을 텐데요.」

「그렇지만, 죽지는 않겠죠?」하고 재클린이 외쳤다.

「아, 누가 죽는다고 했소? 훌륭한 시설이 있는 병원으로 가서 X 레이 촬영을 해 본 다음, 적절한 치료를 하면 돼요.」

「오!」 그녀는 두 손을 꼭 붙잡고 다시 의자 위에 주저앉았다.

포와로가 의사와 함께 갑판 위로 나갔을 때 마침 레이스 대령이 그들에게로 다가왔다. 그래서, 그들 세 사람은 베스너 박사의 선실로 갔다.

시몬 도일은 푹신한 베개와 쿠션 등을 받치고, 다리에는 임시 부목을 대고 누워 있었다. 그의 얼굴은 핏기 하나 없이 창백했으며, 고통으로 일그러져 있었다. 하지만, 무엇보다도 그의 얼굴을 가득 채우고 있는 것은 당혹한 표정— 어린아이와도 같은 당혹감이었다.

그는 중얼거렸다.

「베스너 박사님에게 이미— 리넷 이야기를 들었습니다……. 나는 믿어지지가 않아요. 도저히 믿을 수가 없단 말입니다.」

「이해합니다. 엄청난 충격일 테니까요.」

시몬은 더듬거리면서 계속 말했다.

「당신도 아시겠지만— 그건 재키가 한 짓이 아닙니다. 재키가 그랬을 리가 없어요! 그 일로 그녀가 불리한 입장에 놓이게 되겠지요? 하지만, 분명히 말씀드리는데, 그녀는 절대로 범인이 아닙니다. 그녀는— 그녀는 어젯밤 조금 흥분해서, 결국은 소동을 일으키고 말았지요. 하지만, 절대로 살인을 하지는— 그런 잔인한 살인을 할 여자가 아닙니다……!」

포와로는 상냥하게 말을 건넸다.

「너무 괴로워하지 마십시오, 도일 씨. 누가 부인을 쏘았는지는 아직 모르겠습니다만, 드벨포 양이 아닌 것만은 분명합니다.」

시몬은 미심쩍은 듯이 그를 쳐다보았다.

「그게 정말입니까, 포와로 씨?」

「만일, 드벨포 양이 아니라면—」 하고 포와로는 계속 말했다. 「혹시 의심이 가는 사람이라도 있습니까?」

시몬은 고개를 설레설레 저었다. 그의 얼굴에 나타난 당황한 표정이 점점 짙어 갔다.

「말도 안 되는 소리입니다— 있을 수 없는 일이에요. 재키를 제외하고는, 아내가 죽기를 바랄 만한 사람은 아무도 없습니다.」

「한번 곰곰이 생각해 보십시오, 도일 씨. 정말 부인에게 적이 없었습니까? 그녀에게 원한을 품고 있는 사람이 하나도 없을까요?」

시몬은 어찌할 도리가 없다는 듯이 고개를 저었다.

「아무리 생각해도 그런 사람은 없습니다. 물론 윈들쉠이라는 남자가 있기는 하지요. 리넷은 나와 결혼함으로써 그를 배신한 결과가 되었지요. 하지만, 그렇다고 해도 그렇게 예의바른 신사가 살인을 저지를 리는 없습니다. 게다가, 그는 멀리 있으니까요. 조지 워드 경이라는 사람의 경우도 마찬가지입니다. 리넷이 그에게서 저택을 사들인 이후로 그가 리넷을 불쾌하게 여기고 있었던 것은 사실입니다. 하지만, 그는 지금 런던에 있기 때문에 살인을 한다는 것은 불가능합니다.」

「내 이야기를 한번 들어 보십시오, 도일 씨.」 하고 그는 매우 진지한 표정으로 말했다.

「카나크 호를 탄 첫날에 나는 부인에게서 매우 인상적인 이야기를 들었답니다. 부인은 매우 흥분된 목소리로, 자기 주위에 있는 사람들 모두가 다 자신을 미워하고 있다고 말했습니다. 그리고는, 그들이 모두 자신의 적인 것 같아서 몹시 두렵다고 했습니다.」

「재키와 한 배를 타고 있어서 흥분했던 걸 겁니다. 사실 나도 마찬가지였습니다.」

「하지만, 꼭 그렇기 때문만은 아니었던 것 같습니다. 물론, 주위 사람들 모두가 적이라는 표현은 다소 과장된 것이겠죠. 하지만, 부인은 재키 외의 또 다른 사람들을 의미한 것이 분명합니다.」

「그 점에 있어서는 당신 말이 옳습니다.」 하고 시몬이 시인했다.

「내가 그 이유를 설명해 드리지요. 승객 명단 속에 있는 어떤 이름을 보고 아내는 몹시 충격을 받았습니다.」

「승객 명단 속의 어떤 이름? 그게 누구의 이름이었습니까?」

「글쎄요, 아내는 나한테까지도 정확하게 이야기하지 않았습니다. 솔직히 말해서, 나도 별로 신경써서 들으려고 하지도 않았고요. 나는 그 때 재클린 때문에 정신이 온통 그 곳에 쏠려 있었거든요. 내 기억으로는, 리넷이 자기 때문에 사업이 망해서 원한을 가지고 있는 사람들을 만나게 되면, 몹시 괴롭다는 이야기를 했던 것 같습니다. 나는 리넷 집안의 내막 같은 것에 대해서는 전혀 아는 바가 없지만, 리넷의 어머니가 백만 장자의 딸이었다고 하더군요. 리넷의 아버지는 그저 잘 사는 정도였는데, 결혼 이후 증권 같은 데에 관여하기 시작했답니다. 그래서, 결과적으로 망하게 된 사람들이 여러 명 있었다는군요. 아시다시피, 망하는 것은 하루 아침이니까요. 내 생각입니다만, 리넷의 아버지와 경쟁하다가 큰 손해를 본 사람의 자손이 이 배에 타고 있는 것 같습니다. 그리고, 언제인가 리넷이 이런 이야기를 한 적이 있습니다. '자신도 모르는 사람에게서까지 미움을 받고 있다는 것은 정말 끔찍한 일이에요.' 하고 말입니다.」

「흠, 그랬었군요..」 하고 포와로가 생각에 잠긴 목소리로 말했다.

「이제 왜 부인이 내게 그런 말을 했는지 이해가 가는군요. 처음으로 부인은 막대한 유산이 오히려 짐이 될 수도 있다는 사실을 느낀 겁니다. 그런데, 도일 씨— 부인이 정말 그 사람의 이름을 말하지 않았습니까?」

시몬은 슬픈 듯이 고개를 저었다.

「사실 나는 별로 주의 깊게 듣지도 않았습니다. 리넷의 말에 그저 이렇게 대답했다고 생각합니다. '아버지의 일로 신경쓸 필요는 없어요. 안 그래도 복잡한 세상살이에 그렇게까지 하지 않아도 되잖겠소?' 하고 말입니다.」

그러자 베스너 박사가 냉담하게 말했다.

「이 배에 불만이 꽉 찬 젊은이가 있는 것 같던데……」

「퍼거슨 말인가요?」 하고 포와로가 물었다.

「맞습니다. 그가 도일 부인에 대해 험담하는 것을 한두 차례 들었습니다.」

「뭐라고 했습니까?」 하고 시몬이 물었다.

포와로가 그 말에 이렇게 대꾸했다.

「레이스 대령과 나는 승객 모두를 만나 볼 생각이오. 그들의 이야기를 들어 보기 전에는 공연히 쓸데없는 추측을 할 필요는 없을 것 같소. 그렇지, 참— 하녀가 있었지. 먼저 그녀부터 만나 보도록 합시다. 여기에서 만나면 되겠군요. 도일 씨도 함께 듣는 편이 좋을 테니까.」

「예, 좋은 생각입니다.」 하고 시몬이 말했다.
「그녀는 언제부터 도일 부인의 시중을 들었나요?」
「2개월밖에 안 되었습니다.」
「겨우 2개월이라!」 하고 포와로가 외쳤다.
「설마, 당신은—?」
「부인이 무슨 값진 보석이라도 가지고 있었습니까?」
「진주 목걸이가 하나 있습니다.」 하고 시몬이 대답했다.
「언젠가 들은 이야기인데, 그게 4, 5만 파운드나 된다고 하더군요.」
그러다가 그는 멈칫했다.
「맙소사, 그렇다면 당신은 그 하찮은 진주 때문에—?」
「도둑질도 동기가 될 수 있습니다.」 하고 포와로가 말했다.
「그렇지만, 이 사건만큼은 그런 것 같지는 않소……. 어쨌든 차차 알게 되겠지요. 자, 하녀를 부릅시다.」
루이스 버젯은 포와로가 언젠가 한 번 본 적이 있는 라틴계의 가무잡잡한 여자였다.
그녀의 모습에서는 쾌활한 면을 전혀 찾아 볼 수가 없었다. 그녀는 겁에 질린 듯이 줄곧 울고 있었다. 하지만, 그녀의 얼굴에는 어떤 교활함이 드리워져 있었기 때문에 그 두 사람—레이스 대령과 포와로는 그녀에게 좋은 인상을 받지 못했다.
「루이스 버젯 양인가요?」
「예.」
「도일 부인이 살아 있는 모습을 마지막으로 본 게 언제였지요?」
「어젯밤이었어요. 선실에서 기다리고 있다가 아씨가 옷갈아 입는 것을 도와 드렸거든요.」
「그 때가 몇 시였소?」
「11시가 조금 지났을 때였어요. 정확한 시간은 모르겠어요. 저는 아씨가 옷을 갈아입는 것을 도와 드린 뒤에, 침대에 드시는 것을 보고 방에서 나왔어요.」

「그 때까지 얼마나 걸렸소?」

「10분쯤일 거예요. 아씨는 몹시 피곤한 것 같았어요. 저에게 방에서 나갈 때 불을 끄라고 말씀하셨지요.」

「그리고, 방에서 나온 뒤에는 무엇을 했소?」

「제 선실로 돌아갔어요. 갑판 아래쪽에 있어요.」

「혹시 사건 해결에 도움이 될 만한 어떤 장면을 목격하거나, 소리를 듣지는 못 했나요?」

「어떻게 제가 들을 수 있었겠어요?」

「질문에 대답할 사람은 바로 당신이지, 우리가 아니오.」 하고 에르큘 포와로가 대꾸했다.

그녀는 슬쩍 그를 쳐다보았다.

「하지만, 선생님, 저는 가까운 곳에 없었거든요. 그러니, 제가 어떻게 보거나 듣거나 할 수 있었겠어요? 제 선실은 아래쪽 갑판에 있어요. 더구나, 제 방은 반대쪽에 있기 때문에 소리가 들리지 않아요. 만일 제가 잠이 오지 않아서 위로 올라가기라도 했다면, 그 살인범이 아씨의 선실로 들어가거나 나오는 것을 볼 수 있었을지도 모르죠. 하지만……」

이렇게 말한 뒤, 그녀는 갑자기 시몬에게 호소하듯이 손을 내밀고 외쳤다.

「선생님, 제발— 다 알고 계시잖아요. 제게 무슨 말을 하라는 거예요?」

「바보같으니라고.」 하고 시몬이 날카롭게 꾸짖었다.

「바보같이 굴지 마. 네가 무엇을 봤다거나 들었다고 하는 게 아니란 말이야. 걱정할 것 없어. 내가 돌봐 줄 테니까. 그리고, 누가 너를 다그치거나 하지도 않을 거야.」

루이스는 나지막이 중얼거렸다.

「선생님은 정말 좋은 분이세요.」

그리고는 공손하게 머리를 조아렸다.

「그렇다면, 아가씨는 아무것도 보지도 듣지도 못 했다는 말이오?」 하고 레이스 대령이 신경질적으로 물었다.

「예, 그래요.」

「그러면, 혹시 부인에게 원한을 품고 있는 사람이 있다는 이야기를 듣지 못했소?」

이 말을 들은 루이스는, 주위 사람이 모두 깜짝 놀랄 정도로 고개를 세차게 끄덕였다.

「아, 예— 들었어요. 저는 그게 누구인지 잘 알고 있는걸요.」

포와로가 말했다. 「드벨포 양 말이오?」

「물론, 그녀도 그렇긴 하지요. 하지만, 그녀를 두고 하는 말이 아니에요. 이 배에는 아씨 때문에 큰 손해를 입었다고 하며, 아씨를 몹시 미워하고 있는 사람이 또 하나 있어요.」

「세상에!」 시몬이 한탄했다. 「그게 도대체 무슨 소리지?」

루이스는 여전히 크게 머리를 끄덕이면서 계속 말해 나갔다.

「예, 분명한 사실이에요! 그건 저 이전에 아씨를 모시고 있던 하녀와 관련된 일인데요— 이 배에서 기관사로 일하는 남자가 바로 그 하녀와 결혼하고 싶어했었어요. 아씨의 하녀였던 메리도 그와 결혼할 생각이었고요. 하지만, 아씨가 뒷조사를 해 본 결과, 이 플리트우드라는 남자는 이미 아내—원주민 아내가 있는 유부남이라는 사실을 알아냈지요. 그 원주민 아내는 고향인 이 곳 이집트로 돌아와 버렸지만, 여전히 아내임에는 틀림이 없었으니까요. 아씨가 이 사실을 메리에게 알려 주자, 메리는 너무 슬퍼하면서 다시는 그와 만나지 않았대요. 그래서, 이 플리트우드라는 남자가 아씨를 무척 증오했다더군요. 그런데, 아씨가 바로 옛날의 그 리넷 리지웨이 양이라는 사실을 알고는, 아씨를 죽여 버리겠다고 했다는 거예요! 아씨가 참견하는 바람에 자기 인생이 엉망이 되었다고 하면서요.」

루이스는 의기양양하게 말을 끝냈다.

「거참 재미있는 일이로군.」 하고 레이스 대령이 말했다.

포와로는 시몬을 돌아보면서 물었다.

「이 일에 대해 뭐 생각나는 거라도 없습니까?」

「전혀 없습니다.」 하고 시몬은 진심에서 우러나오는 목소리로 말했다.

「리넷도 그 남자가 이 배에 타고 있다는 사실을 알고 있었을까요? 리넷은 아마 거기에 대해서 새까맣게 잊어버리고 있었을 텐데요.」

그런 다음, 그는 날카롭게 하녀를 쳐다보며 말했다.

「이 일에 대해서 아씨가 무슨 이야기라도 했나?」

「아니에요, 선생님. 아씨는 아무 말씀도 하시지 않았어요.」

포와로가 물었다.

「혹시 주인 아씨의 진주 목걸이에 대해서 알고 있는 게 없소?」

「진주 목걸이요?」

루이스는 눈을 동그랗게 떴다.

「어젯밤, 아씨께서 걸고 계셨는데요.」

「그럼, 부인이 잠자리에 들 때도 그 목걸이를 보았소?」

「예.」

「부인이 그걸 어디다 풀어 놓았소?」

「여느 때와 마찬가지로 침대맡의 탁자 위에 두셨어요.」

「그게 목걸이를 마지막으로 본 장소란 말이지요?」

「예, 선생님.」

「오늘 아침에도 거기에 있었소?」

그녀는 소스라치게 놀라는 표정이었다.

「어머나! 저는 그쪽은 보지 못했어요. 제가 침대 쪽으로 다가갔을 때— 아씨의 모습이 보였지요. 그리고 나서, 저는 비명을 지르면서 밖으로 뛰쳐 나갔어요. 그리고는 기절해 버렸고요.」

에르큘 포와로는 고개를 끄덕였다.

「그쪽을 보지 못했다? 흠— 하지만, 나는 알고 있어. 오늘 아침에 침대맡의 탁자 위에는 진주 목걸이가 없었지.」

14

역시 에르큘 포와로의 눈은 정확했다. 리넷 도일의 침대맡 탁자 위에는 진주 목걸이가 없었다.

루이스 버젯을 시켜서 리넷의 소지품을 확인해 보도록 했지만, 단지 진주 목걸이만 없어졌다.

레이스 대령과 포와로가 선실 밖으로 나오자, 그들을 기다리고 있던 웨이터 한 명이 흡연실에 아침 식사를 차려 놓았다고 말했다.

그들은 갑판을 따라 걸었다. 갑자기 레이스 대령이 발을 멈추고는 난간 너머를 바라보았다.

「무슨 좋은 생각이 떠오른 모양이지요?」

「그렇소. 팬숍이 첨벙 하는 물소리를 들었다고 말했을 때, 나도 그 비슷한 소리를 들은 것 같다고 생각했소. 혹시 범인이 살인을 저지른 뒤에 권총을 바닷속에 던져 버린 것이 아니었을까요?」

「글쎄, 정말 그럴까요?」 하고 포와로가 천천히 물었다.

「아니, 그저 그런 생각이 떠올랐을 뿐이오. 어쨌든 그 권총이 감쪽같이 사라져 버렸으니까 말입니다.」

「그렇지만—」 하고 포와로가 말했다. 「권총을 바닷속으로 던지지는 않았을 겁니다.」

레이스 대령이 물었다.

「그렇다면, 어디에 있을까요?」

포와로는 조심스럽게 대답했다.

「만일 도일 부인의 선실에 없다면, 논리적으로 따져 보아 마땅히 있을 만한 장소에 있겠지요.」

「거기가 어디요?」

「드벨포 양의 선실이지요.」
레이스 대령은 생각에 잠긴 목소리로 말했다.
「흠, 정말 그렇겠군요—.」
그러다가, 문득 그는 걸음을 멈추고 말했다.
「지금 그녀는 자기 선실에 없을 텐데, 우리가 가서 찾아 볼까요?」
포와로는 어깨를 으쓱하면서 말했다.
「안 됩니다. 그건 너무 조급한 생각이오. 아직은 거기에 갖다 두지 않았을지도 모르니까요.」
「그렇다면, 이 배의 선실을 샅샅이 뒤져보면 어떻겠소?」
「그런 행동은 우리 계획을 노출시키는 결과밖에 되지 않습니다. 이제부터는 조심스럽게 행동해야 합니다. 식사하면서 그 일을 의논하기로 합시다.」
레이스 대령은 그의 말에 따랐다. 그들은 나란히 흡연실로 들어갔다.
「그런데—」 하고 레이스 대령이 커피를 마시면서 말을 꺼냈다.
「지금 우리에게는 두 가지 명백한 사실이 주어졌습니다. 하나는 그 진주 목걸이가 사라졌다는 것이고, 다른 하나는 플리트우드라는 남자에 관한 사실이오. 진주 목걸이로 말하자면— 당신 생각은 어떻습니까?」
포와로가 얼른 말했다.
「글쎄— 도둑질을 할 만한 상황은 아니잖습니까?」
「물론 그렇지요. 그런 때에 진주 목걸이를 훔쳐 낸다는 것은, 내가 범인이다 하고 외치면서 다니는 것과 마찬가지이니까 말이오. 그건 그렇고, 도대체 그 도둑은 목걸이를 어떻게 처리했을까요?」
「육지로 가서 적당한 곳에 묻어 두고 왔는지도 모르지요.」
「하지만, 제방에는 언제나 경비원이 감시하고 있는데요?」
「그렇다면, 그건 가능성이 없는 이야기로군요. 혹시 살인범이 일부러 목걸이를 훔쳐서, 강도 살인으로 위장하려던 것은 아닐까요? 아니지, 그건 말도 안 돼. 이치에 맞지 않아. 하지만, 누군가 목걸이를 훔치고 있는 순간에 마침 도일 부인이 깨어났다고 가정해 본다면─?」

「그래서, 그 도둑이 그녀를 쏘았다는 말이오? 하지만, 그녀는 잠든 상태에서 총에 맞았다고 했습니다.」

「그렇다면, 역시 그것도 말이 되지 않는군……. 그런데 말이오, 그 진주 목걸이에 관해서 한 가지 추측해 본 게 있긴 한데 말입니다─ 그리고 아직까지는─ 아니, 그건 불가능하지. 만일, 내 추측이 옳다면 그 목걸이는 사라지지 않았을지도 모릅니다. 레이스 대령, 그 하녀를 어떻게 생각합니까?」

「글쎄─」 하고 레이스 대령이 천천히 대답했다.

「어쩐지 우리에게 말한 것 이상의 사실을 알고 있는 것 같다는 생각이 드는군요.」

「아, 당신도 역시 그런 느낌을 받았군요.」

「어딘가 수상한 여자인 것만은 분명합니다.」 하고 레이스 대령이 말했다.

에르큘 포와로는 그 말에 고개를 끄덕였다.

「그래요, 나도 그 여자는 믿을 만한 사람이라고는 생각지 않습니다.」

「그렇다면, 그 하녀가 살인 사건과 무슨 관계가 있다는 말입니까?」

「아닙니다. 그런 이야기는 아니지요.」

「그럼, 그 목걸이가 도난당한 것하고라도……?」

「그 쪽이 더 가능성 있는 이야기지요. 그녀가 도일 부인의 하녀로 일한 것은 불과 2개월밖에 되지 않습니다. 혹시 보석만을 전문적으로 노리는 도둑의 일당일지도 모르지요. 그런 패거리들은 으레 신원이 확실한 하녀를 앞장세우는 경우가 많거든요. 그렇지만, 현재 우리 형편으로는 그러한 사실을 조사해 볼 수가 없습니다. 하지만, 아무리 그렇다고 해도 이 추론도 역시 불충분한 것 같습니다. 그 진주 목걸이는…… 내 생각이 옳을 텐데 말이오. 하지만, 그렇게 어리석은 짓을 할 리가 없을 텐데—」

그는 잠시 말을 멈췄다.

「플리트우드라는 그 남자는 어떻습니까?」

「직접 만나서 조사를 해 봐야 알겠지요. 그러면, 무슨 해결의 실마리가 나올 것도 같습니다. 만일 루이스 버젯의 이야기가 사실이라면, 그는 복수라는 뚜렷한 동기를 가지고 있는 셈이니까요. 혹시, 그가 재클린과 도일 사이의 일을 엿보고 있었는지도 모르지요. 그래서, 전망실이 빈 다음, 몰래 들어가서 그 권총을 가지고 왔을지도 모르고. 그렇지, 그건 가능한 일이오. 그리고, 그는 손가락에 피를 묻혀서 J라는 글자를 써 놓은 거지요. 그런데, 그런 것은 단순하고 다소 유치한 사람의 생각같지 않습니까?」

「그가 바로 우리가 찾고 있는 사람일까요?」

「글쎄— 다만—」

포와로는 콧등을 비볐다. 그리고는 약간 얼굴을 찡그리면서 말했다.

「당신도 알겠지만, 나도 내 자신의 약점을 인정합니다. 흔히 나는 어려운 사건을 좋아한다고 말하지요. 그래서 말이지만, 당신이 제시한 이 설명은— 뭐랄까, 너무 단순하고 너무 쉬운 것 같습니다. 그래서, 나는 정말 그런 식으로 사건이 일어난 것일까 하고 의문이 생긴답니다. 물론 단순한 선입관 때문인지도 모르지만요.」

「글쎄, 어쨌든 일단 그 사람을 만나 보기로 합시다.」

레이스 대령은 벨을 눌러서 그를 불러 오라고 시켰다. 그런 다음 그는, 「어떤 다른— 가능성이 있을까요?」 하고 물었다.

「다른 가능성은 얼마든지 있습니다. 예를 들면 미국인 재산 관리인도 있지요.」

「페닝튼 말이오?」

「그렇습니다, 페닝튼. 언젠가 바로 여기서 무척 흥미로운 장면이 일어났었지요.」
　그는 레이스 대령에게 그 일에 대해서 설명해 주었다.
　「그건 매우 의미 심장한 일이오. 도일 부인은 서명하기 전에, 우선 그 서류들을 모두 읽어 보려고 했습니다. 그러자, 갑자기 그는 다른 날에 하자고 미루더군요. 그리고, 그 때 남편이 매우 중대한 이야기를 한 마디 했습니다.」
　「그게 무슨 이야기였소?」
　「그는 이렇게 말했습니다. '나는 지금까지 서류들을 읽어 본 적이 없으니까요. 그저 사람들이 점선 위에 서명할 곳을 가리켜 주는 대로 서명해 버리죠.' 당신은 이 말이 무슨 뜻인지 알 겁니다. 페닝튼도 그 뜻을 알아차렸습니다. 나는 그의 눈을 보고서 그 사실을 알 수 있었지요. 그 사람은 마치 뭔가 아주 새로운 생각이 떠오른 것처럼 도일을 쳐다보았습니다. 당신도 한번 보십시오. 만일, 당신이 어떤 백만장자의 딸 대신 재산을 관리하는 입장에 있다고 해 봅시다. 그러면, 아마 당신은 그 재산을 이용해서 이익을 취하고 싶은 생각이 들 겁니다. 나는 그런 경우를 종종 추리 소설에서 읽은 적이 있지요―. 그리고, 실제로 그런 일이 있기도 하지요. 그건 실제로도 얼마든지 가능한 거니까요.」
　「그 말은 맞습니다.」 하고 레이스 대령이 말했다.
　「당신의 피후견인은 미성년자이기 때문에 당신은 돈을 벌 시간적인 여유가 많았겠지요. 그런데, 그녀가 갑자기 결혼을 한 겁니다! 당신 책임 하에 있었던 그 많은 재산은 즉시 그녀에게 넘어가겠지요! 당신에게는 날벼락이 떨어진 셈입니다! 하지만, 아직까지는 시간이 있습니다. 그녀는 신혼 여행중이므로 사업에 대해서 별로 신경을 쓰지 않을 테니까요. 그러니, 여러 서류들 사이에 어떤 서류를 끼워 넣어서 내민다면 읽어 보지도 않고 그냥 서명할 거라고 생각했겠지요……. 하지만, 리넷 도일은 그렇게 하지 않았습니다. 그녀는 신혼 여행중이라고 해서 자신의 사무적인 태도를 잃지는 않았던 거지요.

그리고, 그 때 그녀의 남편이 한 마디 하자 탈출구를 모색하고 있던 그 궁지에 몰린 페닝튼은 문득 새로운 아이디어를 생각해 냈습니다. 만일 리넷 도일이 죽는다면, 그녀의 재산은 모두 남편에게 넘어가게 됩니다―. 그렇게 되면, 그는 좀더 일을 처리하기가 쉬울 테지요. 왜냐하면, 남편이란 사람은 마치 어린 아이같아서 앤드류 페닝튼처럼 영리한 재산 관리인의 손에 놀아나기 십상일 테니까요. 바로 이런 생각을 앤드류 페닝튼이 떠올린 것을 나는 알 수 있었습니다. '만일 도일과 상대한다면……' 그게 바로 그가 생각하고 있었던 겁니다.」
「있을 수 있는 일이군요.」 하고 레이스 대령이 냉담하게 말했다.
「하지만, 아무런 증거가 없지 않습니까?」
「유감스럽게도 그렇군요.」
「그리고 퍼거슨이라는 젊은이가 있지요.」 하고 레이스 대령이 말했다.
「그는 말을 심하게 하는 사람이더군요. 혹시 그의 아버지가 리지웨이 집안 때문에 망했던 건 아닐까요? 물론 억측일지도 모르지만, 정말 그랬을지도 모릅니다. 게다가, 이미 지나간 일을 여전히 가슴 속에 품고 있는 사람들이 종종 있으니까 말이오.」
레이스 대령은 잠깐 말을 멈추었다가 다시 계속했다.
「자, 다음에는 내가 찾고 있는 친구 차례입니다.」
「오, 참―당신이 찾고 있는 친구가 있었지요.」
「그 녀석은 살인자입니다.」 하고 레이스 대령이 말했다.
「하지만, 그 녀석이 리넷 도일에게 무슨 원한이 있으리라고는 생각되지 않습니다. 더구나, 두 사람은 완전히 다른 세계에서 살아 왔으니까 말이오.」
포와로는 천천히 말했다.
「우연히 리넷이 그의 정체를 알게 되지만 않았다면……」
「그것도 가능한 일이군요. 하지만, 그런 경우는 없었을 것 같소…….」

그 때 문 두드리는 소리가 들렸다.
「아, 이제 우리의 중혼(重婚) 미수범이 나타나셨군.」
플리트우드는 몸집이 커다랗고 거칠게 생겼다. 그는 방에 들어서자마자 미심쩍은 눈길로 레이스 대령과 포와로를 번갈아 쳐다보았다. 포와로는 바로 그가 루이스 버젯과 이야기하고 있었던 남자라는 것을 알았다.
플리트우드는 미심쩍은 듯이 물었다.
「나를 보자고 하셨습니까?」
「그랬습니다.」 하고 레이스 대령이 말했다.
「당신도 어젯밤 이 배에서 일어난 사건을 알고 있겠죠?」
플리트우드는 고개를 끄덕였다.
「그리고, 내가 들은 바에 의하면 당신이 어제 죽은 그 부인에게 원한을 품고 있다던데?」
플리트우드는 깜짝 놀란 듯이 눈을 커다랗게 떴다.
「누가 그런 말을 했습니까?」
「당신은 도일 부인이 간섭하는 바람에 메리와 헤어지게 되었다고 하더군요.」
「누가 당신에게 그런 말을 했는지 알겠습니다―. 거짓말쟁이 프랑스 년이지요? 그 년은 거짓말만 하고 다닌다니까!」
「하지만, 이 이야기만큼은 사실일 텐데요?」
「그건 더러운 거짓말입니다.」
「무슨 이야기인지 들어 보지도 않고 그렇게 말할 수 있습니까?」
이 말은 과연 효과가 있었다. 그 남자는 얼굴이 새빨개지면서 침을 꿀꺽 삼켰다.
「당신은 메리라는 여자와 결혼할 예정이었는데, 당신이 유부남이라는 사실을 알고 난 다음 날 그녀가 결혼을 취소한 게 사실이오?」
「그게 도대체 그 죽은 부인과 무슨 상관입니까?」
「그게 도일 부인과 아무 상관도 없다는 말입니까? 역시 중혼은 중혼이군.」
「그런 게 아닙니다. 제가 이 지방 여자와 결혼했던 것은 사실입니다. 하지만, 그 결혼은 성공하지 못했습니다. 그녀가 고향으로 돌아가 버렸으니까요. 그리고, 그 뒤로 6년 동안이나 그 여자를 만나지 못했습니다.」
「그렇다고 해도 당신이 결혼한 것은 사실이잖소?」
그러자, 그는 아무 말도 하지 않았다. 레이스 대령이 계속했다.
「도일 부인, 아니 리지웨이 양이 그 모든 사실을 알아 냈지요?」
「그래요, 그녀가 모두 알아 냈습니다. 빌어먹을 여자! 아무도 그런 짓을 해 달라고 부탁하지도 않았는데 말입니다. 나는 메리에게 잘 해 주었어요. 그리고, 그녀를 위해서라면 무슨 일이든지 서슴지 않고 했지요. 메리는 만일 그 여자가 참견하지만 않았더라면 내가 결혼했다는 사실을 전혀 몰랐을 겁니다. 물론이지요, 그렇고말고요. 솔직하게 말해서, 나는 그 여자에게 앙심을 품었습니다. 그래서, 그 여자가 자신이 한 남자의 일생을 망쳐 놓았다는 사실을 까맣게 잊어버린 채, 진주와 다이아몬드로 잔뜩 치장한 모습으로 거들먹거리며 이 배에 나타난 것을 보고 몹시 역겨웠습니다! 내가 그녀를 증오했던 것은 사실이오. 하지만, 그렇다고 해서 당신이 나를 살인범으로 생각한다면— 정말 내가 그 여자를 쏘았다고 생각한다면— 그건 정말 말도 안 되는 소리입니다! 나는 맹세하지만, 그 여자에게 손 하나 까딱하지 않았단 말이오!」
그는 말을 멈추었다. 그의 얼굴에서는 땀이 뚝뚝 떨어졌다.
「어젯밤 12시에서 2시 사이에 무엇을 했습니까?」
「내 선실에서 잠자고 있었습니다—. 그것은 내 동료가 증명해 줄 겁니다.」
「물어 보지요.」 하고 레이스 대령이 말했다. 그는 짤막하게 말하면서 그를 물러나게 했다.
「이제 다 끝났소.」

문이 닫히자 포와로가 물었다.
「아니 왜?」
레이스 대령은 어깨를 으쓱하더니 말했다.
「그는 아주 솔직하게 이야기했습니다. 물론 그가 불안해 하는 것은 사실이지만, 그건 당연한 일이지요. 어쨌든 그의 알리바이를 조사해 보기는 해야겠지요―. 비록 그 알리바이가 무슨 결정적인 단서를 말해 주지는 않겠지만 말입니다. 그와 함께 있던 동료는 아마 잠이 들어 있었을 테니까, 만일 그가 빠져 나가려고만 했다면 얼마든지 나갈 수 있었을 거요. 문제는 누구 다른 사람이 그를 보았는가에 달려 있습니다.」
「그렇지, 그걸 조사해 봐야겠군요.」
「다음 번에 할 일은―」 하고 레이스 대령이 말했다. 「누군가 범행 시간에 단서가 될 만한 어떤 소리라도 듣지 못했는가 하는 겁니다. 베스너 박사는 사건이 12시에서 2시 사이에 일어났다고 했소. 그렇다면, 승객들 중의 누군가가 그 총소리를― 아무런 이유를 모르는 상태에서라도 들었을지 모릅니다. 나는 그런 소리를 전혀 못 들었습니다만, 당신은 어떻습니까?」
포와로는 고개를 저었다.
「나 말이오? 나는 곯아떨어졌기 때문에 아무 소리도 못 들었습니다―. 정말 아무 소리도. 마치 수면제라도 먹은 것처럼 그렇게 깊이 잠들었으니까요.」
「그거 유감이로군요.」 하고 레이스 대령이 말했다.
「그렇다면, 이제 우리가 기대할 것은 오른쪽 선실에 있던 사람들이 혹시 무슨 소리를 듣지 않았을까 하는 것뿐이로군. 이미 팬숍에게는 물어 보았고, 다음에는 앨러튼 가족을 만나 볼 차례로군요. 웨이터에게 그들을 데려오라고 하지요.」
앨러튼 부인이 활기 있는 걸음으로 들어왔다. 그녀는 연한 회색 줄무늬의 실크 옷을 입고 있었으며, 몹시 슬픈 표정을 짓고 있었다.

「정말 무서운 일이에요.」 하고 그녀는 포와로가 내준 의자에 앉으면서 말했다.

「정말 믿을 수가 없어요. 그렇게 아름답고, 모든 것을 다 가지고 있는 사람이— 죽다니. 도저히 믿어지지가 않아요.」

「부인이 그렇게 느끼실 만도 합니다.」 하고 포와로가 공감하듯이 말했다.

「당신이 이 배에 있는 것이 얼마나 기쁜지 모르겠어요.」 하고 앨러튼 부인이 솔직히 말했다.

「당신은 그 범인이 누구인지 꼭 밝혀 내실 거예요. 그리고, 무엇보다도 그 가엾은 처녀가 범인이 아니라서 무척 다행이에요.」

「드벨포 양 말인가요? 누가 그녀가 범인이 아니라고 하던가요?」

「코닐리어 롭슨이 그러더군요.」 하고 앨러튼 부인이 희미한 미소를 지으며 대답했다.

「정말 그 처녀는 그 사건 때문에 충격을 받았어요. 아마 그런 일은 처음일 거예요. 그리고, 물론 앞으로도 두 번 다시 일어나서는 안 될 일이고요. 하지만, 그녀는 너무 마음이 착해서 자신이 이 일에 흥분하고 있다는 것을 몹시 부끄럽게 생각하고 있답니다. 그녀는 자신을 두려워하기까지 하고 있어요.」

앨러튼 부인은 포와로를 힐끔 쳐다본 다음 한 마디 덧붙였다.

「내가 너무 떠든 것 같군요. 뭔가 내게 물어 보시고 싶은 게 있겠죠?」

「죄송합니다만, 부인은 언제 주무시러 가셨습니까?」

「10시 반이 조금 지났을 때였어요.」

「곧 잠이 드셨나요?」

「예, 몹시 졸렸거든요.」

「그런데, 혹시 무슨 소리를 못 들으셨습니까—. 어떤 소리라도?」

앨러튼 부인은 잠시 눈살을 찌푸렸다.

「음, 물이 튀는 소리를 들었던 것 같아요. 그리고, 어떤 사람이 달려가는 듯한— 아니면 저쪽에서 달려오는 것인지도 모르죠. 아무튼 그런 소리를 들었어요. 몽롱한 상태였거든요. 그래서, 누가 바다에 뛰어들었나 보다 하고 막연하게 생각했지요—마치 꿈속에서처럼요—그리고 잠시 뒤에 일어나서 귀를 기울여 보았지만, 그 때는 아무 소리도 들리지 않았어요.」

「그 때가 몇 시였는지 아세요?」

「아뇨, 모르겠어요. 하지만, 내가 잠자리에 들고 나서 그다지 오래되지 않은 때였어요. 내 생각에는 1시간이 채 안 지난 때였던 것 같은데……」

「부인, 좀더 정확하게는 모르시겠습니까?」

「정확한 시간은 잘 모르겠어요. 하지만, 아무리 생각해 보려고 해도 소용 없어요. 왜냐하면, 그 때가 언제인지 도무지 감을 잡을 수 없으니까요.」

「내게 들려 주실 이야기는 그것뿐입니까, 부인?」

「예, 그래요.」

「혹시 부인은 전에 도일 부인을 만나 본 적이 있습니까?」

「없어요. 팀은 만난 적이 있지만, 나는 없어요. 그렇지만, 이야기는 많이 들었어요. 친척인 조안나 사우스우드를 통해서요. 하지만, 애스원에서 보기 전까지는 직접 그녀를 만난 적은 없어요.」

「또 다른 질문을 드리고 싶은데요, 부인— 허락해 주신다면요.」

앨러튼 부인은 희미하게 미소지으며 중얼거렸다.

「어떤 질문이라도 기꺼이 대답해 드리겠어요.」

「혹시 부인 자신이나 아니면 부인 가족이 도일 부인의 아버지로 인해서 어떤 경제적인 타격을 입었던 적은 없었습니까? 즉, 멜휘시 리지웨이 때문에 말입니다.」

앨러튼 부인은 몹시 놀란 듯했다.

「오, 아니에요! 우리 재산은 점점 줄어든다는 것만 빼고는 아무 문제도 없어요……. 옛날에 비해 이자가 많이 줄어들긴 했지요. 하지만,

어떤 극적인 사고 같은 것은 전혀 없어요. 남편은 재산을 많이는 못 남겼지만, 그래도 우리가 살 만큼은 남겨 주었죠. 비록 그것이 점점 줄고는 있지만, 그래도 아직은 꽤 남아 있답니다.」

「감사합니다, 부인. 이제는 아드님을 이리로 보내 주시겠습니까?」

팀의 어머니가 아들에게로 가자, 그는 가볍게 말했다.

「이제 시련은 끝났나요? 그럼 제 차례로군요! 어머니에게 도대체 무엇을 물어 보던가요?」

「어젯밤에 무슨 소리를 들었나 하는 것만—」 하고 앨러튼 부인이 말했다.

「하지만, 불행하게도 나는 아무 소리도 못 들었단다. 도대체 왜 아무 소리도 못 들었는지 이해할 수가 없구나. 리넷의 선실은 내 방에서 겨우 하나 건너에 있는데 말이야. 총소리가 났다면 분명히 내게 들렸을 텐데. 자, 가 보거라, 팀. 그 사람들이 기다리고 있을 거다.」

팀 앨러튼에게도 포와로는 똑같은 질문을 했다.

팀이 대답했다.

「나는 일찍 잠자리로 갔습니다. 아마 10시 반경이었을 겁니다. 그리고는 책을 조금 읽다가 11시에 불을 끄고 잤습니다.」

「그 뒤 무슨 소리를 못 들었나요?」

「어떤 남자가 안녕히 주무시라고 말하는 소리를 들었습니다. 그것은 그다지 멀지 않은 곳에서 들려 왔지요.」

「그건 바로 내가 도일 부인에게 인사한 것이었소.」 하고 레이스 대령이 말했다.

「그랬었군요. 그 다음에 곧 잠이 들었습니다. 그런데 얼마 뒤, 떠들썩한 소리가 들려 왔습니다. 그리고, 누군가가 팬숍 씨를 부르는 것 같더군요.」

「롭슨 양이 전망실에서 뛰어나갔을 때로군.」

「예, 나도 그렇게 생각합니다. 그리고 나서 누군가가 갑판 위를 뛰어갔습니다. 그리고 그 다음에는 물이 첨벙 하는 소리가 들렸고요.

그리고 조금 있다가 베스너 박사님이 '조심해요' '너무 빠르지 않게' 하고 말하는 소리가 들려 왔습니다.」

「당신도 물이 첨벙하는 소리를 들었습니까?」

「예, 그런 소리였습니다.」

「분명히 총소리는 아니었다고 확신합니까?」

「그럴지도 모르겠군요…… 병마개 따는 듯한 소리 같기도 했으니까요. 어쩌면 그게 총소리였는지도 모르죠. 나는 아마 그 첨벙 하는 소리를 병마개 따는 소리와 연관시켜서, 잔에 술 같은 것을 따르고 있다고 생각했었나 봅니다…… 몽롱한 의식 속에서 무슨 파티가 열리고 있는 모양이라고 생각했거든요. 그리고, 그들이 빨리 파티를 끝내고 잠이나 자러 가기를 바랐습니다.」

「그 다음에 또 다른 소리는 안 들렸습니까?」

팀은 곰곰이 생각했다.

「팬숍 씨가 내 옆 방인 그의 선실에서 왔다갔다 걸어다니는 소리가 들렸습니다. 나는 저 사람은 도대체 잠을 안 자는 사람인가 하고 생각했었죠.」

「그 뒤에는요?」

팀은 어깨를 으쓱했다.

「그 뒤로는— 생각이 나지 않습니다.」

「더 이상 아무 소리도 못 들었습니까?」

「예, 아무 소리도 못 들었습니다.」

「고맙습니다, 앨러튼 씨.」

팀이 일어나서 밖으로 나갔다.

15

레이스 대령은 생각에 잠긴 채로 카나크 호의 선실 배치도를 쳐다보고 있었다.

「팬숍, 앨러튼, 앨러튼 부인, 그 다음에는 빈방― 시몬 도일의 방이지. 그런데, 도일 부인의 옆 방에는 누가 있지요? 아, 그 나이 든 미국 여자로군. 만일 누군가 그 소리를 들었다면, 바로 그 여자일 겁니다. 그녀가 일어났다면 만나 보도록 합시다.」

밴 슈일러가 방으로 들어왔다. 그녀는 오늘 아침따라 다른 어느 때보다도 더욱 늙고 창백하게 보였다. 그녀의 작고 검은 눈에는 몹시 불쾌한 기색이 역력했다.

레이스 대령이 자리에서 일어나 인사했다.

「귀찮게 해 드려서 정말 죄송합니다, 밴 슈일러 양. 이렇게 와 주셔서 고맙습니다. 자, 자리에 앉으시지요.」

밴 슈일러가 날카롭게 말했다.

「나는 이런 일에 끼여들고 싶지 않아요. 몹시 불쾌합니다. 어떤 식으로도 이런― 매우 불쾌한 사건에 말려들고 싶지가 않다고요.」

「물론 당연히― 당연히 그러실 테죠. 나는 방금 포와로 씨에게 우리가 당신의 진술을 빨리 들으면 들을수록 그만큼 더 좋을 거라고 말했습니다. 왜냐하면, 그만큼 당신도 더 이상 수고하실 필요가 없을 테니까요.」

밴 슈일러는 호감 비슷한 표정으로 포와로를 쳐다보았다.

「두 분께서 내 기분을 이해해 주시니 기쁘군요. 나는 도대체가 이런 종류의 일에는 전혀 익숙지 못해서요.」

포와로가 위로하듯이 말했다.

「정말 그럴 겁니다. 그래서, 당신을 한시라도 빨리 이런 불쾌한 상태에서 벗어나게 해 드리려는 겁니다. 그런데, 어젯밤 몇 시에 주무셨나요?」

「대개는 10시쯤이면 잔답니다. 하지만, 어젯밤에는 조금 늦게 잤어요. 코닐리어 롭슨이 생각이 모자라게도 나를 기다리게 했거든요.」

「아, 그랬습니까? 그런데 잠자리에 드신 다음, 혹시 무슨 소리를 못 들으셨나요?」

밴 슈일러가 말했다. 「나는 잠을 깊이 못 잔답니다.」

「오, 저런! 그건 우리로서는 무척 다행스러운 일이로군요.」

「나는 그 버릇없는 도일 부인의 하녀 때문에 잠이 깨어버렸어요. 그 하녀는 '안녕히 주무세요, 아씨' 하고 지나치게 큰 소리로 말했거든요.」

「그리고는요?」

「다시 잠이 들었어요. 얼마 뒤 누군가 방에 들어온 듯해서 또 깨어났는데, 정신을 차리고 보니까 내 방이 아니라 옆 방이더군요.」

「도일 부인의 선실 말입니까?」

「예. 그리고 나서 누군가 갑판에 나와 있는 듯한 인기척이 들렸고, 그리고 물이 첨벙 하는 소리가 났어요.」

「그 때가 몇 시였는지 모르겠습니까?」

「정확하게 말할 수 있어요. 그 때는 1시 10분이었어요.」

「분명합니까?」

「예, 침대맡에 놓여 있는 작은 시계를 보았으니까요.」

「그럼 총소리는 듣지 못하셨습니까?」

「그런 소리는 전혀―」

「하지만, 혹시 그 총소리 때문에 깨신 건 아닐까요?」

밴 슈일러는 보기 싫은 머리를 한쪽으로 기울이고 그 질문에 곰곰이 생각했다.

「그럴지도 모르죠.」 하고 그녀는 볼멘소리로 시인했다.

「그 첨벙 하는 소리도 무슨 소리였는지 모르시겠지요?」

「천만에요― 분명히 알고 있어요.」

레이스 대령이 벌떡 일어났다. 「알고 있다고요?」

「물론이에요. 나는 사람들이 서성거리는 그 발자국 소리가 귀에 거슬려서 일어나 선실 문가로 가 보았지요. 오터번 양이 몸을 숙이고 있더군요. 그녀는 물 속에다 무엇인가를 막 떨어뜨리고 난 다음이었어요.」

「오터번 양이?」 레이스 대령은 정말 놀란 듯이 보였다.

「예.」

「분명히 오터번 양이었습니까?」

「나는 그녀의 얼굴을 똑똑히 봤어요.」

「그녀는 당신을 보지 못했습니까?」

「보지 못했을 거예요.」

포와로는 몸을 앞으로 쑥 내밀었다.

「그 때 그녀의 표정은 어땠습니까?」

「굉장히 흥분한 듯했어요.」

레이스 대령과 포와로는 서로 재빠르게 시선을 교환했다.

「그리고, 그 다음에는요?」 레이스 대령이 계속 물었다.

「오터번 양은 선미 쪽으로 돌아가 버렸고, 나는 침대로 돌아왔지요.」

그 때 노크 소리가 나고 지배인이 들어왔다. 그는 물이 뚝뚝 떨어지는 보따리를 들고 있었다.

「대령님, 이게 발견되었습니다.」

레이스 대령은 그 보따리를 받았다. 그는 겉에 싸여진 젖은 벨벳을 풀었다. 속에는 분홍색 얼룩이 흐릿하게 남아 있는 싸구려 손수건이 있었으며, 그 안에는 진주 장식의 손잡이가 달린 조그만 권총이 들어 있었다.

레이스 대령은 짓궂은 표정으로 의기양양하게 포와로를 쳐다보았다.

「자, 이것 보십시오.」 하고 그는 말했다. 「내 생각이 옳았습니다. 누군가 권총을 물 속에 던진 것입니다.」

그는 손바닥 위에 그 권총을 올려 놓고 말했다.

「어떻습니까, 포와로 씨? 이게 바로 당신이 언젠가 카타랙트 호텔에서 보았다는 그 권총 아닙니까?」

나일강의 죽음 219

포와로는 그것을 면밀히 살펴보았다. 그리고 나서 그는 조용히 말했다.

「그렇군— 바로 그겁니다. 장식이 붙어 있고— 그리고 J.B.라고 머리 글자가 새겨져 있군요. 이것은 여자용 고급 권총이지만, 그렇다고 사람을 살해하는 무기가 아니라고 할 수는 없지요.」

「22구경이로군요.」 하고 레이스 대령이 중얼거렸다. 그리고는 탄창을 꺼냈다.

「두 발이 발사되었습니다. 이제 의심할 여지가 없는 것 같습니다.」

이 때 밴 슈일러가 그들에게 신호하듯이 기침을 했다.

「아니, 내 목도리가 어떻게 된 거죠?」 하고 그녀가 다그쳤다.

「당신의 목도리라고요?」

「예, 당신이 지금 가지고 있는 게 바로 내 벨벳 목도리예요.」

레이스 대령은 물이 뚝뚝 떨어지는 천 뭉치를 집어들었다.

「이게 당신 것입니까, 밴 슈일러 양?」

「분명히 내 것이에요!」 하고 그 늙은 여자는 물어뜯을 듯한 기세로 대들었다.

「어젯밤에 잃어버렸던 거예요. 그래서, 사람들에게 일일이 그걸 혹시 못 보았느냐고 물어 보았다고요.」

포와로는 레이스 대령에게 눈짓을 했다. 그러자, 레이스 대령은 고개를 끄덕였다.

「어젯밤 그걸 마지막으로 본 장소가 어디입니까?」

「어제 저녁에 전망실에서 가지고 있었어요. 그런데, 잠자리에 들려고 선실에 가 보니 보이지 않는 거예요.」

레이스 대령이 재빨리 물었다.

「이게 무엇에 쓰였는지 아시겠습니까?」

그는 목도리를 펴서는 여러 개의 조그만 구멍을 손가락으로 가리켰다.

「살인범이 총소리를 막기 위해서 권총에 두른 겁니다.」
「아니 이럴 수가!」 하고 밴 슈일러가 날카롭게 외쳤다. 그녀의 주름진 뺨이 새빨개졌다.
레이스 대령이 말했다.
「밴 슈일러 양, 도일 부인과 전에 만난 적이 있었습니까?」
「전혀 없었어요.」
「하지만, 당신은 그녀를 알고 계셨잖습니까?」
「물론, 그녀가 누구인지는 알고 있었죠.」
「당신들 집안끼리도 아무 교제가 없었습니까?」
「우리는 매우 긍지가 높은 가문이랍니다, 레이스 대령님. 우리 어머니는 부자라는 것을 빼고는 아무 볼 것이 없는 하츠 집안과는 교제할 생각이 꿈에도 없으셨지요.」
「그것뿐입니까?」
「지금까지 한 이야기밖에는 아무것도 더 할 말이 없군요. 리넷 리지웨이는 영국에서 자랐기 때문에, 이 배에서 만나기 전에는 한 번도 그녀를 본 적이 없어요.」

그녀는 자리에서 일어섰다. 포와로가 문을 열어 주자 그녀는 당당하게 걸어 나갔다.

포와로와 레이스 대령의 시선이 마주쳤다.
「이게 바로 저 여자의 진술이군요.」 하고 레이스 대령이 말했다. 「그리고, 그것을 계속 고집할 겁니다. 하긴, 그녀의 말이 사실일지도 모르지요. 하지만— 로잘리 오터번이라니? 나는 그건 꿈에도 생각하지 못했는데.」

포와로는 혼란스러운 듯이 고개를 저었다. 그러다가 그는 갑자기 탁자를 주먹으로 꽝 내리쳤다.

「그건 말이 되지 않소!」 하고 그는 소리쳤다. 「빌어먹을! 도대체 말이 안 된단 말이야.」

레이스 대령은 그를 쳐다보았다.

「말이 안 되다니, 그게 무슨 뜻입니까?」
「내 말은 어떤 점까지는 아주 명확하다는 뜻입니다. 누군가가 리넷 도일을 죽이고자 했습니다. 그는 어젯밤에 전망실에서 일어난 장면을 엿보았지요. 그는 살짝 들어가서 그 권총— 재클린 드벨포의 총을 들고 나왔습니다. 그리고, 그 권총으로 리넷 도일을 쏘고 나서, 벽에다 J라는 글자를 써 놓았습니다……. 모든 것이 명확합니다, 그렇지 않습니까? 이 모든 사실은 재클린 드벨포에게 혐의가 가도록 되어 있습니다. 그리고 나서, 범인은 어떻게 했을까요? 그 권총—그 빌어먹을 권총— 바로 재클린 드벨포의 권총을 모든 사람의 눈에 띄도록 내버려두었을까요? 아닙니다, 그는— 아니면 그녀는— 그 권총을 물 속에 던져 버렸습니다. 그건 절대적인 증거물인데 말이오. 왜 그랬을까요?」

레이스 대령은 고개를 저었다.
「정말 이상한 일이군.」
「그건 단순히 이상한 정도가 아니오. 그건 불가능하단 말입니다.」
「불가능하지는 않지, 실제로 일어났으니까 말이오!」
「그런 뜻이 아닙니다. 내 말은 사건이 그런 식으로 진행될 수가 없다는 뜻이오. 뭔가 잘못된 겁니다.」 하고 포와로가 외쳤다.

16

레이스 대령은 호기심이 가득찬 눈길로 그의 친구를 쳐다보았다. 그는 에르퀼 포와로의 추리 능력을 믿고 있었다. 충분히 그럴 만한 이유가 있었기 때문이다. 하지만, 이 순간만큼은 레이스 대령은 도저히 상대방의 생각을 인정해 줄 수가 없었다. 그러나, 그는 아무 질문도 하지 않았고, 그저 당연한 일들을 곧장 진행시켜 나갔다.
「다음에 해야 할 일이 뭐지요? 오터번 양을 만나 보는 겁니까?」

「그렇지요. 그렇게 하면 아마 조금 진전을 볼 수 있을 겁니다.」

로잘리 오터번이 무뚝뚝한 표정으로 들어왔다. 그녀는 불안해 보이지도, 겁먹은 것 같지도 않았다. 다만 마지못해서 온 듯이 샐쭉한 얼굴이었다.

「도대체 무슨 일이죠?」 하고 그녀가 물었다.

레이스 대령이 말했다.

「우리는 도일 부인의 죽음에 대해 조사하고 있습니다.」

로잘리는 고개를 끄덕였다.

「어젯밤에 무엇을 했는지 이야기해 주시겠습니까?」

로잘리는 잠깐 생각에 잠겼다가 말했다.

「어머니와 저는 일찌감치 잠자리에 들었어요. 11시 전에요. 우리는 아무 소리도 못 들었어요. 단지 베스너 박사님의 선실 바깥쪽에서 들려 오는 약간의 소란밖에는요. 저는 베스너 박사님이 독일어로 말하는 소리가 점점 멀어져 가는 것을 들었어요. 물론 오늘 아침까지는 그 소리가 무엇 때문이었는지 몰랐지만요.」

「총소리를 들었습니까?」

「아뇨.」

「어젯밤에 선실을 나간 적이 있습니까?」

「없어요.」

「틀림없습니까?」

로잘리는 그를 빤히 쳐다보았다.

「무슨 뜻이지요? 틀림없는 사실이에요.」

「예를 들어, 배의 오른쪽으로 돌아가서 물 속에 무엇인가를 던지지 않았느냐는 말입니다.」

그녀의 얼굴이 새빨갛게 물들었다.

「물 속에 물건을 던지면 안 된다는 법칙이라도 있나요?」

「아니오, 그렇지는 않습니다. 그렇다면, 당신은 그렇게 하긴 했다는 말이군요?」

「누군가가 당신을 보았다고 하던데—」
그녀는 그의 말을 가로막았다.
「누가 저를 보았다고 그러던가요?」
「밴 슈일러 양이 그랬습니다.」
「밴 슈일러 양이라고요?」 그녀는 정말 놀란 것 같은 목소리였다.
「그렇소. 밴 슈일러 양이 방문을 열고 내다보았더니, 아가씨가 뭔가를 물 속에 떨어뜨리더라고 하더군요.」
로잘리는 단호하게 말했다. 「그건 거짓말이에요.」
그런 다음, 갑자기 어떤 생각이 떠오른 듯이 물었다.
「그 때가 언제였다고 하던가요?」
이번에는 포와로가 대답했다.
「1시 10분이라고 했습니다, 마드모아젤.」
그녀는 생각에 잠겨서 고개를 끄덕였다.
「그밖에 또 무엇을 보았다고 했나요?」
포와로는 흥미 있게 그녀를 쳐다보고, 턱을 문지르면서 대답했다.
「아니오. 하지만, 무슨 소리를 들었다고 했습니다.」
「무슨 소리였죠?」
「누군가 도일 부인의 선실에서 움직이고 있는 소리가 들렸다고 하더군요.」
「그래요?」 하고 로잘리가 중얼거렸다.
그녀는 이제 창백한—죽은 듯이 창백한 얼굴이었다.
「그러면, 물 속에 아무것도 던지지 않았다는 겁니까, 마드모아젤?」
「도대체 왜 제가 그런 한밤중에 밖에 나가서 그런 행동을 하겠어요?」
「글쎄요, 뭔가 이유가— 해롭지 않은 이유가 있었는지도 모르죠.」
「해롭지 않은 이유라고요?」 하고 로잘리는 날카로운 목소리로 되물었다.

「그렇죠. 하여튼 어젯밤에 무엇인가가 물 속에 던져졌습니다. 해롭지 않다고 말할 수 없는 그 무엇을 말입니다.」

레이스 대령은 그 얼룩진 벨벳 꾸러미를 내밀고, 그 안에 든 것을 꺼내 보였다.

로잘리 오터번은 뒤로 주춤하고 물러났다.

「어머— 바로 그걸로 그녀가 살해된 건가요?」

「그렇습니다, 마드모아젤.」

「그러면 당신은 제가— 바로 제가 했다고 생각하시는 거예요? 그건 말도 안 돼요! 도대체 제가 왜 리넷 도일을 죽이겠어요? 저는 그 여자를 알지도 못 해요!」

그녀는 웃음을 터뜨리면서 비웃는 얼굴로 일어섰다.

「모든 게 다 웃기는 이야기로군요.」

「기억해 두십시오, 오터번 양.」 하고 레이스 대령이 말했다. 「밴 슈일러 양은 달빛에 비친 당신의 얼굴을 분명히 보았다고 증언할 수 있다는 것을 말이오.」

로잘리는 다시 웃음을 터뜨렸다.

「그 늙은 심술쟁이 여자가요? 그녀는 반쯤은 장님인 모양이로군요. 그녀가 본 건 제가 아니에요.」

그녀는 잠깐 말을 멈추었다가 다시 이었다.

「이젠 가도 되나요?」

레이스 대령이 고개를 끄덕이자 로잘리는 밖으로 나갔다. 그들 두 사람의 시선이 마주쳤다. 레이스 대령은 담배에 불을 붙였다.

「그게 그겁니다. 완전히 말이 틀리잖습니까? 둘 중에서 누구 말을 믿어야 하지요?」

포와로는 고개를 저었다.

「내 생각에는 둘 다 솔직하지 않은 것 같습니다.」

「그런 게 가장 골치 아픈 일이지요.」 하고 레이스 대령이 의기 소침해져서 말했다.

「수많은 사람들이 쓸데없는 이유 때문에 진실을 숨기려고 하니까 말이오. 자, 다음에 해야 할 일은 뭐지요? 계속해서 승객들을 심문해 나갈 겁니까?」

「그렇게 하는 게 좋을 것 같소. 일정한 순서와 방법으로 말입니다.」

레이스 대령은 고개를 끄덕였다.

오터번 부인은 물방울 무늬의 옷을 입고 딸의 뒤를 이어서 들어왔다. 그녀는 로잘리의 진술과 똑같이 11시 전에 잠자리에 들었다고 말했다. 그리고, 밤에 아무런 소리도 듣지 못했다고 했다. 그런데, 그녀는 로잘리가 방에서 나간 적이 있는지 없는지는 알지 못했다. 이야기가 범죄에 이르게 되자, 그녀는 마구 떠들어대기 시작했다.

「치정에 의한 살인이에요!」 그녀가 외쳤다. 「인간의 근본적인 본능은— 살인이랍니다. 또한 그건 성 본능과도 아주 밀접하게 얽혀 있지요. 그 처녀, 재클린은 라틴계의 피가 섞여 있어서 더욱더 자신의 본능을 물리칠 수 없었을 거예요. 손에 권총을 들고 가만히 다가가서는—」

「하지만, 재클린 드벨포는 도일 부인을 쏘지 않았습니다. 그건 확실합니다. 이미 입증이 되었으니까요.」 하고 포와로가 설명했다.

「그렇다면, 그녀의 남편이에요.」 하고 다시 흥분하면서 말했다.

「정욕과 성 본능— 성 범죄지요. 그런 예들이 얼마든지 있거든요.」

「도일 씨는 다리에 총을 맞았기 때문에 전혀 움직일 수가 없었습니다. 뼈가 부러졌으니까요.」 하고 레이스 대령이 설명했다.

「그리고, 그의 옆에는 밤새도록 베스너 박사가 함께 있었습니다.」

오터번 부인은 무척 실망한 기색이었다. 그녀는 다시 궁리하기 시작했다.

「그래요!」 하고 그녀가 말했다. 「어쩜 나는 이렇게 멍청할까! 바워즈 양이에요!」

「바워즈 양?」

「예, 틀림없어요. 그건 심리학적으로도 아주 명백해요. 억압이지요! 억압된 처녀! 이들 두 사람— 젊은 남편과 그 아내가 서로를 열렬히 사랑하는 것을 보고는 미쳐 버린 거랍니다. 그녀가 틀림없어요! 그 여자는 바로— 성적인 매력도 없고, 게다가 타고난 못난이죠. '열매가 맺히지 않는 포도 덩굴'이라는 내 책에 의할 것 같으면……」

레이스 대령이 그녀의 이야기를 가로막았다.

「부인의 이야기는 굉장히 도움이 되겠습니다. 이제 그만 우리는 일을 계속해야 합니다. 대단히 감사합니다.」

그는 예의바르게 그녀를 문까지 배웅해 주었다. 그리고 다시 자리에 돌아와서는 눈살을 찌푸리면서 말했다.

「정말 끔찍한 여자로군! 휴, 누군지 저런 여자나 죽여 주지 않고서……」

「앞으로 누군가가 정말 죽여 줄지도 모르지요.」

「흠— 하긴. 자, 이제 누가 남았지요? 페닝튼은— 그는 마지막으로 미룹시다. 리체티와 퍼거슨이 남았군요.」

리체티는 몹시 흥분해서 떠들어댔다.

「정말 끔찍한 일입니다. 그렇게 젊고 아름다운 여자를— 참으로 비인간적인 범죄요.」

리체티는 손을 흔들면서 떠들었다.

그는 묻는 말에도 서슴지 않고 대답했다. 그는 어젯밤에 일찌감치—매우 일찍—잠자리에 들었다. 저녁 식사를 마친 바로 직후였다. 그리고 그는 잠시 동안—최근에 발행된 재미있는 논문—'소아시아의 선사 시대 연구'라는 제목의 논문을 읽었다고 했다. 그 논문은 아나톨리아(옛날의 소아시아, 현재의 터키)의 산기슭에서 발견된 채색 도자기들에 대해서 아주 새로운 설명을 하고 있다고 했다.

그는 11시가 채 못 되어서 불을 껐다. 하지만, 그는 아무런 소리도 듣지 못했다. 병마개를 따는 듯한 소리도 듣지 못했다. 그가 들은 소리라고는—한참 뒤, 한밤중에 들렸는데—첨벙 하는 물소리였는데, 그것은 굉장히 큰 소리로 바로 그의 창 가까이에서 들렸다.
 리체티는 이렇게 말하고 나서 입을 다물었다.
「당신의 선실은 아래쪽 갑판의 오른쪽에 있지요?」
「예, 맞습니다. 그래서, 첨벙 하는 물소리가 크게 들렸던 겁니다.」
 그는 팔을 흔들며, 그 첨벙 소리가 얼마나 크게 들렸었는지를 나타내 보였다.
「그 때가 몇 시쯤이었습니까?」
 리체티는 곰곰이 생각해 보았다.
「그건 내가 잠자리에 들고 난 지 1시간, 2시간, 아니면 3시간이 지난 때였을 겁니다. 아마 2시간쯤 지났던 것 같군요.」
「그럼 1시 10분경이라는 말입니까?」
「그 정도 되었겠군요. 아! 정말 끔찍한 범죄예요―. 너무나 비인간적인…… 그렇게 매력적인 여자를……」
 그는 여전히 손을 마구 흔들어대면서 방을 나갔다. 레이스 대령이 포와로를 쳐다보자, 그는 의미 있는 표정으로 눈을 치켜 뜬 다음 어깨를 한 번 으쓱했다. 그리고 나서, 그들은 다음 차례인 퍼거슨과 면담을 시작했다.
 퍼거슨은 상대하기가 무척 힘들었다. 그는 무례하게도 의자에 거의 드러누운 자세로 앉았다.
「정말 굉장한 일을 하고 계시는군요!」 하고 그는 빈정거렸다.
「이게 정말 도대체 무슨 일입니까? 세상에는 쓸모없는 여자들이 정말 많은데요!」
 레이스 대령이 냉담하게 말했다.
「어젯밤에 당신이 무얼 했었는지 설명해 주시오, 퍼거슨 씨.」
「당신이 왜 그걸 알아야 하는지는 모르겠지만, 아무래도 나는 상관 없으니까요. 나는 여기저기 여러 군데를 돌아다녔습니다. 롭슨 양과 함께 육지로 나갔었지요. 그리고, 그 처녀가 배로 돌아간 뒤에 나 혼자서 여기저기 돌아다녔습니다. 배로 돌아온 다음, 밤 늦게 잠자리에 들었지요.」

「당신 선실은 아래쪽 갑판의 오른쪽에 있지요?」

「그래요. 그런 높으신 분들과는 함께 있을 수가 없으니까요.」

레이스 대령은 차가운 말투로 다시 물었다.

「어젯밤에 혹시 총소리를 듣지 못했소? 물론, 총소리가 어쩌면 병마개 따는 소리처럼 들렸을지도 모르지만.」

퍼거슨은 잠시 생각을 더듬었다.

「예, 그런 비슷한 소리를 들었던 것 같습니다……. 하지만 그 때가 몇 시경이었는지는 기억이 나지 않는군요―. 단지 잠들기 전이었다는 사실만 기억하고 있습니다. 그 때까지도 사람들이 많이 있었으니까요. 그리고 나서 떠들썩한 소리가 들려 왔고, 윗갑판 여기저기를 뛰어다니는 소리가 들렸습니다.」

「그건 바로 드벨포 양이 쏜 총 소리였을 겁니다. 그밖에 다른 소리는 듣지 못했나요?」

퍼거슨은 고개를 저었다.

「혹시 첨벙 하는 물소리는 못 들었습니까?」

「물소리 말입니까? 아, 그런 소리는 들었습니다. 하지만, 너무 소란스러웠기 때문에 확실하게 말할 수는 없군요.」

「밤에 선실을 비운 적은 없었습니까?」

퍼거슨은 씩 웃었다.

「아니오, 없었습니다. 그래서, 불행하게도 그 훌륭한 작업에 참여하지 못하게 되었지요.」

「자, 이봐요, 퍼거슨 씨, 좀 진지하게 대답해 주십시오.」

그러자, 그 젊은이는 격분해서 반박했다.

「도대체 왜 내 자신의 생각을 이야기하면 안 되는 겁니까? 나는 폭력을 신봉하는 사람입니다.」

「그렇지만, 당신의 그 믿음을 그대로 실천하지는 않겠죠?」 하고 포와로가 중얼거리듯이 말했다. 그리고 나서, 그는 몸을 앞으로 숙이면서 말을 이었다.

「당신에게 리넷 도일이 영국 최고의 부자에 속하는 여자라고 말해 준 것은 바로 플리트우드라는 사람이 아닙니까?」

「이 일과 플리트우드가 도대체 무슨 상관입니까?」

「이봐요, 플리트우드는 리넷 도일을 죽일 만한 충분한 동기를 가지고 있습니다. 그는 리넷에게 앙심을 품고 있었으니까요.」

퍼거슨은 마치 자동 인형처럼 의자에서 벌떡 일어났다.

「이것이 바로 당신들의 그 더러운 수법이군요?」

그는 화를 내면서 따졌다.

「자기 자신을 방어할 능력조차 없는 그 가엾은 플리트우드 같은 사람에게 혐의를 뒤집어씌우려고 하다니! 그는 돈이 없어서 자신의 변호사도 고용할 수 없는 그런 가엾은 사람입니다. 하지만, 분명히 알아두십시오ㅡ. 만일에, 당신들이 플리트우드를 이 일에 연관시키려고 한다면, 내가 당신들을 상대할 겁니다.」

「도대체 당신이 어떤 사람이길래 그런 소리를 하는 겁니까?」 하고 포와로가 부드러운 말투로 물었다.

퍼거슨은 이 말에 약간 얼굴을 붉혔다.

「어쨌든 나는 내 친구를 지킬 겁니다.」 하고 그는 퉁명스럽게 대꾸했다.

「좋습니다, 퍼거슨 씨, 이제 다 끝났습니다.」 하고 레이스 대령이 말했다.

퍼거슨이 나가고 나자 그는 불쑥 한 마디 했다.

「왠지 마음에 드는 청년입니다, 정말로.」

「그렇다면, 당신은 그가 범인이 아니라고 생각하는 겁니까?」 하고 포와로가 물었다.

「범인이라는 생각이 전혀 안 듭니다. 그는 솔직히 진술했습니다. 그의 진술은 조금도 틀린 데가 없으니까 말이오. 어쨌든 이제 한 사람은 끝난 셈이군요. 다음에는 페닝튼을 만나 봅시다.」

17

앤드류 페닝튼은 으레 볼 수 있는 그런 슬픔과 놀라움이 깃든 표정을 보여 주었다. 그는 여느 때와 마찬가지로 옷차림에 무척 신경을 쓴 듯했다. 즉, 그는 어느 새 검은색 넥타이로 바꿔 매고 있었다. 말끔히 면도된 그의 기다란 얼굴에는 몹시 당혹한 표정이 역력하게 나타나 있었다.

「정말—」 하고 그는 슬픈 표정으로 말을 꺼냈다.

「이번 일로 나는 굉장한 충격을 받았습니다! 리넷이 어렸을 때의 모습이 아직도 생생한데 말입니다. 정말로 귀여웠지요. 그리고 그녀의 아버지인 멜휘시 리지웨이는 리넷을 무척 자랑스럽게 여겼답니다! 이런, 내가 엉뚱한 이야기를 늘어놓고 있군요. 내가 도와 줄 것이 무엇인지 말씀해 보십시오.」

레이스 대령이 말했다.

「우선 페닝튼 씨, 당신은 어젯밤에 무슨 이상한 소리를 듣지 못했습니까?」

「아니오, 듣지 못했습니다. 내 선실은 바로 베스너 박사의 옆에 있는 41호실이죠. 한밤중에 여기저기 소란스럽게 뛰어다니는 소리를 들었습니다만, 물론 그 때는 그게 무슨 소리였는지 몰랐지요.」

「그 밖에 다른 소리는요? 총소리는 듣지 못했습니까?」

앤드류 페닝튼은 고개를 저었다.

「그런 소리는 전혀 못 들었습니다.」

「당신은 언제 잠자리에 들었습니까?」

「11시가 조금 지난 때였을 겁니다.」

이렇게 말하면서 페닝튼은 몸을 앞으로 숙였다.

「당신도 아시겠지만, 이 배 안에는 많은 소문이 떠돌고 있었습니다. 그 프랑스계의 처녀— 재클린 드벨포라는 여자 말이오. 그녀가 수상한 것 같지 않습니까? 리넷은 내게 아무 이야기도 하지 않았어요. 하지만, 그렇다고 해도 나는 귀머거리나 장님이 아닙니다. 그녀와 시몬이 한때 좋아했던 사이라는 것은 사실입니다. 여자를 쫓아라― 그건 훌륭한 방침이지요. 하지만, 그렇게까지 쫓아다닐 필요는 없다고 생각되는군요.」

「그렇다면, 당신은 재클린 드벨포가 도일 부인을 쏘았다고 생각합니까?」 하고 포와로가 물었다.

「예, 내 생각은 그렇습니다. 물론 아직은 잘 모르지만……」

「하지만, 우리들은 약간은 알고 있습니다!」

「예?」 페닝튼은 깜짝 놀란 듯이 보였다.

「우리는 드벨포 양이 도일 부인을 쏘지 않았다는 것을 확실히 알고 있습니다.」

그리고 나서, 그는 그 상황에 대해서 자세히 설명해 주었다. 하지만, 페닝튼은 그 사실을 그대로 인정하려고 하지 않았다.

「표면상으로는 그 의견에 동감합니다. 하지만, 그 간호사가 밤새도록 깨어 있을 거라고는 생각하지 않습니다. 그 여자가 졸고 있는 틈을 타서, 그 처녀가 살짝 빠져 나갔다가 일을 저지르고 돌아올 수도 있잖습니까?」

「그럴 가능성은 거의 없습니다, 페닝튼 씨. 그 간호사가 재클린에게 강력한 마취 주사를 놓아 주었으니까요. 그리고 어쨌든 간호사들이란 잠을 깊이 자지 않고 대기해 있다가, 환자가 깨어나면 자신도 눈을 뜨도록 훈련받은 사람들이니까요.」

「그렇다고 해도 나는 그것이 왠지 의심스러운데요.」 하고 페닝튼이 말했다.

레이스 대령은 부드럽지만 엄격한 투로 말했다.

「페닝튼 씨, 당신은 이미 우리들이 모든 가능성을 검토해 보았다는 사실을 생각해 주어야 합니다. 그 결과는 이렇습니다. 재클린 드벨포는 도일 부인을 쏘지 않았다는 것입니다. 그래서, 우리는 다른 사람들을 생각해 보게 되었습니다. 그러니, 당신도 이런 면에서 우리들을 좀 도와 주셔야겠습니다.」

「내가요?」 하고 페닝튼이 신경질적으로 말을 꺼냈다.

「예, 당신은 바로 죽은 부인과는 아주 친한 사이였으니까요. 그러니 당신은 그 부인의 환경이라든가, 그 외의 다른 사실들에 대해서 도일 씨보다 더 자세하게 알고 있지 않겠소? 사실, 도일 씨는 부인을 안 지가 불과 몇 개월밖에 되지 않았으니까요. 그리고, 당신은 누가 부인에게 앙심을 품고 있었는지도 알고 있을 것 같군요. 어쩌면, 부인을 살해할 만한 동기를 가진 사람을 알고 있을지도 모르지요.」

앤드류 페닝튼은 입술을 핥으면서 말을 꺼냈다.

「분명히 말하지만, 나는 아무것도 모릅니다……. 리넷 도일은 영국에서 쭉 자랐기 때문에 그녀의 주위 환경이나, 교제하고 있는 사람들에 대해서는 아는 게 거의 없답니다.」

「하지만—」 하고 포와로가 그를 유심히 쳐다보면서 말했다.

「분명히 이 배에는 도일 부인을 없애려는 사람이 타고 있습니다. 당신도 기억하겠지만, 큰 바위가 굴러 떨어져서 리넷 도일이 가까스로 목숨을 건졌던 일이 있었지요. 당신은 아마 그 때 그 곳에 없었던가요?」

「예, 나는 그 때 신전 안에 들어가 있었습니다. 그래서, 그 사고 소식은 나중에야 듣게 되었죠. 무척 아슬아슬했다고 하더군요. 그렇지만, 그저 단순한 사고라고 알고 있습니다.」

포와로는 그 말에 어깨를 으쓱했다.

「그 때 당시에는 그렇게 생각했었지요. 하지만 지금은—과연 정말 사고였을까 하는 생각이 듭니다.」

「아— 예, 물론 그렇겠죠.」 페닝튼은 고급 비단 손수건으로 얼굴을 닦으면서 말했다.

레이스 대령은 말을 계속했다.

「도일 부인은 언젠가 이 배에 탄 사람들 중 누군가가—그녀 자신에 대해서가 아니라 집안에 대해서—원한을 품고 있다고 말한 적이 있습니다. 혹시 그 사람이 누군지 모르십니까?」

페닝튼은 정말로 깜짝 놀란 것처럼 보였다.

「아니오, 전혀 모르는 일입니다.」

「그 문제에 대해서 부인이 당신에게 아무 말도 안 하던가요?」

「예, 안 했습니다.」

「당신은 도일 부인의 아버지와 매우 친한 사이였죠. 그렇다면, 혹시 그가 다소 비열한 수법으로 자신의 사업상의 경쟁자를 망하게 만들었던 일은 없었습니까?」

페닝튼은 힘없이 고개를 저었다.

「뭐 뚜렷하게 기억나는 일은 없습니다. 그런 경우가 물론 있기는 했습니다. 하지만, 내 기억으로는 어느 누구도 협박 같은 것을 하지는 않았을 겁니다.」

「결국, 페닝튼 씨, 당신은 도움이 될 만한 이야기를 전혀 알고 있지 않다는 거군요?」

「그런 것 같습니다. 도움을 드리지 못해서 유감이군요.」

레이스 대령은 포와로와 시선을 교환하고 나서 말했다.

「나도 역시 유감이군요. 도움을 받을 거라고 생각하고 있었는데 말입니다.」

그는 이야기가 끝났다는 듯이 자리에서 일어났다.

앤드류 페닝튼이 말했다.

「도일 씨가 저렇게 누워 있으니, 내가 대신 일들을 처리해야 합니다. 그런데, 실례지만, 대령, 정확한 여정이 어떻게 됩니까?」

「여기를 출발해서 곧장 쉘랄로 갈 겁니다. 아마 내일 아침이면 그곳에 도착하게 되겠지요.」

「그러면 시체는요?」

「냉장실에 치워 둘 겁니다.」

앤드류 페닝튼은 고개를 숙이고 인사한 다음 방을 나갔다.

포와로와 레이스 대령은 다시 한 번 시선을 나누었다.

「페닝튼 씨는—」 하고 담배에 불을 붙이면서 레이스 대령이 말했다. 「몹시 불안해 보이지 않습니까?」

포와로는 그 말에 고개를 끄덕였다.

「게다가, 그는 몹시 흥분했는지 바보 같은 거짓말을 하고 말았습니다. 그 바위가 떨어졌을 때 그는 아부심벨 신전 안에 없었습니다. 내가—바로 나 자신이—그 사실을 입증할 수 있지요. 그 때, 바로 내가 거기에서 나왔으니까요.」

「정말 어처구니없는 거짓말이군.」 하고 레이스 대령이 말했다.

「금방 들통이 나는 어리석은 거짓말이지요.」

포와로는 고개를 끄덕이며 말했다. 「하지만 당분간은 그를 주의해서 살펴보아야 할 겁니다.」

「물론이지요.」 하고 레이스 대령이 맞장구쳤다.

「당신과 나는 정말 놀라울 정도로 서로가 잘 통하는 것 같지 않소?」

그 순간 희미하게 삐걱거리는 소리가 들리면서, 그들의 발 아래쪽이 흔들거렸다. 카나크 호가 쉘랄로 귀항하기 시작한 것이었다.

「그 진주 목걸이가—」 하고 레이스 대령이 말했다. 「그게 바로 다음에 밝혀내야 할 문제입니다.」

「무슨 계획이라도 있소?」

「그렇습니다.」 하고 말한 다음 그는 시계를 보았다.

「이제 30분만 있으면 점심 시간이 되지요. 식사가 끝날 때쯤 해서 나는 한 가지 발표를 할 생각입니다. 그 진주 목걸이가 없어졌다는 사실만 알려 주고 나서 아무도 식당에서 나가지 못하게 한 다음, 사람들을 모두 조사해 보는 겁니다.」

포와로는 찬성한다는 듯이 고개를 끄덕였다.

「좋은 생각입니다. 누가 그 목걸이를 가져갔더라도, 아직까지는 그대로 가지고 있을 테니까 말이오. 미리 아무런 예고도 없이 조사한다면, 겁먹은 나머지 물 속에 던져 버릴 시간도 없겠군요.」

레이스 대령은 종이 몇 장을 끌어당겼다. 그리고 나서, 그는 마치 변명이라도 하듯이 중얼거렸다.

「나는 수사가 어디까지 진전되었는지를 간단히 정리해 보는 습관이 있답니다. 이렇게 해 두면 머리가 덜 복잡하거든요.」

「좋은 생각이오. 방법과 순서가 가장 중요하니까요.」 하고 포와로가 대꾸했다.

레이스 대령은 잠시 동안 작고 반듯한 글씨로 써 내려갔다. 그는 다 쓰고 나서, 그 종이를 포와로에게 건네 주었다.

「거기에 혹시 당신 생각과 다른 점이 있습니까?」

포와로는 그 종이를 집어 들었다. 거기에는 이런 제목이 붙어 있었다.

'리넷 도일 살인 사건'

도일 부인이 살아 있는 모습을 마지막으로 본 사람은 부인의 하녀인 루이스 버젯이었다. 11시 30분쯤.

· **11시 30분에서 12시 20분 사이에 알리바이가 확실한 사람들 :** 코닐리어 롭슨, 제임스 팬숍, 시몬 도일, 재클린 드벨포—그밖에 아무도 확실치 않다—하지만, 범죄는 그 시간 이후에 저질러진 것이 확실하다. 왜냐하면, 범행에 사용된 총은 바로 재클린 드벨포의 권총이었는데, 그 권총은 그 때까지만 해도 재클린의 핸드백 속에서 고이 잠들어 있었기 때문이다. 실제로 그녀의 권총이 범행에 사용되었는지의 여부는 검시와 감정 결과가 나오기 전까지는 확신할 수 없다. 하지만, 그 권총이 사용된 것이 거의 확실하다고 본다.

· **추정된 사건의 경과 :** X(살인범)는 전망실에서 재클린과 시몬 사이에 일어났던 일을 목격했다. 그래서, 그 권총이 소파 밑으로 들어갔다

는 사실을 알게 되었다. 전망실이 비게 되자, X는 그 권총을 몰래 가지고 나왔다. 그 남자(또는 여자)는 재클린 드벨포가 혐의를 받게 될 것이라는 계산을 하고 있었다. 이런 관점에서 생각하면 자동적으로 혐의가 없어지는 사람이 생긴다.

코닐리어 롭슨 — 그녀는 제임스 팬숍이 권총을 찾으러 가기 전까지, 그걸 손에 넣을 기회가 없었다.

바워즈 양 — 역시 동일.

베스너 박사 — 역시 동일.

하지만, 팬숍은 완전히 혐의에서 벗어날 수 없다. 왜냐하면, 그는 실제로 권총을 찾았으면서도 그걸 보지 못했다고 거짓말할 수도 있기 때문이다.

그 외의 모든 사람들이 그 10분 사이에 권총을 집어갈 수 있었다.

· **가능한 살인 동기 :**

앤드류 페닝튼 — 이 사람은 리넷의 재산을 빼돌린 것으로 생각된다. 이러한 생각을 뒷받침해 줄 만한 사실이 있기는 하지만, 전적으로 그를 몰아붙이기에는 역시 불충분하다. 만일, 그 바위를 굴려 떨어뜨린 사람이 바로 그였다면, 그는 기회가 왔을 때 그걸 잘 포착하는 유형의 사람이다. 이번 사건은, 대략 미리 생각은 가지고 있었는지는 몰라도 사전에 치밀하게 계획되었던 것은 아니다. 그러므로, 어젯밤의 총격 장면은 그에게 적절한 기회를 제공해 준 것이다.

페닝튼이 범인이 아니라는 견해 : 만일 그가 범인이라면, 그는 왜 재클린에게 불리한 결정적인 증거물을 물 속에 던져 버렸을까?

플리트우드 — 동기는 복수이다. 플리트우드는 리넷 도일이 자신의 인생을 망쳐 버렸다고 생각한다. 어제 그 장면을 엿보고는 그 권총이 어디에 있는지 알게 되었을지도 모른다. 그는 재클린에게 죄를 뒤집어씌우려는 생각에서라기보다는, 그 권총이 손쉬운 무기라는 점에서 그걸 집어갔을 수도 있다. 이런 추리는 그 총이 왜 물 속에 던져졌나 하는 의문을 해결해 줄 수 있다. 하지만, 만일 그렇다면 그는 어째서 벽에다 J라는 글씨를 써 놓았을까?

주목할 사항 — 그 권총과 함께 발견된 싸구려 손수건은 상류 계급의 승객들보다는 플리트우드와 같은 남자가 소지할 만한 물건이다.

로잘리 오터번 — 우리는 과연 밴 슈일러 양의 증언을 믿어야 할 것인가? 아니면, 로잘리 양의 말을 믿어야 할 것인가? 그 때 무엇인가가 물 속에 던져졌으며, 그 무엇은 바로 벨벳 목도리에 싸인 권총이라고 여겨진다.

주목할 사항 — 로잘리 양은 살인을 할 만한 동기를 과연 가지고 있었을까? 그녀는 리넷 도일을 싫어하고, 심지어는 그녀를 시기하고 있었는지도 모른다. 그렇지만, 그런 것은 살인을 할 만한 동기로서는 불충분하다. 그녀가 범인이라면 좀더 다른 특별한 동기가 있을 것이다. 그런데 우리가 알고 있는 한, 로잘리 오터번과 리넷 도일은 그 전에 만난 적이 없다.

밴 슈일러 양 — 그 권총을 쌌던 벨벳 목도리는 바로 밴 슈일러 양의 것이다. 그녀의 진술에 의하면, 그녀는 어젯밤 전망실에서 마지막으로 그걸 보았다고 한다. 그리고, 그녀는 그걸 잃어버린 사실을 알고 어제 저녁 내내 그 목도리를 찾아보았으나 허사였다고 했다.

어떻게 해서 그 목도리가 X의 손에 들어가게 되었을까? X는 그 날 저녁 일찌감치 기회를 틈타서 그걸 숨겨 두었던 걸까? 그렇다면, 이유는 무엇일까? 어느 누구도 재클린과 시몬 사이에 그런 일이 벌어지리라고는 생각하지 못했을 텐데.

그렇다면, X는 소파 아래에 있는 그 권총을 찾으러 갔을 때, 우연히 그 목도리를 본 것이 아닐까? 만일 그렇다면, 왜 밴 슈일러 양이 찾으러 다녔을 때는 발견되지 않았을까? 혹시, 밴 슈일러 양은 그 목도리를 잃어버리지 않았던 것은 아닐까? 다시 말해서, 밴 슈일러 양이 리넷 도일을 살인했다는 뜻이 되는데? 그렇다면, 밴 슈일러 양이 로잘리 오터번을 보았다고 한 진술은 거짓말이었을까? 만일, 그녀가 리넷을 살인했다고 가정한다면 그 동기는 무엇일까?

· **다른 가능성** :

강도에 의한 살인 — 충분히 가능하다. 왜냐하면, 리넷 도일은 어젯밤에도 분명히 그 목걸이를 걸고 있었는데, 그것이 갑자기 사라져 버렸기 때문이다.

리지웨이 집안에 원한을 가지고 있는 어떤 사람 — 가능한 설명이다. 그러나, 역시 증거가 없다.

우리는 이 배에 위험한 인물, 살인자가 타고 있다는 사실을 이미 알고 있다. 이 배에 살인자와 살해당한 사람이 있다. 이들 두 사람을 서로 연관시켜 볼 수는 없을까? 하지만, 그러기 위해서는 리넷 도일이 이 살인자에 대해 중요한 비밀을 알고 있었다는 사실을 밝혀내야 한다.

· **결론** : 우리는 현재 이 배에 타고 있는 사람들을 두 종류로 분류해 볼 수 있다. 살인 동기가 명백하게 있는 사람들과, 우리가 현재 알고 있는 한 혐의가 없는 사람들로 분류할 수 있는 것이다.

[살인 동기가 있는 사람]
앤드류 페닝튼
플리트우드
로잘리 오터번
밴 슈일러
루이스 버젯(강도 살인?)
퍼거슨(정치적인 동기?)

[살인 동기가 없는 사람]
앨러튼 부인
팀 앨러튼
코닐리어 롭슨
바워즈
제임스 팬솝
베스너 박사
리체티

포와로는 다시 그 종이를 건네 주었다.
「매우 정확하게 정리했군요.」
「그 내용과 다르게 생각되는 점은 없습니까?」
「아무것도 없습니다.」
「특별히 덧붙이고 싶은 내용은?」
포와로는 심각한 표정으로 몸을 반듯이 세웠다.
「나는 사실 나 자신에게 한 가지 질문하고 싶은 게 있소. 즉 '그 권총이 왜 물 속에 던져졌을까?' 하는 것입니다.」
「그게 전부입니까?」
「현재로서는 그렇습니다. 그 문제에 대해 만족스러운 대답을 얻기 전까지는 아무 설명도 할 수가 없습니다. 바로 그 문제가— 그게 바로 실마리입니다. 레이스 대령, 사건 경위에 대해서 당신이 정리한 내용에는 그 문제에 대한 해답이 적혀 있지 않더군요.」
그러자 레이스 대령은 어깨를 으쓱했다.
「더 혼란스러울 뿐이지요.」 이렇게 말하면서 포와로는 복잡하다는 듯이 머리를 흔들었다. 그리고 나서, 그는 그 물에 젖은 벨벳 꾸러미를 집어 들어서 탁자 위에 펼쳐 놓았다. 그리고는 그을린 자국들과 불에 탄 구멍들을 손으로 가리켰다.
「한번 생각해 보시오.」 하고 불쑥 포와로가 말을 꺼냈다.
「당신은 총기에 대해서는 나보다 더 잘 알고 있지 않습니까? 이런 목도리 따위로 감싸고 쏜다고 해서 총소리가 크게 줄어들 수 있을까요?」
「아니, 그렇지 않을 겁니다. 이를테면 총소리가 전혀 안 들릴 수는 없다는 뜻이지요.」
포와로는 고개를 끄덕이고 나서 이야기를 계속했다.
「남자라면—총기류에 대해서 충분히 알고 있는 남자라면—그 사실을 알 겁니다. 하지만 여자라면— 대부분의 여자들은 그런 사실들을 모르지요.」

레이스 대령은 흥미 있다는 듯이 그를 쳐다보았다.

「아마 그렇겠지요.」

「아니, 어쩌면 그 여자는 그런 세부 사항까지 정확하게 묘사되어 있지 않은 추리 소설을 읽었을지도 모르는 일이지요.」

레이스 대령은 그 진주 장식 손잡이가 달려 있는 권총을 가볍게 손가락으로 튕겨 보았다.

「이 조그만 권총이라면 그다지 큰소리를 내지 않습니다.」 하고 그는 말했다.

「그저 '펑' 하는 소리만 날 겁니다. 만일 주위에서 다른 소리가 들리고 있는 상태라면, 십중팔구는 그 소리를 듣지 못할 겁니다.」

「그렇지요. 나도 그렇게 생각하고 있었습니다.」

그리고, 포와로는 그 손수건을 집어 들어서 자세하게 살펴보았다.

「남자용 손수건이군요. 하지만 신사가 가지고 다닐 만한 손수건은 아닙니다. 기껏해야 3펜스 정도 될까……?」

「그렇다면, 바로 플리트우드 같은 사람에게 어울릴 만한 것이겠군요.」

「그렇지요. 앤드류 페닝튼은 아까 보니까 아주 고급스러운 비단 손수건을 가지고 있더군요.」

「그럼 퍼거슨은?」 하고 레이스 대령이 넌지시 물었다.

「그럴 수도 있겠지요. 일종의 속임수 같은 것으로 말입니다. 하지만 만일 그렇다면, 그는 밴대너(하얀색이나 노란색 홀치기 염색 무늬가 있는 큰 비단 손수건)를 가지고 있었을 텐데……」

「내 생각에 그 손수건은 권총에 지문을 남기지 않기 위해서 장갑 대신 사용된 것 같소.」 레이스 대령이 약간 익살스러운 말투로 한 마디 덧붙였다. 「분홍색 손수건이 사건의 단서라는 말이군.」

「아, 그렇지요. 그런데, 그것은 처녀들에게 어울리는 색깔이라고 생각하지 않소?」

그는 그걸 내려놓고 나서, 다시 한 번 그 목도리에 난 총탄 구멍들을 살펴보았다.
「아무리 생각해도―」 하고 나지막이 중얼거렸다. 「이상한 일인데……」
「무엇이 이상하다는 겁니까?」
이 말에 포와로는 부드러운 목소리로 말했다.
「도일 부인만 가엾게 되었어. 그렇게 평화로운 모습으로 누워 있다니…… 머리에 작은 총탄 구멍이 뚫린 채로. 당신은 그녀가 어떤 모습이었는지 기억합니까?」
레이스 대령은 흥미 있다는 표정으로 그를 쳐다보았다.
「포와로 씨―」 하고 그는 말했다. 「당신이 내게 무슨 이야기인가를 하려고 한다는 것은 알겠소. 하지만, 그게 무슨 이야기인지는 전혀 모르겠군요.」

18

문을 두드리는 소리가 들렸다.
「들어오십시오.」 하고 레이스 대령이 대답했다.
웨이터 한 명이 들어왔다.
「실례합니다만―」 하고 그는 포와로에게 말했다. 「도일 씨께서 뵙고 싶어하시는데요.」
「그럼 가 봐야지.」
포와로는 자리에서 일어났다. 그는 방에서 나와 계단을 올라가서 윗갑판에 있는 베스너 박사의 선실로 갔다.
시몬은 벌개진 얼굴을 베개에 기댄 채 앉아 있었다. 그는 당황해하는 표정이었다.
「여기까지 와 주셔서 정말 감사합니다, 포와로 씨. 사실은 당신에게 부탁드리고 싶은 게 있어서요.」

「뭡니까?」

시몬의 얼굴이 더욱 빨갛게 달아올랐다.

「그건 다름이 아니라— 재키에 관한 일인데요. 그녀를 만나 보고 싶습니다. 만일, 내가 그녀에게 이쪽으로 와 달라고 한다면 그녀가 불쾌하게 생각할까요? 여기에 누워서 이런 생각을 했습니다……. 그 가엾은 사람— 그녀는 아직 어리니까요— 그녀에게 내가 너무 몹쓸 짓을 했다고 말입니다. 그리고—」 그는 더듬거리다가 말을 멈추어 버렸다.

포와로는 흥미 있다는 얼굴로 그를 가만히 쳐다보았다.

「재클린 양을 만나 보고 싶다고요? 내가 가서 그녀를 데려오죠.」

「감사합니다. 정말 친절하시군요.」

포와로는 시몬의 부탁을 들어 주었다. 그는 재클린이 전망실 구석에 웅크리고 앉아 있는 것을 발견했다. 그녀의 무릎 위에는 책이 펼쳐져 있었지만, 그녀는 그것을 읽고 있지 않았다.

포와로는 상냥하게 말을 건넸다.

「마드모아젤, 나와 함께 가지 않겠습니까? 도일 씨가 당신을 보자고 하는군요.」

그녀는 자리에서 벌떡 일어섰다. 그녀의 얼굴이 새빨개지는가 싶더니— 이내 창백하게 바뀌었다. 그녀는 무척 당황한 모습이었다.

「시몬이? 그가 저를 보자고— 저를 보자고 했다고요?」

재클린은 도무지 믿을 수 없다는 표정으로 포와로를 쳐다보았다.

「가겠습니까, 마드모아젤?」

「저는— 예, 물론 가겠어요.」

그녀는 마치 어린아이처럼, 야단맞은 어린아이처럼 얌전하게 그를 따라갔다. 포와로는 선실로 들어섰다.

「재클린 양이 왔습니다.」

그녀는 포와로 뒤쪽에 주춤하는 모습으로 가만히 서 있었다……. 그녀는 아무 말도 없이 시몬의 얼굴을 뚫어지게 쳐다보았다.

「안녕, 재키.」 그도 역시 당황한 모습이었다. 그는 말을 계속 했다. 「와 줘서 정말 고마워. 내가 말하고 싶은 것은—내 말은—내 말은 뭐냐 하면—.」

그 때 재클린이 그의 말을 가로막으면서 헐떡이는 목소리로 크게 소리쳤다.

「시몬—저는 리넷을 죽이지 않았어요. 당신도 제가 그렇게 하지 않았다는 걸 알고 있죠……. 전—전—어젯밤에 잠시 정신이 나갔던 거예요. 오, 저를 용서해 주지 않겠어요?」

이제 그는 훨씬 말하기가 수월해진 듯이 보였다.

「물론이야. 괜찮아! 정말 괜찮아! 나도 바로 그걸 말하고 싶었어……아무래도, 재키, 당신이 그 일을 걱정하고 있을 것 같아서……」

「제가 걱정할 것 같아서요? 오, 시몬!」

「그걸 말하고 싶었어. 정말 괜찮아? 어젯밤에는 재키가 조금 흥분했었던 거지—. 그 동안 너무 괴로웠을 테니까. 당연한 일이야.」

「오, 시몬! 저는 어쩌면 당신을 죽였을지도 몰라요!」

「그렇지 않아. 그런 엉터리 장난감 같은 권총으로는 사람을 죽일 수가 없어…….」

「그리고 당신 다리! 어쩌면, 당신은 앞으로 걷지 못하게 될지도 몰라요…….」

「자, 재키, 이제 그만 울음을 그쳐요. 애스원에 도착하자마자, X레이 촬영을 한 다음 탄환을 끄집어낸다고 했으니까. 그러면, 감쪽같아 질 텐데 뭘.」

재클린은, 터져 나오려는 울음을 간신히 참고 있던 그녀는 앞으로 달려가서 시몬의 침대 옆에 꿇어앉은 채, 얼굴을 파묻고 흐느껴 울었다. 그러자, 시몬은 약간 어색한 태도로 그녀의 머리를 가볍게 어루만져 주었다. 그리고, 그는 포와로를 쳐다보았다. 그러자, 포와로는 할수없다는 듯이 한숨을 쉬고는 선실을 나왔다.

그가 걸음을 옮기려고 할 때, 간간이 중얼거리는 목소리가 들려왔다.

「어떻게 제가 감히 그런 짓을 할 수 있었을까요? 오, 시몬!…… 정말 미안해요…….」

밖에 나와 보니 코닐리어 롭슨이 난간에 기대어 서 있다가 그의 인기척에 고개를 돌렸다.

「오, 선생님이었군요, 포와로 씨. 날씨가 너무 좋으니까 오히려 기분이 섬뜩해요.」

포와로는 하늘을 올려다보았다.

「태양이 빛날 때는 달이 보이지 않지요.」 하고 그는 말했다. 「하지만, 그 태양이 사라졌을 때는— 아, 그 태양이 사라졌을 때는 말입니다.」

코닐리어는 입을 열고 말했다. 「뭐라고 하셨나요?」

「나는 이렇게 말했습니다, 마드모아젤. 태양이 지고 나면, 달을 볼 수 있게 된다고요. 그렇지 않습니까?」

「그— 글쎄요, 예— 물론 그렇죠.」 그녀는 의아하다는 듯이 그를 쳐다보았다.

포와로는 부드럽게 웃었다. 「그저 우스갯소리로 해 본 거요—.」 하고 그는 말했다. 「신경쓰지 말아요.」

그는 선미 쪽으로 어슬렁어슬렁 걸어갔다. 그가 옆 선실을 지나칠 때 안에서 간간이 말소리가 들려 왔다. 그는 잠깐 발을 멈추었다.

「너무 배은망덕하구나—. 나는 너를 위해서 모든 것을 다 희생해 왔는데— 불쌍한 이 어미에게 이렇게 무정하게 대하다니— 내가 지금 어떤 고통을 받고 있는지도 모르고……」

포와로는 입술을 꽉 다물고 그 방 문을 두드렸다.

갑자기 이야기 소리가 뚝 그치고는 오터번 부인이, 「누구세요?」 하고 묻는 소리가 들렸다.

「로잘리 양 있습니까?」

그러자 로잘리가 나타났다. 포와로는 그녀의 모습에 충격을 받았다. 그녀의 눈가에는 검은 그림자가 드리워져 있었고, 입가는 파르르 떨리고 있었다.

「무슨 일이죠?」 하고 그녀가 퉁명스럽게 말했다. 「제가 뭐 할 일이라도 있나요?」

「당신과 잠시 이야기를 나누고 싶은데요, 마드모아젤. 잠깐 나오겠습니까?」

그 순간 그녀의 입이 뾰로통하게 일그러졌다. 그리고는 미심쩍은 눈초리로 쳐다보았다.

「제가 꼭 나가야 하나요?」

「부탁합니다, 마드모아젤.」

「오, 저는—」

그녀는 문을 닫고 갑판으로 나왔다.

「자, 이쪽으로—」

포와로는 그녀의 팔을 가볍게 붙잡고서 아무 말도 하지 않은 채 선미 쪽으로 그녀를 이끌고 갔다. 그들은 아무도 없는 뒤쪽 갑판에 멈춰 섰다. 나일강은 그들 뒤편에서 흐르고 있었다.

포와로는 난간에다 팔꿈치를 괴었다. 로잘리는 긴장된 모습으로 꼿꼿하게 서 있었다.

「무슨 일이죠?」 그녀는 여전히 퉁명스런 목소리로 물었다.

포와로는 한 마디 한 마디에 신경을 쓰면서 천천히 말했다.

「몇 가지 물어 보고 싶은 말이 있습니다. 하지만, 로잘리 양이 대답해 주지 않을 것 같군요.」

「그렇다면, 저를 여기까지 데려온 것은 시간 낭비이겠군요.」

포와로는 손가락으로 천천히 나무 난간 위에 줄을 그었다. 「당신은 무거운 짐을 견디는 데 익숙해 있습니다…… 마드모아젤. 하지만, 더 이상 그런 상태를 계속하기는 힘들 거요. 그 짐은 아가씨에게는 너무 무거운 것이니까요. 당신에게는, 마드모아젤, 그 짐이 지나치게 무겁다는 말입니다.」

「무슨 말씀을 하시는 건지 통 모르겠군요.」 하고 로잘리가 말했다.

「나는 지금 현실에 대해서—그것도 무척 고달픈 현실에 대해서 이야기하고 있는 겁니다. 솔직하게, 그리고 간단히 말해서 당신 어머니는 술을 많이 마시고 있지요, 마드모아젤?」

로잘리는 아무 대답도 하지 않았다. 그녀는 입을 열어 무슨 이야기를 할 듯하다가는 다시 다물어 버렸다. 그녀는 당황해서 어쩔 줄 몰라하는 듯했다.

「꼭 대답할 필요는 없습니다, 마드모아젤. 내가 대신 대답할 수 있으니까요. 애스원에서 나는 당신과 당신 어머니의 관계에 흥미를 느꼈지요. 그래서, 비록 당신이 어머니에게 심하게 대하는 것 같았지만, 사실은 무엇인가로부터 어머니를 보호하려고 애쓴다는 사실을 알게 되었습니다. 그리고, 나는 그게 과연 무엇인지를 알아냈습니다. 나는 어느 날 아침에 당신 어머니가 술에 취해 있는 것을 보았던 것이죠. 더군다나, 당신 어머니는 몰래 술을 마시는—가장 다루기 힘든 그러한 경우에 해당된다는 사실도 알아차렸지요. 당신은 그걸 고쳐 보려고 별별 방법을 다 썼겠지요. 하지만, 그럴수록 당신 어머니는 교묘한 수법으로 술을 구해서 몰래 마셨던 겁니다. 그녀는 몰래 술을 구해 가지고는 그걸 당신 눈에 띄지 않게 숨겨 두었어요. 그런데, 어젯밤에 당신이 바로 그 숨겨져 있던 술병을 찾아냈던 겁니다. 당신은 어머니가 잠들자마자, 그 술병을 살짝 들고 나왔지요. 그리고는 곧장 배의 반대편으로 돌아가서(당신 방은 제방 쪽에 있었으니까요) 그걸 강에다 던져 버린 겁니다.」

그리고 나서 그는 말을 잠시 멈추었다.

「내 말이 맞지 않습니까?」

「예— 선생님 말이 맞아요.」

로잘리는 갑자기 또렷한 어조로 말했다.

「저는 그 사실을 일부러 말하지 않았던 거예요. 다른 사람들이 그 사실을 아는 게 싫었어요. 이 배에 그 소문이 퍼지면 곤란하잖겠어요? 그런데 어처구니없게도— 제가— 제가 한 것이라니—」

포와로가 대신 그녀의 말을 이어 주었다.

「당신이 살인 혐의를 받는다는 게 어처구니없었다는 말입니까?」

그러자 로잘리는 고개를 끄덕였다. 그리고 나서, 그녀는 다시 말을 터뜨렸다.

「저는 무척 노력해 왔어요. 다른 사람들이 눈치채지 못하도록…… 그건 어머니만의 잘못이 아니에요. 어머니는 무척 실망하셨거든요. 책이 잘 팔리지 않았기 때문이지요. 독자들은 그런 저속한 섹스에 대한 내용에는 완전히 식상했으니까요……. 그 일로 어머니는 충격을 받았어요— 정말 굉장한 충격이었어요. 그래서 어머니는 술을 마시기 시작했던 거예요. 한동안 저는 어머니가 술을 마시는 것을 전혀 몰랐어요. 그 사실을 알고 나서, 저는 그걸 막아 보려고 무척 애를 썼지요. 그러면 어머니는 조금 괜찮아진 듯하다가는, 어느 새 다시 술을 마시기 시작하는 거예요. 그럴 때마다 다른 사람들과 말다툼을 벌이곤 한답니다. 정말 끔찍한 일이에요.」

그녀는 몸을 떠는 듯했다.

「그래서, 저는 언제나 어머니에게서 눈을 떼지 않고 있지요. 술을 마시지 못하게 하려고…… 그러자— 어머니는 저를 미워하기 시작했어요. 어머니— 어머니는 제게서 완전히 등을 돌려 버린 거예요. 때때로 어머니가 저를 증오하고 있다는 것을 느낄 수 있어요…….」

「저런!」 하고 포와로가 말했다.

그러자, 그녀는 그 말에 격렬한 태도로 반박했다.

「저를 가엾다고 생각하지 마세요. 친절하게 대하지도 말고요. 그러지 않는 편이 훨씬 마음이 편해요.」

그녀는 한숨을 쉬었다. 길고도 가슴 아픈 한숨이었다.

「저는 이제 지쳐 버렸어요…… 정말 지쳤어요.」

「이해합니다.」 하고 포와로가 위로하듯이 말했다.

「사람들은 저를 좋아하지 않아요. 건방지고 비뚤어진 데다가 변덕스럽다고 생각하고 있지요. 그래도 어쩔 수가 없어요. 이제 저는 상냥한 것이 어떤 건지도 다 잊어버렸으니까요.」

「내 말이 바로 그겁니다. 당신은 혼자서 그 무거운 짐을 너무 오랫동안 짊어지고 있었소.」

로잘리는 천천히 말했다.

「이야기를 하고 나니까 마음이 좀 후련해지는 것 같군요. 당신은— 당신은 언제나 제게 친절하게 대해 주셨지요, 포와로 씨. 그런데도, 제가 너무 무례하게 굴어서 죄송해요.」

「예의란, 친구들 사이에서는 꼭 필요한 것이 아니지요.」

그녀의 얼굴은 다시 미심쩍은 표정으로 바뀌었다.

「당신은 그 사실을 사람들에게 말하겠지요? 어젯밤에 강물에 던져진 것은 술병이라고 밝혀야 하기 때문에 이야기하셔야겠죠?」

「아니, 아닙니다. 꼭 그럴 필요는 없습니다. 단지 그 때가 언제였는지만 이야기해 주면 됩니다. 1시 10분이었습니까?」

「아마 그쯤 되었을 거예요. 정확히는 모르겠지만—」

「로잘리 양, 그 때 밴 슈일러 양이 당신을 보았습니까? 다시 말해서, 당신도 그녀를 보았습니까?」

로잘리는 고개를 저었다.

「아네요, 저는 보지 못했어요.」

「그녀는 자기 방문 틈으로 몰래 보았다고 하더군요.」

「저는 그녀를 보지 못했어요. 갑판만 둘러보고 나서 강물에다 던졌거든요.」

포와로는 고개를 끄덕였다.

「그렇다면— 갑판을 둘러보았을 때 혹시 아무도 보지 못했나요?」

잠시 침묵이 흘렀다. 참으로 오랫동안의 침묵이었다. 로잘리는 눈살을 찌푸리고 곰곰이 생각하고 있었다.

마침내 그녀는 단호하게 고개를 저었다.

「없었어요.」 하고 그녀가 말했다. 「아무도 없었어요.」
에르퀼 포와로는 그 말에 천천히 고개를 끄덕였다. 하지만, 그의 표정은 무척 심각했다.

19

사람들은 매우 조용하게 하나둘씩 식당으로 들어왔다. 그들은 음식을 열심히 먹는 것이 이러한 상황에는 어울리지 않는다고 생각하는 듯했다. 그래서인지 식탁에 앉은 사람들의 태도는 마치 변명하려고 온 듯이 보였다.
팀 앨러튼은 그의 어머니가 이미 식탁에 앉은 다음에야 나타났다. 그의 얼굴에는 불쾌한 표정이 뚜렷하게 나타나 있었다.
「이런 형편없는 여행이라면 오지 않았을 텐데……」 하고 팀이 투덜거렸다.
그 말을 들은 앨러튼 부인은 슬픈 표정으로 고개를 저었다.
「애야, 나도 차라리 안 왔더라면 하고 생각한단다. 그렇게 아름다운 부인이! 정말 아까운 여자야. 그런 여자를 쏘아 죽인 자는 피도 눈물도 없는 냉혹한 인물일 거야. 그런 짓을 저지른 사람과 같은 배에 타고 있다는 생각만 해도 소름이 끼친단다. 게다가, 불쌍한 사람이 한 명 더 있지.」
「재클린요?」
「그래, 그 처녀를 생각하면 가슴이 아프단다. 그녀는 무척 불쌍해 보이더구나.」
「그런 장난감 권총을 아무렇게나 쏘지 않는 거라고 가르쳐 주었어야 하는 건데요.」 하고 버터를 바르면서 팀은 아무런 감정도 없이 말했다.
「자라난 환경이 좋지 않았기 때문일 거야.」

「오, 맙소사! 제발 그런 식으로 생각하지 마세요.」
「팀, 기분이 몹시 나쁜가 보구나.」
「예, 그래요. 기분 나쁘지 않을 사람이 어디 있겠어요?」
「뭐가 그렇게 기분 나쁘다는 건지 정말 모르겠구나. 그저 슬픈 일 일 뿐인데.」
그러자 팀은 심술궂은 목소리로 말했다.
「어머니는 너무 감상적으로만 생각하는 것 같아요! 살인 사건에 말려든다는 것이 얼마나 골치 아픈 일인지 모르세요?」
앨러튼 부인은 이 말에 약간 놀라는 듯했다.
「그렇지만 분명히—」
「틀림없다니까요. '그렇지만 분명히'라는 말은 안 통한다고요. 이 빌어먹을 배에 타고 있는 사람들은 모두 다 혐의를 받게 되는 거예요. 물론 어머니도 저와 다른 사람들과 똑같이 혐의를 받게 될 테고요.」
앨러튼 부인은 항변하듯이 말했다.
「이론적으로는 그렇겠지. 하지만, 그건 실제로는 말도 안 돼.」
「살인 사건에 관계되는 일에는 말도 안 되는 게 없어요! 어머니는 가만히 앉아서 정직과 미덕을 내세우시겠죠. 하지만, 쉘랄이나 애스원에 있는 그 수많은 불쾌한 경찰들은 어머니의 얼굴을 보고 그저 믿어 준다든가 하지는 않아요.」
「어쩌면 그 전까지 진실이 밝혀질지도 모르잖니?」
「무슨 수로요?」
「포와로 씨가 밝혀 낼지도 몰라.」
「그 돌팔이 영감 말이에요? 그 사람은 아무것도 밝혀 내지 못할 거예요. 수다쟁이에다가 콧수염이나 기르고 다니는 그런 엉터리 같은 사람이? 그건 어림없는 말이에요.」
「글쎄, 팀.」 하고 앨러튼 부인이 말했다.
「사람들이 모두 너와 같이 생각할지도 모르지. 하지만, 비록 그게 사실이라 해도 우리는 그걸 어떻게든 헤쳐 나가야 한단다. 다시 말해서, 우리는 되도록이면 기분을 바꿔서 유쾌하게 지내는 편이 좋다는 뜻이야.」

그러나, 그녀의 아들은 여전히 우울한 표정을 버리지 못했다.

「게다가 진주 목걸이가 없어졌어요.」

「리넷의 진주 목걸이 말이니?」

「예, 누군가 훔쳐 간 것이 분명해요.」

「그렇다면, 아마 그것 때문에 살인을 했나 보구나.」

「글쎄요, 그건 확실히 단정할 수 없어요. 어머니는 두 가지 다른 사건을 혼동하고 계신 거예요.」

「누가 그러던?」

「퍼거슨 씨요. 그 사람은 거칠게 생긴 기관사 친구에게서 들었고, 그 친구라는 사람은 하녀에게서 들었다더군요.」

「훌륭한 목걸이였지.」 하고 앨러튼 부인이 말했다.

이 때 포와로가 앨러튼 부인에게 고개숙여 인사하고는 식탁에 앉았다.

「내가 좀 늦었군요.」 하고 그는 말했다.

「바쁘실 거라고 생각했어요.」 하고 앨러튼 부인이 말했다.

「예, 무척 일이 많았습니다.」

그는 웨이터에게 포도주 한 병을 주문했다.

「우리는 모두 다 다른 취향을 가지고 있군요.」 하고 앨러튼 부인이 말했다.

「당신은 언제나 포도주만 드시지요. 그리고 팀은 위스키소다를 마시고, 나는 언제나 다른 상표가 붙은 탄산수를 마시니까요.」

「부인을 위해서 건배!」 하고 포와로가 말했다. 그는 한동안 그녀를 빤히 바라보았다. 그러면서 혼잣말로 중얼거렸다.

「한 가지 떠오르는 생각이 있는데……」

그러나, 그는 그 생각을 떨쳐 버리려는 듯이 어깨를 한 번 으쓱하고 나서, 다른 문제들에 대해서 가벼운 말투로 말하기 시작했다.
「도일 씨는 많이 다쳤나요?」 하고 앨러튼 부인이 물었다.
「예, 몹시 상태가 나쁩니다. 베스너 박사의 말로는, 빨리 애스원에 데려가서 X레이 촬영을 하고 다리에 박힌 총알을 빼내야 한다고 합니다. 하지만, 절름발이는 되지 않을 거라더군요.」
「불쌍한 시몬.」 하고 앨러튼 부인이 말했다.
「불과 어제까지만 해도 그는 세상에서 부족한 게 없는 행복한 사람이었지요. 하지만, 하루 아침에 아름다운 아내는 죽고, 자신은 꼼짝 못하고 드러누워 있는 신세가 되었으니 말이에요. 그렇지만, 나는 바라는 게 있어요—.」
「무얼 원하시나요?」 하고 포와로는 앨러튼 부인이 말을 멈춘 틈을 타서 물었다.
「그가 그 가엾은 처녀에게 너무 화내지 말았으면 해요.」
「재클린 양 말이죠? 전혀 그 반대랍니다. 오히려 그는 그 처녀를 몹시 걱정해 주고 있으니까요.」
그는 이렇게 말하고 나서 팀을 쳐다보았다.
「이건 심리학적인 문제라고도 할 수 있겠지요. 도일 씨는 재클린이 그들 부부를 쫓아다니고 있을 때는 무척 미워했답니다. 그런데 막상 그녀에게 총을 맞고, 어쩌면 앞으로 절름발이가 될지도 모르는 지금 상황에서는 오히려 화도 내고 있지 않습니다. 당신은 그걸 이해할 수 있습니까?」
「예.」 하고 팀이 곰곰이 생각하는 표정으로 말했다.
「나는 이해할 수 있을 것 같습니다. 처음에는 자신이 무시당했다는 느낌이 들었기 때문에—」
포와로는 고개를 끄덕였다.
「당신 말이 맞습니다. 남자 체면이 말이 아니었지요.」
「하지만 지금은— 어떤 면에서 본다면 그녀가 바보가 되고 만 거죠. 사람들 모두가 그녀를 우습게 보고 있으니까요. 그래서—」

「아니야. 그 사람은 관대하게 용서해 준 거야.」 하고 앨러튼 부인이 팀의 말에 끼여들었다.

「남자들이란 정말 어린아이 같다니까요.」

「여자들은 종종 그렇게 말하지만, 사실은 그렇지 않아요.」 하고 팀이 대답했다.

포와로는 미소를 지으며, 팀에게 말을 건넸다. 「그런데, 도일 부인의 친척인 조안나 사우스우드 양은 도일 부인과 많이 닮았습니까?」

「뭔가 크게 착각하고 계시는군요, 포와로 씨. 조안나는 우리 친척이고, 도일 부인과는 그냥 친구 사이예요.」

「아, 실례했습니다―. 내가 착각했군요. 그런데, 그 처녀는 뉴스에 참 많이 등장하더군요. 그래서, 관심을 가지고 있었지요.」

「왜요?」 하고 팀이 날카롭게 물었다.

포와로는 그 때 막 지나가는 재클린 드벨포에게 인사하기 위해 반쯤 자리에서 일어섰다. 그녀의 뺨은 붉게 물들어 있었으며, 눈은 매우 빛나고, 호흡은 약간 불규칙한 듯했다. 포와로가 다시 자리에 앉았을 때, 그는 이미 팀의 질문을 잊어버린 듯했다. 그리고 나서 그는 애매하게 물었다.

「값비싼 보석들을 가지고 다니는 젊은 숙녀분들은 다 도일 부인처럼 부주의한가요?」

「그렇다면, 그 목걸이가 도둑맞았다는 게 사실인가요?」 하고 앨러튼 부인이 물었다.

「누가 그렇게 말하던가요, 부인?」

「퍼거슨 씨가 그러던데요.」 하고 팀이 대신 대답했다.

포와로는 심각한 표정으로 고개를 끄덕였다.

「사실입니다.」

「내 생각으로는―」 하고 앨러튼 부인이 불안한 듯이 말했다. 「이 사건으로 많은 사람들이 불쾌하게 생각할 것 같아요. 팀도 역시 그럴 거라고 말하더군요.」

그녀의 아들은 얼굴을 찌푸렸으나, 포와로는 이미 그를 쳐다보고 있었다.

「아! 아마도 당신은 전에 그런 경험이 있었나 보죠? 과거에 집에 강도라도 들어온 적이 있었습니까?」

「전혀 없습니다.」하고 팀이 말했다.

「아니, 있었어요. 얘야, 너는 그 때—그 굉장한 다이아몬드를 도둑 맞았을 때—바로 그 자리에 있었잖니?」

「정말 어머니는 언제나 터무니없는 착각을 하신다니까요. 어머니, 제가 있었을 때는 그 여자가 그 살찐 목에 걸고 있던 다이아몬드가 모조품이라는 사실이 드러났을 때였지요. 누군가가 그걸 바꿔쳤다면, 그건 이미 몇 달 전의 일이었을 거예요. 게다가 대부분의 사람들이 아마 그 여자 자신이 그렇게 했을 거라고 말했어요!」

「조안나가 그렇게 말한 모양이구나.」

「조안나는 거기에 없었어요..」

「그렇지만 어쨌든 그녀는 그 집 사람들을 잘 알고 있었으니까. 그리고, 그런 식으로 말할 사람은 조안나밖엔 아무도 없어.」

「어머니는 언제나 조안나를 비난하시는군요.」

포와로는 재빨리 화제를 다른 것으로 돌렸다. 그는 자신이 애스원에 있는 어떤 가게에서 아주 좋은 물건을 샀다고 말했다. 즉, 어떤 인도 상인에게서 자주색과 금색의 멋진 옷감을 사들였다는 이야기였다. 물론, 돈을 지불해야 하기는 했지만, 그러나—

「그들 말로는 자기들이 그걸 빨리 보내 줄 수 있다고 했는데—그 점에 대해서—정말 그렇게 해 줄까요? 그리고, 가격도 그다지 비싸지 않을 거라더군요. 그 물건들이 제대로 잘 도착될까요?」

앨러튼 부인은 자신이 들은 바에 의하면, 주문한 물건을 영국으로 직접 보내 달라고 요구하는 사람들이 많으며, 또한 그 물건들은 다 무사히 도착한다고 말했다.

「그래요? 그렇다면 그렇게 해야겠군요. 하지만, 문제가 또 하나 있는데— 만일 내가 여행중이라서 영국에 없을 때, 그 물건들이 도착한 다면 분실될 염려가 있을 것 같아서요! 혹시 그런 경험을 해 보셨는지요? 그러니까, 여행을 떠난 뒤에 물건들이 도착한 적이 있었습니까?」

「그런 적은 없었던 것 같군요. 그렇지, 팀? 하지만, 책이라면 별다른 문제가 없을 텐데요.」

「아, 아닙니다. 책과는 다르지요.」

디저트가 나왔다. 바로 그 때, 아무런 사전 통고도 없이 레이스 대령이 벌떡 자리에서 일어나더니 이야기를 했다.

그는 그 살인 사건의 배경에 대해서 언급하고, 진주 목걸이가 도둑맞았다는 사실을 발표했다. 그렇게 말하고 나서, 그는 곧 수색할 테니까 끝날 때까지는 한 사람도 식당에서 나가지 말아 달라고 부탁했다. 그리고, 아울러 이 수색에 승객들 모두가 협조해 주면 무척 감사하겠다는 말을 했다.

포와로는 아무 말 없이 그의 옆에 다가가서 섰다. 잠시 뒤, 승객들 사이에서 여기저기 불쾌하다는 듯한 소리가 들려왔다. 미심쩍어하는 목소리와, 분노하고 흥분된 목소리들이……

포와로는 레이스 대령 옆에 바싹 다가서서는, 막 식당을 나가려는 그의 귀에다 무엇이라고 소곤거렸다.

레이스 대령은 주의 깊게 듣고 알았다는 듯이 고개를 끄덕이더니 곧 웨이터를 불렀다. 그는 웨이터에게 짤막하게 말했다. 말을 마친 뒤, 그와 포와로는 문을 닫고서 나란히 갑판으로 나왔다.

그들은 잠시 동안 난간 옆에 서 있었다. 레이스 대령은 담배에 불을 붙였다.

「아주 좋은 생각입니다.」 하고 그가 말했다. 「무슨 일이 있다면 곧 알게 되겠지요. 나는 그들에게 3분간의 시간 여유를 주었습니다.」

그 때, 식당 문이 열리더니 조금 전에 그들이 부른 웨이터가 나왔다. 그는 레이스 대령을 부르고는 말을 시작했다.

「잘 됐습니다, 대령님. 어떤 여자분께서 잠시도 참을 수 없다면서 급히 이야기하고 싶다고 하셨어요.」

「오!」 레이스 대령은 만족스러운 표정을 지었다.

「그 분이 누구인가?」

「바워즈 양입니다, 대령님. 그 간호사―」

그러자, 레이스 대령의 얼굴에는 깜짝 놀라는 표정이 떠올랐다.

「그 분을 흡연실로 모셔 오게. 그리고, 다른 사람은 가만히 그 자리에 있게 하고.」

「예, 대령님― 다른 웨이터를 시켜서 지키고 있도록 하겠습니다.」

이렇게 말하고 나서 웨이터는 다시 식당으로 들어갔다. 포와로와 레이스 대령은 흡연실로 걸어갔다.

「바워즈라……?」

레이스 대령이 나지막이 중얼거렸다.

그들이 흡연실에 들어서자마자 곧 그 웨이터가 바워즈를 들여보낸 다음 문을 닫았다.

「바워즈 양?」 레이스 대령이 의아하다는 표정으로 그녀를 쳐다보았다.

「도대체 무슨 일이죠?」

바워즈는 여느 때와 마찬가지로 침착하고 차분한 태도였다. 그녀의 표정에는 별달리 동요하는 빛이 없었다.

「죄송합니다, 레이스 대령님.」 하고 그녀는 말을 꺼냈다.

「하지만, 지금 상황으로 제가 취할 수 있는 최선의 행동은 즉시 대령님께 말씀드리는 것뿐이라고 생각했어요―.」

그러면서 그녀는 자신의 검은 핸드백을 열었다.

「이것을 돌려 드리려고요.」

그녀는 진주 목걸이를 꺼내어 탁자 위에 올려 놓았다.

20

 만일 바워즈가 소동을 일으키는 것을 즐거워하는 성격이라면, 그녀는 충분히 그러한 즐거움을 만끽할 수 있었을 것이다.
 그 정도로 레이스 대령은 깜짝 놀랐던 것이다. 탁자에서 진주 목걸이를 집어 드는 그의 얼굴에는 놀라는 기색이 역력하게 나타나 있었다.
 「정말 예기치 못했던 일이로군.」 하고 그는 말했다.
 「이게 도대체 어떻게 된 일인지 설명해 주시겠습니까, 바워즈 양?」
 「예, 그걸 설명드리기 위해서 여기에 온 거예요.」
 바워즈는 편안한 자세로 바꾸어 앉았다.
 「제가 어떻게 행동해야 할지 결정하는 데는 무척 힘이 들었어요. 그 집안이 어떤 소문에 휘말려들면 곤란하기 때문이지요. 게다가, 그 집 사람들은 저를 무척 신뢰하고 있답니다. 하지만, 지금 상황으로서는 달리 방도가 없었어요. 당신이 선실에서 아무것도 찾아내지 못한다면, 당연히 이번에는 승객들을 수색할 거라고 생각했지요. 그렇게 되면 제가 그 진주 목걸이를 가지고 있다는 것이 밝혀질 것이고, 저는 무척 곤란한 입장에 처하게 될 거라고 생각했지요. 그래서, 사실을 빨리 말해 버리는 편이 좋겠다고 생각했던 거예요.」
 「도대체 그 사실이란 것이 무엇입니까? 당신이 이 진주 목걸이를 도일 부인의 선실에서 훔쳐 냈다는 말인가요?」
 「오, 아니에요, 레이스 대령님. 그게 아니에요. 밴 슈일러 양이 한 것이랍니다.」
 「밴 슈일러 양이오?」
 「예. 그 분은 자신도 모르게— 음— 물건을 훔치곤 한답니다. 특히 보석류를 잘 훔치죠. 제가 항상 그녀 곁에서 떠나지 않는 건 바로 그 때문이에요. 저는 항상 그녀에게서 눈을 떼지 않고 있어요. 그래서,

제가 곁에 있고 나서부터는 아무런 문제도 생기지 않았어요. 저의 감시 때문에 문제가 없었던 거지요. 그런데, 그녀는 물건을 훔치고 나서는 그것들을 언제나 똑같은 장소— 즉, 스타킹 속에 돌돌 말아서 감춰 둔답니다. 그래서, 저는 아침마다 그것을 검사해 보곤 하지요. 게다가, 저는 잠을 깊이 자는 편도 아니고, 또 바로 그녀의 옆 방에서 문을 열어 두고 자기 때문에 그녀가 나가는 인기척을 들을 수 있답니다. 혹시 인기척이 들리면, 저는 그녀를 쫓아가서 다시 침대로 돌아가라고 설득해서 돌려 보내지요. 물론 배에서는 이런 일이 훨씬 어렵지만요. 하지만, 밤중에 훔치는 일은 별로 없었어요. 그저 옆에 놓여져 있는 물건이 있으면 슬쩍 집어 넣었을 뿐이지요. 게다가, 진주는 그녀에게 언제나 커다란 유혹을 주곤 했답니다.」

바워즈는 여기서 말을 멈췄다.

레이스 대령이 물었다.

「당신은 어떻게 밴 슈일러 양이 그 목걸이를 훔쳤다는 것을 알았습니까?」

「오늘 아침에 보니까 그 목걸이가 스타킹 속에 들어 있더군요. 저는 금방 그것이 밴 슈일러 양의 짓이라는 것을 알아차렸지요. 가끔 리넷이 그걸 걸고 있는 모습을 보았으니까요. 그래서, 저는 그 목걸이를 다시 제자리에 갖다 둘 생각이었어요. 만일 도일 부인이 아직 깨지 않았거나, 그 목걸이가 없어졌다는 걸 알아차리지 못했다면 말이에요. 그런데, 그녀의 선실 앞에 서 있는 웨이터가 살인 사건이 일어났다고 하면서 아무도 들어가지 못한다고 하더군요. 그렇게 해서 저는 곤란하게 되었지요. 하지만, 그 때까지만 해도 저는 희망을 가지고 있었어요. 목걸이가 없어졌다는 사실이 알려지기 전에 살짝 그걸 제자리에 갖다 둘 수 있을 거라고 생각했거든요. 그래서, 오늘 아침 내내 저는 제가 할 수 있는 최선의 행동이 뭘까 궁리해 보았어요. 당신도 아시다시피, 밴 슈일러 양의 집안은 아주 까다롭기로 이름이

나 있기 때문에 이런 일이 신문에 실리기라도 한다면 그야말로 굉장할 거예요. 하지만, 꼭 신문에 내야 하는 건 아니잖아요?」

바워즈는 정말로 걱정되는 듯한 표정이었다.

「그건 상황에 따라 달라지겠지요.」하고 레이스 대령이 신중하게 대답했다.

「물론 우리는 당신을 위해서 최선을 다할 생각입니다. 그런데, 밴 슈일러 양은 이 일에 대해서 뭐라고 하던가요?」

「오, 그녀는 물론 전혀 모르는 사실이라고 부인하겠죠. 언제나 그랬으니까요. 어떤 고약한 사람이 그걸 거기에다 넣어 둔 것이라고 주장하니까요. 그러다가 이쪽에서 추궁하면 꼼짝못하고 침대로 슬그머니 들어가 버린답니다. 아마 달 구경을 하려고 나갔었다고 말하겠지요. 그런 식으로 잡아뗄 거예요.」

「롭슨 양은 이런 일을 알고 있습니까?」

「아니에요, 그 처녀는 전혀 몰라요. 그녀의 어머니는 알고 있습니다만, 롭슨 양이 너무 순진하기 때문에 알리지 않는 편이 낫다고 생각했을 거예요. 게다가, 저 혼자서라도 밴 슈일러 양을 잘 다룰 자신이 있었으니까요.」하고 그 유능한 바워즈는 한 마디 덧붙였다.

「우리들에게 이렇게 빨리 알려 주어서 정말 감사합니다, 바워즈 양.」하고 포와로가 말했다.

바워즈는 그만 자리에서 일어났다.

「제가 한 행동이 잘한 일이었으면 좋겠어요.」

「오, 물론 잘하신 행동입니다.」

「아시다시피, 살인 사건과 관련된 일이고 해서—」

레이스 대령이 그녀의 말을 가로막았다. 그의 목소리는 심각했다.

「바워즈 양, 한 가지 묻고 싶은 게 있습니다. 그리고, 내 질문에 솔직히 대답해 주기 바랍니다. 밴 슈일러 양은 가끔 거의 비정상적일 정도로 이성을 잃는데, 혹시 살인을 한다든가 하지는 않을까요?」

이것에 바워즈는 즉시 대답했다.

「오, 맙소사, 천만에요! 결코 그런 일은 없어요. 그것만큼은 제 말을 믿어 주셔야 해요. 그녀는 파리 한 마리도 죽이지 못하는 성격이에요.」

그녀의 대답은 너무나도 확신에 찬 것이었기 때문에 더 이상 의심의 여지가 없는 듯했다. 그렇지만, 그는 한 마디 더 물어 보았다.

「밴 슈일러 양은 혹시 귀가 잘 안 들리지 않습니까?」

「솔직히 말해서 그래요, 포와로 씨. 그녀와 말하고 있을 때는 알 수 없지만, 누가 방에 들어와도 모르는 때가 많답니다.」

「그렇다면, 당신은 그녀가 도일 부인의 선실에서 나는 인기척을 들을 수 있으리라고 생각합니까? 도일 부인의 방과 나란히 있긴 하지만요.」

「오, 저는 그렇게 생각하지 않아요—. 전혀 듣지 못할 거예요. 아시다시피, 그녀의 침대는 도일 부인의 방과는 반대쪽에 놓여 있으니까요. 분명히 아무 소리도 못 들었을 거예요.」

「감사합니다, 바워즈 양.」

레이스 대령이 말했다.

「그럼, 그만 식당으로 돌아가셔서 다른 사람들과 함께 기다려 주십시오.」

그는 바워즈를 위해서 문을 열어 주고는, 그녀가 계단을 내려가서 식당으로 들어가는 모습을 지켜보았다.

「자—」 하고 레이스 대령이 냉정하게 말했다. 「반응이 정말 빨리 나타났군요. 확실히 냉정하고 치밀한 여자임이 틀림없어요—. 만일 마음만 먹는다면, 자기 계산대로 우리를 충분히 속여 넘길 수도 있을 겁니다. 그런데, 밴 슈일러 양은 어떻게 된 걸까요? 그녀에게서 혐의를 없애 버릴 수는 없을 것 같소. 실제로 그 여자는 그 보석이 탐이 나서 살인을 했을지도 모릅니다. 그리고, 우리는 저 간호사의 말을 그대로 믿어서는 안 됩니다. 어쨌든 저 여자는 그 집안을 위해서 하는 데까지 해 보려고 할 테니까요.」

나일강의 죽음 261

포와로는 동감한다는 듯이 고개를 끄덕였다. 그는 열심히 그 진주 목걸이를 살펴보았다. 손가락으로 문질러 보기도 하고 가까이 들여다 보기도 했다. 그리고 나서 그는 말했다.

「내 생각에는, 밴 슈일러 양의 이야기를 어느 정도 믿어도 좋을 듯 합니다. 그녀는 아마도 선실 문 틈으로 로잘리 오터번을 보았을 거요. 하지만, 도일 부인의 방에서 무슨 소리를 들었다는 말은 거짓말일 겁니다. 그녀는 아마 그 목걸이를 살짝 훔쳐 오려고 자기 선실에서 엿보았겠지요.」

「그런데, 그 때 오터번 양이 바로 거기에 있었다는 거군요?」

「그렇지요. 그녀는 어머니가 몰래 숨겨 두었던 술병을 물 속에 던지려는 참이었지요.」

레이스 대령은 가엾다는 듯이 고개를 저었다.

「흠, 그랬었군요! 그 젊은 아가씨에겐 너무 안된 일이군.」

「그렇지요. 그녀는 어두운 생활을 해 온 겁니다. 가엾은 로잘리.」

「그 사실이 밝혀지다니 정말 다행입니다. 그런데, 로잘리는 뭔가 보거나 듣지는 못 했다고 하던가요?」

「그걸 물어 보았지요. 그런데, 20초 정도나 생각한 다음에야, 아무 것도 보지 못했다고 하더군요.」

「오, 그렇습니까?」 레이스 대령은 놀란 듯했다.

「그랬지요. 하여튼 뭔가 이상합니다.」

레이스 대령은 천천히 말을 시작했다.

「만일 리넷 도일이 1시 10분경에 살해된 것이 사실이라면, 그리고 그 뒤로 배가 조용했었다면― 아무도 그 총소리를 듣지 못했다는 건 정말 이상한 일입니다. 물론 그렇게 조그만 권총은 별로 큰 소리가 나지는 않지만, 그렇다 해도 병마개 따는 듯한 소리라도 났을 텐데 말입니다. 하지만, 이제 다시 생각해 보니 알 것도 같습니다. 리넷 선실의 옆 방은 비어 있었습니다. 그녀의 남편은 베스너 박사의 선실에 있었으니까요. 다른 쪽 선실에는 밴 슈일러가 있었는데, 그 여자는 귀가 어둡다고 했습니다. 그렇다면 나머지는 결국—」

그는 잠시 말을 멈추고 포와로에게 대답해 달라는 듯이 그를 쳐다보았다. 그러자, 포와로는 고개를 끄덕였다.

「그녀의 선실 가까이에 있는 나머지 선실은 바로 페닝튼의 방입니다. 결국 모든 이야기가 페닝튼에게로 돌아가게 되는군요.」

「얼른 그 사람에게 갑시다. 그에게서 뭔가 실마리를 찾아낼 수 있을 것 같습니다.」

「그렇지만, 배 안의 수색은 계속 진행시키는 게 좋을 겁니다. 그 진주 목걸이가 좋은 구실이 될 수 있을 거요—비록 되찾기는 했지만—게다가, 바워즈 양도 그 사실을 말하고 다닐 리가 없을 테니까 더욱더 잘된 일이 아닙니까?」

「그런데 말입니다, 이 진주 목걸이!」 하고 포와로는 그것을 다시 한 번 불빛에 비춰 보았다. 그는 이로 조심스럽게 진주 알을 깨물어 보았다. 그리고, 혀로 핥아 보기도 했다. 그런 다음, 그는 한숨을 쉬면서 그 목걸이를 다시 탁자 위로 던졌다.

「좀 골치 아픈 문제가 생겼습니다, 레이스 대령님.」 하고 그는 말했다.

「나는 전문적인 보석 감정사는 아니지만, 그래도 형사 시절에 제법 보석들을 많이 보아 왔기 때문에 웬만큼 보석을 보는 눈을 가지고 있지요. 분명히 말하지만, 이 목걸이는 정교하게 만들어진 모조품입니다.」

21

레이스 대령은 흥분된 어조로 소리쳤다.

「이 빌어먹을 사건은 수사를 하면 할수록 점점 더 복잡하게 얽혀 가니!」

그리고 그는 진주 목걸이를 집어들었다.

「혹시 당신이 잘못 본 건 아닐까요? 내가 보기에는 진짜 같은데.」

「매우 정교한 모조품이오―. 틀림없습니다.」

「그렇다면, 사건이 도대체 어떻게 돌아가는 거지요? 리넷 도일이 안전상 모조품을 가지고 다닐 리는 없을 텐데. 물론 많은 여자들이 그렇게 하기는 하지만……」

「만일 그렇다면, 아마 그녀의 남편은 그 사실을 알고 있었을 겁니다.」

「그녀가 남편에게 말하지 않았을 수도 있지 않습니까?」

포와로는 그 설명이 마음에 들지 않는다는 듯이 고개를 저었다.

「아닙니다, 나는 그렇게 생각지 않아요. 이 배에 탄 첫날 밤에 나는 도일 부인의 진주를 보고 무척 감탄했습니다. 그건 정말 훌륭한 광택과 윤기를 지니고 있었습니다. 그 때, 그 여자가 걸고 있던 진주 목걸이는 진짜였을 겁니다.」

「그렇다면, 두 가지 가능성을 생각해 볼 수 있겠군요. 첫번째 가능성은, 밴 슈일러 양이 훔친 진주 목걸이는 다른 누군가에 의해서 이미 바꿔치기 당한 가짜였다. 그리고, 두 번째 가능성이란, 밴 슈일러 양의 도벽에 대한 바워즈 양의 이야기는 전부 조작한 사실이라는 겁니다. 즉, 바워즈 양이 훔치고 나서는 엉터리 이야기를 만들어 그걸 가짜 목걸이와 함께 우리에게 주면서 혐의를 밴 슈일러 양에게 뒤집어 씌운 거지요. 아니면, 바워즈 양이 어떤 전문적인 조직의 일당일 수도 있겠지요. 다시 말해서, 밴 슈일러 양이나 바워즈 양이 같은 패거리로서 고귀한 가문이라고 변장하고 다니는 교활한 보석 도둑일 수도 있다는 말입니다.」

「하지만―」 하고 포와로가 중얼거렸다. 「분명히 단언하기는 힘들지요. 그렇지만, 한 가지 지적해 두고 싶은 사실이 있습니다. 도일 부인을 감쪽같이 속여서 그 진주와 잠그는 고리, 그리고 기타 모든 것을 똑같이 만들어 내려면 특별한 고도의 숙련된 기술이 필요합니다.

그리고, 짧은 시간에 그런 모조품을 만들어 낼 수는 없습니다. 그 진주 목걸이의 모조품을 만들기 위해서는 반드시 그 진짜를 연구해 볼 만한 충분한 시간이 필요했을 겁니다. 그러니, 모조품을 만들어 낸 사람은 그 진짜를 연구할 만한 기회를 가졌었겠지요.」

레이스 대령은 벌떡 일어섰다.

「이제 더 이상 그 문제에 대해서 왈가왈부하지 말고 하던 일을 계속 진행시키도록 합시다. 우리는 그 진짜 진주 목걸이를 찾아 내야만 합니다. 그리고, 동시에 방심하지 않고 지켜봐야 하지요.」

그들은 아래쪽 갑판에 있는 선실부터 수색하기 시작했다.

리체티의 선실에는 여러 나라 말로 쓰여진 갖가지 고고학 서적들과 다양한 용도의 의복, 냄새가 짙은 헤어로션, 그리고 사적인 내용의 편지 두 통이 있었다. 그 편지 중 한 통은 시리아에 있는 고고학 탐사반으로부터, 다른 한 통은 로마에서 부쳐 온 것으로서 그의 누이동생이 보낸 것이었다. 그의 손수건은 모두 색깔이 있는 것들이었다.

그들은 퍼거슨의 선실로 들어갔다. 그의 선실에는 공산주의에 관한 서적들이 몇 권 있었고, 훌륭한 사진들이 많이 있었으며, 사무엘 버틀러(1612~1680, 영국의 풍자 시인)가 쓴 '이어혼'과 페피의 일기 모음이 있었다. 그의 일용품은 그다지 많지 않았다. 그의 옷들은 대개 찢어지거나 더러웠으며, 반면에 속옷들은 모두 다 최고급품들이었다. 또한 손수건도 모시로 만들어진 값비싼 것이었다.

「재미있는 모순점들이군.」 하고 포와로가 중얼거렸다.

레이스 대령이 고개를 끄덕였다.

「개인 서류가 한 가지도 없다는 것이 좀 이상하군요. 편지도 한 통 없으니 말이오.」

「그렇군요, 그 점에 대해서 한번 생각해 봐야겠습니다. 정말 이상한 사람이오, 퍼거슨은.」

이렇게 말하면서, 그는 문장이 새겨진 반지를 들고서 주의 깊게 살펴보았다. 그리고 나서, 원래 있었던 서랍 속에 다시 집어넣었다.

그들은 루이스 버젯의 선실로 갔다. 그 하녀는 다른 승객들이 식사를 끝낸 뒤에야 식사를 했다. 하지만, 이번만큼은 레이스 대령이 그녀도 다른 승객들과 같은 시간에 식사하도록 지시해 두었다. 이들 앞에 웨이터 한 명이 나타났다.

「죄송합니다만, 선생님.」 하고 그는 변명하듯이 말했다. 「그 젊은 여자분을 전혀 못 찾겠어요. 도대체 어디로 간 건지 모르겠습니다.」

레이스 대령은 선실 안을 들여다보았다. 안은 텅 비어 있었다.

그들은 윗갑판으로 올라와서 오른쪽에 있는 선실들을 수색해 나갔다. 첫번째 선실은 제임스 팬숍의 방이었다. 그의 선실은 모든 것이 깨끗이 정리되어 있었다. 그의 물건은 그다지 많지 않았지만, 모든 것이 다 고급품들이었다.

「편지가 한 통도 없군요.」 하고 포와로가 곰곰이 생각하는 표정으로 말했다.

「팬숍도 제법 용의주도한 친구로군. 편지를 다 없애다니 말이오.」

그들은 팀 앨러튼의 선실로 건너갔다. 그의 선실은 바로 옆이었다.

그의 선실은 영국 성공회 신자답게 꾸며져 있었다. 우아한 세 폭짜리 그림과 정교하게 조각되어 있는 커다란 묵주가 더욱 그러한 분위기를 만들어 주는 듯했다. 의복류 외에는 반쯤 쓰다 만 듯한 원고— 주석이 많이 붙어 있고, 군데군데 낙서가 되어 있는 원고가 있었다. 그리고, 책이 많이 쌓여 있었는데, 대부분 최근에 출판된 것들이었다. 서랍 속에는 수많은 편지들이 아무렇게나 흩어져 있었다. 포와로는 다른 사람의 편지를 읽는 사람이 아니었지만, 직무상 편지들을 죽 훑어보았다. 거기에는 조안나 사우스우드에게서 온 편지는 한 통도 없었다. 그는 세코틴 튜브를 들고서 한동안 넋이 빠진 듯이 만지작거리고 나서 말했다.

「자, 다음 방으로 갑시다.」

「싸구려 손수건은 한 장도 없군요.」 하고 레이스 대령이 말했다. 그리고는, 서랍 속에 들어 있던 물건들을 재빨리 제자리에 놓았다.

앨러튼 부인의 선실은 바로 옆에 있었다. 그 선실은 말끔하게 정돈되어 있었으며, 라벤더꽃 향기가 은은하게 풍겨 왔다.

그들 두 사람은 곧 수색을 끝낼 수 있었다. 레이스 대령이 선실을 나오면서 한 마디 했다.

「그 부인, 정말 깔끔하군요.」

다음 선실은 시몬 도일이 옷을 갈아입는 방으로 쓰는 곳이었다. 매일 쓰는 물건들—파자마, 세면 도구 등은 이미 베스너 박사의 선실로 옮겨져 있었다. 하지만, 그 외 나머지 물건들은 아직 그대로 남아 있었는데, 중간 크기의 가죽 여행용 가방이 두 개, 그리고 작은 가방이 하나 있었다. 옷장에는 몇 벌의 옷이 걸려 있었다.

「이 방은 특별히 샅샅이 살펴봅시다.」 하고 포와로가 말했다.

「도둑이 그 진주 목걸이를 여기에다 감춰뒀을지도 모르니까요.」

「그럴 것 같습니까?」

「물론이지요. 한번 잘 생각해 보십시오! 도둑이 누군지는 모르겠지만, 그 도둑은 이내 수색을 할 거라고 생각했을 겁니다. 그러므로, 자신의 선실에다가 훔친 물건을 숨겨 두지는 않았을 겁니다. 그렇다고, 모두가 함께 쓰는 방에다 숨겨 두자니, 또 다른 문제들이 있고 해서 말입니다. 하지만, 여기 이 방만큼은 그 사람이 안전하다고 생각할 만한 곳이지요. 만일 그 진주 목걸이가 이곳에서 발견된다 하더라도, 그 때문에 무슨 실마리를 찾을 수는 없을 테니까요.」

치밀하게 수색했지만, 목걸이는 아무데서도 발견되지 않았다.

포와로는 「쯧!」 하고 가볍게 혀를 내찼다. 그리고 나서 그들은 다시 갑판 위로 나왔다.

리넷 도일의 선실은 시체가 옮겨지고 난 다음에는 계속 잠겨 있었다. 하지만, 레이스 대령이 그 선실의 열쇠를 가지고 있었기 때문에 문을 열고 안으로 들어갔다.

리넷의 시체가 없어진 것 말고는, 선실은 오늘 아침과 똑같은 상태였다.

「포와로 씨.」 하고 레이스 대령이 불렀다. 「여기서 뭔가 찾아 낼 만한 것이 있다면 꼭 좀 찾아 주십시오. 찾아 낼 수 있는 사람이 있다면, 그건 바로 당신뿐일 테니까요. 나는 그것을 잘 알고 있지요.」

「진주 목걸이를 두고 말하는 겁니까?」

「아닙니다. 살인 사건 쪽에 더 신경을 써 달라는 겁니다. 오늘 아침에 내가 소홀히 넘겨 버린 게 있을지도 모르니까요.」

포와로는 조용하고도 민첩하게 그 선실을 수색하기 시작했다. 그는 무릎을 꿇고서 바닥을 샅샅이 조사해 나갔다. 그리고, 침대를 검사했다. 또한 옷장과 옷이 들어 있는 작은 가방, 그리고 두 개의 고급 여행용 가방을 재빨리 열어보았다. 마지막으로 그는 세면대로 시선을 옮겼다. 거기에는 여러 가지 크림들과 분, 그리고 로션들이 놓여 있었다. 하지만 그것들 중에서 포와로의 시선을 끈 것은 나일렉스라는 상표가 붙은 조그만 두 개의 매니큐어병이었다. 그는 그 병들을 집어 들고 화장대로 가져왔다. 상표에 분홍색이라고 표시되어 있는 병은 바닥에 검붉은 액체 한두 방울만이 남아 있었다. 다른 병은 똑같은 크기였지만, 상표에 진홍색이라고 표시되어 있었으며, 내용물이 가득 차 있었다. 포와로는 먼저 빈 병을, 다음에는 가득 찬 병을 열어서 킁킁거리며 냄새를 맡았다.

과일즙에서 나는 듯한 냄새가 온 방을 가득 채웠다. 포와로는 약간 얼굴을 찡그리면서 다시 마개를 닫았다.

「뭔가 알아 냈소?」 레이스 대령이 물었다.

포와로는 프랑스 속담을 인용하여 대답했다.

「식초로는 파리를 잡을 수 없지요(엄하기보다 부드럽게 하는 게 남의 마음을 잡을 수 있다는 뜻).」

그런 다음 한숨을 쉬면서 말했다.

「레이스 대령, 우리는 지독하게도 운이 나쁩니다. 그 살인범은 정말 인정머리 없게도, 커프스 단추라든가 담배 꽁초, 아니면 담뱃재 같은 것을 흘리지도 않았으니까 말입니다. 그 살인범이 여자라면 손수건이나 립스틱, 아니면 머리카락이라도 남겼을 텐데 말이오.」
「그런데, 단지 매니큐어병뿐이란 말입니까?」
포와로는 어깨를 으쓱해 보였다.
「하녀에게 물어 봐야겠어요. 뭔가─그래, 분명히 뭔가 이상합니다.」
「그런데, 도대체 그 여자는 어디로 간 거지?」 하고 레이스 대령이 중얼거렸다.
그들은 선실 문을 나서서 밴 슈일러의 선실로 향했다.
그녀의 방에도 역시 부유함을 나타내는 듯한 물건들이 많이 있었다. 값비싼 화장 도구와 많은 짐, 꽤 많은 편지들, 그리고 서류들이 가지런하게 정리되어 있었다.
다음 선실은 포와로의 방이었고, 그 다음 선실은 레이스 대령의 것이었다.
「설마 우리들 방에 숨겨 두지는 않았겠지요?」 하고 대령이 말했다.
그러자 포와로가 말했다.
「어쩌면 그렇게 했을지도 모르지요. 언젠가 오리엔트 특급 열차에서 일어난 사건을 맡은 적이 있었습니다. 주홍색 옷 한 벌 때문에 골치를 좀 썩인 사건이었지요. 그 옷이 사라져 버렸었거든요. 그런데, 어디서 그 옷을 찾아냈는지 아십니까? 그게 바로 내 여행용 가방에 있었답니다! 아, 그건 정말 대담한 짓이었지요!」
「글쎄, 그러면 범인이 당신이나 내게 대담한 도전을 했는지 조사해 봅시다.」
하지만, 진주 목걸이를 훔친 범인은 에르퀼 포와로나 레이스 대령에게 그런 대담한 도전을 하지는 않았다.
자신들의 방을 조사한 다음, 그들 두 사람은 배 위로 돌아가서는 바워즈의 선실을 철저하게 조사했다. 하지만, 수상한 점은 전혀 나타나지 않았다. 그리고, 그녀의 손수건은 자신의 머리글자가 수놓인 평범한 모시 손수건이었다.

그 옆은 오터번 모녀의 선실이었다. 이 곳도 철저히 수색했지만, 아무런 성과도 없었다.

그 다음은 베스너 박사의 선실이었다. 시몬 도일은 식사 쟁반을 전혀 손도 대지 않은 채 그대로 놓아 두고 있었다.

「별로 식욕이 없어서요.」 하고 그는 변명이라도 하듯이 말했다.

그는 낮에 보았을 때보다 더 열이 오르고 악화된 듯이 보였다. 포와로는 가능한 한 빨리 그를 병원에 데려가서 적절한 치료를 받게 하려고 조바심하는 베스너 박사의 심정을 알 만했다.

그 땅딸막한 벨기에인이 그들 두 사람이 하고 있는 일에 대해서 설명해 주자, 시몬은 알겠다는 듯이 고개를 끄덕였다. 하지만, 바워즈가 찾아낸 그 진주 목걸이가 모조품이었다는 이야기를 하자, 그는 굉장히 놀라는 표정이었다.

「도일 씨, 당신은 부인이 모조품을 가지고 배에 타지 않았다고 확신할 수 있습니까?」

시몬은 고개를 세차게 저었다.

「오, 그럼요. 나는 분명히 말씀드릴 수 있습니다. 리넷은 그 진주 목걸이를 무척이나 아꼈으며, 언제나 그걸 걸고 다녔지요. 그리고, 그 목걸이는 분실 위험에 대비해서 보험에 들어 있었기 때문에 리넷은 별로 신경을 쓰지 않았습니다.」

「그럼 수색을 계속해야겠군요.」

포와로는 먼저 서랍을 열어 보았다. 그리고, 레이스 대령은 여행용 가방을 뒤졌다.

시몬은 그러한 그들을 지켜보고 있었다.

「설마 당신들은 베스너 박사님을 의심하는 건 아니겠죠?」

포와로는 시몬의 말에 어깨를 으쓱했다.

「그럴지도 모릅니다. 어쨌든 우리는 베스너 박사에 대해서 알고 있는 게 없잖습니까? 그 자신이 이야기해 준 것 말고는요.」

「하지만, 그 분이 여기에다 뭔가를 숨겼다면 분명히 내가 보았을 텐데요?」

「물론 오늘은 당신 모르게 숨길 수 없었겠죠. 하지만, 그 전에 그걸 바꿔치기했을 수도 있습니다. 며칠 전에 이미 바꿔 놓았을지도 모르고요.」

「아, 그럴 수도 있겠군요.」

하지만, 그들의 수색은 아무 성과 없이 끝나고 말았다.

다음 선실은 페닝튼의 방이었다. 그들 두 사람은 한참 동안이나 방을 뒤졌다. 특히, 법률이나 사업에 관련된 서류가 가득 담긴 가방을 철저히 조사했다. 그런데, 그 서류들 중 대부분이 리넷 도일의 서명이 필요한 것이었다.

포와로는 얼굴을 찌푸리면서 고개를 저었다.

「이 서류들은 모두 제대로 꾸며진 것 같군요. 당신 생각은 어떻습니까?」

「당신 생각과 같습니다. 어쨌든 그 남자도 바보는 아닐 테니까요. 만일 의심받을 만한 서류들이— 위임장이라든가 하는 것들이 있었다면, 벌써 없애 버리지 않았겠습니까?」

「그건 그렇겠군요. 맞는 말입니다.」

포와로는 옷장 맨 윗서랍에서 무거운 콜트 권총을 한 자루 꺼냈다. 그는 그것을 살펴보고 난 다음 다시 제자리에 놓았다.

「이제 보니 아직도 권총을 가지고 여행하는 사람들이 있군.」 하고 그는 중얼거렸다.

「확실한 것은 아니지만, 리넷 도일을 쏜 총은 그만한 크기가 아니었을 겁니다.」

레이스 대령은 잠깐 말을 멈추었다가 다시 이었다.

「그 권총이 왜 물 속에 던져졌을까 하고 의아하게 생각한 당신의 질문에 대한 대답이라고 할 만한 것이 떠올랐습니다. 리넷을 실제로 살해한 범인이 그녀의 선실에 내버려둔 권총을 누군가 다른 사람— 제2의 인물이라고 할 수 있겠죠—그 사람이 가지고 나가서 강물 속에 던져 버렸다면?」

「가능한 일이지요. 나도 그렇게 생각해 봤습니다. 하지만, 그런 가정을 한다고 해도 의문점들은 여전히 남아 있습니다. 제2의 인물이란 누구일까요? 그가 재클린 드벨포의 권총을 없애 버려 재클린을 감싸 주는 이유는 과연 무엇일까요? 제2의 인물은 거기서 도대체 무얼 하고 있었던 걸까요? 그 선실에 들어갔다고 알고 있는 사람은 단지 밴 슈일러 양 한 사람뿐입니다. 혹시, 그 권총을 없애 버린 것이 바로 밴 슈일러 양이 아닐까요? 만일 그렇다면, 밴 슈일러 양은 왜 재클린 드벨포를 감싸 주려고 했을까요? 그렇지 않으면 권총을 감추어야 할 무슨 다른 이유라도 있었던 것일까요?」

레이스 대령이 대답했다.

「그 여자는 그 목도리가 자신의 것이라는 걸 알고서 너무 놀란 나머지, 지금까지의 모든 계획을 포기했는지도 모릅니다.」

「목도리는 그렇게 설명될 수도 있겠지요. 하지만, 왜 그녀는 권총을 없애버렸을까요? 물론 그것도 가능한 이야기입니다. 하지만, 불충분하기는 마찬가지입니다. 게다가, 당신은 그 목도리에 대해서 한 가지 소홀하게 넘겨 버린 것이 있습니다.」

페닝튼의 선실에서 나온 뒤, 포와로는 나머지 선실들은 레이스 대령 혼자서 수색해 달라고 부탁했다. 자신은 잠깐 시몬 도일과 할 이야기가 있으니 재클린의 선실, 코닐리어의 선실, 그리고 맨 끝에 있는 빈 방 둘을 수색해 달라고 말했다.

그리고, 그는 갑판으로 되돌아가서 다시 베스너 박사의 선실로 들어갔다.

시몬이 말했다.

「곰곰이 생각해 보았지만, 틀림없이 그 진주 목걸이는 어제도 아무 이상이 없었습니다.」

「어떻게 그렇게 장담할 수 있습니까, 도일 씨?」

「왜냐하면 리넷이—」

그는 아내의 이름을 말할 때 잠시 주춤하는 듯했다.

「저녁 식사 직전에 목걸이를 만지작거리면서 그것에 대해서 이야기했었거든요. 그러니까, 만일 그 때 그것이 가짜였다면 리넷처럼 진주에 대해 잘 알고 있는 사람이 그 사실을 모를 리가 없습니다.」

「하지만, 그건 대단히 정교한 모조품이랍니다. 그런데, 부인은 그 목걸이를 자신 외의 다른 사람들이 만지도록 했나요? 다시 말해서, 친구에게 빌려 준다든가 한 적이 있었습니까?」

시몬은 다소 당혹스러운 듯이 얼굴이 붉어졌다.

「글쎄요, 포와로 씨. 내가 대답하기에는 좀…… 나는— 글쎄 뭐랄까, 아시다시피 나는 리넷을 안 지가 얼마 되지 않아서요.」

「오, 정말 그랬지요. 두 분의 관계가 굉장히 빨리 진전되었군요.」

시몬은 계속 말했다.

「그래서, 정말— 나는 그런 일까지는 잘 모릅니다. 하지만, 리넷은 자기 물건에 대해서는 굉장히 관대한 편이었으니까, 아마 빌려 준 적도 있을 겁니다.」

「예를 들어서 혹시 부인이—」

포와로의 목소리는 매우 부드러웠다.

「재클린에게 빌려 준 적은 없었나요?」

「무슨 뜻이죠?」

시몬의 얼굴이 갑자기 붉어지면서 일어나 앉으려고 했다. 하지만 고통 때문에 얼굴이 일그러지더니, 결국 다시 눕고 말았다. 「대체 무슨 말을 하시고 싶은 겁니까? 재키가 그 진주 목걸이를 훔쳤다는 말입니까? 우습군요. 분명히 맹세하지만, 그 여자는 그걸 훔치지 않았어요. 재키는 대쪽같이 곧은 성격을 가진 여자예요. 그런데, 그런 여자를 도둑이라고 하다니— 정말 우스운 이야기로군요.」

포와로는 조용히 눈을 깜박이면서 그를 쳐다보았다.

「오, 저런!」 그는 불쑥 말했다. 「내 이야기가 마치 벌집을 쑤셔 놓은 듯한 결과를 만들어 버렸군요.」

시몬은 포와로의 가벼운 말투에도 전혀 기분이 바뀌지 않은 듯, 여전히 완고하게 똑같은 말만 되풀이했다.

「재키는 아무 짓도 하지 않았습니다!」

순간 포와로의 머릿속에서 애스원에서 말했던 어떤 처녀의 목소리가 떠올랐다. 「저는 시몬을 사랑해요—. 그리고 그도 저를 사랑하고요……..」

그 때, 그는 세 가지 다른 이야기들 중에서 과연 누구의 이야기가 가장 믿을 만한 것일까 하고 생각해 보았다. 그런데, 이제 보니까 역시 재클린의 말이 가장 옳은 것 같았다.

문이 열리고 레이스 대령이 들어왔다.

「아무것도 없습니다.」 하고 그는 간단하게 말했다.

「뭔가 나올 것이라고 기대했었는데— 이제 웨이터들이 승객들을 조사한 결과를 가지고 올 겁니다.」

웨이터와 여종업원이 들어왔다. 웨이터가 먼저 말했다.

「아무것도 없습니다, 대령님.」

「누가 혹시 소동이라도 피우지 않았나?」

「그 이탈리아에서 오신 분이 몹시 불만스러워하셨지요. 모욕이라고 소리치더군요. 그런데, 그 사람도 역시 총을 가지고 있었습니다.」

「어떤 종류의 총인가?」

「자동 모제르 25구경이었습니다.」

「이탈리아 사람들은 모두 화를 잘 내지요.」 하고 시몬이 말했다.

「그 사람은 리넷이 왜디핼파에서 자기 전보를 잘못 읽은 것을 가지고서 굉장히 화를 냈답니다. 정말 그는 리넷에게 너무 거칠게 대했습니다.」

레이스 대령은 여종업원 쪽을 쳐다보았다. 그녀는 몸집이 큰 편이었으나 예쁜 얼굴을 가지고 있었다.

「여자 손님들에게서는 아무것도 찾아내지 못했어요. 그 분들은 정말 굉장히 소란을 피우시더군요. 앨러튼 부인만 제외하고 말이에요.

그 분은 정말 훌륭하신 분이에요. 진주 목걸이는 전혀 보이지 않았습니다. 그런데, 로잘리 오터번 양의 핸드백 속에 권총이 들어 있었어요.」

「어떤 권총이었소?」

「굉장히 작은 권총인데, 진주 장식이 된 손잡이가 달려 있었어요. 장난감처럼 보이기도 하고—」

레이스 대령은 골똘히 생각했다.

「정말 점점 골치 아파지는군.」 하고 그는 내뱉듯이 말했다.

「이미 그녀는 모든 혐의에서 벗어났다고 생각했었는데. 그런데 이제 와서— 그럼 이 배에 탄 여자들은 모두 그런 진주 장식 손잡이가 달린 권총을 가지고 있다는 말인가?」

그는 여종업원에게 질문을 던졌다.

「그걸 찾아 냈을 때, 그녀의 표정은 어땠소?」

여종업원은 고개를 저었다.

「그 손님은 미처 눈치채지 못했을 거예요. 제가 그 핸드백을 조사할 때는 등을 돌리고 있었거든요.」

「그렇지만, 그녀는 아가씨가 그 권총을 보게 되리라는 것을 알고 있었을 텐데. 오, 정말 골치 아프게 되었군. 그런데, 그 하녀는 어떻게 되었소?」

「배 안을 다 찾아보았지만, 아무 데도 없었어요.」

「하녀가 없어지다니 무슨 말입니까?」 시몬이 물었다.

「도일 부인의 하녀— 루이스 버젯이 보이지 않습니다.」

「보이지 않는다고요?」

레이스 대령은 조심스럽게 말했다.

「어쩌면 바로 그 하녀가 목걸이를 훔쳤을지도 모릅니다. 그녀야말로 모조품을 만들어 낼 만한 기회가 충분히 있었을 테니까요.」

「그렇다면, 그 여자는 수색이 시작된 것에 겁을 먹고 물에 뛰어들었다는 건가요?」 하고 시몬이 물었다.

「아니, 그러지는 않았을 겁니다.」 하고 레이스 대령이 신경질적으로 대꾸했다.

「이런 대낮에, 그것도 배에서 여자가 물에 뛰어들었다면 분명히 누군가가 그걸 보았을 겁니다. 틀림없이 배 어딘가에 있을 거예요.」

이렇게 말하고 나서 그는 다시 여종업원에게 물어 보았다.

「그녀를 마지막으로 본 게 언제였소?」

「점심 식사를 알리는 벨소리가 나기 30분 전이었을 거예요.」

「그 여자의 선실을 한번 살펴봅시다.」 하고 레이스 대령이 말했다. 「뭔가 단서를 발견될지도 모르니까.」

그는 앞장서서 아래쪽 갑판으로 내려갔다. 포와로가 그의 뒤를 따라갔다. 그들은 선실 문을 열고 안으로 들어갔다.

루이스 버젯은 다른 사람의 소지품을 정리해 주는 직업을 가지고 있었지만, 막상 자신의 것은 엉망이었다. 옷장 위에는 물건들이 어지럽게 널려 있었고, 여행용 가방은 옷이 삐져 나온 채로 열려 있었으며, 속옷들은 아무렇게나 의자 위에 걸려 있었다.

포와로는 재빠른 동작으로 옷장 서랍들을 열어 보았으며, 레이스 대령은 여행용 가방을 조사했다.

루이스의 구두가 침대 옆에 놓여 있었다. 그런데, 한 짝이 거의 뒤집어질 것처럼 놓여 있었다. 그 야릇한 모양이 레이스 대령의 눈길을 끌었다.

그는 여행용 가방을 닫고는 구두를 내려다보았다. 다음 순간 그의 입에서 날카로운 비명이 튀어나왔다.

포와로가 고개를 홱 돌렸다.

「무슨 일입니까?」

레이스 대령은 침통한 목소리로 말했다.

「루이스는 사라진 게 아니었습니다—. 침대 밑에……」

22

 루이스 버젯의 시체는 선실 바닥에 놓여 있었다. 포와로와 레이스 대령은 그 시체 위로 몸을 구부리고 바라보았다.
 먼저 레이스 대령이 몸을 일으켰다.
 「죽은 지 1시간쯤 된 것 같군요. 베스너 박사를 데려와서 살펴보라고 해야겠습니다. 가슴을 정통으로 맞고 즉사한 것 같습니다. 그런데, 과히 보기 좋은 광경이 아니군요, 그렇지 않습니까?」
 「정말 그렇군요.」
 포와로가 약간 몸을 떨면서 고개를 저었다.
 교활해 보이는 거무튀튀한 얼굴이 놀라움과 분노로 굳어져 있었고, 입술은 벌어져 있었다.
 포와로는 조용한 태도로 다시 시체 위에 몸을 굽혀서 오른쪽 손을 들어 올렸다. 무엇인가가 그 손가락 사이에 끼어 있었다. 그는 그것을 빼내어 레이스 대령에게 건네주었다. 그것은 다름 아닌 옅은 자주색의 얇은 종이 조각이었다.
 「이것 보십시오.」
 「돈이군요.」 하고 레이스 대령이 말했다.
 「1000프랑짜리 지폐 조각 같습니다.」
 「그렇다면, 어떻게 된 일인지 이제 분명해졌군요.」 하고 레이스 대령이 말했다.
 「그 하녀는 무엇인가를 알고 있었습니다. 그리고 그 사실을 가지고 범인을 협박해서 돈을 받아내려고 한 거지요. 오늘 아침에 태도가 왠지 수상하다 했더니……」
 포와로는 참을 수 없는 듯이 소리쳤다.
 「우리가 어리석었어요―. 멍청이였어! 그 때 알았어야 하는 건데 말입니다. '제가 어떻게 보거나 듣거나 할 수 있었겠어요? 제 선실은 아래쪽 갑판에 있어요. 만일 제가 잠이 오지 않아서 위로 올라가기라도 했다면, 그 살인범이 아씨의 선실로 들어가거나 나오는 것을 볼 수 있었을지도 모르죠. 하지만 사실은……' 하고 그 여자가 말하지 않았습니까? 바로 그녀가 말한 대로 일이 일어났던 겁니다. 그녀는 누군가가 리넷 도일의 선실로 몰래 들어가는 것— 아니면 나오는 것을 목격한 거지요. 그런데 욕심 때문에, 그 어리석은 욕심 때문에 결국 이런 꼴이 된 겁니다…….」

「그런데도 우리는 도대체 누가 이 여자를 죽였는지조차도 모른다는 거군요.」 하고 레이스 대령이 넌더리난다는 듯이 말했다.

포와로는 고개를 저었다.

「아니, 아닙니다. 그렇지는 않습니다. 이제 좀더 많은 걸 알게 되었습니다. 우리는 거의 모든 걸 알고 있지요. 단지 우리가 알고 있는 사실을 믿을 수 없어서 문제이지만…… 하지만 틀리지 않을 겁니다. 단지 그걸 미처 생각지 못했을 뿐이지요. 오늘 아침엔 정말 바보같았어요! 우리는— 우리 둘 다 말입니다— 그 하녀가 뭔가를 감추고 있다는 걸 짐작하기는 했지만, 그것이 협박해서 돈을 받아내려는 것이라는 사실은 미처 깨닫지 못했습니다.」

「그녀는 범인에게 자신의 입을 막으려면 돈을 주어야 한다고 요구했겠지요.」 하고 레이스 대령이 말했다.

「그것도 위협을 하면서 말입니다. 그래서, 살인범은 어쩔 수 없이 그 협박에 응하여 프랑스 돈으로 지불한 거지요. 그리고, 그 과정에서 이런 사고가 일어나게 된 거고, 그렇지 않을까요?」

포와로는 생각에 잠긴 표정으로 고개를 저었다.

「나는 그렇게 생각하지 않습니다. 대부분 사람들은 여행할 때는 위급할 경우를 대비해서 돈을 준비해 가지고 다니곤 하지요. 그럴 경우, 5파운드짜리 지폐, 아니면 달러나 프랑스 지폐 등으로 가지고 다닐 겁니다. 그래서 말인데, 내 생각에는 그 살인범이 그런 여러 가지 지폐를 섞어서 지불했을 것 같습니다. 그 다음을 생각해 봅시다.」

「살인범은 그 여자의 선실로 가서 돈을 건네준다. 그리고 그 다음에는—」
「그리고 그 다음에는—」 하고 포와로가 대신 말을 이었다.
「그 여자는 그 돈을 세어 보겠지요. 나는 그런 종류의 여자들을 잘 알고 있습니다. 그녀는 분명히 돈을 세는 데 정신이 팔려서 완전히 방심하고 있었겠지요. 바로 그 순간에 범인이 찌른 겁니다. 일을 성공적으로 끝낸 범인은, 그 돈을 다시 챙긴 다음 도망쳤습니다. 하지만, 지폐 한 장이 찢어진 사실을 눈치채지 못했겠지요.」
「그런 식으로 추리해 나가면 해결될 수도 있겠군요.」 하고 레이스 대령이 조금 불확실한 투로 말했다.
「글쎄, 그럴까요?」 하고 포와로는 말했다.
「범인은 그 지폐를 확인해 보겠지요. 그리고, 어느 것이 귀퉁이가 찢어졌다는 사실을 알아차리게 될 겁니다. 범인이 인색한 사람이라면, 그 1000프랑이나 되는 지폐를 차마 찢어 버리지는 못 하겠지요. 하지만 내 생각으로는—분명히 범인은 그 정반대의 성격일 겁니다.」
「그걸 어떻게 알 수 있습니까?」
「이번 범죄나, 도일 부인의 사건이나 공통되는 점이 있습니다. 즉, 둘 다 용감하고 대담한 실행력과 신속한 행동력이 없다면 도저히 불가능한 사건들입니다. 그런데, 그런 것은 아끼고 저축하는 그런 것과는 전혀 반대의 성격이니까요.」
레이스 대령은 슬픈 표정으로 고개를 저었다.
「베스너 박사를 부르는 게 좋겠습니다.」 하고 그는 말했다.
베스너 박사의 검시는 오래 걸리지 않았다. 그는 끊임없이 '오' 하고 낮은 비명을 지르면서 검시했다.
「죽은 지 한 시간 정도 된 것 같군요.」 하고 그가 말했다. 「금방 죽었군요—. 즉사입니다.」
「그렇다면, 어떤 무기가 사용된 겁니까?」
「아, 바로 그 점이 이상합니다. 대단히 날카롭고 얇은 데다가 정교한 겁니다. 어떤 것인지 보여 드리죠.」

베스너 박사는 자기 선실에 갔다와서는, 가방을 열고 길고 정교한 외과 수술용 메스를 꺼냈다.

「바로 이런 것이지요. 식사할 때 사용하는 나이프는 아닙니다.」

「그런데—」 하고 레이스 대령이 부드럽게 물었다. 「혹시 당신의 메스 중에서— 흠— 없어진 건 없습니까?」

베스너 박사는 그를 뚫어지게 쳐다보았다. 그의 얼굴은 이내 분노로 새빨갛게 물들었다.

「도대체 무슨 뜻입니까? 그렇다면, 당신은 내가— 이 칼 베스너가— 오스트리아 전체에 명성을 떨치고 있는, 게다가 고귀한 신분의 환자들만 취급하는 내가 저 가엾은 하녀를 죽였다고 생각하는 겁니까? 분명히 말해 두겠는데, 그런 엉터리 같은 생각은 집어치우시오! 내 메스는 하나도 없어지지 않았습니다. 단 하나도 말이오. 모두 제자리에 가지런히 놓여 있다고요. 당신 눈으로 직접 보십시오. 자, 보란 말입니다. 내 직업에 대한 이 모욕은 결코 잊지 못할 거요.」

베스너 박사는 거칠게 가방을 닫고서는, 그것을 들고 쿵쾅거리며 갑판으로 나가 버렸다.

「휴!」 시몬이 말했다. 「무척 화가 난 모양입니다.」

포와로는 어깨를 으쓱하면서 말했다. 「유감이군요.」

「당신이 잘못한 겁니다. 베스너 박사가 비록 독일인이기는 하지만, 그래도 좋은 사람인데—」

그 때 갑자기 베스너 박사가 다시 돌아왔다.

「지금 당장 내 선실에서 나가 주십시오. 환자의 다리에 붕대를 감아야 하니까요.」

그의 뒤를 따라서 이내 바워즈가 들어왔다. 그녀는 간호사다운 태도로 다른 사람들이 방에서 나가기를 기다리고 서 있었다.

레이스 대령과 포와로는 슬금슬금 밖으로 빠져 나왔다. 레이스 대령은 뭐라고 중얼거리면서 가 버렸다. 포와로는 왼쪽을 돌아보았다. 그 곳에서 웃음소리와 함께 여자들의 이야기 소리가 들려 왔다. 재클린과 로잘리가 로잘리의 선실에 함께 있었다.
 문은 활짝 열려 있었고, 그 두 처녀는 그 옆에 서 있었다. 그가 천천히 다가가자, 그들이 고개를 돌려 쳐다보았다. 그는 다음 순간 로잘리 오터번이 처음으로 그에게 웃음을 보였다는 사실을 깨달았다. 그 웃음은 수줍어하는 듯하고 약간 불확실하게도 보였으며, 마치 생전 처음 웃어 보는 듯한 어색한 웃음이었다.
 「무슨 이야기를 그렇게 재미있게 하는 겁니까?」 하고 그는 그 두 처녀에게 물었다.
 「아니에요.」 하고 로잘리가 말했다. 「사실은 막 립스틱을 비교하고 있던 중이에요.」
 포와로가 미소를 지었다. 「최신 유행 색깔이라!」 하고 그는 중얼거렸다.
 하지만, 그의 미소에는 약간 기계적인 면이 있었다. 로잘리보다 눈치가 빠르고 예리한 재클린은 그것을 알아차렸다. 그녀는 들고 있던 립스틱을 내려놓고서 갑판으로 나왔다.
 「무슨 일이라도─무슨 일이 생겼나요?」
 「추측한 대로, 마드모아젤, 무슨 일이 생겼습니다.」
 「무슨 일인데요?」 하면서 로잘리도 역시 나왔다.
 「또 살인 사건입니다.」 하고 포와로가 말했다.
 로잘리는 숨을 가쁘게 몰아 쉬었다. 포와로는 그러한 그녀의 모습을 주의 깊게 살피고 있었다. 그 순간, 그녀의 눈에는 놀라움 이상의 감정─경악이 떠올랐다.
 「도일 부인의 하녀가 살해되었습니다.」 하고 그는 솔직히 말해 주었다.
 「살해되었다고요?」 하고 재클린이 외쳤다.
 「살해되었다고 말씀하셨나요?」
 「예, 그렇게 말했습니다.」
 대답은 재클린에게 했지만, 그가 바라보고 있는 것은 로잘리였다.

그는 계속해서 로잘리 쪽을 향해서 말했다.
「그 하녀는 뜻하지 않게 뭔가를 보았습니다. 그래서, 그녀는 그것을 발설하지 못하도록 강제적으로 영원히 침묵을 지키게 된 거죠.」
「그 여자가 본 게 무엇이었을까요?」
다시 재클린이 물었다. 하지만, 이번에도 포와로는 로잘리를 향해서 대답했다. 그건 세 사람이 연출해 내는 정말 야릇한 장면이었다.
「그 문제라면 너무도 명백합니다. 그 하녀는 그 사건이 일어났던 시간에 누군가가 리넷 도일의 선실로 들어가는 것을 목격한 거지요.」
그는 매우 예민한 사람이었다. 그는 한층 가쁘게 들려 오는 숨소리를 들었으며, 또한 그 눈꺼풀이 바르르 떨리는 것도 볼 수 있었다. 로잘리 오터번은 그의 생각에 적중하는 반응을 나타내고 있었다.
「그 여자는 누굴 보았는지 말했나요?」 하고 로잘리가 물었다.
조용히—그러면서도 안타깝다는 표정으로 포와로는 고개를 저었다.
그 때, 발자국 소리가 들렸다. 그리고, 코닐리어 롭슨이 눈을 동그랗게 뜨고 소스라칠 듯한 표정으로 다가왔다.
「오, 재클린.」 하고 그녀가 소리쳤다.
「끔찍한 일이 생겼어요! 또다시 무서운 일이!」
재클린은 그녀 쪽으로 몸을 돌렸다. 그들 두 사람이 몇 발자국 앞으로 나섰다. 거의 무의식적으로 포와로와 로잘리도 그들과 반대쪽으로 걸음을 옮겼다.
로잘리는 날카로운 목소리로 물었다.
「도대체 왜 그렇게 저를 쳐다보시는 거죠? 무슨 생각을 품고 계시는 건가요?」
「당신은 내게 두 가지 질문을 했습니다. 그 보답으로 나는 한 가지만 묻겠습니다. 왜 내게 사실대로 이야기하지 않았죠, 마드모아젤?」
「무슨 뜻인지 전혀 모르겠군요. 저는 다 말씀드렸어요. 모든 것을요—. 오늘 아침에 말이에요.」

「아닙니다, 당신이 말하지 않은 것들이 있습니다. 당신은 핸드백 속에 왜 그런 조그만 권총을 넣어 가지고 다니는지 말하지 않았습니다. 그리고, 어젯밤에 당신이 본 것도 이야기해 주지 않았고요.」

그녀는 얼굴을 붉혔다. 그리고는 날카롭게 말했다.

「그건 거짓말이에요. 저는 연발 권총을 가지고 다니지 않아요.」

「나는 연발 권총이라고 말하지 않았습니다. 당신이 핸드백 속에 넣어 가지고 다니는 것은 조그만 권총이지요.」

그녀는 선실 안을 들여다본 뒤에, 그녀의 회색 가죽 핸드백을 건네 주었다.

「당신은 말도 안 되는 소리를 하고 계신 거예요. 직접 확인해 보세요.」

포와로는 그 핸드백을 열어 보았다. 하지만, 거기에는 권총이 없었다.

그는 다시 그 핸드백을 그녀에게 건네 주었다. 그 때, 그의 시선은 그녀의 냉소적이면서 의기양양해 하는 듯한 눈길과 마주쳤다.

「없군요.」 하고 그는 쾌활하게 말했다.

「보셨죠, 포와로 씨? 언제나 당신이 옳은 건 아니에요. 그리고, 또 한 가지도 당신이 잘못 생각하신 거예요.」

「천만에요, 나는 그렇게 생각하지 않습니다.」

「정말 짜증나게 하시는군요!」

그러면서 그녀는 화를 내며 발을 동동 굴렀다.

「당신은 한 번 그렇다고 생각하면, 끈질기게 그것을 고집하시는군요.」

「그건 다 당신이 내게 사실대로 말해 주길 바라기 때문입니다.」

「사실이라뇨? 그렇게 말씀하시는 걸 보니, 당신이 저보다도 더 잘 알고 계신 듯하군요.」

포와로는 말했다.

「당신이 본 것을 내게 대신 말해 달라는 건가요? 내가 옳게 말한

다면, 당신은 그걸 인정해 주겠습니까? 그렇다면, 내 생각을 말하지요. 당신은 배 뒤쪽으로 돌아갈 때, 자신도 모르게 걸음을 멈추게 되었지요. 왜냐하면, 순간 당신은 갑판의 중간쯤에 있는 어떤 선실에서—물론 다음날에야 그것이 리넷 도일의 선실이라는 사실을 알았겠지만요—한 남자가 나오는 것을 보았기 때문이죠. 당신은 그 남자가 선실에서 나와 문을 닫고 걸어가는 것을 보았습니다. 그리고, 그가 맨 끝에 있는 두 방 중에서 어느 한 곳으로 들어가는 것도 보았겠지요. 자, 내 말이 옳습니까, 로잘리 양?」

그녀는 아무 대답도 하지 않았다.

포와로가 다시 말했다.

「아마 당신은 말하고 싶지 않을 겁니다. 만일 말한다면, 당신도 역시 살해될까 두렵기 때문이죠.」

그는 자기 말이 그녀를 자극해서—즉 그녀의 용기를 자극함으로써—자신의 의도대로 그녀가 반응할 것이라고 생각했다.

이윽고 그녀가 입을 열었다—마구 떨면서—그리고는 「저는 아무도 보지 못했어요.」 하고 말했다.

23

바워즈가 걷어 올렸던 소매를 내리면서 베스너 박사의 선실에서 나왔다.

재클린은 코닐리어를 남겨 두고는 갑자기 그 간호사에게로 달려갔다.

「그이는 어떤가요?」 그녀가 물었다.

마침 걸어오고 있던 포와로도 그 대답을 들을 수 있었다. 바워즈는 다소 근심하는 듯한 표정이었다.

「그렇게 악화되지는 않았지만—」 하고 그녀가 대답했다.

그러자, 재클린이 거의 울듯한 목소리로 외쳤다.

「그가 악화되었다는 말이에요?」

「글쎄요. 빨리 도착해서 X레이 촬영을 한 다음, 마취를 하고 총탄을 완전히 제거할 수만 있다면 문제는 없을 거예요. 그런데, 언제 쉘랄에 도착하게 될까요, 포와로 씨?」

「내일 아침이면 도착할 겁니다.」

바워즈는 그 말을 듣자 입을 다물고 고개를 설레설레 저었다.

「그렇다면 매우 위험해요. 물론 저희로서는 최선을 다하고 있지만, 언제 갑자기 패혈증 증세가 나타날지 모르거든요.」

재클린은 깜짝 놀라서 바워즈의 팔을 붙잡고 흔들었다.

「그럼 그가 죽게 되는 건가요? 그가 정말 죽을까요?」

「그렇지 않아요, 드벨포 양. 그것만큼은 단지 소망이 아니라, 확신하고 있어요. 상처 자체는 그다지 위험한 상태가 아니에요. 하지만, 가능한 한 빨리 X레이 촬영을 해 봐야 해요. 오늘 하루만큼은 도일 씨가 절대적으로 안정을 취했어야 하는 건데. 그런데 그렇게 근심하고 흥분했으니, 체온이 오르는 것도 무리가 아니지요. 가엾은 도일 씨, 부인의 죽음으로 받은 충격에다가 이 일 저 일 계속해서—」

재클린은 간호사의 팔을 놓으면서 돌아섰다. 그녀는 등을 돌린 채 난간에 기대어 섰다.

「내가 말하고 싶은 것은, 언제든지 우리는 희망적으로 생각해야 한다는 거예요.」 하고 바워즈가 말했다.

「물론 도일 씨는 매우 건강하신 편이죠. 보시면 아시겠지만, 그분은 평생 동안 한 번도 앓아 누울 것 같지 않더군요. 그 건강이 이번에 큰 도움이 되었답니다. 하지만, 이렇게 열이 높이 오르는 건 분명히 좋지 않은 증세예요……」

그녀는 고개를 저으면서 다시 한 번 소매를 매만지고는 활기 있는 걸음걸이로 멀어져 갔다.

재클린은 눈물로 앞이 보이지 않는지, 더듬거리면서 자신의 선실로 갔다. 그 때, 누군가의 손이 그녀의 팔을 잡고 부축해 주었다. 그녀는 눈물이 글썽글썽한 눈을 들어 쳐다보았다. 어느 새 포와로가 옆에 와 있었다. 그녀는 약간 그에게 기댄 자세로 걸었으며, 그는 선실 안까지 그녀를 데려다 주었다.

그녀는 침대에 털썩 주저앉은 다음, 흐느끼면서 눈물을 쏟았다.

「그이는 죽을 거예요! 저는 그이가 죽으리라는 것을 알고 있어요······. 제가 그이를 죽인 거예요. 제가 바로 그이를 죽였어요······.」

포와로는 어깨를 으쓱하고 나서 슬픈 듯이 고개를 저었다.

「마드모아젤, 이미 일어난 일은 어쩔 수 없습니다. 지나간 일을 돌이킬 수는 없으니까요. 후회한다는 것은 결국 늦었다는 거지요.」

그녀는 더욱더 격렬하게 울음을 터뜨렸다.

「제가 그이를 죽인 거예요! 저는 그이를 사랑해요······. 그토록 사랑하고 있는데 말이에요.」

포와로는 한숨을 쉬면서 중얼거렸다. 「너무 지나치게 사랑하니까······」

그건 바로 오래 전에, 그가 블롱댕의 레스토랑에서 떠올렸던 생각이었다. 지금 다시 그와 똑같은 생각이 떠올랐다.

그는 잠깐 주저하면서 말을 꺼냈다.

「바워즈 양의 말을 절대적으로 믿을 필요는 없답니다. 간호사들이란 원래 언제나 비관적으로 생각하니까요! 당직한 간호사가 저녁에 환자가 살아 있는 걸 보고 깜짝 놀라는 경우가 종종 있지요. 그리고, 일직 간호사는 아침까지 환자가 살아 있다는 것에 깜짝 놀라곤 하니까요! 그들은 앞으로 일어날 가능성이 있는 증세에 대해서 너무 지나치게 많이 알고 있기 때문이지요. 차를 운전하는 사람은 종종 이런 생각을 한다더군요. '만일 갑자기 교차로에서 차가 튀어나온다면— 혹은, 만일 트럭이 갑자기 후진한다면— 혹은, 내가 운전하고 있는데 앞에서 개가 불쑥 뛰어든다면— 그렇게 되면 나는 아마 죽고 말겠지.' 그렇지만, 대부분 보통 때에는 상상으로만 그칠 뿐, 실제로 일어나리라고는 생각하지 않기 때문에 여행 같은 것도 할 수 있는 거지요. 물론 자기가 사고를 당하거나 사고 장면을 목격하게 되면, 그런 관점에 변화가 생기게 되겠지만요.」

재클린은 눈물을 글썽인 채 미소를 지으면서 물었다.

「저를 위로해 주려고 하시는 말씀이지요, 포와로 씨?」

「내가 무얼 하려는 건지는 오직 신만이 아시지요! 어쨌거나 당신은 이 여행에 오지 않았어야 했어요.」

「예—. 저도 그렇게 생각해요. 정말 무서운 여행이에요. 하지만— 곧 끝나게 되겠지요.」

「그렇고말고요.」

「그리고, 시몬은 병원에 가서 정밀한 치료를 받을 수 있을 거고, 그렇게 되면 모든 게 다 잘될 거예요.」

「당신은 마치 어린아이처럼 이야기하는군요! '그리고 나서 그들은 행복하게 살았다.' 바로 이렇게 되겠지요?」

그녀의 얼굴이 갑자기 빨갛게 물들었다.

「포와로 씨, 저는 결코 그런 뜻이—」

「그런 일을 생각하기에는 너무 때가 이르다는 거지요! 그건 그저 그런 체하는 것뿐이죠! 어쨌든 당신은 라틴계의 피가 섞여 있습니다. 그러니, 당신은 다른 사람들이 점잖지 못한 짓이라고 하는 것들도 받아들일 수 있을 거요. '전황제가 돌아가셨다—. 이젠 새로운 황제 만세!' 하고 외칠 수 있는 용기를 가지고 있다는 말입니다. 태양이 지고 달이 뜬다. 바로 이렇게 되는 건가요?」

「모르시는 말씀이에요. 그 사람은 다만 저를 동정하고 있을 뿐인걸요. 제가 그렇게 심한 상처를 입혔다는 사실에 괴로워하는 것을 보고서, 저를 동정해 주는 것뿐이에요.」

「글쎄요.」 하고 포와로가 말했다.

「순수한 동정심이라! 거참 대단히 고상한 감정이로군요.」

포와로는 반쯤 조롱하듯이 그녀를 쳐다보았다.

나일강의 죽음 287

그리고 나서, 그는 나직한 목소리로 불어 몇 마디를 중얼거렸다.

인생은 헛된 것
사랑도 하고
증오도 하고
그러나, 언젠가는 작별의 시간이 온다.

인생은 짧은 것
희망도 조금
꿈도 조금
그리고는 이내 작별하고 말지.

그는 다시 갑판으로 나왔다. 레이스 대령이 갑판에 서 있다가 그를 불렀다.
「포와로 씨, 할 말이 있습니다. 문득 어떤 생각이 떠올랐습니다.」
그는 포와로의 팔을 잡고서 윗갑판으로 데리고 갔다.
「도일이 우연히 한 말인데, 그 때는 별로 대수롭지 않게 생각했지요. 그 전보에 대한 이야기 말입니다.」
「그렇군—, 정말 그래요.」
「별로 중요하지 않을지도 모르지만, 그래도 모든 가능성을 다 조사해 보아야 하지 않습니까? 빌어먹을, 살인 사건이 둘이나 발생했는데도 여전히 실마리는 보이지도 않다니!」
포와로는 고개를 저었다.
「그렇지 않습니다. 실마리가 이미 나타났어요..」
레이스 대령은 호기심이 가득한 시선으로 그를 쳐다보았다.
「무슨 짐작 가는 것이라도 있습니까?」
「단순한 짐작 정도가 아니라, 확신하고 있습니다.」
「언제부터 그런 확신이 생겼습니까?」
「그 하녀, 루이스 버젯이 살해된 뒤부터—」

「무슨 소린지 전혀 모르겠군요!」
「그건 매우 명백해졌습니다. 다만 몇 가지 문제점들— 즉, 방해되는 것들이 있긴 하지만! 당신도 알다시피, 리넷 도일 같은 사람 주위에는 으레 수많은 증오와 시기, 질투, 그리고 야비함이 가득 차게 되는 법입니다. 그런 것들이 마치 파리 떼처럼 우글거리지요……」
「뭔가 아주 확실한 것을 알아낸 모양이군요.」
레이스 대령은 호기심에 가득 찬 얼굴로 그를 쳐다보았다.
「당신이라는 사람은 확신이 서지 않는 한 절대로 이야기하지 않는 성격이니 말입니다. 나는 전혀 모르고 있다고 해야 할 겁니다. 물론 의심이 가는 면이 없지는 않지만……」
포와로는 갑자기 걸음을 멈추고 레이스 대령의 팔을 슬며시 잡았다.
「당신은 정말 좋은 사람이오, 대령…… 당신은 '말해 보시오. 당신이 생각하고 있는 게 도대체 무엇이오?' 하고 다그치는 법이 없으니까 말입니다. 당신은 내가 말할 단계가 되면 자연히 말할 거라는 사실을 잘 알고 있지요. 하지만, 먼저 짚고 넘어가야 할 문제들이 많이 있습니다. 그러니까, 내가 이끄는 방향으로 잘 생각해 보십시오. 몇 가지 밝혀 두어야 할 점들이 있습니다……. 우선, 애스원에서 그 날 밤 우리 이야기를 엿들은 사람이 있다고 재클린이 말한 걸 생각해 보시오. 그리고, 팀 앨러튼은 그 사건이 나던 날 밤에 무슨 소리를 듣고, 자신이 무얼 했는지 이야기했습니다. 오늘 아침에는 루이스 버젯이 의미심장한 진술을 했습니다. 그리고 앨러튼 부인은 탄산수를 마셨고, 팀은 위스키소다를, 나는 포도주를 마셨다는 사실. 또한, 매니큐어병이 두 개 있고, 내가 인용한 속담의 의미— 마지막으로 핵심에 다가가 봅시다. 권총이 싸구려 손수건과 벨벳 목도리에 싸인 채 물속에 던져졌지요…….」
레이스 대령은 한동안 말이 없다가 고개를 저었다.
「나는 모르겠습니다.」

하고 그는 말했다.
「당신이 무엇을 생각하고 있는지는 어렴풋하게나마 알겠지만, 내가 보기에는 잘 되지 않을 것 같습니다.」
「아닙니다, 잘 될 거요—. 그렇고말고. 당신은 지금 사실을 제대로 보지 못하고 있습니다. 그리고 분명히 말하지만, 우리는 처음부터 다시 시작해 나가야 할 거요. 애초부터 생각을 잘못했으니까 말입니다.」
레이스 대령은 약간 얼굴을 찡그렸다.
「그런 건 흔히 겪는 일이지요. 사건을 수사하다 보면, 잘못된 출발점을 뜯어 고쳐서 다시 처음부터 시작하는 경우가 종종 있습니다.」
「당신 말이 맞습니다. 그런데도 그렇게 하려 들지 않는 사람들이 많지요. 그런 사람은 어떤 이론을 세워 둔 다음, 모든 것을 다 거기에 맞추려고만 하니까요. 그리고는 만일 거기에 들어맞지 않는 사실이 있으면, 그걸 그저 무시해 버리고 넘어가지요. 하지만, 중요한 것은, 거의 언제나 사실들은 그러한 이론에 맞지 않는다는 겁니다. 지금까지 나는 그 권총이 없어졌다는 사실에 주목해 왔습니다. 거기에는 분명히 무슨 특별한 이유가 있을 거라고 막연히 생각하고 있었기 때문이지요. 하지만, 바로 30분 전에서야 나는 그 이유를 깨닫게 되었습니다.」
「나는 아직도 무슨 말인지 모르겠습니다!」
「그럴 거요! 하지만, 내가 말한 문제점들을 잘 생각해 보면 결론이 나올 겁니다. 그럼, 이제 그 전보에 관한 문제를 이야기해 봅시다. 의사가 허락을 해 줘야겠지만 말이오..」
베스너 박사는 아직도 기분이 풀리지 않은 듯했다. 그들이 노크하자, 베스너 박사는 찡그린 얼굴로 그들을 맞았다.
「무슨 일입니까? 환자를 만나고 싶으시다고요? 그럴 수는 없습니다. 그는 지금 몹시 열이 올라 있습니다. 오늘 지나치게 흥분했기 때문이오..」

「꼭 한 가지 물어 볼 게 있습니다.」 하고 레이스 대령이 말했다.

「그것만 물어 보겠습니다. 분명히 약속드리지요.」

그러자 의사는 투덜거리면서 마지못해서 비켜 주었다. 그들 두 사람은 선실 안으로 들어섰다. 베스너 박사는 혼자 투덜거리면서 그들 사이를 거칠게 지나갔다.

「3분 뒤에 돌아오겠어요.」 하고 그가 말했다. 「그 때는─꼭─나가셔야 합니다!」

곧 이어 그의 쿵쾅거리는 발자국 소리가 들려 왔다.

시몬 도일은 그들을 번갈아 쳐다보면서 의아한 듯이 물었다.

「그런데─」 하고 그가 먼저 말을 꺼냈다.

「무슨 일이죠?」

「그저 사소한 일입니다.」 하고 레이스 대령이 대답했다.

「조금 전 웨이터들이 내게 보고하기를, 리체티 씨가 특히 야단스러웠다고 하더군요. 그 때 당신은 그가 성격이 나쁘기 때문에 그런 거라고 했습니다. 그리고, 전보 문제로 리체티 씨가 부인에게 거칠게 대했다고도 했지요. 그게 어떻게 된 일이었는지 자세히 이야기해 주시겠습니까?」

「기꺼이 대답해 드리죠. 왜디핼파에서 생긴 일이었습니다. 우리가 막 제2폭포에서 돌아왔을 때 전보가 와 있었는데, 리넷은 그게 자기에게 온 것이라고 착각했습니다. 그녀는 자신의 이름이 이제 리지웨이가 아니라는 사실을 깜박 잊었던 거지요. 게다가 리지웨이라는 이름과 리체티라는 이름은, 흘려 썼을 경우에는 몹시 비슷해 보이잖습니까? 그래서, 그 전보를 뜯어 보았는데 내용이 너무 엉뚱한 것이라서 어리둥절하고 있었죠. 바로 그 때 리체티 씨가 다가와서 아내의 손에서 전보를 낚아채고는 마구 화를 냈어요. 리넷은 그를 따라가서 사과를 했지만, 그는 무례한 말만 했답니다.」

레이스 대령은 깊이 숨을 들이켰다.

「그럼 혹시, 그 전보에 뭐라고 쓰여 있었는지 압니까?」

나일강의 죽음 291

「예, 그 때 리넷이 몇 구절을 소리내어 읽었거든요. 그 내용은—」

시몬은 그만 말을 뚝 그쳤다. 갑자기 바깥쪽이 소란해졌던 것이다. 높은 목소리가 점점 더 크게 들려 왔다.

「포와로 씨와 레이스 대령님이 어디 계시죠? 지금 당장 만나야 해요! 정말 중요한 일이에요. 오, 그 분들이 도일 씨와 함께 있다고요?」

베스너 박사는 문을 열어 둔 채로 나갔기 때문에, 그 문에는 커튼만이 드리워져 있었다. 그 커튼을 열어 젖히고 오터번 부인이 급하게 뛰어 들어왔다. 그녀의 얼굴은 새빨갛게 상기되어 있었으며, 약간 휘청거리는 자세였다. 너무 흥분해서 말도 제대로 못 하는 상태였다.

「도일 씨—」 하고 그녀는 격한 목소리로 말했다.

「나는 누가 당신 부인을 죽였는지 알고 있답니다!」

「뭐라고요?」

시몬은 놀란 눈으로 그녀를 빤히 쳐다보았다. 다른 두 사람도 역시 마찬가지였다.

오터번 부인은 의기양양한 시선으로 그들 세 사람을 훑어보았다. 그 여자는 행복했다— 정말로 행복해 보였다.

「그래요.」 하고 그녀가 말했다. 「내 이론이 입증된 거예요. 깊숙하게 숨겨져 있던 원시적인 본능들— 내 말이 어처구니없는 망상으로만 들렸겠지요—. 하지만 그건 사실이에요!」

레이스 대령이 날카롭게 물었다. 「도일 부인을 죽인 사람이 누구라고 확신할 만한 어떤 증거라도 있습니까?」

오터번 부인은 의자에 털썩 주저앉아서 몸을 앞으로 잔뜩 내민 채 고개를 힘차게 끄덕였다.

「물론이지요. 여러분은 루이스 버젯을 살해한 사람과 리넷 도일을 죽인 범인이 동일하다고 생각하시지요? 즉 그 두 가지 사건은 한 사람에 의해서, 동일 인물에 의해서 이루어진 것이라고 말입니다.」

「예, 맞아요.」 하고 시몬이 초조하게 말했다.

「그렇게 생각하고 있습니다. 어서 말씀해 보세요.」

「그렇다면 더욱 내 주장이 옳아요. 나는 누가 루이스 버젯을 죽였는지 알고 있답니다. 다시 말해서, 리넷 도일의 살해범을 알고 있단 말이에요.」

「부인은 그저 누가 리넷 도일을 죽였을 것인가를 추측해 보신 거죠?」 하고 레이스 대령이 못 믿겠다는 듯이 말했다.

「천만에요, 나는 분명한 사실을 알고 있어요. 바로 내 이 두 눈으로 그 사람을 보았다고요.」

오터번 부인은 레이스 대령을 쳐다보면서 으르렁거리듯이 말했다.

이 말에 시몬은 흥분해서 소리질렀다.

「제발, 처음부터 차근차근히 말씀해 주세요. 부인은, 그러니까— 누가 루이스 버젯을 죽였는지 알고 있다는 말이지요?」

오터번 부인은 고개를 끄덕였다.

「어떻게 된 일인지 말씀드리죠.」

그녀는 정말 만족한 기분이었다— 그건 분명했다! 이 순간이야말로 그녀의, 오로지 그녀만의 승리의 순간인 것이다. 그녀의 책들이 점점 팔리지 않고 있다 해도 무슨 상관이란 말인가? 그 어리석은 독자들이 한때 자신의 책을 탐독했다가, 이제는 다른 흥미거리로 눈을 돌렸다 한들 무슨 상관이 있으랴? 이제 살롬 오터번은 다시 한 번 이름을 날리게 될 텐데 말이다. 그녀의 이름은 모든 신문에 실리게 될 것이다. 그리고, 주요 증인으로 법정에서 증언할 수도 있을 것이다.

그녀는 크게 숨을 들이마신 다음, 이윽고 입을 열었다.

「점심 식사를 하러 갈 때였어요. 그런데, 갑자기 식욕이 없어져서—최근에 일어난 비극적 사건 때문이지요—식당에 갈 필요가 없었지요. 나는 계단을 반쯤 내려가다가— 음— 뭔가 선실에 놓고 온 것이 생각나서, 로잘리에게 혼자 가라고 했어요. 그래서, 그 애는 그렇게 했지요.」

오터번 부인은 잠깐 말을 끊었다.

그 순간 문에 드리워진 커튼이 바람에 스친 듯이 약간 흔들렸다. 하지만, 선실 안에 있는 어느 누구도 그걸 알아채지 못했다.

「나는— 음—」 오터번 부인은 다시 말을 멈추었다. 말하기 거북한 비밀을 이야기해야 할 차례였던 것이다.

「사실 나는 이 배의 어떤 선원과 약속이 있었거든요. 그 사람은— 음— 내가 필요로 하는 어떤 것을 갖다 주기로 했었지요. 하지만, 딸 아이에게는 그 사실을 알리고 싶지 않았어요. 그 애는 어떤 일에는 유난히 성가시게 굴었거든요—.」

그녀는 자신의 말이 뭔가 이상하게 들릴 것이라고 생각했다. 하지만, 법정에서 증언할 때는 보다 그럴 듯하게 말해야겠다고 생각했다.

레이스 대령은 오터번 부인의 말이 무슨 뜻인지 포와로에게 물어 보듯이 눈썹을 치켜 올렸다.

포와로는 그에 대한 대답으로 약간 고개를 끄덕이면서 「술」 하고 살짝 말했다.

다시 문에 드리워진 커튼이 흔들거렸다. 그리고, 그 사이에서 희미한 금속성의 푸른빛이 번쩍였다.

오터번 부인은 계속해서 이야기했다.

「이 아래쪽 갑판의 선미에서 그 사람과 만나기로 약속했지요. 그래서, 갑판을 걸어가고 있는데, 한 선실 문이 열리면서 누군가가 밖을 내다보더군요. 그건 바로— 루이스 버젯이라고 하던가, 하여튼 그 처녀였어요. 그녀는 누군가를 기다리고 있는 것 같았어요. 그런데, 나를 보더니 실망한 표정으로 황급히 선실 안으로 들어가 버리더군요. 물론 나는 그 때 아무것도 모르고 있었기 때문에, 그대로 약속 장소로 걸어갔지요. 그래서, 방금 내가 말씀드렸던 그 물건을 받아들고는 계산을 치르고 몇 마디 이야기를 나누고 돌아왔어요. 그런데 막 모퉁이를 돌아서려는 순간, 나는 누군가가 그 하녀의 선실 문을 두드리고는 이내 그 안으로 들어가는 것을 보았어요.」

레이스 대령이 끼여들었다.

「그리고 바로 그 사람이—」
탕!
총소리가 선실을 울렸다. 매큼한 탄약 냄새가 가득했다. 그리고 오터번 부인이 천천히 옆으로 움직이는가 하더니, 이내 앞으로 몸이 기울어지면서 바닥에 '쾅' 하고 넘어졌다. 귀 바로 뒤쪽에 난 조그만 구멍에서 피가 콸콸 쏟아져 나왔다.

한동안 멍한 상태로 침묵이 흘렀다. 그러다가 두 사람은 정신을 차리고 벌떡 일어났다. 오터번 부인의 시체가 그들의 발에 걸렸다. 레이스 대령은 시체를 살펴보고, 포와로는 재빨리 갑판으로 뛰어나갔다.

갑판은 텅 비어 있었다. 문 바로 앞에 커다란 콜트 연발 권총이 놓여 있었다.

포와로는 주위를 두루 살펴보았다. 하지만, 갑판에는 아무도 없었다. 그는 선미 쪽으로 뛰어갔다. 그가 막 모퉁이를 도는 순간, 반대쪽에서 뛰어오던 팀 앨러튼과 마주치게 되었다.

「도대체 무슨 일입니까?」 하고 숨찬 목소리로 팀이 물었다.

포와로는 대답 대신 날카롭게 물었다.

「오는 도중에 아무도 못 봤습니까?」

「아니오, 전혀 못 봤는데요.」

「그렇다면 나와 함께 갑시다.」

그는 팀의 팔을 잡고 다시 선실로 되돌아갔다. 그 때는 이미 몇몇 사람들이 모여 있었다. 로잘리, 재클린, 그리고 코닐리어가 선실에서 각기 뛰어나와 있었다. 그리고 전망실 쪽에서 퍼거슨, 짐 팬솝, 그리고 앨러튼 부인 등이 달려오고 있었다.

레이스 대령은 연발 권총 옆에 서 있었다. 포와로는 팀을 쳐다보면서 날카롭게 물었다.

「혹시 장갑을 가지고 있습니까?」

팀은 호주머니를 뒤졌다.

「예, 여기 있습니다.」
 포와로는 그것을 받아 들고 손에 낀 다음, 권총을 조사하기 위해서 몸을 숙였다. 레이스 대령도 몸을 숙이고 그것을 조사했다. 나머지 사람들은 숨을 죽인 채 이들을 지켜보고 있었다.
 레이스 대령이 말을 꺼냈다.
「범인은 저쪽으로 도망치지는 않았습니다. 팬숍 씨와 퍼거슨 씨가 갑판 로비에 앉아 있었으니까 말입니다. 두 사람에게 들키지 않고서 그 쪽으로 도망칠 수는 없지 않겠습니까?」
 그 말에 포와로도 한 마디 했다.
「그리고, 선미 쪽으로 갔다면 앨러튼 씨와 마주쳤겠지요.」
 레이스 대령이 그 권총을 가리키면서 다시 말했다.
「얼마 전에 본 기억이 있는데. 어쨌든 확인해 봐야겠습니다.」
 잠시 뒤, 그는 페닝튼의 선실을 두드렸다. 아무런 대답이 없었다. 선실 안은 텅 비어 있었다. 레이스 대령이 옷장 오른쪽 서랍을 열어 보았다. 권총은 거기에 없었다.
「분명해졌군.」 하고 레이스 대령이 말했다. 「그렇다면, 페닝튼은 어디로 갔을까요?」
 그들은 다시 갑판 위로 나왔다. 여러 사람들 속에 앨러튼 부인이 섞여 있었다. 그녀를 본 포와로가 황급히 다가갔다.
「부인, 오터번 양을 부탁드리겠습니다. 그녀를 돌봐 주세요. 그녀의 어머니가 살해되었습니다—.」
 그 때, 베스너 박사가 소리치며 달려왔다.
「하느님 맙소사! 이번엔 또 무슨 일입니까?」
 문가에 서 있던 사람들이 그에게 길을 비켜 주었다. 레이스 대령이 선실을 가리키자 베스너 박사는 그 곳으로 들어갔다.
「페닝튼을 찾아야 합니다.」 하고 레이스 대령이 말했다.
「권총에 혹시 지문이라도 남아 있습니까?」
「전혀 없습니다.」 하고 포와로가 대답했다.

그들은 아래쪽 갑판에서 페닝튼을 찾아냈다. 그는 조그만 휴게실에서 편지를 쓰고 있었다. 그는 깨끗하게 면도한 말쑥한 얼굴을 들고서 물었다.

「무슨 일입니까?」

「총소리를 못 들었습니까?」

「이제 생각해 보니— 그게 총소리였군요. 하지만, 새로운 사건이 일어나리라고는 꿈도 꾸지 않았는데— 누가 또 살해되었나요?」

「오터번 부인이 총에 맞았습니다.」

「오터번 부인?」

페닝튼은 정말 놀란 듯했다.

「정말 놀랄 만한 일이군. 오터번 부인이—?」

그러면서 그는 설레설레 고개를 저었다.

「전혀 이해할 수 없습니다.」

그리고는 목소리를 한껏 낮추어 말했다.

「혹시 이 배에 살인광이 있는 게 아닐까요? 그렇다면, 우리는 거기에 대처할 방안을 강구해야 하지 않겠습니까?」

「페닝튼 씨—」 하고 레이스 대령이 말했다. 「언제부터 이 곳에 있었습니까?」

「글쎄요, 가만 있자—」 페닝튼은 턱을 어루만지면서 곰곰이 생각했다.

「한 20분 전쯤부터 있었나—」

「줄곧 여기에 있었습니까?」

「그야 물론이죠.」

그는 의아하다는 표정으로 그들 두 사람을 쳐다보았다.

「페닝튼 씨—」 하고 레이스 대령이 말했다.

「오터번 부인은 바로 당신 총으로 살해되었습니다.」

24

페닝튼은 큰 충격을 받았다. 그는 도저히 그 말이 믿어지지 않는 듯했다.

「정말—」 하고 그는 말했다. 「이건 대단히 심각한 문제로군요. 정말 심각합니다.」

「당신에게는 더욱 심각한 일이죠, 페닝튼 씨.」

「내게 말입니까?」

페닝튼은 깜짝 놀란 듯 눈썹을 치켜 세웠다.

「하지만, 총소리가 울리던 순간 나는 여기 앉아서 편지를 쓰고 있었습니다.」

「그걸 증명해 줄 사람이라도 있습니까?」

페닝튼은 고개를 저었다.

「아니, 없습니다. 그렇지만, 윗갑판에 가서 그 가엾은 여자를 쏜 다음 다시 이 곳으로 내려온다는 것은 도저히 불가능합니다. 이맘때쯤이면 언제나 갑판 로비에는 사람들이 북적거리고 있을 텐데, 어떻게 누구의 눈에도 띄지 않고 여기까지 내려올 수 있겠습니까? 게다가, 내가 왜 그 여자를 쏘겠습니까?」

「그렇다면, 당신의 권총이 사용된 것은 어떻게 설명하겠습니까?」

「글쎄요—. 그 문제에 대해서는 내게 책임이 있는 것 같군요. 이 배에 승선한 지 얼마 지나지 않았을 때죠. 어느 날 저녁 전망실에서 사람들과 총기류에 대한 이야기를 하게 되었습니다. 그 때, 나는 항상 여행할 때는 총을 가지고 다닌다고 말했었죠.」

「그 때, 그 곳에 누가 있었습니까?」

「글쎄요, 정확히 기억나지는 않습니다. 아마 승객들 대부분이 있었던 것 같아요. 하여튼 꽤 많이 있었지요.」

그는 조용히 고개를 저었다.

「내가 잘못한 것 같군요.」

그리고 계속 말을 이었다.

「처음에는 리넷, 다음에는 리넷의 하녀, 그리고 이번에는 오터번 부인이라…… 이들 사이에는 아무런 연관성이 없는데요!」

「연관이 있습니다.」 하고 레이스 대령이 말했다.

「그게 무엇입니까?」

「오터번 부인은 우리들에게 누가 루이스의 선실에 들어가는 것을 목격했다고 이야기하고 있었습니다. 그런데, 바로 그 사람의 이름을 말하려는 순간에 총을 맞았던 거지요.」

앤드류 페닝튼은 비단 손수건으로 이마를 문지르며 중얼거렸다.

「정말 끔찍하군.」

포와로가 말했다.

「페닝튼 씨, 이 사건에 대해서 몇 가지 이야기하고 싶습니다. 30분 뒤에 내 선실로 와 주시겠습니까?」

「그렇게 하지요.」

그러나, 페닝튼의 목소리에는 조금 꺼려하는 듯한 기색이 있었다. 또한, 표정도 마찬가지였다. 레이스 대령과 포와로는 서로 눈짓을 하고는 그 선실에서 나왔다.

「교활한 여우 같으니라고.」 하고 레이스 대령이 중얼거렸다.

「하지만, 이번만큼은 좀 두려워하는 것 같지 않습니까?」

포와로가 고개를 끄덕였다. 「좀 언짢아하는 것 같더군요.」

그들이 윗갑판으로 다시 돌아왔을 때, 앨러튼 부인이 선실에서 나오면서 그에게 손짓했다.

「무슨 일입니까, 부인?」

「그 가엾은 처녀 때문이에요! 포와로 씨, 혹시 그 처녀와 함께 있을 만한 2인용 선실이 없을까요? 차마 그녀의 어머니와 함께 묵었던 선실로 보낼 수가 없어서요. 그런데, 내 선실은 1인용이라서.」

「내가 어떻게 마련해 드리지요, 부인. 정말 친절하십니다.」

「마땅히 해야 할 일인걸요. 그리고, 나는 전부터 그 처녀를 좋아하고 있었어요. 왠지 그 처녀는 호감을 주거든요.」
「지금 몹시 흥분해 있지요?」
「예, 대단히 흥분해 있어요. 그 처녀는 그 괴팍한 어머니에게 무척이나 헌신적이었던 모양이에요. 정말 가엾은 처녀예요. 게다가, 팀의 이야기로는 그 어머니란 사람이 주정뱅이라던데, 사실인가요?」
포와로는 고개를 끄덕였다.
「오, 정말 가엾기도 하지! 누구도 그 처녀를 비난해서는 안 돼요. 그 처녀는 무척 힘겨운 생활을 해 왔을 테니까요.」
「그렇지요, 부인. 그 처녀는 자존심이 강한데다가, 또한 어머니에게는 무척 지극하게 대했으니까요.」
「그래요. 나도 바로 그런 헌신적인 성격이 마음에 들어요. 요즘에는 시대에 뒤떨어진 사고 방식이라고 생각할지 모르지만요. 정말 보기 드문 처녀예요. 조금 자존심이 강하고, 내성적이고, 고집스럽기는 하지만, 속마음은 무척 따뜻한 여자이지요.」
「그 처녀가 아주 좋은 분을 만난 것 같군요.」
「아무 걱정하지 마세요. 내가 잘 보살펴 줄 테니까요. 그리고, 그 처녀도 내게 의지하고 싶어해요.」
앨러튼 부인은 다시 선실로 들어갔다. 포와로는 그 비극의 장소로 돌아갔다.
코닐리어는 아직도 갑판 위에 서 있었다. 그녀는 여전히 눈을 둥그렇게 뜨고 말했다.
「저는 도대체 알 수가 없어요, 포와로 씨. 어떻게 그 범인은 아무에게도 들키지 않고 도망쳤을까요?」
「정말 어떻게 그렇게 했을까요?」 하고 재클린이 똑같이 물었다.
「그건—」 하고 포와로가 설명했다.
「생각하는 것처럼 그렇게 이상한 게 아닙니다. 범인이 도망칠 길이 세 군데 있었으니까요.」
재클린은 당황한 표정이었다. 「세 군데나 있다고요?」

「범인은 오른쪽으로, 아니면 왼쪽으로 도망갈 수 있었겠지요. 하지만, 나머지 다른 방향은 어디지요?」 하고 코닐리어가 물었다.

재클린도 한동안 이해 못 하겠다는 듯이 멍청하게 있다가 이내 깨달은 모양이었다.

그녀가 말했다.

「그렇죠. 수평면에서 두 방향으로 움직일 수 있는 것처럼 직각 방향으로도 움직일 수 있지요. 그러니까 위로는 날아갈 수 없겠고, 아래쪽으로 내려갔겠군요?」

포와로는 미소를 지으면서 말했다.

「당신은 역시 머리가 좋군요, 마드모아젤.」

코닐리어가 말했다.

「제가 좀 멍청해서 그렇겠지만, 저는 아직도 뭐가 뭔지 모르겠어요..」

그러자 재클린이 설명해 주었다.

「포와로 씨의 말은 범인이 난간을 뛰어넘어서 아래쪽 갑판으로 내려갔을 거라는 뜻이에요.」

「어머!」 하고 코닐리어가 외쳤다.

「그건 미처 생각지 못했어요. 그렇다면, 범인은 무척 재빠른 사람이겠군요. 그저 아무나 그렇게 할 수 있는 건 아니잖아요?」

「범인은 별다른 어려움 없이 해낼 수 있었을 겁니다.」 하고 팀 앨러튼이 말했다.

「이런 사건이 일어나면 사람들이 잠시 동안은 멍청하게 되니까요. 즉, 총소리를 듣고 나서 적어도 1, 2분 정도는 마비된 듯이 꼼짝못하고 서 있게 되죠.」

「그건 당신 자신의 경험에서 우러나온 이야기 같군요, 앨러튼 씨?」

「예, 그렇습니다. 나도 5초 동안 멍하니 서 있었으니까요. 물론 곧 정신을 차리고 갑판으로 뛰어나오긴 했지만요.」

이 때, 레이스 대령이 베스너 박사의 선실에서 나오더니 엄격한 목소리로 말했다.

「모두들 비켜 주십시오. 시체를 치워야 합니다.」

사람들은 그 말에 순순히 물러섰다. 포와로도 그들 중에 끼어 있었다. 코닐리어가 슬픈 목소리로 진지하게 말했다.

「저는 평생 동안 이번 여행을 잊지 못할 거예요. 3번이나 살인 사건이 생기다니…… 마치 악몽을 꾸고 있는 것 같아요.」

퍼거슨이 옆에서 이 말을 듣고, 마치 싸움이라도 할 듯이 내뱉었다.

「그건 당신이 너무 지나치게 여리기 때문이에요. 당신은 죽음에 대해서 동양인들과 똑같은 사고 방식을 가지고 있군요. 그건 단순한 사고일 뿐이오. 별로 대단치 않은 것이라고요.」

「그게 어째서 잘못된 거죠?」 하고 코닐리어가 대꾸했다.

「동양인들은 교육을 받지 못한 무식한 종족이 아니에요.」

「물론이지요. 교육이라는 것은 백인들을 약화시키고 타락시켰습니다. 미국을 보시오—문화라는 명목 아래 썩어 빠진 그들을—정말 역겨운 광경이지요.」

「당신은 정말 말도 안 되는 소리를 하는군요.」 하고 코닐리어는 얼굴을 붉히면서 말했다.

「겨울이면 저는 항상 그리스 예술과 르네상스에 대한 교양 강좌를 들어왔기 때문에, 당신의 이야기가 다 엉터리라는 걸 잘 알아요. 게다가, 역사적으로 유명한 여자들에 대한 공부도 했지요.」

그러자, 퍼거슨은 울화가 치민다는 듯이 말했다.

「그리스 예술? 르네상스? 게다가, 역사적으로 유명한 여자들? 당신 말을 듣고 있자니 내가 한심해지는 것 같소. 이봐요, 아가씨—중요한 것은 미래지 과거가 아니란 말이오. 아가씨 말대로, 이 배에서는 3명의 여자가 죽었습니다. 그게 어쨌다는 겁니까? 그 여자들은 다 쓸모없는 인간들이란 말이오! 리넷 도일은 돈이 많다는 것밖에는 아무 쓸모없는 여자요! 그리고, 그 프랑스인 하녀도 기생충 같은 존재였소. 오터번 부인이란 여자는 철저한 폐물이었고. 당신은 그들의 죽음에 진심으로 슬퍼할 사람들이 있다고 생각합니까? 나는 없을 거라고 믿고 있어요. 차라리 잘 된 일이지 뭐!」

「당신은 뭔가 잘못 생각하고 있군요!」

코닐리어가 발끈해서 대들었다.

「당신이 그런 식으로— 당신 자신 외의 사람은 아무래도 좋다고 이야기하는 걸 듣고 있으면 정말 가슴이 아파요. 저도 오터번 부인을 별로 좋아하지는 않았지만, 그 딸은 당연히 어머니를 사랑했을 거고, 지금 어머니의 죽음에 너무 슬퍼하고 있어요. 그 프랑스인 하녀에 대해서는 잘 모르지만, 어딘가에 분명히 그녀를 아끼는 사람이 있을 거예요. 그리고 리넷 도일로 말하자면— 다른 이야기는 그만두더라도 정말 아름다웠어요! 그녀는 너무나도 아름다워서, 그녀가 방으로 들어가기만 해도 사람들의 가슴이 철렁하곤 했지요. 제가 못생겼기 때문에, 저는 그녀의 아름다움을 더욱 높이 평가했어요. 그녀는 그리스 조각품에 견준다고 해도 손색이 없을 정도로 아름다워요. 그런 미인이 죽는다는 것은 세계적인 손실이지요. 그렇고말고요!」

퍼거슨은 한 발자국 물러서서 신경질적으로 머리를 잡아 당겼다.

「정말 어쩔 수 없군요.」 하고 그는 말했다.

「당신은 정말 믿어지지 않을 정도로 놀라운 여자요. 아마 당신 같은 여자는 또다시 없을 거요.」

말을 마친 뒤 그는 포와로에게 고개를 돌렸다.

「당신은 코닐리어의 아버지가 리넷 리지웨이의 아버지 때문에 파산했다는 사실을 알고 있습니까? 그런데도 이 처녀는 리넷이 최신 유행옷에 진주 목걸이로 치장한 채 거들먹거리는 것을 보고도 이를 악물지 않더군요. 오히려 발끈해서 '오, 너무 아름다워요!' 라고 하는 겁니다. 저 처녀는 도대체 쓸개도 없는 모양입니다.」

코닐리어는 낯을 붉히면서 말했다.

「한동안은 속이 상했지요. 아버지는 파산 끝에 낙담만 하시다가 돌아가셨으니까요.」

「한동안은 속상했다고!」

코닐리어는 그를 매섭게 노려보았다.

「당신은 방금 전에 중요한 것은 미래지 과거가 아니라고 말했잖아요? 과거는 그저 지나간 일이에요. 이젠 끝난 일이라고요.」

「물론 그렇지요.」 하고 퍼거슨이 말했다.

「코닐리어 롭슨, 당신이야말로 내가 본 여자 중에서 가장 멋진 여자요. 나와 결혼해 주겠소?」

「농담은 이제 그만두세요.」

「이건 진짜 결혼 신청이오ㅡ. 비록 탐정님 앞에서 하는 것이지만. 어쨌든, 포와로 씨, 당신이 증인입니다. 남녀 사이의 법률적인 계약 관계를 인정하지 않는다는 것이 내 원칙이긴 하지만, 심사숙고한 끝에 나는 이 처녀에게 결혼을 신청하는 겁니다. 어떤 절차를 거치지 않는다면 나를 거절할 테니, 이렇게 무릎을 꿇는 겁니다. 자, 코닐리어, 좋다고 대답하시오.」

「정말 어처구니없는 사람이군요.」 하고 코닐리어가 얼굴을 붉히면서 말했다.

「왜, 나와 결혼하기 싫습니까?」

「당신은 진지하지가 못해요.」 하고 코닐리어가 대답했다.

「결혼 신청하는 태도가 진지하지 않다는 겁니까, 아니면 내 성격이 그렇다는 건가요?」

「둘 다 해당되는 말이에요. 그 중에서도 특히 당신의 성격이 그래요. 당신은 모든 중요한 것들을 다 비웃잖아요. 교육과 문화ㅡ 그리고 죽음까지도요. 그러니, 당신을 믿지 못하는 게 당연하죠.」

이렇게 말을 마친 뒤, 그녀는 다시 얼굴을 붉히면서 황급히 선실로 들어가 버렸다.

퍼거슨은 그런 그녀의 뒷모습을 끝까지 바라보았다.

「빌어먹을! 저 여자는 정말로 그렇게 생각하고 있을 거요. 믿을 수 있을 만한 남자를 원하는 거죠. 믿을 수 없는 남자라고— 젠장!」

그는 잠깐 말을 끊었다가, 다시 호기심에 가득찬 목소리로 이었다.

「무슨 일입니까, 포와로 씨? 뭔가 골똘히 생각하시는 것 같군요.」

포와로는 깜짝 놀라서 고개를 들었다.

「그저 잠시 생각 좀 했습니다. 그뿐이오.」

「'죽음에 대한 사색' '죽음, 그 순환 소수(循環小數)' 에르큘 포와로의 유명한 논문 중 한 편……」

「퍼거슨 씨—」하고 포와로가 말했다.

「당신은 정말 무례하군요.」

「너그럽게 봐 주십시오. 나는 원래 기성 세대를 공격하는 걸 즐기는 편이라서요.」

「그렇다면, 나도 기성 세대란 말이오?」

「그렇죠. 그런데, 저 여자에 대해 어떻게 생각하십니까?」

「롭슨 양 말입니까?」

「예.」

「아주 훌륭한 처녀지요.」

「맞습니다. 아주 용기 있는 여자입니다. 겉으로는 연약해 보이지만 속은 알차거든요. 나는 정말 저 여자와 결혼하고 싶습니다. 그 심술쟁이 늙은 노처녀를 골려 주는 것도 제법 재미있을 겁니다. 그 노파가 나를 철저히 미워하도록 해 놓으면, 아마 코닐리어는 내게 점점 다가올 겁니다.」

그리고 나서 그는 어슬렁어슬렁 전망실로 들어갔다. 밴 슈일러는 여느 때의 그 구석 자리에 앉아 있었다. 그녀는 다른 때보다도 더욱 거만해 보였다. 퍼거슨은 뜨개질을 하고 있는 그녀에게 다가갔다. 에르큘 포와로는 방해가 되지 않도록 좀 멀리 떨어진 곳에 앉아서 잡지를 읽는 체했다.

「안녕하십니까, 밴 슈일러 양?」

밴 슈일러는 흘끔 그를 올려다보더니 이내 시선을 떨구고는 쌀쌀하게 대꾸했다.
「안녕하세요.」
「밴 슈일러 양, 매우 중요한 문제로 잠깐 이야기를 나누고 싶습니다. 간단히 말해서, 당신 조카딸과 결혼하고 싶습니다.」
이 말이 끝나자마자, 밴 슈일러의 털실 뭉치가 바닥에 떨어져 멀리 굴러가 버렸다.
그녀는 악의에 찬 목소리로 내뱉었다.
「정신이 나갔군요, 젊은이.」
「천만에요. 그녀와 결혼하기로 마음먹었습니다. 그리고, 벌써 그녀에게 결혼 신청을 했지요!」
밴 슈일러는 희귀한 벌레라도 보는 듯한 흥미를 보이며, 싸늘한 눈초리로 퍼거슨을 훑어보았다.
「그래요? 그렇다면, 그 애가 당신을 쫓아 버렸겠군요?」
「청혼을 거절하더군요..」
「당연히 그랬겠지요?」
「'당연히' 라니― 천만에 말씀입니다. 나는 그녀가 청혼을 받아들일 때까지 계속해서 구애할 겁니다.」
「분명히 말해 두지만, 나는 내 조카딸이 그런 시달림을 받지 않도록 조치를 취하겠어요.」 하고 그녀는 물어뜯을 듯한 기세로 말했다.
「도대체 왜 나를 못마땅하게 여기시는 거지요?」
밴 슈일러는 눈썹만 잔뜩 치켜 세우고는 아무 대답도 하지 않았다. 그녀는 털실 뭉치를 힘껏 끌어당기면서 뜨개질을 계속해 나갔다. 퍼거슨과 더 이상 이야기하고 싶지 않다는 태도였다.
「자, 말해 보세요..」 하고 퍼거슨은 집요하게 물었다.
「도대체 어떤 점이 마음에 안 드는 겁니까?」
「그건 너무나도 분명한 거 아니에요? 흠― 이름이 뭐라고 했지요?」

「퍼거슨입니다.」
「퍼거슨 씨.」 밴 슈일러는 입에 올리기도 싫다는 듯이 그 이름을 내뱉었다.
「그런 건 문제가 되지 않아요.」
「그렇다면—」 하고 퍼거슨이 말했다. 「내가 그녀에게 너무 부족하다는 겁니까?」
「당신도 잘 알 텐데.」
「어떤 면에서 부족하다는 겁니까?」
밴 슈일러는 아무 말도 하지 않았다.
「나는 팔다리도 멀쩡하고 건강하며, 정신도 올바릅니다. 그런데, 뭐가 마음에 안 든다는 겁니까?」
「사회적 지위라는 것도 있지요, 퍼거슨 씨.」
「사회적 지위란 다 부질없는 겁니다!」
그 때, 문이 열리고 코닐리어가 들어왔다. 그녀는 자칭 미래의 자기 남편이라고 주장하는 젊은이와 엄격한 아주머니가 함께 있는 걸 보고 깜짝 놀라서 그 자리에 멈춰 섰다.
무법의 퍼거슨은 싱긋 웃으면서 그녀를 불렀다.
「이리로 와요, 코닐리어. 나는 지금 가장 전통적인 방법으로 당신에게 구혼하고 있는 중이오.」
「코닐리어—」 밴 슈일러는 엄격한 목소리로 말했다. 「네가 이 젊은이를 부추길 만한 짓을 한 모양이구나?」
「어머— 아니에요. 물론 저는— 적어도— 분명히—」
「어서 말해 보거라.」
「코닐리어는 나를 부추긴 적이 없습니다.」 하고 퍼거슨이 대신 말했다.
「다 나 혼자서 한 겁니다. 그녀는 마음이 너무 착해서 노골적으로 나를 거절하지 못하는 것뿐이지요. 코닐리어, 당신 아주머니는 내가 당신에게 부족하다고 하는군요. 그건 물론 사실이오. 하지만, 그건 다른 의미에서 부족하다는 거요. 내가 어떻게 당신의 그 착한 마음을 따라갈 수 있겠소? 그러나, 아주머니는 단지 내가 당신보다 사회적 지위가 낮다는 이유를 들어서 부족하다고 하는군요.」

「그 문제라면 코닐리어도 분명히 알고 있을 거예요.」 하고 밴 슈일러가 한 마디 했다.

「정말 당신도 그렇게 생각하오?」 퍼거슨은 엄격한 눈길로 그녀를 쳐다보았다.

「그 때문에 청혼을 거절한 겁니까?」

「아니에요, 그게 아니에요.」

코닐리어의 얼굴이 달아올랐다.

「만일 제가— 만일 당신을 좋아했다면, 당신이 어떤 신분이든 상관하지 않을 거예요.」

「그럼, 나를 좋아하지 않는다는 거군요?」

「제 생각은— 당신은 너무 무례하고 말이 많아요. 말투라든가…… 말하는 내용이라든가…… 어쨌든 당신 같은 사람은 처음 봐요.」

코닐리어의 얼굴은 금방이라도 눈물이 쏟아질 것처럼 일그러졌다. 그녀는 방에서 뛰어나갔다.

「처음치고는 그다지 나쁘지 않군.」 하고 퍼거슨이 중얼거렸다. 그리고, 거만한 태도로 다리를 꼬고 의자에 기대어 앉아서 천장을 쳐다보기도 하고, 휘파람을 불기도 했다. 그러더니 불쑥 한 마디 던졌다.

「언젠가는 당신을 아주머니라고 부르게 될 겁니다.」

이 말을 들은 밴 슈일러는 화가 치밀어 올라 부들부들 떨면서 말했다.

「당장 여기서 나가요. 안 나가면 웨이터를 부르겠어요.」

「나는 돈을 내고 탔으니까, 아마도 이 곳에서 쫓아내지는 못 할 겁니다. 하지만, 뭐 비위를 잘 맞춰 드려야 하니까.」

그는 나지막이 흥얼거렸다.

「오호, 럼주(당밀이나 사탕으로 만든 술) 한 병에.」

그러면서 자리에서 일어나서는 어슬렁거리며 걸어나갔다.
밴 슈일러는 너무 화가 나서 몸도 제대로 못 가눌 지경이었다. 이때, 포와로가 잡지 뒤에서 얼굴을 내밀고 털실 뭉치를 주워 주었다.
「고마워요, 포와로 씨. 죄송하지만, 바워즈 양을 좀 불러다 주시겠어요?—그 건방진 젊은이 때문에 몹시 불쾌해졌어요.」
「좀 괴상한 젊은이지요.」 하고 포와로가 말했다.
「그 집안 사람들은 대부분 다 그렇답니다. 너무 버릇없이 자랐기 때문일 겁니다. 게다가, 언제든지 불가능한 일만을 골라서 시도하려고 덤빈답니다.」
그리고, 그는 지나가는 말처럼 한 마디 덧붙였다.
「그를 알아보셨겠지요?」
「그를 알아보다니요?」
「그 젊은이는 진보주의적인 사고 방식 때문에 자기의 칭호를 쓰지 않고, 자기 자신을 단지 퍼거슨이라고만 하고 있지요.」
「칭호라니요?」 밴 슈일러의 목소리가 날카로워졌다.
「그가 바로 그 젊은 돌리시 경이랍니다. 돈이 엄청나게 많은 사람인데, 옥스퍼드 대학에 다닐 때 공산주의자가 되었다더군요.」
그러자, 밴 슈일러의 얼굴에는 여러 가지 착잡한 표정들이 엇갈렸다.
「포와로 씨는 언제부터 그 사실을 알고 계셨나요?」
포와로는 어깨를 으쓱했다.
「언젠가 신문에 그의 사진이 난 적이 있었지요. 그래서, 그 사실을 알아차렸습니다. 그리고, 문장이 새겨져 있는 반지를 보았습니다. 그러니 확실한 거죠.」
그는 밴 슈일러의 얼굴에 나타나는 그 다양한 표정들을 재미있게 지켜보았다. 마침내 그녀는 정중하게 고개를 숙이면서 말했다.
「정말 고마워요.」
포와로는 방을 나가는 그녀의 뒷모습을 지켜보면서 미소지었다. 그리고 나서, 그의 얼굴은 다시 심각해졌다. 그는 마음 속에서 떠오르는 여러 가지 생각들을 쫓고 있었다. 이따금씩 그는 고개를 끄덕였다.

「그렇지―」 하고 마침내 그가 말했다.

「모든 것이 들어맞는군.」

25

레이스 대령은 포와로가 아직도 그 자리에 앉아 있는 것을 보고 다가왔다.

「포와로 씨, 10분 뒤에 페닝튼이 올 텐데, 그 일을 당신이 맡는 게 어떨까요?」

포와로는 황급히 자리에서 일어났다.

「먼저 팬솝을 만나 보아야 합니다.」

「팬솝을 만난다고요?」

레이스 대령은 놀란 듯했다.

「그렇습니다. 내 선실로 불러다 주십시오.」

레이스 대령은 고개를 끄덕이고는 밖으로 나갔다. 포와로는 자기 선실로 갔다. 곧이어 레이스 대령이 팬솝과 함께 들어왔다.

포와로는 의자를 가리키고 나서 담배를 권했다.

「그런데, 팬솝 씨―」 하고 그가 말을 꺼냈다.

「당신은 내 친구인 헤이스팅스와 똑같은 넥타이를 매고 있군요.」

짐 팬솝이 약간 당황하며 자신의 넥타이를 내려다보았다.

「이건 내가 졸업한 학교의 넥타이입니다.」 하고 그가 말했다.

「그렇지요. 비록 내가 외국인이지만, 영국인의 가치관에 대해선 좀 알고 있는 편이지요. 예를 들면 '해야 할 일'과 '하지 말아야 할 일'이 있다는 것쯤은 알고 있습니다.」

그러자, 짐 팬숍은 싱긋 웃으면서 한 마디 했다.
「요즈음에는 별로 그런 말을 하지 않습니다.」
「그럴지도 모르지요. 하지만, 그 관습이라는 것은 오랫동안 남아 있는 법입니다. 모교의 넥타이는 모교를 상징하는 만큼, 그 넥타이를 매고 있는 사람은 삼가야 할 일이 몇 가지 있지요.(물론 이건 내 경험에 의해서 알게 된 사실이지만.) 예를 들어서, 팬숍 씨, 부르지도 않았는데 알지도 못하는 사람들의 사적인 대화에 끼여드는 행동도 그 중에 속합니다.」
팬숍은 그를 빤히 쳐다보고 있었다.
포와로는 계속했다.
「그런데, 팬숍 씨, 당신은 언젠가 바로 그런 일을 했습니다. 어떤 사람들이 전망실에서 조용히 그들끼리의 이야기를 하고 있었습니다. 당신은 그들의 이야기가 어떻게 진행되고 있는지를 엿듣기 위해서 가까이 다가갔죠. 그리고 잠시 뒤, 당신은 그들 쪽으로 고개를 돌리고는 어떤 여자— 시몬 도일의 부인에게 그녀의 사무적인 태도가 훌륭하다고 칭찬해 주었습니다.」
짐 팬숍의 얼굴이 새빨갛게 달아올랐다. 포와로는 잠시도 망설이지 않고 곧장 본론으로 들어갔다.
「팬숍 씨, 그런 행동은 내 친구 헤이스팅스와 똑같은 넥타이를 매고 있는 사람이 해서는 안 되는 행동이었습니다! 헤이스팅스는 언제나 예의에 신경을 쓰지요. 그 사람은 그런 행동을 하느니, 차라리 수치심 때문에 죽어 버리고 말 겁니다! 그리고 당신처럼 젊은 사람이 이렇게 호화스러운 배를 타고 휴가를 즐기고 있다는 것, 게다가 당신은 지방 변호사 사무실에 근무하기 때문에 이런 휴가를 보낼 만한 돈이 없다는 것, 또한 당신이 외국 여행을 해야 할 정도로 갑자기 병에 걸린 것도 아니라는 사실— 이 모든 것들을 종합해 보면 한 가지 의문점이 나오게 됩니다. 즉, 왜 당신은 이 배를 탔을까 하는 것이지요.」

짐 팬숍은 고개를 뒤로 홱 젖혔다.
「당신에게 아무 대답도 하지 않겠습니다, 포와로 씨. 정말 머리가 이상하게 되셨나 보군요.」
「그렇지 않습니다. 나는 지극히 정상적인 사람입니다. 당신 사무실은 어디에 있나요? 워드 홀에서 멀지 않은 노샘프턴셔에 있지요? 도대체 무슨 이야기인데 엿들으려고 했습니까? 그리고, 왜 그렇게 당황해서는 쓸데없는 칭찬을 늘어놓았습니까? 당신은 도일 부인이 서류를 읽지 않은 채로 서명하지 못하도록 그렇게 한 것이 아닌가요?」
그는 잠시 말을 멈추었다.
「이 배에서는 살인이 일어났습니다. 그리고, 곧 이어서 살인 사건이 연달아 두 건이나 발생했지요. 내가 오터번 부인을 쏜 총이 바로 앤드류 페닝튼의 것이었다는 이야기를 한다면, 당신도 알고 있는 모든 사실을 말해 주어야 하지 않겠습니까?」
짐 팬숍은 잠시 말이 없었다. 그러다가 마침내 입을 열었다.
「당신은 유별난 방법으로 유도하시는군요, 포와로 씨. 하지만, 당신이 그렇게 물어 보시는데도 아무것도 대답해 드리지 못해서 유감입니다.」
「그 말은 계속 의심만 하겠다는 뜻입니까?」
「그렇습니다.」
「사실대로 이야기하면 신상에 어떤 위험이 닥칠 것이 두렵기 때문이 아닙니까? 하긴, 그럴지도 모르지. 하지만, 여기는 법정이 아닙니다. 레이스 대령과 나는 살인범을 찾아내려고 하는 거요. 그러니까, 당신도 무엇이든지 도움이 될 만한 사실을 말해 주어야 합니다.」
다시 한 번 팬숍은 깊은 생각에 잠겼다. 그리고는 말을 꺼냈다.
「좋습니다. 알고 싶은 게 뭡니까?」
「이번 여행의 목적은 무엇입니까?」
「우리 아저씨가 도일 부인의 영국측 변호사인 카미클 씨인데, 그분이 보내서 온 겁니다. 아저씨는 그녀의 재산에 많이 관계하고 있습니다. 그래서, 자연히 앤드류 페닝튼하고도 서신 교환을 자주 하고 있는 편이지요. 아시다시피, 앤드류 페닝튼은 도일 부인의 미국인 재산 관리자이니까요. 그런데, 몇 가지 일에서(일일이 다 열거할 수는 없습니다만) 뭔가 이상한 점이 발견되었습니다.」

「다시 말하자면—」 하고 레이스 대령이 끼여들었다. 「당신 아저씨는 페닝튼이 속임수라도 쓰고 있다고 생각하신 모양이군요?」

짐 팬숍이 희미하게 미소를 지으며 고개를 끄덕였다.

「조금 지나친 표현이긴 하지만, 결국은 그 이야기이죠. 페닝튼이 공채를 처분한 것에 대해서 여러 가지 구구한 변명을 늘어놓았기 때문에 아저씨는 그를 불신하게 되었으니까요. 이렇게 그에 대한 불신감과 의혹에 빠져 있는데, 마침 리지웨이 양이 갑자기 결혼을 하고서 이집트로 신혼 여행을 떠나게 되었죠. 그녀가 결혼하자, 아저씨는 무척 안심하셨습니다. 왜냐하면, 그녀가 영국에 돌아오면 모든 재산을 그녀가 관리하게 될 테니까요.

하지만, 그 때 카이로에서 리지웨이 양이 편지를 보내왔습니다. 그 편지에서 그녀는 우연히 앤드류 페닝튼을 만났다고 했습니다. 이것을 받아 본 아저씨는 더욱 의심을 품게 된 거죠. 아저씨는, 페닝튼이 막바지에 몰리게 되면 자신의 부정을 감추기 위해서 도일 부인의 서명을 받아내려고 갖은 애를 쓸 것이라고 생각했습니다. 하지만, 그녀 앞에 내놓을 만한 분명한 증거가 없었기 때문에 아저씨는 무척 고민을 하셨습니다. 그래서, 아저씨는 나를 보내서 어떻게 일이 돌아가고 있는지 알아보라고 하셨습니다. 나는 항상 그들을 지켜보고 있다가, 만일 부득이한 일이 일어나면 행동으로 들어가도록 지시를 받았습니다. 분명히 말하지만, 정말 즐겁지 못한 임무였지요. 그래서, 그런 형편없는 행동을 하게 되었던 겁니다! 무척 어쭙잖은 행동이었지만, 그래도 결과는 만족할 만한 것이었습니다.」

「도일 부인에게 경고라도 해 주었다는 뜻인가요?」 하고 레이스 대령이 물었다.

「그 정도는 못 되었습니다만, 그 대신에 페닝튼을 곤란하게 했지요. 그는 당분간은 그런 짓을 절대로 하지 못할 거라고 생각했지요. 그리고, 그 사이에 나는 도일 부부와 가깝게 지내면서 그들에게 경고를 해 줄 생각이었습니다. 특히, 도일 씨에게 접근해 볼 생각이었죠. 왜냐하면, 도일 부인은 페닝튼을 너무나도 믿고 있었기 때문에 그녀에게 직접 이야기하기가 좀 곤란했습니다. 게다가, 그 남편에게 접근하는 편이 나로서도 더 수월할 테고요.」

레이스 대령이 고개를 끄덕였다.

포와로가 물었다.

「내 물음에 솔직하게 대답해 주셔야 합니다. 만일 당신이 꼭 속여야 할 일이 있다면, 도일 부인과 도일 씨 중에서 누구를 선택하겠습니까?」

팬숍은 희미한 미소를 지었다.

「도일 씨를 택하겠지요. 리넷 도일은 일에 대해서 무척 철저했으니까요. 하지만, 그 남편은 그저 사람들을 잘 믿었으며, 자신의 말대로 '점선이 있는 곳에 서명'을 할 테니까요.」

「맞는 말입니다.」 하고 포와로가 말했다. 그리고는 레이스 대령을 쳐다보면서 한 마디 했다.

「바로 그게 동기가 될 수 있겠지요?」

그러자 팬숍이 말했다.

「하지만, 이 모든 것이 다 추측에 불과합니다. 아무 증거도 없으니까요.」

포와로는 전혀 문제가 되지 않는다는 투로 대꾸했다.

「아, 그거야 우리가 증거를 잡으면 되지요!」

「어떻게요?」

「페닝튼 씨에게서 무언가를 얻어 낼 수 있을 겁니다.」

팬숍은 믿어지지 않는 듯했다.

「글쎄요, 좀 힘들지 않겠습니까?」

레이스 대령이 흘끔 시계를 쳐다보면서 말했다.

「그가 올 시간입니다.」

짐 팬숍은 재빨리 알아차리고 자리에서 일어났다.

2분쯤 뒤에 앤드류 페닝튼이 나타났다. 그는 지극히 여유 있는 모습이었으며, 얼굴에는 미소를 머금고 있었다. 하지만, 경직된 턱과 방심하지 않는 눈매에서 그의 노련한 경계 태세를 엿볼 수 있었다.

「자, 여기 왔습니다.」 하고 그가 말했다.

그는 의자에 앉은 다음 의아한 표정으로 그들을 쳐다보았다.

「페닝튼 씨를 오시라고 한 것은—」 하고 포와로가 말을 꺼냈다.

「당신이 이번 사건에 매우 특별하고도 직접적인 관계가 있다고 확신했기 때문입니다.」

페닝튼은 눈썹을 약간 움직였다.

「그렇습니까?」

포와로는 부드럽게 말을 이었다.

「예. 그런데, 당신은 리넷이 아주 어렸을 때부터 알고 지냈다고 하셨죠?」

「아! 그건—」 그의 얼굴 근육이 조금 풀리는 듯했다. 「아, 실례했습니다. 잠시 다른 생각을 해서요. 예, 오늘 아침에 말씀드린 대로 리넷이 어린 꼬마였을 때부터 알았지요.」

「그리고 당신은 그녀의 아버지와 대단히 친한 사이였다고 하셨죠?」

「그렇습니다. 멜휘시 리지웨이와 나는 무척 친했지요.」

「그래서, 그녀의 아버지가 죽을 때 유언으로 당신을 그녀의 막대한 재산 관리 책임자로 부탁한 거군요?」

「뭐, 대강 그렇게 된 겁니다.」

다시 그의 얼굴에는 경계하는 빛이 나타났다. 동시에 그의 목소리는 매우 신중해졌다.

「하지만, 관리인은 나 혼자만이 아닙니다. 다른 사람들도 있지요.」

「그 중에서 죽은 사람도 있습니까?」

「두 사람은 이미 죽고, 지금은 스턴데일 록포드 한 사람만이 살아 있습니다.」

「당신의 동업 변호사 말씀인가요?」

「그렇습니다.」

「내가 알기로, 리지웨이 양은 아직 성년이 아닌 상태로 결혼했다더군요?」

「내년 6월에 21살이 됩니다.」

「그 때는 원칙대로 그녀가 직접 재산을 관리하게 되나요?」

「그렇습니다.」

「하지만, 갑작스런 그녀의 결혼으로 그런 일이 앞당겨지게 되었겠군요.」

페닝튼의 턱은 더 딱딱하게 굳었다. 그는 마치 그들에게 도전이라도 하듯이 턱을 쳐들었다.

「실례지만, 도대체 무슨 이야기를 하려는 겁니까?」

「만일, 당신이 그 질문에 대답하기 싫으시다면—」

「싫은 게 아닙니다. 당신이 무얼 묻든지 나는 아무래도 상관없습니다. 그렇지만, 도대체 왜 그런 걸 물어 보는지 이해가 안 가는군요.」

「하지만, 페닝튼 씨—」

포와로는 몸을 앞으로 숙였다. 그의 눈은 마치 고양이처럼 예리하게 빛나고 있었다.

「동기라는 문제가 있습니다. 그걸 알려면, 경제적인 것들도 고려해 보아야 하거든요.」

페닝튼은 씁쓸하게 말했다. 「리지웨이의 유언에 따라서, 리넷이 결혼하게 되면 재산을 직접 자신이 관리하게 됩니다.」

「무조건 그렇습니까?」

「그렇습니다.」

「그녀의 재산은 엄청날 텐데요?」

「물론입니다.」
포와로는 부드러운 어조로 말했다.
「그렇다면, 페닝튼 씨, 당신과 그 동료 변호사의 책임이 무겁겠군요.」
그 말에 페닝튼은 짤막하게 대꾸했다.
「우리들은 책임이라는 것에 익숙해져 있기 때문에 그런 걸 별로 두려워하지 않습니다.」
「오, 정말 그럴까요?」
그의 말투에는 상대방의 허를 찌르는 듯한 느낌이 들어 있었다. 페닝튼은 벌컥 화를 내면서 물었다.
「도대체 무슨 말을 하고 싶은 겁니까?」
포와로는 한 마디로 잘라서 대답했다.
「내 생각입니다만, 페닝튼 씨, 혹시 리넷의 갑작스러운 결혼으로 당신 사무실이 비상 상태에 들어가지는 않았습니까?」
「비상 상태?」
「그렇습니다.」
「도대체 이야기를 어떻게 끌고 나가는 겁니까?」
「대단히 간단한 겁니다. 리넷 도일에 관한 서류들은 모두 제대로 갖춰져 있겠지요?」
페닝튼은 자리에서 벌떡 일어났다.
「이제 그만둡시다. 이만하면 충분히 대답해 주었으니까요.」
그러면서 그는 문으로 다가갔다.
「대답은 하고 가셔야지요?」
그러자 페닝튼은 날카로운 말투로 내뱉었다.
「모두 제대로 되어 있소!」
「당신은 리넷이 결혼했다는 소식을 듣고는 황급히 유럽으로 배를 타고 가서, 이집트에서 리넷과 우연히 만난 것처럼 꾸몄습니다.」
페닝튼은 다시 그들에게로 돌아왔다. 그는 다시 냉정을 되찾은 듯했다.
「그건 말도 안 되는 소리입니다. 카이로에서 우연히 만날 때까지만 해도 리넷이 결혼했다는 사실을 전혀 몰랐습니다. 사실 정말 깜짝 놀랐습니다. 리넷이 결혼했으리라고는 꿈에도 생각지 못했으니까요. 리넷이 보낸 편지는 내가 떠난 바로 다음 날에야 도착했습니다. 그래서 나는 직접 받아 보지 못하고, 다시 미국에서 보내 준 편지를 1주일이나 지난 다음에 받아 볼 수 있었습니다.」
「당신은 카마닉 호를 타고 왔다고 들었는데요.」
「맞습니다.」
「그렇다면, 리넷의 편지가 뉴욕에 도착한 것은 그 카마닉 호가 떠난 다음이란 말이죠?」
「몇 번이나 같은 말을 되풀이해야 합니까?」
「참 이상한 일이군.」
「도대체 뭐가 이상하다는 겁니까?」
「당신 짐에는 이상하게도 카마닉 호의 꼬리표가 하나도 달려 있지 않더군요. 대서양 횡단 여객선 중에서 가장 최근의 것이라고는 겨우 노르망디 호의 꼬리표만이 있었습니다. 게다가, 그 노르망디 호는 카마닉 호가 떠나고 나서 이틀이나 뒤에 떠났지요.」
잠시 동안 상대방은 어쩔 줄 몰라했다. 그의 날카로운 눈빛이 흔들렸다.
레이스 대령이 그의 이러한 모습을 놓치지 않고 또다시 공격했다.
「자, 페닝튼 씨ー」 하고 그가 말했다.
「당신이 타고 온 배는 카마닉 호가 아니라, 바로 노르망디 호였다는 사실을 입증할 만한 증거가 여러 가지 있습니다. 그렇다면, 당신은 뉴욕을 떠나기 전에 도일 부인의 편지를 받았다는 결론이 나옵니다. 부인해 봐야 소용 없습니다. 증기선 승객 명단을 확인해 보면 금방 알 수 있는 일이니까요.」
앤드류 페닝튼은 멍한 상태에서 의자에 털썩 주저앉았다. 그의 얼굴에는 아무 감정도 나타나지 않았다. 그야말로 무표정한 얼굴이었다. 그러한 가면 뒤에서 그의 기민한 두뇌는 다음 행동을 계획하고 있었다.

「정말 손들지 않을 수가 없군요. 여러분이 나보다 한 수 위입니다. 그렇지만, 내가 이렇게 행동할 수밖에 없었던 이유가 있습니다.」

「물론 그렇겠지요.」 레이스 대령이 퉁명하게 대답했다.

「이제부터 내가 하는 말은 아무에게도 해서는 안 됩니다.」

「우리들을 믿으셔도 좋습니다. 약속을 지켜 드리겠소.」

「사실은—」 페닝튼은 긴 한숨을 쉬면서 말했다.

「솔직하게 말씀드리지요. 영국 쪽에서 뭔가 속이는 듯해서 몹시 근심하고 있었습니다. 하지만, 편지로는 처리하기가 어려웠죠. 그래서, 직접 건너와서 확인해 봐야겠다고 생각했습니다.」

「속이다니, 무슨 뜻입니까?」

「리넷이 사기를 당하고 있다고 믿을 만한 충분한 증거가 있었거든요.」

「누구에게 사기를 당한다는 겁니까?」

「리넷의 영국 쪽 변호사죠. 하지만, 이런 사실을 함부로 떠들고 다닐 수는 없지요. 그래서, 내가 직접 와서 확인해 보려고 한 겁니다.」

「아주 신중한 태도군요. 좋습니다. 하지만, 왜 그 편지를 못 받았다고 했습니까?」

「글쎄요, 뭐라고 말해야 하나—」 하고 손을 벌리면서 페닝튼이 말했다.

「미리 특별한 이유도 설명하지 않고, 어떻게 신혼 여행중인 부부 사이에 끼여들 수 있겠습니까? 그래서, 우연히 만난 것처럼 하는 게 가장 자연스러울 거라고 생각했습니다. 더군다나, 나는 그 남편이라는 사람에 대해서 아무것도 모르는 입장이었으니까요. 그래서, 혹시 그 남편도 그 속임수에 가담되어 있을지도 모른다는 생각이 들었습니다.」

「그렇다면, 당신이 여기까지 온 것도 단지 그 일 때문이었습니까?」

「그렇습니다.」

잠시 침묵이 흘렀다. 레이스 대령은 포와로를 쳐다보았다. 포와로는 그와 시선을 교환한 다음 몸을 앞으로 기울였다.

「죄송한 말입니다만, 당신 말이 믿어지지 않는군요.」

「뭐라고요? 그렇다면, 도대체 당신들이 생각하는 것은 무엇입니까?」

「리넷 리지웨이가 예기치 않은 결혼을 하자, 당신은 경제적인 곤경에 빠지게 되었습니다. 그래서, 그 곤경을 벗어나기 위한 어떤 돌파구를 찾기 위해서 여기까지 따라온 겁니다. '시간을 벌어 두자'—이것이 바로 그 돌파구라고 생각했겠지요. 그 목적을 이루기 위해서 당신은 몇 가지 서류에다 도일 부인의 서명을 받아내야 했습니다. 그런데, 예상과는 달리 일이 잘 풀리지 않았습니다. 또 한 가지 일도 역시 실패로 돌아갔지요. 나일강 상류로 갔을 때, 당신은 아부심벨에서 절벽 위를 걸어간 적이 있었습니다. 그 때 바위덩어리 하나를 밀어 떨어뜨렸지요. 하지만, 아슬아슬하게도 목표에서 빗나가고 말았던 거지요—.」

「아니, 미쳤소!」

「그 뒤 돌아오는 길에서도 당신은 역시 좋은 기회를 잡게 되었습니다. 즉, 당신 대신에 다른 사람이 고스란히 혐의를 받게 하면서 도일 부인을 처치할 수 있는 기회가 우연히 들어왔던 거지요. 우리의 이러한 확신을 뒷받침해 줄 만한 사실이 또 있습니다. 리넷 도일과 하녀의 살해범에 대해서 알려 주려고 했던 오터번 부인을 쏜 총이 바로 당신 총이었다는 사실입니다. 그것은 분명히 당신 총이지요.」

「말도 안 되는 소리! 당신 제정신이 아닌가 보군요! 도대체 내가 왜 리넷을 죽이겠소! 그럴 이유가 어디 있겠소! 리넷이 죽는다고 해서 내게 이익이 되는 건 아무것도 없는데. 그녀의 재산은 한 푼도 내게 오지 않고, 고스란히 그녀의 남편에게로 돌아가게 됩니다. 그렇다면, 내가 아니라 당연히 그 남편을 조사해야 하지 않소?」

「하지만, 도일 씨는 그 사건이 있었을 때 총에 맞았습니다. 그리고, 그는 총에 맞기 전까지는 한 번도 전망실을 떠난 적이 없어요. 그리고, 의사와 간호사가 증언해 준 대로, 부상당한 뒤로는 꼼짝도 못했지요. 게다가, 그 증언해 준 사람들은 모두 믿을 만한 인물들입니다. 시몬 도일이 아내를 죽였다는 건 말도 안 됩니다. 루이스 버젯을 죽였다는 것도 마찬가지고요. 그리고, 오터번 부인의 경우— 도일 씨가 범인이 아니라는 것이 더욱 명백하게 드러나고 있습니다. 그건 아마 당신도 인정할 겁니다.」

「그가 오터번 부인을 죽이지 않았다는 건 알고 있습니다.」

페닝튼은 약간 침착해졌다.

「다만 내가 말하고 싶은 것은, 아무 이득도 없는 살인을 내가 왜 하겠느냐 하는 겁니다.」

「하지만, 페닝튼 씨—」 포와로의 목소리는 마치 고양이를 어르는 듯이 부드러웠다.

「그건 그렇지가 않습니다. 도일 부인은 대단히 날카로운 사람이기 때문에 자신의 서류에 조금이라도 이상한 점이 있다면 즉시 알아챌 겁니다. 그러니, 그녀가 영국으로 돌아가서 직접 재산 관리를 하게 되면, 곧 당신에 대한 의심을 품게 되겠지요. 하지만 이제 그녀가 죽고, 당신이 말한 대로 그 남편이 재산을 관리하게 되었으니 문제는 달라지겠지요. 시몬 도일은 자기 부인이 부자라는 사실밖에는 재산에 대해서 아무것도 모릅니다. 게다가, 그는 단순하며 사람을 쉽게 믿고 의지하는 성격이지요. 그러니, 그런 사람 앞에 복잡한 서류를 펼쳐 놓고서 숫자라든가 법률적인 형식, 그리고 요즘의 불경기 등을 내세워서 시간을 끈다는 것은 아주 쉬운 일입니다. 즉, 내 말은 당신이 그 남편과 상대하느냐, 아니면 그 아내와 상대하느냐에 따라서 당신 사정은 엄청나게 달라진다는 겁니다.」

페닝튼은 어깨를 으쓱했다.
「말도 안 되는 소리요!」
「시간이 지나면 알게 되겠지요.」
「뭐라고요?」
「시간이 지나면 알게 될 거라고 했습니다. 세 사람이 죽었습니다—. 살인 사건이 3건이나 일어났다는 말입니다. 그러니 검찰 쪽에서는 당연히 도일 부인의 재산 관계에 대한 모든 것을 조사하겠지요.」

말을 마친 그는 상대방의 어깨가 힘없이 내려가는 것을 보았다. 그가 이긴 것이다. 역시 짐 팬숍의 의혹에는 근거가 있었던 것이다.

포와로는 계속했다.
「이제— 당신이 졌습니다. 더 이상 허세를 부려 봤자 아무 소용 없소.」
「당신은 모를 겁니다.」 하고 페닝튼이 중얼거렸다.
「모든 문제는 그 빌어먹을 불경기 때문입니다. 월스트리트는 지금 엉망이지요. 하지만, 만회할 계획을 치밀하게 세워 두었으니까, 운이 따른다면 6월 중순까지는 별 문제가 없으리라고 생각했습니다.」

이렇게 말한 뒤, 그는 부들부들 떨리는 손으로 담배에 불을 붙였으나 이내 꺼지고 말았다.

「그 바위를 떨어뜨리는 건 정말 우연히 떠오른 생각이었죠. 아무도 그 사실을 모르리라 생각하고서……」 하고 포와로가 말했다.

「아니에요. 그건 정말 우연한 일이었습니다. 믿어 주십시오. 사실은 바위에 발이 걸려서 넘어지는 바람에, 그 바위가…… 정말 우연이었습니다.」

페닝튼의 시선은 겁에 질려 이리저리 흔들렸다. 레이스 대령과 포와로는 아무 대꾸도 하지 않았다.

그러자, 갑자기 페닝튼은 냉정한 태도로 말했다. 그는 궁지에 몰리긴 했지만, 투지만은 여전했다. 그는 문을 향해 걸어가면서 이렇게 말했다.
「당신들이 내게 그걸 뒤집어씌울 수는 없을 겁니다. 그건 정말 우연한 사고였으니까. 그리고, 그 여자를 쏜 것도 내가 아니오, 아시겠습니까? 결국 아무것도 내게 뒤집어씌울 순 없을 거요―. 물론 그렇게 하지도 않겠지만.」
그는 밖으로 나갔다.

26

문이 닫히자, 레이스 대령은 깊이 한숨을 쉬었다.
「생각 이상의 사실을 알아 냈군요. 결국 그 자신의 입으로 사기와 살인 미수를 털어놓은 셈입니다. 하지만, 더 이상은 알아 내기 힘들 것 같습니다. 살인을 계획했다는 것은 시인할지 모르지만, 진짜 중요한 사실은 고백하지 않을 겁니다.」
「그럴지도 모르지요.」
하고 포와로가 한 마디 던졌다. 그의 눈은 마치 꿈을 꾸는 듯―고양이처럼―반짝였다.
레이스 대령은 모르겠다는 표정으로 그를 쳐다보았다.
「무슨 계획이라도 있습니까?」
포와로는 고개를 끄덕였다. 그리고는 손가락을 하나하나 꼽으면서 말했다.
「애스원의 정원, 앨러튼의 진술, 매니큐어 두 병, 내가 마셨던 포도주, 벨벳 목도리, 분홍빛 얼룩 손수건, 범행 현장에 떨어져 있던 권총, 루이스의 살해 사건, 오터번 부인의 사건― 이런 식으로 생각을 정리해 보니까 결론은 페닝튼이 범인이 아니라는 게 되는군요.」
「뭐라고요?」
「페닝튼이 범인이 아니란 말입니다. 물론 그에게는 충분한 동기가 있긴 합니다. 게다가, 실제로 그것을 계획하기도 했을 겁니다. 그렇지만, 단지 계획했을 뿐, 그것을 실행에 옮기지는 못 했지요. 내가 이렇게 생각하게 된 것은 바로 페닝튼의 성격 때문이오. 이 살인 사건들의 범인은 대담하면서도 민첩하고, 철저한 행동력과 용기를 가지고 있으면서, 극적인 위험도 감수하려는 영리한 두뇌의 소유자입니다. 그러나, 페닝튼은 그러한 것들을 전혀 갖추고 있지 않습니다. 그 사람 성격으로 보아, 절대로 안전하다고 생각되는 일이 아니면 감히 엄두도 내지 않을 겁니다. 그런데, 이 범죄는 안전한 것이 아니라, 정반대로 너무 위험한 것이었습니다. 다시 말해서, 대담해야만 이런 일을 할 수 있는 거지요. 그런 대담성이 페닝튼에게는 없다는 말입니다. 그 사람은 그저 철저한 성격을 가지고 있을 뿐이지요.」

레이스 대령은 경탄한 듯이 한 마디 했다.

「정말 자세하게도 파악했군요.」

「아직 몇 가지 확실하지 않은 것이 있습니다. 그리고, 리넷 도일이 잘못 읽었다던 그 전보도 조금 문제가 있는 듯한데……」

「아, 참, 도일에게 물어 본다고 해 놓고서 깜박했군요. 오터번 부인이 뛰어들어왔을 때 그 이야기를 하고 있었는데— 다시 물어 봅시다.」

「잠깐만, 그건 나중에 물어 보는 게 좋겠습니다. 우선 만나 봐야 할 사람이 있습니다.」

「누구를요?」

「팀 앨러튼.」

「앨러튼? 좋습니다. 불러오도록 하지요.」

레이스 대령은 벨을 눌러서 웨이터에게 팀 앨러튼을 불러오라고 했다.

앨러튼은 왜 자신을 오라고 했는지 이해할 수 없다는 표정이었다.

「나를 부르셨습니까?」

「당신과 잠깐 할 이야기가 있어서요. 자, 앉으십시오.」

팀은 의자에 앉았다. 그는 정중한 태도를 보이려고 애썼지만, 그의 얼굴에는 지루하다는 표정이 뚜렷하게 나타났다.
「내가 무엇을 도와 드릴까요?」
그의 목소리는 부드럽고 신중했지만, 힘없이 들렸다.
포와로가 대답했다.
「내 이야기를 잘 들어 주기만 하면 됩니다.」
팀은 약간 놀란 듯이 눈썹을 치켜 올렸다.
「그러지요. 남의 이야기는 아주 잘 듣는 편이니까요. 게다가 '오— 그래요!' 하고 맞장구도 칠 줄 안답니다.」
「그거 아주 잘 되었군요. '오— 그래요!' 라는 것은 의미 심장한 말이죠. 자, 이제 이야기를 시작해 볼까요? 애스원에서 당신과 당신의 어머니를 처음 보았을 때 나는 당신들에게서 깊은 인상을 받았습니다. 무엇보다도 당신 어머니처럼 좋으신 분은 정말 만나기 힘드니까요…….」
팀의 얼굴에서 지루하다는 표정이 사라졌다.
「어머니는 정말 훌륭한 분입니다.」
「그리고, 또 내 관심을 끈 게 있었답니다. 바로 어떤 여자에 대해서 당신이 한 말이었죠.」
「어떤 여자라니요?」
「조안나 사우스우드 말입니다. 나는 최근에 그 이름을 자주 들어왔지요.」
포와로는 잠깐 말을 멈추었다가 다시 시작했다.
「런던 경시청을 근 3년 동안이나 괴롭힌 보석 사건이 있었습니다. 이른바, 상류 사회의 도둑이지요. 그런데, 그 보석들이 없어질 때마다 수법이 한결같았습니다. 즉, 그 수법이란— 진짜 보석과 똑같이 만든 모조품으로 바꿔치기 하는 것이죠.
결국 여러 가지를 종합해 본 결과, 내 친구인 재프 주임 경감은 이런 결론을 내렸답니다. 적어도 두 사람 이상이 공모해서 저지른 범죄라고요. 그래서 여러 자료들을 검토해 본 결과, 상류 사교계에 드나드는 신분 높은 인물이 그 범인이라는 게 거의 확실해졌습니다. 그런데, 그 신분 높은 도둑의 혐의가 누구에게로 갔는지 압니까? 바로 조안나 사우스우드 양이었습니다. 왜냐하면, 이상하게도 도난 사건이 날 때마다 피해자는 그녀와 잘 아는 사이인데다가, 그녀가 그 도난 당한 물건을 빌린 적이 있었기 때문이었죠.

그러나, 그걸 실행한 사람—즉, 실제로 바꿔친 사람은 따로 있었습니다. 그녀가 영국에 없었을 때도 도난 사건이 일어난 적이 있었으니까요. 이 모든 사실을 근거로 재프 경감은 또 한 가지 추측을 하게 되었습니다. 즉 그녀가 한때 보석 조합에 관계한 적이 있었으므로 그 점을 이용해서 훔칠 물건을 복사한 다음, 그 복사된 그림을 어떤 고약한 보석상에게 주어 모조품을 만들게 했다는 것이죠. 하지만, 그 나머지 공범은 아마 보석류에 대해서, 모조품을 어떻게 만들어 내는가에 대해서 전혀 지식이 없는 사람일 겁니다. 그러면, 그 나머지 한 명은 과연 누구였을까요? 재프 경감은 그가 누구인지를 끝내 밝혀내지 못했습니다. 그런데, 당신이 한 어떤 이야기가 내 관심을 끌었습니다. 당신이 마조르카에 있었을 때 일어났다는 반지 분실 사건과, 어떤 파티에서 있었다는 바꿔치기 사건에 대한 이야기가 내 흥미를 자극한 거지요. 뿐만 아니라, 당신이 사우스우드 양과 친하다는 사실이 그런 흥미를 돋구는 데 결정적인 작용을 했습니다. 게다가, 왠지 당신은 나와 어울리는 것을 무척 꺼려했습니다.

그런데 말입니다, 리넷 도일의 살인 사건이 생긴 다음 그녀의 진주 목걸이가 사라졌다는 사실을 알았을 때 당신 생각이 퍼뜩 떠올랐지요. 하지만, 한 가지 이상한 점이 있었습니다. 그건 만일 당신이 조안나와 공모한 범인이라면, 목걸이를 바꿔치기하지 직접 훔쳐 내지는 않을 거라는 사실입니다.

그렇게 의혹을 품고 있을 때에 전혀 예상도 못 했던 사람이 그 목걸이를 가지고 왔습니다. 하지만, 역시 그건 진짜가 아니라 모조품이었지요! 이렇게 해서, 누가 훔쳤느냐 하는 문제는 밝혀졌습니다. 그리고, 바로 당신— 당신이 그 진주 목걸이를 가짜와 바꿔치기해 둔 겁니다.」

포와로는 이렇게 말을 끝낸 뒤, 뚫어지게 그를 쳐다보았다. 팀은 창백해졌다. 그는 페닝튼처럼 힘겨운 상대가 아니었다. 그에게는 페닝튼과 같은 투지와 의지가 없었던 것이다. 하지만, 그러면서도 그는 특유의 빈정거리는 듯한 태도를 잃지 않으려고 애쓰는 모습이 역력했다.

「오, 정말 그럴까요? 만일 그렇다면, 내가 그 진짜를 어디에 두었겠습니까?」

「그것도 이미 알고 있습니다.」

젊은이의 얼굴이 변했다. 그야말로 일그러진 표정이었다.

포와로는 천천히 말을 이었다.

「진짜를 숨겨 둘 수 있는 곳이 딱 한 군데 있지요. 그 장소 때문에 한참 동안 고심했지만, 결론은 한 가지뿐이었습니다. 아마 당신 선실에 있는 묵주 속에 들어 있을 겁니다. 그 묵주알은 유난히 정교한데, 분명히 특별히 고안해서 만들었을 겁니다. 즉, 평범한 묵주처럼 보이지만, 나사를 돌려서 빼도록 만든 것이죠. 그 묵주알 속에다 진주알을 접착제로 붙여 놓았을 겁니다. 종교에 관한 물건들은 특별한 경우를 제외하고는 대부분 함부로 손대거나 하지 못할 테니까요. 그리고 또 하나, 나는 사우스우드 양이 당신에게 어떻게 그 모조품을 보냈는지도 생각해 봤지요. 당신이 도일 부인의 신혼 여행지가 이 곳이 되리라는 걸 알고 있던 점으로 미루어 보아, 사우스우드 양이 당신을 이 곳으로 보냈을 겁니다. 그래서 곰곰이 생각한 결과, 한 가지 가능한 방법을 찾아냈지요. 그녀는 속을 도려 내고 네모난 구멍을 만든 책 속에 모조품을 넣어서 보냈을 겁니다. 책이라면 우체국에서 열어 보지 않을 테니까요.」

한동안 그들 사이에는 침묵이 흘렀다. 마침내 팀이 말을 꺼냈다.

「이젠 어쩔 수 없군요. 내가 졌습니다! 흥미진진한 게임이었지만, 이제 끝났습니다. 이제 내가 그 대가를 치르는 일만 남았군요.」

포와로는 조용히 고개를 끄덕였다.

「그런데, 그 때 누군가 당신을 목격했다는 걸 알고 있습니까?」

「아니, 누가?」

「리넷 도일이 살해당한 그 날 밤, 새벽 1시가 조금 넘어서 당신이 그녀의 선실에서 나오는 모습을 누군가가 목격했습니다.」

팀이 깜짝 놀라서 말했다.

「아니—당신은 설마…… 그 여자를 죽인 건 내가 아닙니다! 맹세합니다! 그렇지 않아도 나는 무척 불안했습니다. 하필이면 바로 그 날 밤에…… 정말 불안해서 미칠 지경이었죠!」

포와로는 말했다.

「물론 그랬었겠지요. 하지만, 그 사실은 이미 밝혀졌으니까 당신이 우리를 도와 줄 수 있으리라고 생각합니다. 당신이 그 진주 목걸이를 훔칠 때 도일 부인이 살아 있었습니까?」

「모르겠습니다.」 하고 팀이 쉰 목소리로 외쳤다.

「정말입니다, 포와로 씨, 모르겠습니다! 그녀가 진주를 어디에 놓아 두는 지를 알고 있었기 때문에, 살짝 들어가서는 침대맡에 있는 탁자 위를 더듬어서 그것만 들고 나왔으니까요. 진주 목걸이를 찾은 다음에는 곧장 선실에서 나왔습니다. 그리고, 물론 그 여자는 잠들어 있을 거라고 생각했지요.」

「그녀의 숨소리를 들었습니까? 분명히 귀를 기울였을 텐데요.」

팀은 진지하게 생각했다.

「조용했어요—. 정말 조용했습니다. 아니, 그 여자의 숨소리는 들리지 않았습니다.」

「그렇다면, 혹시 금방 총을 쏜 듯이 어떤 화약 냄새 같은 것이 나지는 않았던가요?」

「글쎄요. 그런 냄새는 전혀—」

포와로는 한숨을 쉬었다.
「더 이상 물어 볼 말이 없는 것 같군요.」
팀이 호기심에서 물어 보았다. 「그런데, 누가 나를 보았다고 했습니까?」
「로잘리 오터번 양입니다. 그녀가 막 모퉁이를 돌아오는 순간, 당신이 리넷의 선실을 빠져 나와 당신의 선실로 들어가는 것을 보았습니다.」
「그녀가 그렇게 말했다고요……?」
포와로는 조용히 말했다. 「죄송하지만, 그 처녀가 이야기한 게 아닙니다.」
「그렇다면— 어떻게 알아냈습니까?」
「내가 에르큘 포와로이기 때문이지요! 꼭 누구에게서 들어야만 아는 건 아니니까요. 내가 그 일을 따져 물었을 때 그 처녀가 뭐라고 대답했는지 압니까? '저는 아무도 보지 못했어요.' 하고 말했습니다. 거짓말을 한 거죠.」
「왜 그랬을까요?」
포와로는 초연한 목소리로 말했다.
「아마 자신이 본 사람이 살인범이라고 생각했기 때문이겠죠.」
「그렇다면, 더욱 솔직하게 말했을 텐데요.」
포와로는 어깨를 으쓱했다.
「그 처녀는 그렇게 생각하지 않았나 보지요.」
팀은 야릇한 어조로 말했다.
「그녀는 정말 특이한 사람이군요. 어머니 때문에 무척 힘든 생활을 해 왔다고 하던데……」
「예, 정말 힘겨운 생활이었을 겁니다.」
「가엾게도.」 하고 팀이 중얼거렸다. 그리고 나서 그는 레이스 대령을 쳐다보았다.
「그런데, 대령님, 어떻게 되는 겁니까? 리넷의 선실에서 진주 목걸이를 훔쳐 냈다는 사실은 시인합니다. 그리고, 말씀하신 바로 그 장소에 있는 것도 사실이고요. 내가 죄를 지었다는 건 아무래도 좋습니다. 하지만, 사우스우드 양에 관한 말씀은 아무것도 인정할 수 없습니다. 그러니 당신은 그녀를 체포할 만한 증거를 찾지 못할 겁니다. 어떻게 모조품을 구했는가 하는 문제는 내 일이니까요.」

포와로는 중얼거렸다. 「참으로 훌륭하오.」

그러자 팀은 농담으로 그 말을 받아넘겼다.

「원래 신사니까요!」

그리고 한 마디 덧붙였다.

「어머니가 당신에게 호의를 보이셔서 내가 얼마나 불안했었는지 모르실 겁니다. 나는 아직 유능한 형사와 마주 앉아서 여유 있게 모험할 수 있을 정도로 뻔뻔한 놈은 못 되거든요! 물론 그럴 수 있는 녀석들도 있겠지요. 솔직히 말해서, 겁이 났습니다.」

「그러나, 그렇다고 해서 당신이 계획을 포기하지는 않았잖습니까?」

팀은 어깨를 으쓱했다.

「그 정도까지는 아니었습니다. 이 배 안에서 바꿔치기하는 것이 가장 좋다고 생각했으니까요. 두 방 건너에 리넷의 선실이 있는데다가, 그 때 마침 그 여자는 자신의 복잡한 문제 때문에 정신이 없었으니까요.」

「그렇다면 조금 이상하군요―.」

「무슨 뜻입니까?」 하고 팀이 눈썹을 치켜 올리면서 물었다. 포와로가 벨을 눌렀다.

「오터번 양에게 잠깐 이리로 와 주십사하고 전하도록.」

잠시 뒤 로잘리가 나타났다. 그녀는 너무 울어서 눈이 새빨갛게 부어 있었다. 로잘리는 팀을 본 순간 깜짝 놀라는 듯했다. 그러나, 이내 평상시와는 다른 얌전한 태도로 레이스 대령과 포와로를 번갈아 보았다.

「귀찮게 해서 죄송하군요.」

하고 레이스 대령이 먼저 말을 꺼냈다. 그는 포와로 때문에 약간 기분이 상한 듯했다.

「괜찮아요.」 하고 로잘리가 낮은 목소리로 대답했다.

「몇 가지 확인해야 할 것이 있어서 오라고 했습니다. 오늘 새벽 1시 10분에 갑판 오른쪽에서 어떤 사람을 보지 못했느냐고 내가 물었었지요. 그런데, 당신은 못 보았다고 대답했습니다. 하지만, 당신이 이야기해 주지 않았어도 다행히 나는 그것을 알아낼 수 있었죠. 앨러튼 씨도 어젯밤에 리넷 도일의 선실에 들어갔었다는 걸 시인했습니다.」

로잘리는 천천히 팀을 쳐다보았다. 그러자, 팀은 약간 굳은 얼굴로 고개를 끄덕였다.

「시간도 맞습니까, 앨러튼 씨?」

「예.」

로잘리는 가만히 팀을 쳐다보았다. 그녀의 입술이 떨렸다.

「그렇지만, 어쩜 당신이……」

팀이 황급히 그 말을 가로막았다.

「나는 죽이지 않았어요. 진주 목걸이를 훔친 건 사실이지만, 살인은 하지 않았습니다. 어차피 진실이 밝혀지겠지만, 나는 단지 진주 목걸이만 훔칠 생각이었습니다.」

「앨러튼 씨는 어젯밤에 도일 부인의 선실에 몰래 숨어 들어가서 진짜를 모조품과 바꿔치기했다는군요.」 하고 포와로가 설명해 주었다.

「그게 사실이에요?」

로잘리는 슬픈 표정으로 팀을 쳐다보았다.

「그렇습니다.」 팀이 대답했다.

잠시 침묵이 흘렀다. 레이스 대령은 초조한 듯이 방 안을 서성거렸다.

포와로는 호기심어린 목소리로 말했다.
「내가 보기에는 앨러튼 씨가 꾸며낸 이야기 같은데요. 그러니까 내 말은 앨러튼 씨가 리넷 도일의 방에 들어갔다는 증거는 있지만, 왜 들어갔는지에 대한 증거는 없다는 겁니다.」
팀은 놀란 표정으로 포와로를 쳐다보았다. 「이미 알고 있잖습니까?」
「뭘 안다는 겁니까?」
「내가 진주를— 그걸 훔쳤다는 사실 말이오..」
「당신이 진주를 가지고 있다는 것은 알고 있습니다. 그러나, 언제부터 그걸 가지고 있었는지는 모릅니다. 어쩌면 어젯밤 이전에 이미 가지고 있었는지도 모르지요. 당신은 리넷 도일이 바뀐 사실을 눈치채지 못할 거라고 말했는데, 바로 그 점이 애매하단 말입니다. 만일 그녀가 그걸 눈치챘다고 가정해 봅시다. 그래서 어젯밤에 그녀가 그 사실을 폭로하겠다고 위협하고, 당신이 그 말에 겁을 먹었다면? 게다가, 당신이 우연히 재클린과 시몬 도일의 사건을 목격했다면? 그런 경우에 당신은 어떻게 행동했을까요? 전망실이 텅 비게 되자, 당신은 몰래 들어가서 1시간쯤 지난 뒤 배가 조용해졌을 때 리넷 도일의 방으로 들어가는 겁니다. 그리고 리넷이 더 이상 위협하지 못하도록 하는 거죠…….」
「도대체 무슨 말씀입니까?」 팀은 창백한 얼굴로 포와로를 노려보았다.
「그런데, 뜻밖에도 당신을 목격한 사람이 있었습니다. 바로 루이스죠. 다음 날, 그 하녀는 당신에게 돈을 내지 않으면 그 사실을 폭로해 버리겠다고 협박했습니다. 하지만 당신은 그 협박을 들어 줄 경우, 자신이 더욱 위험해질 것이라고 생각했습니다. 하지만, 일단 그녀의 말대로 하겠다고 했지요.
당신은 점심 식사 전에 돈을 가지고 그녀의 선실로 가겠다고 약속했습니다. 그리고, 그 여자가 정신 없이 돈을 세고 있는 틈을 타서 그녀를 찌른 거지요. 그런데, 불행하게도 당신이 루이스의 선실로 들어가는 것을 목격한 사람이 있었습니다.」

이렇게 말한 다음, 그는 잠시 말을 멈추고 로잘리를 쳐다보았다.

「그 사람은 바로 당신의 어머니였지요. 결국 앨러튼 씨는 또다시 모험을 하지 않을 수 없었던 겁니다. 그래서, 페닝튼이 언젠가 권총에 대해서 한 말을 기억해 내고는 그의 선실에서 권총을 들고 나왔습니다. 그는 베스너 박사의 방 밖에서 엿듣고 있다가, 오터번 부인이 그 이름을 이야기하려는 순간 방아쇠를 당긴 겁니다.」

「말도 안 돼요! 팀은 그런 짓을 할 사람이 아니에요!」 하고 로잘리가 소리쳤다.

「그 일을 저지른 다음, 당신이 할 수 있는 방법은 단 한 가지 뿐이었죠. 당신은 선미 쪽으로 한 바퀴 돌아서 뛰었습니다. 그래서, 내가 당신 뒤를 쫓아갔을 때는 이미 당신은 몸을 돌려서 반대 방향에서 뛰어오고 있었던 것처럼 보였던 겁니다. 당신은 장갑을 끼고 권총을 만졌을 겁니다. 그 장갑이 바로 당신 호주머니 속에 들어 있었지요…….」

「맹세합니다만, 나는 그런 짓을 한 적이 없어요! 말도 안 되는 소리입니다.」

하지만, 그렇게 말하는 팀의 목소리는 몹시 떨리고 있었다. 그의 말은 설득력이 없게 들렸다.

바로 그 순간, 로잘리가 갑자기 한 마디 했다.

「말도 안 되고말고요. 그리고, 포와로 씨도 진짜 그렇게 생각하시지는 않을 거예요. 무슨 다른 이유가 있어서 그런 식으로 말씀하시는 것뿐이에요, 그렇지요?」

포와로는 희미하게 미소를 지었다. 그리고는 졌다는 듯이 두 손을 흔들었다.

「정말 영리한 아가씨란 말이야……. 그렇지만 역시— 그럴듯한 추리입니다, 그렇지 않습니까?」

「어쩌면 그럴 수가?」 팀은 벌컥 화를 냈다. 그 순간 포와로는 한 손을 들어 그를 막았다.

「앨러튼 씨, 내 말은 얼마든지 로잘리 양처럼 추측할 수도 있다는 뜻입니다. 자, 이번에는 좀 즐거운 사실을 알려드릴까요? 아직까지 당신의 그 묵주알을 조사해 보지 않았는데, 아마 지금 조사해 보면 그 속에는 아무것도 없을 것 같군요. 그러니, 로잘리 양이 어젯밤에 갑판에서 아무도 못 봤다고 주장하는 한, 당신은 이번 사건과 전혀 관련이 없는 셈이죠. 다시 말해서 진주를 훔친 범인은 바로 도벽이 있는 사람일 뿐이며, 게다가 그것은 다시 돌아왔습니다. 두 사람이 그걸 확인해 보고 싶다면, 문 옆 탁자 위에 놓인 조그만 상자를 열어 보십시오.」

팀은 자리에서 일어났다. 하지만, 한참 동안이나 그는 아무 말도 하지 않고 그대로 서 있었다. 마침내, 그가 입을 열었다. 그것은 불충분하기는 하지만, 모두를 만족시켜 줄 만한 것이었다.

「정말 감사합니다!」 그가 겨우 말했다. 「또다시 기회를 줄 필요는 없을 겁니다.」

그는 로잘리를 위해 문을 열어 주었다. 그녀가 나간 뒤, 그도 조그만 상자를 집어 들고는 뒤따라 나갔다.

그들은 나란히 걸어갔다. 팀은 그 상자를 열고, 진주 목걸이를 꺼내서는 나일강으로 멀리 던졌다.

「자, 봐요!」 하고 그가 말했다.

「이젠 사라져 버렸습니다. 이 상자를 포와로 씨에게 돌려주면, 그는 여기에다 진짜를 넣어 두겠죠. 왜 내가 그런 바보 같은 짓을 했는지.」

로잘리는 낮은 목소리로 말했다.

「어떻게 해서 그런 일을 시작하게 되었죠?」

「어떻게 해서 이런 일을 하게 되었느냐고? 그건 나도 모르겠소. 권태― 나태함― 그리고, 그 일에서 얻을 수 있는 재미 때문이겠지요.

게다가, 애쓰며 일해서 버는 것보다는 훨씬 더 매력 있기도 하고. 야비하게 들릴지 모르지만, 거기에도 매력이 있답니다—. 모험에서 느끼는 그런 야릇한 매력 말입니다.」

「이해할 수 있을 것 같군요.」

「그래요? 하지만, 당신은 막상 하려고 들지는 않을 거요.」

로잘리는 잠시 동안 곰곰이 생각해 보다가 말했다.

「그래요.」 그녀는 짤막하게 대답했다.

「저는 안 할 거예요.」

그러자 그가 이렇게 말했다.

「오, 당신은— 당신은 참으로 귀여운 사람이오……. 정말 귀여운 여자요. 그런데, 왜 어젯밤에 나를 봤다고 하지 않았소?」

「제 생각에는— 그 사람들이 당신을 의심할 것 같았거든요.」

「당신은 나를 의심했습니까?」

「아니에요. 당신이 사람을 죽였다고는 도저히 생각할 수도 없는 일이에요.」

「맞소. 나는 살인을 할 정도로 엄청난 놈은 못 되니까. 겨우 좀도둑에 불과하지요.」

그녀는 머뭇거리면서 손을 뻗어 그의 팔을 살짝 건드리면서 말했다.

「그런 말은 이제 그만 하세요…….」

그러자, 이번에는 그가 그녀의 손을 잡았다.

「로잘리, 당신은 나— 나를 이해해 주겠소? 아니면, 나를 경멸하고 책망하겠소?」

그녀는 이 말에 희미하게 미소를 지었다.

「당신이 오히려 저를 책망하실지도…….」

「로잘리……」

하지만, 그녀는 더욱더 망설이는 듯했다.

「그럼— 조안나는요?」

팀은 벌컥 소리쳤다.
「조안나? 당신도 어머니도 똑같이 착각하고 있군. 나는 조안나 따위에는 전혀 관심이 없어요. 그 여자는 말처럼 긴 얼굴에 탐욕스러운 눈을 가지고 있는 정말 흉측한 여자랍니다.」
이윽고 로잘리가 말을 꺼냈다.
「당신 어머니에게 그 일을 말해서는 안 돼요.」
「글쎄—」
팀은 생각에 잠긴 목소리로 말했다.
「어머니에게 말씀드리는 것이 좋을 듯한데. 우리 어머니는 무척 강한 분이라서 말씀드려도 잘 참아 내실 거요. 게다가, 어머니가 내게 가졌던 그 착각을 깨우쳐 주고 싶기도 하고요. 어머니는 내가 조안나와 단지 사무적인 관계였다는 사실을 알면, 안심해서 다른 모든 일은 눈감아 주실 겁니다.」
그들은 앨러튼 부인의 선실로 함께 걸어갔다. 팀이 세차게 문을 두드렸다. 그러자, 문이 열리고 앨러튼 부인의 얼굴이 나타났다.
「로잘리와 저는—」 하고 팀이 말을 꺼냈다. 그러다가 잠시 주저했다.
「오, 애들아—」 하고 앨러튼 부인이 외치면서 로잘리를 껴안았다.
「얘야…… 나는 오래 전부터 기다려 왔단다—. 그렇지만, 팀이 내 뜻대로 해 주지 않았어. 너를 싫어하는 체하고 있었으니 말이다. 하지만, 나는 속마음을 다 꿰뚫어보고 있었단다!」
로잘리는 더듬더듬 말했다.
「제게 언제나 다정하게 대해 주셨지요—. 언제나 말이에요. 저도 바라고— 바라고 있었어요—. 저도—」
그녀는 말을 멈추고, 앨러튼 부인의 품에 안긴 채 행복한 눈물을 흘렸다.

27

팀과 로잘리가 나가고 문이 닫히자, 포와로는 약간 미안하다는 표정으로 레이스 대령을 쳐다보았다. 그는 다소 기분이 상해 있었다.

「당신도 내 행동에 찬성하겠지요?」하고 포와로가 간청하듯이 말했다.

「비정상적인 방법이라는 것은 나도 알고 있습니다. 하지만, 나는 인간의 행복이 더 중요하다고 생각합니다.」

「내 행복은 아무 문제가 되지 않는군요.」하고 레이스 대령이 한 마디 했다.

「그 여자는 매우 불쌍한 사람입니다. 그리고, 그녀는 그 젊은이를 사랑하고 있지요. 두 사람이야말로 정말 훌륭한 짝입니다. 그 처녀는 그에게 부족한 꿋꿋한 성격을 가지고 있고, 게다가 그의 어머니가 그녀를 좋아하고 있으니까 정말 모든 것이 꼭 들어맞지 않습니까?」

「그들의 결합은 하느님과 에르큘 포와로에 의해서 이루어진 셈이군요. 그리고, 나는 그 중대한 범죄를 못 본 체해야 하는 거고.」

「하지만, 그 이야기는 모두 내가 꾸며 낸 겁니다.」

그러자, 레이스 대령은 갑자기 빙그레 웃으면서 말했다.

「아무래도 좋습니다. 어쨌든 나는 경찰이 아니니까. 그 멍청한 젊은 친구는 앞으로 정직하게 살아갈 것이고, 그 처녀는 곧은 성격이니까 별 문제 없겠지. 하지만, 내가 불만스러운 건 그들에 대한 것 때문이 아니라, 바로 당신이 나를 대하는 태도 때문입니다. 나는 인내심이 강한 사람입니다. 하지만, 그 인내심에도 한계가 있는 법이오! 도대체 당신은 3건이나 되는 살인 사건의 범인을 알고 있는 거요, 모르는 거요?」

「알고 있습니다.」

「그렇다면, 왜 이런 일들에 쓸데없이 시간을 낭비하는 겁니까?」

「당신은 내가 지엽적인 문제들로 너무 신경을 쓰고 있어서 불쾌해진 모양이군요? 하지만, 그렇지 않습니다. 언젠가 나는 고고학 탐사단에 참가한 일이 있었지요. 그 때 나는 어떤 사실을 깨닫게 되었습니다. 어떤 물건이 땅 속에서 발굴되면, 먼저 주위에 달라붙어 있는 것들을 모두 깨끗이 털어 내야 한답니다. 그런 뒤, 그 물건의 모습이 완전히 드러난 상태에서 사진을 찍습니다.

내가 지금 하고 있는 일이 바로 그러한 작업인 셈이지요. 즉, 진실을 보기 위해서 주위에 둘러싸여 있는 문제들을 해결해 버리는 겁니다. 완전히 노출된 진실을 보기 위해서 말이오.」

「좋습니다.」 하고 레이스 대령이 말했다.

「그 진실을 찾아보기로 합시다. 일단 페닝튼과 앨러튼은 아닙니다. 플리트우드도 아닐 테고. 그렇다면, 도대체 누가 범인인지 이야기해 보시오.」

「지금 그것을 말하려는 참입니다.」

그 때, 문을 두드리는 소리가 들렸다. 그 소리를 듣고 레이스 대령은 '빌어먹을' 하고 나직이 중얼거렸다.

베스너 박사와 코닐리어가 들어왔다. 코닐리어는 몹시 흥분한 듯이 보였다.

「오, 레이스 대령님—」 하고 그녀가 외쳤다.

「바워즈 양이 방금 제게 메리 아주머니에 대한 이야기를 해 주었어요. 정말 놀라운 사실이에요. 바워즈 양은 자기 혼자서만 책임지기에는 너무 힘들기 때문에 제가 알고 있는 편이 좋겠다고 하더군요. 처음에는 도저히 믿어지지 않았지만, 여기 계신 베스너 박사님께서 친절하게 설명해 주셨지요.」

「아니, 아닙니다.」 하고 박사는 겸손하게 말했다.

「박사님께서는 친절하게 모든 것을 설명해 주셨답니다. 그리고, 그런 버릇은 어쩔 수가 없다고 하시더군요. 베스너 박사님도 도벽증 환자를 다루어 보신 적이 있으시대요. 대개 심한 노이로제 때문에 그런 습성을 가지게 된다는군요.」

코닐리어는 두려움에 짓눌린 목소리로 그 말을 되풀이했다.
「그런 습성은 잠재 의식 속에 깊이 뿌리박혀 있대요. 때로는 어렸을 때의 사소한 일이 실마리가 될 수도 있다는군요. 그래서 베스너 박사님은 환자들을 치료할 때, 과거를 기억하게 해서 그 사소한 일이 무엇이었는가를 끄집어 내는 방법을 쓰신다는 거예요.」
코닐리어는 잠시 말을 멈추고 깊이 숨을 들이마시고 나서 다시 이어나갔다.
「하지만, 무엇보다도 근심스러운 일은 이 사실이 신문에 날지도 모른다는 거예요. 그렇게 되면, 뉴욕에서는 그야말로 큰 소동이 벌어진답니다. 모든 신문이 이 일에 대해서 다투어 보도하려고 들 거예요. 그러면, 메리 아주머니와 어머니, 그리고 우리 집안 사람들이 어떻게 얼굴을 들고 다닐 수 있겠어요?」
레이스 대령은 한숨을 쉬었다.
「걱정하지 말아요.」 하고 그는 말했다. 「우리는 그 일을 절대 비밀로 할 테니까.」
「예, 뭐라고 하셨지요?」
「살인 이외의 일에 대해서는 침묵을 지키겠다고 했습니다.」
「어머!」 코닐리어는 두 손을 마주잡고 외쳤다.
「그렇다면 이제 안심이에요. 저는 너무너무 걱정스러웠거든요.」
「당신은 참으로 착한 사람이오.」 하고 어깨를 다독거리면서 베스너 박사가 말했다. 그리고 나서 다른 사람들을 둘러보면서 한 마디 했다.
「롭슨 양은 무척 섬세하고 아름다운 마음을 가지고 있답니다.」
「오, 그렇지 않아요. 박사님이 더 친절하신데요, 뭐.」
포와로가 말을 꺼냈다.
「퍼거슨 씨와는 다시 만나지 않았습니까?」
코닐리어의 얼굴이 빨개졌다.
「만나지 않았어요. 하지만, 메리 아주머니께서 그 사람에 대해서

나일강의 죽음 **339**

줄곧 이야기하는 거예요.」

「그 젊은이는 상류 사회 출신인 모양이더군요.」하고 베스너 박사가 끼여들었다.

「하지만, 솔직히 말해서— 그 사람은 조금도 그렇게 보이지 않습디다. 입고 있는 옷도 그렇고, 교육도 제대로 못 받은 것 같아요.」

「아가씨 생각은 어떻소?」

「정말 그 사람은 머리가 이상한 것 같아요.」하고 코닐리어가 말했다.

포와로는 의사에게 시선을 옮겼다.

「환자는 어떻습니까?」

「아, 그 사람은 굉장히 좋아지고 있습니다. 아마 재클린 드벨포 양이 한시름 놓았을 겁니다. 그 처녀는 몹시 절망하고 있었거든요. 오늘 오후에 약간 열이 오른 것뿐인데도 말입니다! 하지만 무리도 아니죠. 사실 열이 그다지 높지 않다는 게 오히려 이상한 거죠. 하지만, 그 사람은 정말 농부처럼 건강한 체력을 가지고 있더군요. 하긴 전에도 아주 깊은 상처를 입고서도 아무렇지 않은 사람들을 본 적이 있긴 하지만, 도일 씨도 그런 사람들 못지않더군요. 맥박도 정상이고, 체온도 정상보다 약간 높을 뿐입니다. 그래서 나는 그 처녀가 걱정하는 것을 놀려 줬지요. 하지만, 어쨌든 우스운 일 아닙니까? 방금 총을 쏘고 나서, 그 사람이 악화되지나 않을까 애를 태우다니 말입니다.」

코닐리어가 말했다.

「그 사람을 사랑하기 때문이에요.」

「오! 하지만 그건 말이 안 됩니다. 만일 당신이 어떤 남자를 사랑한다면, 그 사람을 쏘려고 하겠소? 아니죠, 그럴 수는 없지요.」

「저는 총을 쏜다던가 하는 격한 행동은 싫어하니까요.」하고 코닐리어가 말했다.

「그럴 겁니다. 아가씨는 대단히 여성스러운 사람이니까요.」

레이스 대령이 그들의 이야기에 끼여들었다.
「시몬 도일이 괜찮다면, 가서 오후에 하던 이야기를 마저 해야겠군요. 전보에 관한 이야기를 끝내지 못했거든요.」
베스너 박사가 자리에서 일어나더니 주위를 서성거렸다.
「하하하! 그게 참 그렇더군요! 도일 씨의 말에 의하면, 그 전보에는 온통 채소 이름들뿐이라더군요. 감자, 아티초크(엉겅퀴과의 식물), 부추 등등 말이오.」
이 말에 레이스 대령은 깜짝 놀라 외치면서 의자에서 벌떡 일어났다.
「세상에!」 하고 그가 말했다.
「바로 그렇군! 리체티입니다.」
그는 이해할 수 없다는 표정을 짓고 서 있는 세 사람을 둘러보았다.
「새로운 암호죠―.바로 그것이 남아프리카 폭동에서 사용되었습니다. 감자는 기관총을, 아티초크는 강력한 폭탄을― 이런 것들을 뜻하는 겁니다. 리체티는 고고학자가 아닙니다! 그는 매우 위험한 선동가로서 최소한 한 번 이상의 살인을 했단 말입니다. 바로 그 녀석이 또다시 살인을 저지른 것이 분명합니다. 도일 부인은 실수로 그 전보를 꺼내서 읽어 보았죠. 그러니 만일 그녀가 그 내용을 내가 있는 데서 이야기한다면, 자신의 정체가 발각되고 말겠죠!」
그리고 그는 포와로 쪽을 보면서 말했다.
「내 생각이 맞습니까?」 그가 물었다. 「리체티가 범인이 틀림없지요?」
「그는 단지 당신이 찾고 있던 사람일 뿐입니다.」 하고 포와로는 대답했다.
「뭔가 그에게 이상한 점이 있다는 것을 느끼고는 있었지요! 그는 고고학자 역할을 정말 완벽하게 해냈습니다. 그래서, 리체티라는 이름만 들어도 금방 고고학자가 연상되지 않습니까?」

그는 잠깐 멈추었다가 다시 이었다.

「그렇지만, 리넷 도일을 죽인 사람은 리체티가 아닙니다. 얼마 전까지만 해도 나는 살인 사건의 '전반부'는 알고 있지만, '후반부'를 몰라서 골치를 좀 썩였지요. 하지만, 이제 그 '후반부'도 분명해졌습니다. 따라서, 이 사건에 대한 내 추리가 완성된 셈입니다. 하지만, 먼저 당신은 이 사실을 이해해 주어야 합니다. 사건의 범인을 찾아냈지만, 그것을 입증할 만한 증거는 없다는 것을 말입니다. 물론, 그건 너무나 불만족스러운 일이지요. 단지 한 가지 기대해 볼 것은 범인 자신의 고백입니다.」

베스너 박사는 '글쎄요' 하는 표정으로 어깨를 으쓱했다.

「오! 하지만 그건— 그렇게 되리라고 기대하는 것은 기적이 아닙니까?」

「나는 그렇게 생각지 않습니다. 상황에 따라 가능할 수도 있지요.」

코닐리어가 큰소리로 물었다. 「도대체 그 범인은 누구죠? 어서 말씀해 주세요.」

포와로는 말없이 세 사람을 훑어보았다. 레이스 대령은 비웃는 듯한 미소를 띠고 있었고, 베스너 박사는 여전히 미심쩍은 표정이었으며, 코닐리어는 입을 벌린 채 그를 뚫어지게 쳐다보고 있었다.

「나는 되도록이면 많은 사람들 앞에서 이야기하고 싶습니다. 솔직히 말해서, 나의 허영심 때문이지요. 한껏 뽐내면서, '에르큘 포와로가 얼마나 똑똑한지 보십시오!' 하고 말하고 싶어서 안달이 난단 말입니다.」

레이스 대령은 자세를 약간 바꾸어 앉으면서 「어디—」 하고 부드러운 목소리로 말했다.

「에르큘 포와로가 얼마나 똑똑한지 봅시다.」

그러자, 포와로는 슬픈 표정으로 고개를 옆으로 흔들면서 말했다.

「사실 나는 정말 멍청했지요—. 믿을 수 없을 정도로 멍청했었소.

그 사라진 권총이 커다란 장애물이었습니다. 재클린 드벨포의 권총 말입니다. 왜 그 권총이 범행 현장에 떨어져 있지 않았을까? 살인범은 재클린에게 혐의를 씌우고 싶어했는데 말이오. 그렇다면, 범인은 그 권총을 왜 없애 버렸을까요? 나는 멍청하게도 거기에 대해 여러 가지 대답을 짜내어 보았지요.

하지만, 뜻밖에도 그 이유는 매우 간단한 것이었습니다. 살인범은 그걸 없애야만 했기 때문에—부득이 그걸 없애 버린 거지요—. 즉, 달리 어떤 방법이 없었던 겁니다.」

28

「레이스 대령, 당신과 나는—」

포와로는 레이스 대령 쪽으로 몸을 숙이면서 말했다.

「어떤 선입견을 가진 상태에서 수사를 시작했습니다. 그 범죄는 사전 계획 없이 우발적으로 저질러진 것이라는 선입견 말입니다. 리넷 도일을 없애 버리고 싶어하던 누군가가, 재클린 드벨포에게 자신의 범죄를 뒤집어씌울 수 있으리라는 생각으로 적절한 기회를 포착해서 일을 저질렀다고 생각한 거지요. 즉, 누군가 재클린과 시몬 도일 사이에 일어난 소동을 우연히 보고는 사람들이 전망실을 비운 틈을 타서 그 권총을 집어 간 것으로 생각했단 말입니다. 하지만, 여러분— 만일 그 생각이 잘못된 것이었다면, 사건의 국면은 완전히 다른 양상을 띠게 됩니다. 그런데, 바로 그 생각이 잘못된 것이었습니다! 그건 우연한 기회를 포착해서 저질러진 우발적인 범죄가 아니었지요. 오히려 정반대로 사전에 시간까지도 치밀하게 계획된 사건이었습니다. 에르큘 포와로의 포도주 병 속에 수면제를 넣었던 것도 바로 그 계획 중의 일부였다고요!

이건 틀림없습니다! 내가 그 날 밤의 사건에 끼여들지 못하도록 하기 위해서 나를 잠들게 만든 것이지요. 그 날 식사 시간에 나는 포도주를 마시고, 나머지 두 사람은 위스키소다와 탄산수를 마신다는 사실을 범인은 이미 알고 있었습니다 그리고, 내 포도주 병에다가 아무 냄새와 색깔이 없는 수면제를 넣는 것쯤은 아주 손쉬운 일이지요. 왜냐하면, 그 술병은 종일 탁자 위에 놓여져 있었거든요. 하지만, 설마 누가 그런 생각을 할 수 있었겠습니까? 그 날은 너무 무더웠을 뿐만 아니라, 유난히 지친 상태였기 때문에 깊이 잠든 것을 전혀 이상하게 여기지 않았지요. 그리고, 그 때만 해도 내게는 여전히 아까 말한 그 선입관이 남아 있었으니까요. 만일 나에게 수면제를 먹였다면, 그 사건은 사전에 계획되었다는 이야기가 되지요. 즉, 저녁 식사 시간인 7시 반 이전에 이미 범행할 마음을 먹고 있었다는 말인데—선입견을 가지고 볼 경우, 그건 앞뒤가 들어맞지 않는 이야기이지요. 그런데, 마침 내가 가지고 있던 그 선입견을 다시 생각해 보게 하는 일이 일어났습니다. 그것은 나일강에서 권총을 건져 올린 일이었습니다. 만일 우리의 선입견에 따라서 추리해 본다면, 권총이 나일강에서 발견되는 일은 절대로 있을 수 없으니까요. 그리고, 그 뒤 여러 가지 일들이 계속 발생했습니다.」

말을 잠시 멈추고, 그는 베스너 박사 쪽으로 몸을 돌렸다.

「베스너 박사님, 리넷 도일의 시체를 조사했을 때, 총알이 뚫고 간 자리에 그을린 듯한 흔적이 있다고 말씀하셨죠. 말하자면 그건 권총을 머리에 바짝 대고 쏘았다는 뜻이 아닙니까?」

「예, 그렇지요.」

베스너 박사는 고개를 끄덕였다.

「그런데 이상하게도, 권총은 벨벳 목도리에 싸인 채 발견되었으며, 그 목도리에는 구멍이 뚫려 있었습니다. 목도리를 감싸고 총을 쏘아서 총소리를 죽이려는 생각이었겠지요. 그렇다면, 리넷의 피부가 그을릴 리가 없습니다. 그러면, 목도리에 뚫려 있는 구멍은 다른 총알— 다시 말해서 재클린이 시몬 도일에게 쏜 총알일까요? 아니, 그렇지 않습니다. 그럴 리가 없지요. 그 때 그 자리에는 두 사람이나 있었고, 그들이 그 소동을 목격했으니까요. 이렇게 생각해 보면, 우리가 전혀 모르는 세 번째의 총알이 발사되었다는 결론에 이르게 됩니다. 그런데, 여기에는 한 가지 문제점이 있습니다. 그 권총에서 세 발이 발사되었다면, 이미 우리가 알고 있는 그 두 발을 제외한 나머지 한 발은 어디에 쏘아진 것일까요? 결국 나는 이 수수께끼에서 막히고 말았습니다. 그런데, 한 가지 재미있는 사실을 발견하게 되었습니다.

리넷 도일의 선실에 있는 매니큐어병 두 개가 내 시선을 끌었습니다. 여자들은 대개 매니큐어를 여러 색으로 바꿔 칠하는 것으로 알고 있는데, 리넷 도일은 유독 분홍색만을 칠했더군요. 어쨌든 두 매니큐어병 중에서 상표에 분홍색이라고 표시된 병이 특히 내 시선을 끌었습니다. 거기에는 분홍색 매니큐어가 들어 있어야 하는데도, 검붉은 액체가 바닥에 조금 남아 있을 뿐이었습니다. 그래서, 이상한 생각이 들어서 그 병을 열고 냄새를 맡아 보았더니, 거기에서는 매니큐어 냄새가 아니라 식초 냄새가 나더군요. 아마 그 병에 남아 있었던 건 머큐로크롬이었던 모양입니다. 하지만, 도일 부인이 머큐로크롬 병을 가지고 있다는 것이 뭐가 이상하겠습니까? 그런데, 왜 머큐로크롬을 그런 매니큐어 병에다 넣어 두었을까요? 나는 바로 이 점이 이상했습니다.

가만히 생각해 보니까, 이 머큐로크롬은 권총과 함께 발견된 희미한 분홍색 얼룩이 있는 손수건과 무슨 관계가 있는 것 같았습니다. 머큐로크롬이란 씻으면 지워지기는 하지만, 그래도 희미한 얼룩 정도는 남게 되지요.

결국, 이 모든 사소한 암시들을 종합해 보면 진상을 밝혀 낼 수 있다는 생각이 어렴풋이나마 들게 되었습니다. 그런데, 때마침 일어난 어떤 사건이 내 생각을 더욱 확고하게 해 주었죠. 루이스 버젯이 살인범을 협박해서 돈을 뜯어 내려고 하다가 살해되었던 것입니다. 그녀가 협박했을 거라는 사실은, 바로 그녀의 손에 쥐어져 있던 1000프랑짜리 지폐 조각으로 입증되었지요.

이제부터의 이야기를 잘 들어 주십시오. 사건의 핵심에 대해 이야기할 테니까요. 그녀가 오늘 아침에 한 말은 대단히 의미심장한 것이었습니다. 내가 어젯밤에 누군가를 보았느냐 하고 물었을 때, 그녀는 이상한 대답을 했지요. '만일 제가 잠이 오지 않아서 위로 올라가기라도 했다면, 그 살인범이 아씨의 선실로 들어가거나 나오는 것을 볼 수 있었을지도 모르죠. 하지만……' 하고 말입니다. 그런데, 이 말은 도대체 무얼 의미하는 것이었을까요?」

「그녀가 실제로 위로 올라갔었다는 말이 아닐까요?」 하고 베스너 박사가 말했다.

「아닙니다. 그게 아니죠. 베스너 박사님은 아직 내 이야기의 요점을 파악하지 못했군요. 도대체 왜 그 여자는 그런 식으로 말했을까요?」

「어떤 암시를 주기 위해서가 아니었을까요?」

「그럼, 왜 우리에게 암시를 주려고 했을까요? 그녀가 그 살해범을 알고 있었다면 이렇게 했을 겁니다. 우리들에게 그 범인을 알려 주던가, 아니면 아무 말도 하지 않고 있다가 범인에게 살짝 다가가서 협박을 하는 것이죠.

그런데, 그 여자는 이 두 가지를 다 택하지 않았습니다. 즉 '저는 아무도 못 봤어요. 자고 있었거든요.' 라고 말하지 않았고, '저는 누군가를 보았어요. 그는 이러이러한 사람이었죠.' 라고도 말하지 않았던 겁니다. 그 대신 그녀는 그런 야릇한 말을 늘어놓았지요. 왜 그렇게 애매한 말을 했을까요? 이유가 한 가지 있습니다. 그 여자는 범인에게 암시를 주기 위해서 그런 의미심장한 말을 했던 겁니다. 그러니까, 범인은 바로 그 자리에 함께 있었던 거지요. 그 때 그 자리에는 나와 레이스 대령 외에 시몬 도일과 베스너 박사님이 있었습니다.」

그러자, 베스너 박사는 벌컥 화를 내면서 소리쳤다.

「무슨 소리를 하는 겁니까? 또 나에게 혐의를 둘 셈이오? 정말 이건 너무하지 않소?」

「아니, 조용히 하십시오! 나는 그저 그 때의 상황을 이야기하고 있을 뿐입니다.」

코닐리어도 옆에서 한 마디 거들면서 달래듯이 말했다.

「지금 박사님을 의심한다는 게 아니에요.」

포와로는 황급히 말을 이어 나갔다.

「그렇다면, 범인은 시몬 도일과 베스너 박사님 중 한 사람이라는 이야기가 되지요.

그러나, 베스너 박사님에게 리넷 도일을 살해할 만한 동기가 있을까요? 그리고, 시몬 도일은 어떨까요? 시몬이 리넷을 살해한다는 것은 불가능한 일이었습니다. 도일이 총에 맞기 전에 전망실에서 나간 적이 없다는 사실을 증명할 수 있는 사람이 있으니까요. 게다가, 상처를 입은 뒤로는 꼼짝도 하지 못했으니까요. 첫 번째 사실에 대해서는 롭슨과 짐 팬숍, 그리고 재클린 드벨포가 증언해 주고 있지요. 그리고, 그 두 번째 사실에 대해서는 베스너 박사님과 바우즈 양의 전문적인 증언이 있으니 의심할 여지가 없습니다.

자, 그렇다면 베스너 박사님이 범인이라는 결론이 나옵니다. 이러한 주장을 확인이라도 해 주듯이, 그 하녀는 외과 수술용 메스로 살해되었습니다. 베스너 박사님은 이 사실에 매우 깊은 관심을 가지고 있었습니다.

그리고 나서, 내게 갑자기 어떤 분명한 사실이 떠올랐습니다. 즉, 루이스 버젯의 암시는 베스너 박사님을 두고 한 것이 아니었다는 사실입니다. 왜냐하면, 베스너 박사님에게라면 언제든지 살짝 이야기할 기회가 있을 테니까요.

그런데, 그녀가 그렇게 하지 않으면 안 되었던 사람이 한 명 있었죠. 그건 바로 시몬 도일입니다. 시몬 도일은 상처를 입었습니다. 그래서, 그의 곁에는 언제나 베스너 박사님이 있습니다. 게다가, 그는 베스너 박사님의 선실에 있었지요. 그러므로, 루이스는 그와 단둘이만 살짝 만날 기회를 좀처럼 만들 수 없었지요. 그래서 결국, 이런 식으로도 저런 식으로도 이해될 수 있는 애매한 말을 했던 겁니다. 그녀는 시몬 도일에게 이런 말을 했었습니다. '제발, 다 알고 계시잖아요. 제게 무슨 말을 하라는 거예요?' 그 말에 도일은 이렇게 대답했지요. '바보같으니라고! 네가 무엇을 보았다거나 들었다고 하는 게 아니란 말이야. 걱정할 것 없어. 내가 돌봐 줄 테니까. 그리고, 누가 너를 다그치거나 하지도 않을 거야.' 루이스는 바로 이런 대답을 받아 내려고 했었던 겁니다. 결국 그걸 받아 냈고요.」

「그건 말도 안 됩니다! 세상에, 다리가 부러져서 부목을 댄 사람이 어떻게 배 안을 뛰어다니면서 사람을 찔러 죽인단 말입니까? 그 사람은 방에서 한 발자국도 움직이지 못하는 상태라고요!」 하고 베스너 박사가 소리쳤다.

「예, 그건 나도 압니다. 박사님의 말이 옳습니다. 그건 도저히 말도 안 되는 일이지요. 불가능한 일이고요. 그렇지만, 그건 사실입니다. 루이스 버젯의 말로는 오직 그렇게 밖에는 설명이 안 되니까요.

그래서, 나는 원점으로 돌아가서, 그 사건을 전혀 새로운 관점에서 바라보기로 했습니다. 그 소동이 벌어지기 전에 도일이 밖에 나갔다 온 것을 다른 사람들이 몰랐다던가, 아니면 잊어버렸다고 생각할 수 있을까요? 그런 일은 있을 수 없을 거라고 확신합니다.

그렇다면, 베스너 박사님과 바워즈 양이 말한 그 전문적인 의견이 틀린 걸까요? 그것 역시 터무니없는 이야기이지요. 그러나, 한 가지 빼놓을 수 없는 사실이 있었습니다. 앞에서 말한 그 두 가지 일 사이에는 시간적인 간격이 있었던 겁니다. 다시 말해서, 시몬 도일은 5분 정도 전망실에 혼자 있을 기회가 있었습니다. 그리고, 베스너 박사님의 진단은 그 뒤에야 이루어졌지요. 그런데, 그 5분이 문제였습니다. 그 시간에 관해서는 그저 눈에 비친 사실로 미루어 짐작할 수 있을 뿐이었죠. 즉, 우리는 시몬이 총에 맞아서 꼼짝못하고 앉아 있었을 거라고 생각했던 겁니다. 하지만, 총에 맞았다는 것에 대해서는 눈에 비친 증거밖에는 아무것도 없지요. 겉으로 보기에는 총에 맞은 것 같았지만, 실제로 그런지는 확신할 수 없었으니까요.

롭슨 양이 본 것은 단지 드벨포 양이 권총을 쏘는 것과, 시몬 도일이 의자에 쓰러지는 것, 그리고 그가 손수건을 다리에 대자 그 손수건이 빨갛게 물드는 것뿐이었습니다.

그리고, 팬숍은 무엇을 보았을까요? 총소리가 들려서 달려가 보니 도일이 새빨갛게 젖은 손수건으로 다리를 누르고 있는 모습뿐이었습니다. 도일은 드벨포 양을 데려가 달라는 부탁을 몇 번이나 되풀이했지요. 그리고, 그녀를 혼자 놔두지 말라고도 했고요. 그리고 나서, 도일은 팬숍에게 의사를 불러 달라고 했습니다. 그래서, 롭슨 양과 팬숍이 드벨포 양을 데리고 전망실에서 나갔습니다. 그들은 5분 동안 갑판 왼쪽에서 분주하게 움직였습니다. 바워즈 양과 베스너 박사님, 드벨포 양의 선실은 모두 왼쪽에 있으니까요. 2분 정도면 충분히 해치울 수 있었을 겁니다. 도일은 소파 밑에서 권총을 꺼내어 든 다음 구두를 벗은 맨발로(소리를 내지 않으려고) 오른쪽으로 달려갔습니다. 그리고, 자기 아내의 선실로 돌아가서 살그머니 침대맡으로 다가가 잠든 아내의 머리에 총을 쏘았던 겁니다. 그리고 나서 머큐로크롬이 들어 있는 병을 세면대 위에 올려 놓고(그걸 가지고 있다가 들키면 큰일이니까요) 급히 전망실로 들어가서, 의자 옆에 숨겨 두었던 밴 슈일러 양의 벨벳 목도리로 권총을 싸서 소리가 나지 않게 자기 다리를 한 발 쏘았습니다. 그래서, 이번에야말로 진짜 상처를 입고 쓰러졌지요. 그리고 나서 벨벳 목도리로 권총과 손수건을 둘둘 말아서 창문을 열고 나일강에 던져 버린 겁니다.」

「그건 불가능한 일입니다.」

하고 레이스 대령이 한 마디 던졌다.

「그렇지 않습니다. 팀 앨러튼의 진술을 생각해 보십시오. 그는 평하는 소리가 난 뒤, 이어서 첨벙하는 물소리를 들었다고 했습니다.

그것 말고도 그가 들은 소리가 있는데, 누군가가 바로 자기 선실 앞을 뛰어갔다고 했습니다. 하지만, 그 때는 오른쪽 갑판에는 아무도 없었지요. 따라서, 결국 그 소리는 시몬 도일이 뛰어가는 소리였다는 이야기가 됩니다.」

「그래도 뭔가 이상합니다. 순간적으로 그런 것을 생각해 낸다는 건 불가능하지 않을까요? 더군다나 시몬 도일은 머리가 그렇게 빨리 돌아가는 사람도 아닌데 말입니다.」

「그러나 행동은 민첩하지요.」

「그건 그렇지만, 시몬에게는 그런 영리한 머리는 없습니다.」

「그가 혼자서 꾸민 일이 아닙니다. 그 때문에 우리가 잘못 생각했던 거지요. 우리는 줄곧 그 사건이 우발적으로 일어난 것이라고만 생각했었습니다.

하지만, 그건 사전에 철저하게 계획되었던 겁니다. 예를 들어서, 시몬이 우연히 머큐로크롬을 가지고 있었다는 것은 말도 되지 않습니다. 모든 것은 미리 계획된 겁니다. 그리고, 그 싸구려 손수건을 가지고 있었던 것도 미리 준비된 각본에 의한 것이었고요. 게다가, 재클린이 권총을 소파 밑으로 들어가게 걷어찬 것도 우연이라고 할 수가 없지요.」

「재클린이? 그럼—?」

「그렇지요, 바로 그녀가 공범입니다. 시몬의 알리바이가 증명된 것은 재클린이 총을 쏘아서 상처를 입혔기 때문입니다. 그리고, 재클린의 알리바이는 시몬의 주장에 의해서 밤새도록 간호사가 옆에 지켜서 있었기 때문에 증명된 셈이지요. 시몬과 재클린— 이 사람들을 분석해 보면 충분히 그 범죄를 저지를 만한 능력을 찾아 낼 수 있습니다. 즉, 재클린의 영리한 머리와, 민첩하고 재빠르게 일을 해치우는 시몬의 행동이 바로 그러한 능력이지요. 주의 깊게 살펴보면 이 모든 의문이 해결됩니다.

시몬과 재클린은 한때 사랑하던 사람들이지요. 그리고, 지금도 여전히 서로를 사랑하고 있습니다. 시몬은 돈 많은 자기 부인을 죽여서 그 재산을 얻은 다음, 옛 애인과 결혼한다는 기발한 생각을 했습니다. 그 계획을 뒷받침해 주기 위해서 재클린은 그들을 쫓아다니는 체한 거지요. 시몬이 재클린에게 화를 내는 체한 것도 그 계획에 포함되어 있는 거였습니다.

그런데, 한 가지 내가 착각한 점이 있었습니다. 언젠가 그는 소유욕이 강한 여자는 싫다고 말한 적이 있지요. 그런데, 나는 그 소유욕이 강한 여자가 재클린이 아니라 바로 리넷을 뜻한다는 사실을 알아차리지 못했습니다.

그리고, 사람들 앞에서 시몬이 자기 아내에게 보이는 태도는 좀 뜻밖이었습니다. 영국인들은 대부분 애정을 표현하는 데 인색한 편이지요. 그런데, 시몬은 아내에게 지나치게 과장된 표현을 했습니다.

그리고, 재클린이 나와 이야기하는 중에 누군가가 우리 이야기를 엿듣고 있다고 말했지만, 사실 그 때는 아무도 엿들은 사람이 없었습니다. 그건 재클린이 나중에 우리들의 주의를 다른 곳으로 돌리게 하려고 꾸며낸 말에 불과했지요. 그리고 언젠가 밤에, 시몬과 재클린이 하는 이야기를 들은 적이 있습니다. 시몬은 이렇게 이야기하더군요. '이젠 어쩔 수 없이 해치워야 해.' 라고 말입니다. 미리 모든 계획이 치밀하게 꾸며졌던 거지요.

내게 수면제를 먹여서 사건에 개입할 수 없도록 만들고, 롭슨 양이 있는 자리에서 재클린이 마구 떠들어댄 것도 다 계획에 의한 것이었습니다. 그리고, 총소리가 들리지 않도록 소란을 피운 것은 정말 기발한 생각이었지요. 재클린은 시몬을 쏘았다고 말했고, 롭슨 양과 팬숍도 그렇게 말했습니다. 그리고, 사실 시몬도 다리에 총을 맞았습니다. 그러니 전혀 의심을 받을 수가 없게 되지요. 시몬과 재클린은 알리바이가 완벽했으니까요. 물론 시몬은 고통을 감수해야 했지만, 자신이 꼼짝도 할 수 없는 입장을 만들기 위해서는 어쩔 수 없는 일이었지요. 그런데, 뜻밖에 운이 나쁘게도 루이스에게 발각되고 말았습니다. 루이스는 협박을 하면서 돈을 요구했습니다. 하지만, 그 여자는 결국 자신의 사형 집행 명령서에다가 서명한 셈이 되고 말았지요.」

「그렇지만, 도일 씨가 루이스를 죽였다는 건 불가능해요.」 하고 코닐리어가 큰 소리로 외쳤다.

「루이스를 죽인 건 재클린이지요. 시몬은 재클린을 빨리 만나게 해 달라고 부탁한 다음, 그녀가 들어오자 둘만 있으려고 했습니다. 그 때, 그는 재클린에게 그 일을 알려 주었던 겁니다. 그리고, 베스너 박사님의 수술용 메스가 있는 곳을 가르쳐 주었지요. 재클린은 그 일을 해치운 다음, 그 메스를 다시 제자리에 갖다 두었죠. 그리고는 재빨리 점심 식사를 하러 내려왔습니다. 하지만, 이번에도 또 운이 나빴습니다. 오터번 부인이 재클린이 하녀의 방으로 들어가는 걸 목격했으니까요. 그리고, 부인은 그 사실을 알려 주려고 시몬에게 급히 달려왔습니다. 그녀가 범인의 이름을 이야기하려던 순간, 시몬은 고함을 쳤습니다. 그 때는 흥분해서 그런 것이라고 생각했지만, 사실은 재클린에게 알려 주려고 했던 겁니다. 마침 재클린은 그 소리를 알아듣고 번개처럼 달려가서는, 언젠가 시몬이 말해 주었던 연발총을 꺼내 들고 문 앞에 섰습니다. 그러다가, 오터번 부인이 그 이름을 말하려는 순간에 총을 쏘았지요. 언젠가 재클린이 자랑했던 대로 그녀의 사격 솜씨는 정확했습니다. 그 일을 해치운 뒤, 그녀는 베스너 박사님의 선실 하나 건너에 있는 자기 선실로 재빨리 들어갔습니다. 그리고는 침대 속으로 들어가 버렸겠지요. 물론 모험이긴 했지만, 그 밖에는 다른 방법이 없었으니까요.」

잠시 뒤 레이스 대령이 입을 열었다.

「그렇다면 도일에게 쏘았던 그 총알은 어떻게 된 겁니까?」

「아마 탁자에 박혔겠지요. 거기에 최근에 뚫린 듯한 구멍이 있는데, 도일이 그 총알을 파내 버린 자국일 겁니다. 그리고는 따로 총알을 숨겨 두어서 마치 2발만 발사된 것처럼 꾸몄던 거지요.」

「어쩌면, 그렇게 치밀하게…… 정말 무서운 일이군요.」 하고 코닐리어가 한숨을 깊이 쉬었다.

포와로는 아무 말도 없었다. 하지만, 그의 눈은 이렇게 말하고 있는 듯했다.

'그러나 그들은 이 에르큘 포와로를 미처 생각지 못했지.'

잠시 뒤 포와로가 말을 꺼냈다.

「베스너 박사님, 이제 당신의 환자와 이야기해야겠습니다.」

29

그 날 밤 늦게 포와로는 어떤 선실을 두드렸다.

「들어오세요.」

포와로는 안으로 들어갔다. 재클린 드벨포가 앉아 있었다. 포와로는 의자를 당겨서 재클린 옆에 앉았다. 그들 사이에는 잠시 침묵이 흘렀다.

이윽고, 재클린이 먼저 말을 꺼냈다.

「이제 다 끝났군요! 당신은 참으로 대단한 분이에요, 포와로 씨.」

포와로는 한숨을 쉬었다. 그러면서 손을 내저었다. 갑자기 그는 벙어리가 된 듯했다.

「하지만—」 하고 재클린이 말했다.

「당신은 증거를 가지고 있지 않으니까 우리가 부인한다면—?」

「그런 일은 없겠죠.」

「물론 논리적인 사람이라면 이해할 수 있겠지만, 당신의 설명만으로는 배심원들을 납득시킬 수 없을 거예요. 당신이 그 모든 사실들을 이야기하지 않았더라면, 그가 그렇게 쉽게 무너지지는 않았을 거예요. 그 사람은 가엾게도 너무 당황해서 그 사실을 인정해 버린 거죠.」

그녀는 고개를 흔들면서 말했다.

「그는 지고 말았어요.」
「당신은 여전히 침착하군요..」
그녀는 갑자기 건방지고 거만한 듯한 묘한 소리로 웃었다.
「예, 그렇답니다, 포와로 씨. 더 이상 저에게 신경쓰지 마세요. 아직도 저를 걱정하고 계신가요?」
「오, 물론 그렇습니다.」
「하지만, 저를 위해서 모르는 체해 주시지는 않겠지요?」
「그야 물론이지요.」
「그래요—. 이제 와서 이런 감상에 빠져 보았자 무슨 소용이 있겠어요. 언제 그런 일을 또 저지를지도 모르고요. 살인이라는 것도 별로 어려운 게 아니더군요.」
재클린은 잠깐 말을 멈추고 싱긋 웃었다.
「그 동안 제게 잘 해 주셔서 고마워요. 언젠가 애스원에서 악마에게 마음을 열어 주지 말라고 충고하신 적이 있지요. 제가 그 말을 듣고 무슨 생각을 했는지 아세요?」
포와로는 고개를 저었다.
「그저 내가 한 말이 사실이라는 것만 알고 있습니다.」
「그래요, 사실이에요. 그 때 그만두려고 했었다면 그만둘 수도 있었을 텐데…… 그럴 마음만 먹었더라면, 시몬에게 그만두자고 이야기할 수도 있었는데…… 그러나…… 자세한 이야기를 들어 보시겠어요?」
「당신이 좋다면—」
「예, 말해 버리고 싶어요. 이야기는 아주 간단해요. 시몬과 저는 서로를 너무너무 사랑했지요…….」
「그런데 당신은 사랑만 있으면 만족했고, 시몬은 그렇지 못했죠.」
「그럴지도 몰라요. 그이는 언제나 돈을 원했지요. 그리고, 그이는 승마라든가 요트, 스포츠 등 남자들이 즐기는 것을 모두 다 좋아했어요. 하지만, 돈 때문에 그런 것을 제대로 즐길 수가 없었지요. 게다가, 그 사람은 엄청나게 단순해요. 시몬은 그런 사람이에요. 그는 마치 어린아이처럼 그런 것들을 모두 갖고 싶어했답니다.

그러나, 그런 것 때문에 돈 많은 여자와 결혼할 생각은 하지 않았어요. 그 동안 나와 사귀고 나서 서로 결혼하고 싶은 마음은 있었지만, 언제쯤 하게 될지는 서로 막막한 상황이었죠. 그런데, 설상가상으로 그가 다니고 있던 직장에서 해고를 당했답니다. 그 사람이 잘못을 저질렀어요. 그는 돈을 빼돌렸고, 그러한 부정 사실이 발각되었지요. 하지만, 그는 정말로 부정을 저지를 생각으로 그랬던 건 아닐 거예요. 그 사람은 그 정도의 일은 시티(런던의 상업과 금융의 중심 지구)에서 당연히 인정해 줄 거라고 생각했지요.」

이야기를 듣고 있던 포와로의 얼굴에 언뜻 무슨 생각이 떠오른 듯했다. 하지만, 그는 아무 말도 하지 않았다.

「결국 우리는 경제적으로 어렵게 되었지요. 그 때, 리넷과 그녀의 새 별장이 생각났어요. 그래서, 곧장 그녀에게로 달려갔지요. 저는 리넷을 좋아하고 있었거든요. 포와로 씨, 정말로 그녀를 좋아했어요. 리넷은 저와 가장 친한 친구였고, 나중에 우리들 사이에 이런 일이 생기리라고는 꿈에도 생각지 못했어요. 저는 그저 그녀가 부자라는 것이 참으로 다행이라고 생각했었지요. 그리고 만일 그녀가 시몬에게 일자리를 준다면, 저와 시몬은 형편이 좋아질 것이라고 생각했을 뿐이에요.

리넷은 너무나도 친절하게 제 부탁을 들어주면서, 시몬을 한번 데려와 보라고 했어요. 그 때쯤 아마 당신이 셰마탕트에서 우리를 보았을 거예요. 물론 우리는 그런 곳에 드나들 만큼 여유가 있는 편이 아니었죠. 하지만, 그 때 우리는 일종의 자축 파티를 위해서 특별히 그곳에 갔던 거예요.」

그녀는 말을 멈추고, 한숨을 돌리더니 다시 말하기 시작했다.

「제가 이제부터 하는 말은 모두 사실이에요, 포와로 씨. 비록 리넷이 죽긴 했지만, 그 사실에는 변함이 없답니다. 지금까지도 제가 그녀에게 미안하다고 생각하지 않는 것은 바로 이 사실 때문이지요. 리넷은 제게서 시몬을 빼앗아 가려고 무척 애를 썼답니다. 이건 정말이에요! 그녀는 단 한 번도 주저하지 않았어요. 저는 그녀의 친구예요. 하지만, 그녀는 조금도 그런 사실에 개의치 않았지요. 그저 그녀는 시몬을 자기가 차지하려고만 했던 거예요…….

그러나, 시몬은 리넷에게 신경조차 쓰지 않았답니다! 언젠가 당신에게 사람을 황홀하게 만드는 매력에 대해서 많이 이야기했었지요. 하지만, 물론 그것은 사실이 아니었어요! 그이는 리넷을 원하지 않았어요. 그이는 그녀가 예쁘기는 하지만, 너무 잘난 체한다고 생각했어요. 그 사람은 잘난 체하는 여자를 몹시 싫어하거든요! 그래서, 그이는 몹시 당황하게 되었답니다. 그러나, 한편으로는 그녀의 돈에 끌리고 있었지요.

물론 저도 그러한 사실을 알고 있었어요……. 그래서 결국, 저는 그이에게 차라리 저를 버리고 그녀와 결혼하라고 말했답니다. 하지만, 그이는 제 이야기에 코웃음을 치기만 했어요. 그리고, 이렇게 말하더군요. 돈이 있건 없건간에 그녀와 결혼하기는 죽어도 싫다고요. 돈을 가지려면 자기 자신이 가져야지— 부자 아내가 돈자루를 쥐고 있는 건 싫다더군요. '여왕님의 처량한 배우자가 될 테니까' 하고 말하면서요. 그리고, 저 외에는 다른 누구도 필요 없다고 했지요…….

언제부터 그이가 그러한 생각을 하게 되었는지 알 것 같아요. 언젠가 그는 '내가 만일 운이 좋으면, 그 여자와 결혼하고 나서 1년쯤 지난 다음 그 여자가 죽어 버려서 내가 모든 재산을 상속받을지도 모르지' 하고 말하더군요. 그 때 그이의 눈은 섬뜩할 정도로 야릇한 표정을 띠고 있었어요. 그이는 그 때 처음으로 그런 생각을 했을 거예요…….

그 뒤로 그이는 그런 이야기를 자주 했어요—. 즉, 리넷 도일이 죽는다면 얼마나 좋을까 하는 이야기였죠. 저는 그런 생각은 너무 끔찍한 거라고 말했어요. 그러자, 그 다음부터는 거기에 대해서 한 마디도 꺼내지 않더군요. 그런데 어느 날, 뜻밖에도 저는 시몬이 비소에 대해서 연구하고 있다는 사실을 알게 되었어요. 제가 그 일을 책망하자, 그는 웃으면서 이렇게 말하더군요. '호랑이 굴에 들어가야 호랑이를 잡지! 아마 이번이 엄청난 돈을 만져 볼 수 있는 내 생애의 유일한 기회일 거야.'

그래서, 저는 그가 이미 결심했다는 것을 눈치챘답니다. 제가 얼마나 걱정했는지 아세요? 정말이지 말도 못 하게 걱정스러웠어요. 왜냐하면, 그 사람은 한 번 마음먹으면 꼭 하고야 마는 성격이니까요. 그는 너무 단순한 사람이에요. 그런 일을 제대로 해낼 만큼 치밀하지도 못하고요. 게다가 창의력도 없어요. 아마 그 사람은 리넷에게 비소를 먹여서 죽이면, 의사는 그녀가 위염으로 사망했다는 진단을 내려 줄 거라고 생각했을 거예요. 그는 언제든지 일이 잘 될 거라고만 생각했으니까요.

그래서, 결국 저도 그 일에 끼여들게 되었지요. 그를 보호하기 위해서……」

그녀는 간단하게 이야기했다. 하지만, 그녀의 이야기는 분명한 사실이었다. 포와로는 그녀가 범행에 가담한 이유가 바로 그녀가 말한 그대로라고 믿었다. 즉, 재클린은 리넷 리지웨이의 돈이 탐나서가 아니라, 시몬 도일을 사랑했기 때문에 가담했던 것이다. 이성도, 양심도, 그리고 연민까지도 무시해 버릴 정도로 그를 사랑했기 때문이었다.

「저는 생각하고 또 생각했어요—. 계획을 짜려고 무척 애를 썼어요. 그 계획에서 가장 기본적인 것은 우리 두 사람의 알리바이가 완벽해야 한다는 것이지요. 그런데, 시몬과 제가 서로에게 불리한 증언을 하게 된다면, 실제로는 그 증언이 우리 두 사람의 혐의를 없애 줄 것이라는 생각이 떠올랐지요. 제가 시몬을 증오하는 체하는 것은 아주 쉬운 일이었어요. 충분히 그럴 만한 상황이었으니까요. 그 다음에 떠오른 것은, 만일 리넷이 살해된다면 가장 먼저 제가 의심을 받을 것은 당연할 테니까 차라리 미리부터 의심받는 편이 나을 거라는 생각이었지요. 그리고 나서 우리들은 세부적인 사항들까지 계획해 나갔어요. 저는 만일 일이 잘못된다면 제가 체포되도록 하고 싶었어요. 시몬이 체포되도록 하고 싶지는 않았어요. 하지만, 시몬은 저를 걱정해 주더군요.

그런데, 한 가지 제가 다행스럽게 생각했던 것은 제 자신이 그걸 하지 않아도 된다는 사실이었어요. 저는 할 수가 없거든요! 잠들어 있는 리넷을 죽이는 냉혹한 짓은 할 수가 없었어요! 아시겠지만, 저는 리넷을 용서할 수 없었어요—. 그렇기 때문에 그녀와 정면으로 대결해서 죽일 수는 있었어요. 하지만, 다른 방법으로는 차마……

우리는 모든 계획을 신중하게 행동에 옮겼지요. 그런데, 시몬은 피로 J라고 써 놓는, 드라마에서나 볼 수 있는 어처구니없는 짓을 해 버렸던 거예요. 하긴, 그 사람에게 어울리는 생각이었지요! 하지만, 그런 대로 별 문제가 없었어요.」

포와로는 고개를 끄덕였다.

「루이스 버젯이 그 날 밤 늦게까지 잠들지 않았다는 건 당신의 잘못이 아니니까…… 그래서, 그 다음에는요?」

그녀는 그의 눈을 똑바로 쳐다보았다.

「그래요—.」 하고 그녀는 말했다.

「조금 끔찍하지요, 그렇죠? 저 자신도 제가 그런 일을 했다는 게 믿어지지 않았으니까요! 이제는 당신이 했던 그 말—'악마에게 가슴을 열어 주면' 하는 말의 의미를 알 것 같아요. 루이스는 자기가 알고 있다는 것을 시몬에게 넌지시 전해 주었지요. 그래서, 시몬은 당신에게 저를 불러 달라고 했던 거예요. 우리 둘만 남게 되자마자, 그는 무슨 일이 벌어졌는지를 이야기해 주더군요. 그래서, 제가 해야 할 일을 지시했어요. 저는 조금도 두렵지가 않았어요. 그렇지만, 불안했지요—. 너무나도 불안했지요…… 살인을 저지르고 나면 사람이 다 그렇게 되는 모양이에요. 시몬과 저는 안전했어요—. 정말 안전했지요—. 그 프랑스 여자의 협박만 없었다면요. 그래서, 저는 가지고 있는 돈을 몽땅 털어서 그 여자에게 찾아갔어요. 그리고는 협박에 복종하는 체했지요. 그리고, 그 여자가 돈을 세고 있는 틈을 타서 그 일을 해치워 버렸죠! 참으로 쉬운 일이었어요. 바로 그 점이 더욱 소름끼치는 거예요……. 소름끼칠 정도로 쉬운 일이었거든요…….

하지만, 그 뒤에도 우리는 안전하지가 않았어요. 오터번 부인이 저를 보았던 거예요. 그녀는 의기양양하게 당신과 레이스 대령님을 만났지요. 저는 생각할 시간이 없었어요. 그저 번개처럼 행동했지요. 정말 손에 땀을 쥐게 하는 순간이었어요. 그녀를 해치우지 않으면 끝장이었으니까요. 그래서, 그녀를 살해하게 되었던 겁니다…….」

그녀는 다시 말을 멈췄다.

「그 뒤에 당신이 제 선실에 오셨지요? 그 때 당신은 왜 왔는지 확신할 수 없다고 말씀하셨어요. 저는 너무 괴로웠어요—. 그리고 몹시 겁도 났었고요. 저는 시몬이 죽을 거라고 생각했거든요…….」

「그리고 당신도—그걸 바라고 있었죠.」 하고 포와로가 말했다.

재클린은 그 말에 고개를 끄덕였다.

「예, 그 편이 그를 위해서도 더 좋았을 거예요.」

「그건 그렇지가 않아요.」

재클린은 엄숙한 표정을 짓고 있는 포와로의 얼굴을 쳐다보았다. 그리고는 조용히 말했다.

「그렇게까지 저를 걱정해 주시지 않아도 돼요, 포와로 씨. 어쨌든 저는 힘들게 살아갈 운명을 타고난 사람이니까요. 만일 우리의 계획이 성공했다면, 저는 행복해질 수 있었겠지요. 그리고, 아무런 후회도 없었을 거고요. 하지만— 사람이란 누구나 자신의 운명을 감수해야 되는 거잖아요?」

그녀는 한 마디 덧붙였다.

「여종업원을 저와 함께 있게 한 것은 제가 목을 매거나, 책에서 흔히 나오듯이 청산가리라도 먹지나 않을까 하는 우려 때문이겠죠. 하지만, 그 점에 대해서는 염려하지 마세요! 그런 짓은 안 할 테니까요. 그리고, 제가 옆에 있어야만 시몬도 덜 괴로울 거예요.」

포와로는 자리에서 일어났다. 재클린도 역시 일어났다. 그녀는 갑자기 미소지으며 말했다.

「제가 제 자신의 별을 따라야만 한다고 말한 걸 혹시 기억하세요? 그 때 당신은 그게 잘못된 별일 수도 있다고 말했죠. 그래서 저는 이렇게 대답했지요. '저건 매우 나쁜 별이랍니다, 나리! 저 별은 떨어지거든요.'」

그는 그녀의 웃음소리를 들으면서 갑판으로 나왔다.

30

그들이 쉘랄에 도착한 것은 이른 새벽이었다. 커다란 바위들이 여기저기 섬뜩한 모습을 드러내고 있었다.

포와로가 프랑스어로 중얼거렸다.

「참으로 야만적인 풍경이군!」

레이스 대령이 그 옆에 서 있다가 말했다.

「어쨌든 우리 일은 다 끝난 셈이오. 리체티를 제일 먼저 상륙시키도록 지시를 내렸습니다. 그 녀석을 체포하게 되어 정말 기쁩니다. 그 녀석은 미꾸라지처럼 잘도 빠져 나가서 번번이 놓치고 말았지요.」

그는 계속해서 말했다.

「도일을 들어 낼 들것을 준비해야겠습니다. 눈에 띄게 쇠약해졌더군요.」

「당연한 일이지요.」 하고 포와로가 대꾸했다.

「그런 어린애 같은 범인에게는 으레 허영심이 있기 마련이지요. 그러므로 일단 그 자만심이 없어져 버리면 그야말로 끝장인 겁니다!

어린애처럼 기가 죽어서……」
「교수형을 받아야 합니다.」 하고 레이스 대령이 말했다.
「냉혹한 녀석이지요. 그 처녀가 가엾기는 하지만— 어쩔 수 없는 일입니다.」
포와로는 고개를 흔들었다.
「사람들은 흔히 사랑이 모든 것을 정당화시켜 준다고 말하지만, 그건 틀린 말이오……. 재클린이 시몬 도일을 사랑하는 것처럼 맹목적으로 남자를 사랑하는 여자는 매우 위험합니다. 내가 그녀를 맨 처음 보았을 때도 바로 그런 말을 했었지요. '저 조그만 처녀는 너무 열렬한 사랑을 하고 있군!'」
이 때 코닐리어 롭슨이 그에게 다가왔다.
「오, 이제 거의 다 왔군요.」
그녀는 잠깐 머뭇거리다가 다시 말했다.
「그 여자와 함께 있었어요.」
「드벨포 양 말입니까?」
「예, 여종업원의 감시를 받으며 그렇게 갇혀 있자면 무척 괴로울 거라고 생각했거든요. 하지만, 메리 아주머니가 몹시 화를 내고 계실 거예요.」
밴 슈일러가 그들 쪽으로 천천히 걸어오고 있었다. 그녀는 잔뜩 화가 난 모습이었다.
「코닐리어—」 하고 그녀는 차갑게 불렀다.
「늘 제멋대로 행동하다니…… 너를 곧장 집으로 보내야겠다.」
코닐리어는 숨을 깊이 들이마시고는 이렇게 말했다.
「죄송하지만, 저는 집으로 안 갈 거예요. 결혼하게 되니까요.」
「이제는 정신까지 이상해진 게로구나.」 하고 그 여자가 빈정거렸다.
마침 퍼거슨이 갑판 모퉁이를 돌아서 성큼성큼 걸어오고 있었다. 그는 깜짝 놀라서 외쳤다.

「코닐리어, 이게 어떻게 된 거요? 설마 사실이 아니겠지!」
「분명한 사실이에요.」 하고 코닐리어가 말했다.
「저는 베스너 박사님과 결혼할 거예요. 어젯밤 그 분이 제게 청혼하셨거든요.」
「왜 그 사람과 결혼하려는 거요?」
퍼거슨이 격분해서 물었다.
「그가 부자라는 이유 때문이오?」
「아니에요, 그렇지 않아요.」
하고 코닐리어가 화가 나서 대들었다.
「저는 그 분을 사랑하고 있어요. 그 분은 친절하시고 아는 것도 많거든요. 게다가, 저는 병든 사람들과 병원 같은 것에 관심이 많아요. 어쨌든 그 분과 함께라면 멋지게 살 자신이 있어요.」
「그렇다면—」 하고 퍼거슨은 도저히 믿을 수 없다는 듯이 물었다.
「당신은 나보다도 그 역겨운 늙은이와 결혼하고 싶다는 말이오?」
「예, 그래요. 당신은 믿을 만한 사람이 아니니까요! 당신과 함께 지낸다는 건 생각만 해도 피곤해요. 그리고, 그 분은 늙지 않았어요. 아직 50살도 안 되었으니까요.」
「그는 배도 불룩 나왔는데!」
하고 퍼거슨은 심술궂게 말했다.
「상관없어요. 제 어깨도 무척 넓은걸요.」
하고 코닐리어는 의기양양하게 말했다.
「사람의 외모는 중요하지 않아요. 그 분은 제가 일을 잘 도와 줄 거라고 하셨어요. 게다가, 노이로제에 대해서도 자세히 가르쳐 주겠다고 하셨고요.」
말을 마치자마자 그녀는 돌아서서 가 버렸다. 퍼거슨은 포와로에게 말을 걸었다.
「저 말이 과연 진심일까요?」
「물론 진심이겠지요.」

「나보다도 그 따분한 영감을 더 좋아한다는 말입니까?」
「그렇고말고요.」
「저 여자는 미쳤어.」 하고 퍼거슨이 내뱉었다.
포와로는 이 말에 눈을 깜박였다.
「저 처녀는 정말 특이하지요.」 하고 포와로는 말했다. 「아마 당신은 저런 여자를 처음 보았겠지요?」
배가 선착장으로 들어섰다. 경계선이 승객들 주위에 쳐졌다. 그리고, 상륙하기 전에 잠시 기다려 달라는 안내가 있었다.
리체티는 어둡고 시무룩한 표정으로 두 명의 기관사에게 둘러싸여 땅에 내렸다.
그리고, 잠시 뒤에 들것이 도착했다. 시몬 도일이 들것에 실려서 옮겨졌다.
그는 완전히 다른 사람처럼 보였다. 겁에 질려서 위축된 모습이었으며, 어린아이처럼 태평스러운 태도는 이미 사라지고 없었다.
재클린 드벨포가 그 다음으로 내려갔다. 그녀 옆에는 여종업원이 한 명 붙어 있었다. 창백한 얼굴만 제외한다면 여느 때와 조금도 달라 보이지 않았다. 그녀는 들것으로 다가갔다.
「안녕, 시몬.」 하고 그녀가 말을 걸었다.
그는 재빨리 그녀를 쳐다보았다. 한 순간 그의 얼굴에는 예전의 그 어린아이 같은 표정이 다시 떠올랐다.
「내가 다 망쳐 버렸지.」 하고 그가 입을 열었다.
「너무 당황해서 모든 사실을 시인해 버렸어! 미안해, 재키. 당신까지 이렇게 만들어 버려서.」
그녀는 그에게 미소를 지어 보였다.
「괜찮아요, 시몬.」 하고 그녀가 말했다.
「어리석은 승부를 하다가 진 거예요. 그뿐이에요.」
그녀가 비켜섰다. 들것을 나르는 사람이 손잡이를 잡았다. 재클린은 몸을 숙여서 구두끈을 맸다. 그런 다음 그녀의 손이 스타킹 위쪽으로 움직이더니, 무엇인지를 움켜쥐고서 몸을 일으켰다.
'탕' 하는 날카로운 총소리가 울렸다.
시몬 도일의 몸이 경련하듯이 떨리더니 이내 움직이지 않았다.
재클린 드벨포는 고개를 끄덕였다. 그녀는 권총을 손에 든 채로 잠깐 서 있었다. 그녀는 포와로를 향해 한 번 미소를 지었다.
그리고 나서, 레이스 대령이 막 달려가려는 순간에 그녀는 그 반짝거리는 장난감을 가지고 자기 가슴에 겨누고 방아쇠를 당겼다.
그녀의 몸이 천천히 쓰러져 갔다.
레이스 대령이 고함쳤다.
「도대체 어디에서 저 권총을 구했지?」
이 때, 포와로의 팔에 누군가의 손이 닿았다. 앨러튼 부인이 조심스럽게 물었다.
「당신은— 알고 계셨죠?」
그는 고개를 끄덕였다.
「그녀는 저 권총을 한 쌍 가지고 있었던 겁니다. 수색이 있던 날, 로잘리의 핸드백에서 그것이 발견되었다는 보고를 듣고서 알았지요. 재클린이 로잘리와 같은 식탁에 앉아 있었는데, 수색이 시작될 거라는 것을 눈치채고 로잘리의 핸드백 속에 살짝 집어넣었지요. 그리고는 나중에 로잘리의 선실에 가서, 립스틱을 비교해 보자고 하면서 그녀가 거기에 신경을 쓴 틈을 타 다시 찾아온 것이죠. 이제 이미 그녀의 선실 조사가 끝났으니 다시 조사하지는 않을 거라고 생각했던 거지요.」
「당신은 그녀가 저런 방법을 택하기를 바랐나요?」 하고 앨러튼 부인이 물었다.
「예. 하지만, 혼자서 죽기는 싫었나 보지요. 덕분에 시몬 도일은 오히려 훨씬 편안하게 죽은 셈이지요.」
앨러튼 부인은 몸서리치면서 말했다.
「사랑이란 그렇게 무서운 것일 수도 있군요.」

「그 때문에 대부분의 위대한 러브스토리가 비극인 겁니다.」

앨러튼 부인은 햇빛 속에서 나란히 서 있는 팀과 로잘리를 물끄러미 쳐다보았다. 그리고는 갑자기 열렬하게 말했다.

「하지만, 고맙게도 이 세상에는 진정한 행복이라는 것도 있어요.」

「부인께서 말씀하신 대로, 그건 정말 고마운 일이죠.」

이윽고 승객들이 땅에 내렸다.

곧이어 루이스 버젯과 오터번 부인의 시체가 배에서 운반되어 나왔다.

그리고 마지막으로 리넷 도일의 시체가 땅으로 운반되었으며, 온 세계에 리넷 도일— 즉, 유명하고 아름다운 리넷 리지웨이의 죽음이 알려졌다.

조지 워드 경은 런던 클럽에서 그 기사를 읽었으며, 스턴데일 록포드는 뉴욕에서, 조안나 사우스우드는 스위스에서 신문 기사를 보고 그 사실을 알았다. 그리고, 그것은 맬튼언더워스에 있는 스리 크라운스 술집에서도 논의되었다.

그리고 버나비의 깡마른 친구도 한 마디 했다.

「글쎄— 어쩐지 그 여자가 혼자서 그 모든 것을 다 가지고 있다는 것은 불공평해 보였어.」

그러자 버나비는 날카롭게 대꾸했다.

「그것이 그 여자에게는 조금도 도움이 되지 않았던 것 같군. 가엾은 여자야.」

그러나, 잠시 뒤 그들은 그 여자에 대한 이야기를 그만두고, 대신 누가 그랜드내셔널(해마다 리버풀에서 거행되는 장애물 경마 대회)에서 우승할지에 대해 이야기했다. 왜냐하면, 룩소르에서 퍼거슨이 말했던 것처럼 중요한 것은 과거가 아니라, 미래이니까…….

■ 작품해설 ■

「나일강의 죽음(Death on the Nile, 1937)」은 애거서 크리스티의 21번째 장편이며, 포와로가 등장하는 작품으로는 14번째에 속한다.

이 작품은 「오리엔트 특급 살인(Murder on the Orient Express, 1934)」이나, 「구름 속의 죽음(Death in the Clouds, 1935)」과 함께 크리스티 여행물 중의 걸작으로 손꼽힌다.

「오리엔트 특급 살인」은 특급 열차 속에서, 「구름 속의 죽음」은 비행중인 항공기 안에서, 「나일강의 죽음」은 나일강의 유람선 위에서 사건이 발생한다. 극한 상황이 이상 세 작품의 공통적인 특색이라 할 수 있다. 특히 「오리엔트 특급 살인」은 영화로 만들어져서 크리스티 독자들을 잔뜩 기대하게 했는데, 예고만 있었을 뿐 우리 나라에서는 상영되지 않았다. 그러나, 대신 「나일강의 죽음」이 상영되어 크리스티 독자들을 만족시켜 주었다.

크리스티의 작품에는 연극이나 영화로 공연된 것이 많다.

적어도 17편의 작품이 연극으로 공연되었다. 그 중에서도 「쥐덫(The Mousetrap, 1950)」은 1952년 런던에서 공연이 시작되어, 그 동안 극장과 배우는 달라졌지만, 지금까지 하루도 쉬지 않고 공연되고 있어서 이제는 영국을 찾는 관광객들에게 명물로 등장하게 되었다.

크리스티의 소설은 12편이 영화로 상영되었는데, 그 중에서 가장 유명한 것이 「오리엔트 특급 살인」이다. 그러나, 「나일강의 죽음」에서도 크리스티 영화의 독특한 맛을 충분히 느낄 수 있다.

대형 스크린 위에 나일강과 고대 이집트의 유적을 배경으로 전개되는 미스터리는 정말 볼 만한 장관이다.

추리 소설을 영화로 만드는 것은 무척 어려운 작업이다. 왜냐하면, 시각 예술에서 범인의 모습을 보여 주지 않는다는 것이 관객들에게는 어딘지 개운하지 않은 느낌을 주기 때문이다. 따라서, 역시 추리 소설은 읽음으로써 그 진수를 알게 되는 것이다.

어둡고 음산한 추리가 아닌 쿠키 냄새 가득하고 고소한
조앤 플루크의 한나 스웬슨 코지 시리즈를 권합니다!!

한나의 맛있는 추리!!
한나 스웬슨 코지 시리즈

1. 초콜릿칩 쿠키 살인사건
2. 딸기 쇼트케이크 살인사건
3. 블루베리 머핀 살인사건
4. 레몬머랭 파이 살인사건
5. 퍼지 컵케이크 살인사건
6. 설탕 쿠키 살인사건
7. 복숭아 파이 살인사건
8. 체리 치즈케이크 살인사건
9. 키라임 파이 살인사건
10. 당근 케이크 살인사건
11. 슈크림 살인사건
12. 자두 푸딩 살인사건
13. 애플 턴오버 살인사건
14. 악마의 케이크 살인사건
15. 시나몬 롤 살인사건
16. 레드벨벳 컵케이크 살인사건
17. 블랙베리 파이 살인사건
18. 더블 퍼지 브라우니 살인사건
19. 웨딩케이크 살인사건

#1 INTERNATIONALLY BESTSELLING AUTHOR OF *NO TIME FOR GOODBYE*

전 세계 베스트셀러 《이별 없는 아침》의 작가
아서 엘리스 상 수상 작가
린우드 바클레이 작품

네버 룩 어웨이

2010년 3월 아마존 이달의 베스트북

어느 무더운 여름, 놀이공원에 간 데이빗 하우드는 아내 잰과 4살짜리 아들과 함께 즐거운 시간을 보낸다. 하지만 즐거운 가족 나들이가 설명할 수 없는 실종 사건으로 한순간 악몽으로 변해버린다. 가족을 되찾기 위해 고군분투하는 데이빗 앞에 전혀 예상치 못한 진실들이 드러나기 시작하는데…….

트러스트 유어 아이즈

할리우드 영화화 결정!

토마스 킬브라이드는 스스로 요사라고 생각하는 자신의 방에 하루 종일 틀어박혀 지도에 집착하는 편집증적인 정신 질환을 앓고 있는 35살의 남자다. 그는 스트리트뷰 서비스를 제공하는 컴퓨터 프로그램인 〈휠360〉(Whirl360.com)과 함께 문밖에 나가지 않고도 전 세계를 여행한다. 그러던 어느 날 그는 뉴욕의 다운타운 스트리트뷰에서 창문을 통해 한 여자가 살해당하는 것 같은 이미지를 목격하는데…….

사 고

2012 배리상(Barry Award) 최우수작품상 노미네이트

글렌 가버의 삶이 송두리째 곤두박질친다. 세 사람의 목숨을 앗아간 음주운전 사고 현장에서 아내의 차가 발견된 것이다. 게다가 아내는 단지 목숨을 잃은 것이 아니라 바로 사고의 원인이었다. 아내를 잃은 슬픔, 그리고 딸을 엄마 없는 아이로 만들어버린 아내의 무모함에 대한 분노, 글렌은 생각한다. 이 비극이 아내의 탓이 아니라는 걸 밝혀낼 수만 있다면……. 그러나, 숨겨진 비밀들이 하나씩 수면으로 떠오를수록 글렌은 더욱 끔찍한 진실과 맞닥뜨리게 되는데…….

린우드 바클레이 지음 / 신상일 옮김 / 각권 14,000원

LINWOOD BARCLAY